AF277923

BESTSELLER

Kate Stewart es una autora best seller cuyos libros se han traducido a más de doce idiomas y han aparecido en las listas de más vendidos de Amazon, *USA Today*, *BuzzFeed*, *The New York Daily News* y el *Huffington Post*. Nativa de Texas, vive con su marido Nick en Carolina del Norte, donde escribe romance contemporáneo, comedias románticas y suspense erótico. Kate es una amante de todo lo que tenga que ver con los ochenta y los noventa, especialmente las películas de John Hughes y el rap. Le gusta la fotografía, puede tejer una bufanda muy simple si surge la necesidad y se le da genial beber whiskey.

Biblioteca

KATE STEWART

Éxodo
Trilogía Ravenhood 2

Traducción de
Eva Carballeira Díaz

DEBOLS!LLO

Papel certificado por el Forest Stewardship Council®

Título original: *Exodus*

Primera edición en Debolsillo: julio de 2024

© 2020, Kate Stewart
© 2023, 2024, Penguin Random House Grupo Editorial, S. A. U.
Travessera de Gràcia, 47-49. 08021 Barcelona
© 2023, Eva Carballeira Díaz, por la traducción
Publicado primero en inglés por Pan, un sello de Pan Macmillan,
división de Macmillan Publishers International Limited
Edición en español publicada mediante acuerdo con Casanovas & Lynch Literary Agency
Diseño de la cubierta: Adaptación de la cubierta original de Moesha
Parirenyatwa / Penguin Random House Grupo Editorial
Imagen de la cubierta: © Shutterstock

Penguin Random House Grupo Editorial apoya la protección de la propiedad intelectual. La propiedad intelectual estimula la creatividad, defiende la diversidad en el ámbito de las ideas y el conocimiento, promueve la libre expresión y favorece una cultura viva. Gracias por comprar una edición autorizada de este libro y por respetar las leyes de propiedad intelectual al no reproducir ni distribuir ninguna parte de esta obra por ningún medio sin permiso. Al hacerlo está respaldando a los autores y permitiendo que PRHGE continúe publicando libros para todos los lectores. De conformidad con lo dispuesto en el artículo 67.3 del Real Decreto Ley 24/2021, de 2 de noviembre, PRHGE se reserva expresamente los derechos de reproducción y de uso de esta obra y de todos sus elementos mediante medios de lectura mecánica y otros medios adecuados a tal fin. Diríjase a CEDRO (Centro Español de Derechos Reprográficos, http://www.cedro.org) si necesita reproducir algún fragmento de esta obra.

Printed in Spain – Impreso en España

ISBN: 978-84-663-7231-2
Depósito legal: B-9.268-2024

Compuesto en Comptex & Ass., S. L.
Impreso en Black Print CPI Ibérica
Sant Andreu de la Barca (Barcelona)

P 3 7 2 3 1 2

Para mi querida amiga Donna Cooksley Sanderson.
Gracias por el regalo que supone tu amistad constante.
Conocerte ha sacado lo mejor de mí
y ha enriquecido en gran medida mi vida.

ENTONCES

1

Así que el Francés eres *tú*.

Él responde bajando ligeramente la barbilla. Su mirada hostil me genera repulsión y me pone la piel de gallina.

—¿Te importaría bajar el volumen de esa puta canción? —dice, con un marcado acento extranjero que confirma mis sospechas.

Dominic casi nunca hablaba francés, por no decir nunca, algo que me había hecho desconfiar del apodo. Sin embargo, el hombre que tengo delante y lo que transmite encajan con él a la perfección.

Una gota de sudor le resbala por la sien mientras lo observo. Mis respetos para el sastre que lo ha vestido con un traje digno de un rey, que se le ajusta al cuerpo y lo convierte en la viva imagen de la masculinidad. Aunque su expresión es hostil, su cara me deja sin palabras y hace que se me seque la boca. Este es, sin lugar a dudas, el hombre más guapo que he visto nunca. Impresionada, no puedo evitar quedarme mirando boquiabierta su denso cabello negro como el carbón, cuyas ondas de varios centímetros ha peinado hacia atrás de forma que todas ellas ocupen perfectamente su lugar. El anguloso perfil de su mandíbula enmarca un rostro perfecto y bronceado. Bajo unas gruesas cejas en forma de ala, un ribete natural de densas pestañas negras realza la amalgama de llamas anaranjadas y amarillentas que me observan recorriendo mi cuerpo de arriba abajo. Las fosas nasales de su rotunda nariz, ancha y larga, están dilatadas. Su boca y la simetría perfecta de sus labios carnosos dejan más claro todavía, si cabe, que quien lo creó lo hizo a conciencia. Pero la indignación que irradia hace que me esté esforzando por mantener una compostura que su inesperada aparición me estaba haciendo perder.

Es el diablo que nadie desearía conocer, vestido de Armani.

Aparte de una clara amenaza para mí.

Cojo el mando a distancia de la mesa y aprieto con insistencia el botón del volumen, aturullada, mientras busco la parte de arriba del bikini.

—N-no sabía que eras tú. N-ni siquiera sabía que... existías.

—Se supone que no deberías saberlo —replica en un tono áspero que cae directamente de sus labios al fondo de mi garganta, impidiéndome respirar.

«Menuda sirena de mierda estás hecha, Cecelia».

Busco infructuosamente la parte de arriba por el suelo antes de cruzar los brazos sobre el pecho, con la cara ardiendo de humillación.

—Entonces, ¿por qué te molestas en presentarte, a estas alturas?

—Porque, al parecer, en cuanto me despisto, esos dos idiotas se ponen a pensar con la polla en vez de con la cabeza en lo que respecta al... —Despega los labios de los dientes y unos colmillos afilados hacen acto de presencia a causa de su... ¿gruñido?

—¿Al enemigo? —Niego con la cabeza—. Yo no soy tu enemiga.

Él aprieta la mandíbula, mirándome con desdén.

—No, solo te aprovechas del asqueroso dinero de papá.

—Ah, vale, así que eso es una mirada de asco. Me preocupaba que fuera otra cosa.

—Yo no voy por ahí follándome a niñatas —replica él, con un acento que empeora el insulto—. Y sé perfectamente que te estás tirando a todo mi equipo.

Eso duele, pero ni siquiera parpadeo.

—Solo a dos y, por lo que parece, a ti tampoco te vendría mal un poco de acción. Estás muy tenso.

Se mete las manos en los bolsillos, claramente cabreado.

—¿Qué coño quieres?

—Quiero respuestas. Y quiero saber que nadie le hará daño a mi padre.

—Eso no puedo garantizártelo.

—¿Aunque tú no pienses hacérselo?

Su pausa me pone los pelos de punta.

—Físicamente, no. En todos los demás aspectos relevantes, sí.

—¿Y a mí?

—Tú no formas parte de esto.

—Ahora sí.

—De eso nada. Yo mismo me aseguré de ello.

La arrogancia de su respuesta me hace caer en la cuenta.

—Tú eres la razón… Tú eres el que hizo que me dejaran.

Las palabras que Dom me dijo hace apenas unos días ponen en marcha mis engranajes mentales. «Queríamos hacer una declaración de principios y la cagamos bien cagada».

Alguien de la reunión le hizo llegar el mensaje de que yo estaba aquí. Porque este hombre que tengo delante es la persona a la que ambos rinden cuentas.

Nos quedamos callados hasta que, finalmente, el hostil desconocido vuelve a hablar.

—Se suponía que no ibas a aparecer por aquí.

—Sabíais que existía. Todos sabíais que existía.

Por supuesto que lo sabían. La regla número uno es conocer a tu enemigo y sus puntos débiles. Pero, para ellos, yo era una hija distanciada y no representaba ningún peligro para sus planes, otra de las razones por las que Sean dudaba si dejarme entrar.

—¿Quién eres, exactamente? —Silencio—. ¿Por qué te presentas aquí ahora para hablar conmigo? —Él sigue mudo, mientras yo continúo dándole vueltas. «Alguien se ha ido de la lengua». Alguien de alguna de las secciones le había ido con el cuento y por eso Sean y Dominic habían hecho lo que habían hecho. La noche que me condenaron al ostracismo, su intención era dejar las cosas claras a las personas que estaban en el taller, al tiempo que le transmitían el mensaje a ese hombre que ahora me está fulminando con la mirada. Para protegerme. Clic. Clic. Clic—. Por eso yo era el secreto —susurro—. No contabas con que iba a venir. Sabías que Roman y yo no teníamos apenas relación. —Le brillan los ojos mientras una sonrisa de suficiencia asoma a mis labios. Ahora entiendo por qué está tan enfadado—. No esperabas que viniera porque fue una decisión de última hora. Se te escapó mi presencia y ellos me escondieron de ti. —Un pequeño escalofrío me recorre el cuerpo—. ¿Cómo se siente uno al darse cuenta de que no lo sabe todo?

Él avanza amenazadoramente hacia mí.

—No tienes ni idea de hasta qué punto estás en terreno pantanoso. Ya puedes dejar de hacerte la dura y empezar a hablar conmigo como es debido, porque solo te voy a conceder dos minutos.

Y eso es precisamente lo que hago. Dejo de fingir porque es algo más que mi orgullo lo que está en juego.

—No soy la persona repugnante que haces que parezca.

—Lo que yo opine de ti no importa.

—Yo creo que sí. Y mucho. Me estás alejando de mis…

—Ya encontrarás a otros que te follen, Cecelia.

Mi nombre suena despreciable en sus labios carnosos. Para él soy una amenaza, una espina clavada en su bestial costado y, sin duda, un palo enorme en su rueda perfectamente engrasada. Pero mis ocho años de ausencia me habían hecho pasar inadvertida y ellos le habían ocultado mi presencia.

No puedo evitar emocionarme al pensarlo.

—Puede que lo odies, puede que odies a mi padre, pero ahora mismo estás actuando igual que él: como una puñetera má-

quina. Como un maniático del control sin corazón que juega a
ser Dios.

Sus fosas nasales se dilatan.

—Ándate con ojo.

—¿O qué?

Él se cierne sobre mí, con una mirada de advertencia en sus
ojos encendidos.

—No creo que quieras verme cabreado.

—¿No lo estás ya? Además, ¿quién coño eres tú para amenazarme? Puede que tengas casi todas las cartas, pero te falta la
mía. Así que, si quieres que colabore y cierre la boca, ya puedes
ir comportándote.

Él no dice nada, pero su evidente cambio de expresión me
basta.

No debería haber dicho eso. Ahora queda claro que no soy
de fiar. He traicionado a Sean y a Dominic al seguirle el juego a
este gilipollas. Está tratando de echar por tierra todo, de darle la
vuelta a la tortilla para demostrarles que cometieron un error al
confiar en mí. Dominic estaría muy decepcionado.

Me vienen a la cabeza las palabras que le dijo a Sean el día
que me fui de su casa, furiosa.

«No es lo suficientemente fuerte».

«Dale tiempo».

Todas esas pruebas que me hicieron pasar. El exasperante
toma y daca entre Dominic y yo. Todo ese tiempo que Sean in-
virtió en transmitirme aquello en lo que creía, en lo que creía la
hermandad, mientras Dominic se burlaba de mí y tergiversaba
mis palabras. Desde el momento en el que decidieron confiar
en mí, estuvieron preparándome para una confrontación como
esta. Todo giraba en torno al hombre que ahora tengo delante.
Mientras caíamos en barrena, me estaban preparando para el
cabrón del Francés. Su regreso era inevitable.

—Sé guardar un secreto. Pero quiero conocer el plan.

—Que estés aquí no significa que tengas que jugar ningún

papel. Ellos tomaron una mala decisión y lo saben. Que te los hayas tirado no te da derecho a opinar. Y sé perfectamente que no se lo contarás a nadie, aunque por las razones equivocadas —dice con seguridad.

—¿Equivocadas?

—Por tu lealtad hacia ellos —replica, señalando el bosque con la barbilla— y tu incapacidad para dejar a un lado tus sentimientos, en lugar de aceptar que Roman ha hecho algunas cosas imperdonables y merece sufrir por ello. Así que aléjate de esto, como han hecho ellos y… sigue con tu vida.

—¿Es una orden?

—No, es un buen consejo —me espeta—. Y deberías aceptarlo.

Estoy empezando a sacarlo de quicio, algo que estaría bien si no me encontrara a su merced.

—Solo quiero verlos.

—De eso nada.

—No soy una niña de papá enrabietada porque mis amiguitos ya no quieren jugar conmigo. Habla con ellos. Responderán por mí. Te dirán cómo soy.

Él me fulmina con la mirada, asqueado.

—Ya sé lo suficiente.

Bajo los brazos, dejando que me vea desnuda para fastidiarlo. No pienso permitir que me avergüence por algo de lo que no tiene ni idea, ni que me haga sentir incómoda con la persona en la que me he convertido este verano. Pero mi intento pasa desapercibido y él sigue con los ojos clavados en los míos. Nos desafiamos con la mirada en lados opuestos de la línea que él ha trazado entre nosotros.

—¿En serio vas a hacer esto?

—Vivimos realidades distintas y tú has nacido en un mundo diferente al mío. Puede que ni siquiera te lo tenga en cuenta, si lo dejas ya. En tu caso, la ignorancia es una bendición, Cecelia. Te vendría bien recordarlo.

—Aunque apenas tengamos relación, como es el caso, no quiero que nadie le haga daño. Si me garantizas la seguridad de mi padre, estoy dispuesta a ayudarte.

—No pienso prometerte nada. Tiene muchos enemigos que no están relacionados con nosotros. Así son los negocios.

—No para mí.

—Eso es problema tuyo.

—Vale, ¿y ahora qué cojones se supone que tengo que hacer?

Él da media vuelta hacia al bosque, ignorándome.

—Ve a hacerte las uñas.

Indignada, cojo lo primero que encuentro, que resulta ser el bote de protector solar, y se lo lanzo. Le doy en plena espalda. Él se abalanza sobre mí, yo grito y retrocedo hacia la tumbona, hasta que me veo obligada a sentarme. Él me levanta por el brazo de un tirón. Lo que hay entre nosotros no es química, es un fuego candente lleno de odio y resentimiento y de un rencor que no tiene nada que ver conmigo. Este hombre no se anda con rodeos. Detesta mi existencia.

—Como vuelvas a joderme, te joderé yo a ti. —Su mirada ambarina recorre mi pecho como si fuera fuego. Me aprieta con más fuerza y ahogo un gemido.

—Estás cometiendo un error. Estás involucrando en tu guerra a personas como yo. Y como mi madre. Sean y Dominic son mis amigos por encima de todo y quiero ayudarlos. Te han sido leales. ¡Si ni siquiera sé tu nombre! Puede que odies a Roman, pero yo soy inocente. No tenía ni idea de nada. Y sigo sin tenerla.

—Hasta ahora has sido una víctima inocente, pero dejarás de serlo si sigues insistiendo en meterte en esto. Eres un blanco demasiado fácil. —Su insulto me llega al alma mientras echa sal en mis nuevas heridas—. Eres demasiado joven e ingenua. Te tragaste todo lo que te dijeron, pero ya va siendo hora de que asumas que te utilizaron para lo que querían.

Para poder entrar. Yo les facilité el acceso. Me da un vuelco

17

el corazón al recordar el día que Sean había vuelto para disculparse después de nuestra pelea. Al cabo de un rato, Dominic había entrado en la casa mientras Sean me distraía. Puede que sea tonta, pero...

—No soy ninguna zorra.

—Eso díselo a tu conciencia, no a mí.

Pero después de ese día, todo cambió. Puede que antes fuera un objetivo, pero después me convertí en una decisión. Me dejaron entrar en su mundo porque me querían en él. Eso lo tengo claro. Sean me lo confesó. Corrió un gran riesgo al dejarme entrar. Acostarse conmigo era acostarse con el enemigo, hacerme partícipe de sus secretos me mantenía atada a ellos y quedarse a mi lado significaba arriesgar su credibilidad y su puesto en la hermandad.

Si en algún momento había necesitado una prueba de sus sentimientos, ahora la tengo.

—Me importan muchísimo los dos. Déjame hacer la parte que me toca.

—Si lo que dices es cierto, deja de comportarte como una puñetera egoísta. Ellos han pasado de ti sin pensárselo dos veces, y tú deberías madurar y hacer lo mismo.

—¡No puedes alejarme de ellos!

—Sabes que sí. Se te cerrarán todas las puertas a las que llames. Nadie se acercará a ti. A partir de este momento, desde ahora mismo... ya no existes. Y nunca lo has hecho.

Una rabia inusitada me recorre el cuerpo mientras escupo mi veneno.

—¡Vete a la mierda, puto aspirante cutre a Robin Hood del culo del mundo! —Aparto el brazo de un tirón sin que él me lo impida—. ¡Lárgate de aquí!

Él retrocede y se mete las manos en los bolsillos, fulminándome con la mirada.

—Precisamente por eso no te quiero cerca de nosotros —dice con voz gélida.

Levanto una mano.

—Por favor, ¿estás usando de excusa para echarme de la tribu el hecho de que me baja la regla? Se supone que tú y tu pandilla de justicieros sois los buenos de la película, ¿no? ¿Se supone que debemos estar agradecidos a tu asqueroso club de pichas? —Suelto un bufido—. Pues permíteme que te dé las gracias en nombre de todas las depredadoras con coño del mundo —digo, exagerando una reverencia—. Eres muy amable, pero vuelvo a repetirte que yo no soy tu enemiga. —Levanto la barbilla—. Confiaron en mí porque sabían que estaba preparada, algo de lo que ellos mismos se aseguraron. Confiaron en mí porque los quiero y porque sabían que ese amor haría que les cubriera las espaldas. Puedes subestimarlo todo lo que quieras, pero su fuerza garantizará mi lealtad, no al contrario, y me ayudará a hacer todo lo necesario para protegerlos, igual que hacen ellos conmigo. Y contigo.

Por un instante, es como si mi confesión le abriera los ojos, pero la sensación se evapora con la misma rapidez con la que ha llegado.

—No deberías haberte visto involucrada.

—Pues ya lo estoy, así que déjame hacer mi parte.

—Ya han pasado los dos minutos. —Se gira para ir hacia el bosque y decido sincerarme porque sé que ninguna artimaña hará que vuelva a recuperar su atención.

—Estoy enamorada de ellos. Puede que la hayan cagado, pero lo que hizo que me involucrara fue su lealtad hacia ti y hacia tu causa, a todo lo que representáis como colectivo. Ellos no esperaban enamorarse de mí, sino utilizarme, pero el hecho de que no fueran capaces de engañarme así es la razón por la que estoy hoy aquí, luchando por estar a su lado. Todavía estoy enfadada, pero lo entiendo. Me lo hicieron entender. Y puede que todo esto no tuviera nada que ver conmigo, pero ahora sí lo tiene. Por favor. Déjame ayudar. —Me seco las lágrimas de debilidad y lo miro fijamente. Es imponente y cruel, mucho más impresionante que cualquier otra persona a la que esperara enfrentarme hoy. Yo esperaba a mi sol dorado o a mi frío nubarrón, y la posibilidad de no volver a verlos me resulta insoportable. Estoy suplicando y no debería hacerlo. Debería hacer las maletas, largarme y olvidarme de este pueblo. A la mierda mi padre y todos sus chanchullos. Total, no tenemos ninguna relación y yo podría intentar encontrar otra forma más segura de cuidar de mi madre. Pero, mientras pienso en ello, las imágenes de Sean y Dominic y el miedo a lo desconocido me paralizan. No puedo marcharme. Todavía no—. Creo en esto, en todo lo que estáis haciendo, en todo lo que representáis. Quiero formar parte de ello. —Aunque es la pura verdad, me temo que he hablado demasiado tarde.

De espaldas a mí, él se saca la parte de arriba de mi bikini del bolsillo y la deja caer al suelo, a su lado.

—Me lo pensaré.

2

Los primeros signos del frío otoñal corroboran su decisión. Y el silencio es su respuesta. Estaba claro que se iba a negar.

Solo han pasado un par de semanas desde mi enfrentamiento con el desconocido hostil, pero es la rotundidad del aire frío lo que me atormenta. Adiós a las noches de verano bajo las estrellas con Dom, adiós a las largas caminatas con Sean. Mi amor, mi cariño, mi lealtad y mi devoción no han significado nada.

El final de la estación marca el final de todo lo que me ha importado desde que estoy aquí. Han sido poco más de tres meses, pero noto el cambio en mí misma, en mi interior. Disto mucho de ser la chica rara que era cuando llegué.

Mi realidad está cambiando tan rápidamente como el follaje que me rodea, que va adquiriendo diferentes tonalidades de marrón, rojo carmín y anaranjado. Y, en mi estado, no soy capaz de apreciar la belleza; tan solo el mensaje.

El verano no dura eternamente.

Se acabó.

Esta semana he empezado en la universidad pública y he decidido centrarme en los estudios. Los turnos en la fábrica son más duros desde que Sean dejó el trabajo, algo que hizo inmediatamente después de dejarme en aquella oficina.

Solo una vez sucumbí a la curiosidad y crucé la vasta extensión de césped del jardín trasero de Roman para adentrarme en el claro del bosque, en el que me topé con un silencio sepulcral. Los bancos de pícnic habían desaparecido y la maleza estaba empezando a crecer rápidamente. Era como si allí nunca hubiera pasado nada. Salvo por la vegetación nueva y el rumor de los árboles, el espacio carecía de vida.

Mi bronceado se ha desvanecido y sé que he adelgazado. Estoy cada vez más demacrada a medida que mi corazón se va marchitando, sobreviviendo únicamente a base de recuerdos de los meses pasados, de esos meses en los que sonreír no me parecía una obligación.

Solo los sueños me proporcionan cierto alivio ocasional. Sueño con largos paseos entre la niebla, con miradas ardientes, con tormentas eléctricas y besos cautivadores. Pero me despierto destrozada, angustiada y triste.

Melinda ha resultado ser un gran apoyo, poniéndome al día de los cotilleos de Triple Falls durante nuestros turnos interminables y evitando cuidadosamente hablar de aquellos de quienes más ansío tener noticias. Aunque tampoco creo que ella sepa nada de ellos.

Sean había dicho que algún día haría las cosas bien, simplemente algún día.

Algún día. Un término tan vago, de interpretación tan libre, que cada día me parece una condena. Cuantos más pasan, más cuenta me doy de que no era una promesa ni una garantía, sino más bien una ilusión.

Toda esta angustia se debe a dos fantasmas que no dejan de atormentarme. Estoy haciendo lo que Sean me pidió. Nunca paso en coche por el taller, ni les envío mensajes. No tiene sentido. Han tomado una decisión y han dejado clara su lealtad. El tiempo que pasamos juntos no fue lo suficientemente importante. Yo no fui lo suficientemente importante como para afectar lo más mínimo a sus planes.

Al menos así es como me hace sentir su silencio.

Christy impide que me vuelva loca con largas conversaciones por FaceTime sobre el futuro. Sobre los planes que retomaremos dentro de un año. Eso me reconforta un poco. Se suponía que esto no era más que un alto en el camino. Y, aunque al final resultó ser un trampolín, ahora mismo no tengo ningún lugar seguro donde aterrizar.

Cuanto más tiempo guardan silencio, más se me rompe el corazón.

Voy superando el día a día como puedo, pero cada paso, cada tictac del reloj me pesa como un pedrusco en medio del mar embravecido. Cada mañana intento olvidar los sueños y me propongo guardar mi corazón a buen recaudo, como si no me lo hubieran destrozado ya. Pero cuantas más hojas caen, más tintinean sus añicos en mi pecho.

Había sido una ingenua al pensar que ya conocía el desamor y, aunque puede que así fuera, hasta ahora nunca me había sentido como si hubiera perdido una parte de mí.

Soy una náufraga en mi propia vida, viviendo únicamente de recuerdos, de sueños, regodeándome en este dolor infinito, en el sufrimiento de echarlos de menos, a punto de olvidarme de mí misma una y otra vez. Me había propuesto dejar atrás las malas costumbres, aunque no esperaba olvidarlos. No esperaba que el tiempo fuera un factor determinante, una razón para dejarlos marchar.

«Algún día».

Hoy me he obligado a levantarme de la cama y me he vestido automáticamente, decidida a intentar pasar unas horas fuera de mi propia cabeza. Cuando llego al centro, me cuesta encontrar un sitio para aparcar antes de unirme a las hordas de lugareños y turistas de Triple Falls que se bajan de los coches sonriendo ilusionados. Melinda siempre estaba hablando del Festival de la Manzana y, cuando doblo una esquina y veo la plaza, casi me da la risa.

En el mejor de los casos, es una especie de feria cutre. Un festival de pueblo formado por unos cuantos vendedores ambulantes que ofrecen degustaciones de los restaurantes locales y artistas que exponen sus obras en carpas. No se parece en nada a las grandes fiestas de la ciudad, pero, una vez dentro, reconozco que tiene su encanto. Por supuesto, también hay manzanas, cultivadas y recolectadas en la región. Cuando veo un cartel al lado de una mesa del huerto en el que Sean y yo hicimos aquel pícnic nocturno, empiezo a venirme abajo. Cuanto más me adentro entre la multitud, más me arrepiento de estar allí y más ganas tengo de volver al coche. El recuerdo de haberme sentido venerada entre aquellas hileras de árboles encrespados aflora a la superficie, asfixiándome, recordándome que ya no soy la misma chica que era cuando llegué y que quizá nunca vuelva a serlo. En lugar de batirme rápidamente en retirada, deambulo por la acera a lo largo de las hileras de tiendas que hay al lado de las carpas del festival. Me detengo mientras se abre una puerta y un grupo de chicos sale de un estudio de tatuajes.

—Yo te conozco —dice uno de ellos y, cuando levanto la vista, me topo con unos ojos y un rostro familiar.

Tardo unos segundos en recordar de qué me suena.

—R. B., ¿no?

Es quince centímetros más alto que yo y me observa con unos ojos risueños y cálidos de color miel.

—Sí —dice—. Y tú eres la chica de Dom.

—Pues… —balbuceo, intentando pensar en una respuesta mientras me fijo en el tatuaje vendado que sobresale por el cuello de su jersey, del que asoman las puntas de unas alas.

Abro los ojos de par en par mientras R. B. esboza una amplia sonrisa. Entonces su mirada se enfría considerablemente y sus labios se curvan con condescendencia, mientras levanta el delicado vendaje blanco y me enseña las alas negras recién tatuadas que lleva en el brazo.

—Menos mal que no todos pensamos como tú —dice.

Aturdida y muerta de vergüenza, intento encontrar las palabras adecuadas. Aquella noche él fue testigo de mi miedo y de mi inseguridad pero, sobre todo, me vio sacar conclusiones.

—Tranqui, tía, no te rayes.

Podría poner un montón de excusas. Podría alegar que el miedo se debía a que estaba en territorio desconocido, a la inesperada aparición de un arma en el regazo de Dom, a su breve charla y a lo que insinuaba su conversación, pero nada de eso sería suficiente. Había sacado las peores conclusiones tanto de Dominic como de R. B. Y no podía estar más equivocada.

—Lo siento.

Él me responde con una sonrisa, mientras flexiona con orgullo el brazo en el que lleva el cuervo.

—Supongo que saber que estoy de tu lado lo cambia todo. En cuanto a tu chico, él sabe lo que valgo desde que éramos críos.

Sin saber qué decir, hago un esfuerzo para no agachar la cabeza y en lugar de ello lo miro a los ojos con la esperanza de que pueda ver en ellos la verdad: que estoy avergonzada y que tiene razón. Una vez más me han dado una lección incómoda, pero he aprendido que esa es la única forma de crecer. Sean me enseñó muchas cosas en los últimos meses, pero sobre todo con él aprendí la belleza de la humildad y eso es lo único que siento cuando lo miro.

—R. B., tenemos que largarnos, hay movidas que hacer —dice uno de los amigos que está detrás de él, con el brazo cubierto por un vendaje como el suyo.

Dos nuevos cuervos. Los envidio porque, a donde ellos van, yo no puedo seguirlos. Me acerco al hombre que está hablando con R. B. y le tiendo la mano.

—Hola, soy Cecelia.

Él la mira divertido antes de estrechármela.

—Terrance.

—Encantada de conocerte. Y enhorabuena.

Él sonríe, aunque no puede ocultar el orgullo de su mirada.

—Gracias. ¿Eres la chica de Dom?

—Sí. Bueno, lo era. Ya no lo tengo muy claro. —Miro a R. B.

con ojos suplicantes, consciente de que, vaya a donde vaya, podrá posar la mirada sobre los dos hombres que yo me muero por ver—. No estoy en posición de pediros ningún favor, pero cuando lo veáis..., cuando veáis a... Dominic... —Niego con la cabeza, sabiendo que el mensaje nunca será entregado como yo pretendo. No he hablado con él desde que descubrí la verdad sobre la muerte de sus padres y el papel de mi padre al encubrirla—. Da igual.

R. B. ladea la cabeza y frunce el ceño, analizándome con sus ojos de color marrón claro.

—¿Seguro?

—Sí.

—Vale, ¿nos vemos, entonces? —me pregunta en tono insinuante, antes de compartir conmigo una sonrisilla de complicidad.

—Eso espero. Algún día —digo, deseando de todo corazón que ese día llegue y que me permitan volver a rondar libremente por la hermandad, un privilegio que había dado por sentado.

Se alejan mientras me trago el nudo de remordimiento que tengo en la garganta y, una vez más, caigo en la cuenta. Por mucho que crea saber, no sé nada. Con el pecho dolorido y la cabeza dando vueltas, esquivo un carrito de bebé y me tiran un poco de sidra encima. Un hombre con dos niños pequeños sin ninguna madre a la vista se disculpa mientras me limpio las gotas del brazo.

—No se preocupe —lo tranquilizo, bajándome de la acera para ir hacia la calle principal.

Hordas de lugareños recorren las interminables hileras de puestos de vendedores ambulantes. Casi todos sonríen, felices en su ignorancia, ajenos al hecho de que se está librando una guerra. De que más allá de sus árboles y parques públicos hay un grupo de hombres luchando en su nombre para que la economía local prospere y para que los oportunistas no acaben con ellos.

Cuantas más vueltas le doy a lo sucedido en los últimos meses, más abro los ojos a lo que han hecho y a lo que están haciendo al respecto. Por una parte, desearía poder cerrarlos, borrar lo que ahora sé, pero eso implicaría olvidarme de mis fantasmas y todavía sigo demasiado enamorada de ellos. Más que nunca, de hecho. Aunque mi resentimiento por su ausencia y su silencio vaya en aumento.

Pero todo lo hacen por alguna razón. Puedo odiarlos por no responder a mis preguntas y por hacerme dudar de ellos, o puedo confiar en lo que me revelaron, en lo que me pidieron que creyera, en sus confesiones y en ellos, antes de que se esfumaran.

Los días de sol, añoro a Sean, su sonrisa, sus brazos, su polla y las risas que compartimos. Sus besos cálidos y salados, con regusto a nicotina. La caricia de su lengua sobre mi piel. La forma en la que me guiñaba el ojo lentamente para que me diera cuenta de que sabía lo que estaba pensando. Los días de tormenta, echo de menos la sombra de mi nubarrón, sus excitantes besos, el intenso azote de su lengua perversa y suave, y aquellas sonrisas a medias que me iluminaban el alma. Echo de menos los huevos poco hechos y el café solo.

Esos hombres me acogieron bajo su ala, fueron un ejemplo para mí, despertaron mi sexualidad y se volvieron inolvidables. ¿Cómo se supone que voy a superar esto?

Es imposible que pueda volver a dormir.

Se me saltan las lágrimas y empiezo a venirme abajo entre el bullicio de las calles, mientras me obligo a intentar adaptarme a la realidad a la que han vuelto a arrojarme. Moqueando como una boba, me abro paso entre la multitud cada vez mayor que se agolpa delante del ayuntamiento, donde una banda toca en el escenario que está delante de la entrada. Alrededor de una docena de parejas, con pinta de llevar practicando durante todo el año, bailan en la calle exhibiendo su juego de pies y moviéndose de forma sincronizada. Observo a la que está más cerca de mí, que baila en tándem y se sonríe como si compartiera un secreto. La envidia me corroe mientras contemplo su silenciosa conexión, porque eso fue lo que yo tuve con los dos.

Yo tenía eso. Y ahora me veo obligada a guardar mis secretos para siempre. Nunca podré compartirlos. Pero los guardaré porque nadie sería capaz de comprender su gravedad ni de entenderlos realmente. La historia en sí parecería un cuento de hadas poco realista, retorcido y picante, con un final triste o, peor aún, sin final.

Cuando llegué aquí, me propuse dejar a un lado mi estricta moral y desmelenarme para que el caos me permitiera crecer. Y mi deseo se hizo realidad. Debería sentirme afortunada, pero no es así y por eso me lamento. Aunque no puedo hacerlo aquí.

Caminando de forma automática, me abro paso entre la multitud para escaparme, para alejarme de todas esas sonrisas, carcajadas y personas contentas que no tienen ni idea de la batalla que estoy librando para no gritarles que despierten de una puta vez.

Lo que me convertiría en una charlatana más. No se me escapa la ironía. Pero si supieran cuánto arriesgan esos hombres a diario, puede que me escucharan. Puede que se unieran a ellos, que se unieran a su causa.

O puede que ellos sean más inteligentes y, aun siendo conscientes de la tiranía, hayan decidido ignorarla a propósito. Hasta hace bien poco, yo vivía feliz en la ignorancia.

La batalla entre el bien y el mal no es ninguna novedad. De hecho, es algo que todos podemos ver en la televisión a diario. Pero, a estas alturas, hasta las noticias son poco fiables y la forma en la que las transmiten hace que sea necesario descifrar cuáles son los hechos y separarlos de la ficción relacionada con las motivaciones ocultas. Pero cada uno elige lo que quiere y estas personas parecen haber elegido sabiamente. Tal vez la solución no sea escapar, sino convertirme en una de ellas, integrarme y fingir ignorar todo lo que está mal en este puto mundo para poder respirar un poco mejor y, algún día, poder volver a sonreír con despreocupación. Pero a medida que pasa el tiempo, es cada vez más evidente que eso es una ilusión, porque no puedo volver atrás.

Los hombres de mi vida me abrieron los ojos, me hicieron consciente de la guerra que habían declarado. Y ahora sé que, si me viera obligada a elegir, proclamaría a los cuatro vientos mi decisión de darlo todo por ellos. Para siempre.

Ya fuera de la multitud, cerca de un callejón que hay entre dos edificios, observo a la banda, cuyo cantante nos saluda mientras el micrófono chirría al acoplarse. Él se disculpa.

—Y ahora que hemos captado vuestra atención, vamos a empezar como es debido —dice, riéndose entre dientes y haciendo una señal al batería, una vez que el problema de sonido se ha solucionado.

Cuando empieza a sonar la música y oigo el tañido de la guitarra y el bajo, me seco la cara y la nariz con la fina manga del jersey. Acabo de derrumbarme en la puñetera calle, en pleno Festival de la Manzana. No estoy preparada para esto. Todavía no.

El vocalista empieza a desgañitarse con una canción pegadiza y yo, por inercia, escucho la letra de ese tema que habla de estar perdido y pasar por malos momentos y nos anima a seguir sonriendo. No puedo evitar reírme con ironía mientras otra lágrima cálida rueda por mi cara y me la seco con la manga.

Sí, claro, yo paso.

«Algún día».

Voy hacia el sitio en el que he aparcado y una mano me agarra por la cadera. Miro hacia atrás mientras me envuelve un aroma a cedro y nicotina. Sobresaltada, doy un respingo que aprovecho en mi favor para inhalar profundamente, refugiándome en su pecho mientras su cálido aliento me roza la oreja.

—Temazo. —Su mano cae para agarrar la muñeca que cuelga a mi costado y, de pronto, me encuentro cara a cara con Sean—. Hola, pequeña.

Se me llenan otra vez los ojos de lágrimas mientras lo miro aturdida, y su mirada alegre se vuelve triste al verme la cara.

—¿Qué leches...? —Antes de que pueda formular la pregunta, Sean me rodea la cintura con el brazo y, dándome la mano que le queda libre, nos aleja de la multitud—. ¿Qué coño estás haciendo? —exclamo en un susurro.

Él mete la rodilla entre las mías y mueve la cadera un par de veces. Yo me quedo inmóvil entre sus brazos, mientras él aprieta con fuerza nuestras manos entrelazadas.

—Vamos, pequeña —me suplica, mientras la gente empieza a fijarse en nosotros. Nos mece al ritmo perfecto, agachándose y balanceándose, e instándome a mí a hacer lo mismo—. Vamos, nena —dice, incitándome, pero su sonrisa empieza a desvanecerse al ver que permanezco inmóvil—, da señales de vida.

Las mariposas se me arremolinan en el estómago mientras él me llama con su cuerpo, meciéndose sobre los talones y moviendo sensualmente las caderas. Es imposible resistirse. Con su siguiente paso, me rindo y me dejo llevar por la música, uniéndome a él mientras empiezo a contonearme. Sean me guiña un ojo para animarme antes de girar rápidamente, agarrarme la mano por detrás de la espalda y ejecutar el movimiento con soltura. Unos cuantos curiosos que están a nuestro lado nos gritan palabras de ánimo y nos jalean mientras el rubor me sube por el cuello. Pero así es Sean, ese es su superpoder y lo domina a la perfección. Así que hago lo único que puedo hacer: me rindo ante él.

Empezamos a bailar mientras me canta al oído. Mece su físico perfecto al ritmo del bajo, al que acompaña una armónica. Nos mecemos por la calle atestada de gente, moviéndonos con destreza, alejándonos y volviéndonos a juntar con fluidez. Bailamos como si lleváramos años haciéndolo, en lugar de un par de meses. Sus ojos de color esmeralda brillan orgullosos al ver que empiezo a animarme. A mitad de la canción, la música se detiene de repente, al igual que los bailarines que nos rodean, y la gente levanta las manos coreando la letra. La música queda suspendida en el aire durante una fracción de segundo, antes de que todo el mundo vuelva a ponerse de nuevo en movimiento.

Nunca antes había oído esa canción, pero sé que nunca la olvidaré: la letra es demasiado irónica. Es como si la hubieran escrito para mí. Y la acepto como el regalo que es. Allí, en la calle principal, arañamos unos minutos para reencontrarnos y simplemente... bailar. Juntos, nos apropiamos de ese instante robado e ignoramos el mundo enloquecido que nos rodea, nuestras circunstancias y todo lo que tenemos en contra. Y durante ese breve veranillo de San Miguel, me cuesta un poco menos respirar y el dolor disminuye.

Nada importa salvo mi sol dorado, el amor que siento y yo. Niego con la cabeza irónicamente mientras él presume de pareja, desafiante, retando a cualquiera a que ose estropear nuestro momento. Entonces me doy cuenta de que no vamos a permitir que ni ellos ni nadie se carguen lo que tenemos. Cuando acaba la canción, la multitud que nos rodea estalla en vítores mientras él se acerca a mí y me estrecha la cara entre las manos. Se queda inmóvil por un instante a unos milímetros de distancia, antes de poseer mis labios con un beso tan sincero que el dolor que acabo de eludir da paso a la agonía.

Mi instinto me dice que hoy no es «algún día».

—Tengo que irme —me susurra al oído, echándome el pelo por detrás del hombro mientras sus ojos imploran comprensión.

—No, por favor...

—No me queda más remedio. Lo siento. —Niego con la cabeza y bajo la mirada, dejando brotar las lágrimas que estaba conteniendo. Sean me levanta la barbilla y me mira a los ojos, desolado—. Por favor, pequeña, venga —dice, acariciándome la barbilla con el pulgar—. Baila, canta, sonríe.

—Por favor, no te vayas. —Con expresión triste, me da un dulce beso en los labios y de mi interior emerge un sollozo que le pone fin prematuramente—. Sean, espera...

Cuando me suelta, me tapo la cara con las manos y emito un quejido agónico mientras su calor desaparece. Asfixiándome, sacudo la cabeza entre las manos, incapaz de soportar el profundo dolor que me desgarra el pecho. Las lágrimas me empapan las palmas mientras la multitud se arremolina a mi alrededor y soy consciente de cada paso que Sean da para alejarse de mí.

No puedo dejarlo marchar. No puedo hacer esto.

Apartando las manos, busco algún indicio de la dirección que ha tomado mientras empiezo a abrirme paso entre una multitud cada vez mayor, negándome a permitir que me abandone, negándome a que este baile sea el último, porque nunca será suficiente. Se me para el corazón cuando lo pierdo de vista. Giro en redondo, buscándolo por todas partes, mientras me engulle la muchedumbre que se abalanza sobre el escenario. Tratando de abrirme paso entre los enjambres de cuerpos, empiezo a entrar en pánico.

—¡Sean! —grito, mirando en todas direcciones, hasta que veo un pelo rubio despeinado y me pongo a perseguirlo—. ¡Sean!

Me abro paso entre una familia y estoy a punto de arrollar a un niño pequeño de manos pegajosas, llenas de manzana confitada. Lo agarro y me disculpo antes de salir corriendo hacia donde Sean ha ido. Giro sobre mí misma, veo un banco cerca y me subo a él para escudriñar las aceras y los callejones cercanos.

—¡No, no, no!

El pánico se apodera de mí al no encontrar nada. Aguzo el oído, buscando infructuosamente hasta que oigo el leve pero inconfundible rugido de un motor que cobra vida. Me bajo de un salto para ir hacia él y corro por un callejón antes de doblar la esquina. Entonces, al encontrarme con una mirada plateada, me detengo como si hubiera chocado con una pared invisible.

Dominic está apoyado en el Nova de Sean, con los brazos cruzados, mirándome fijamente. Sean me ve desde el lado opuesto del coche y me echa un último vistazo a través del capó antes de subirse al asiento del conductor. Vuelvo a observar a Dominic mientras este me mira de arriba abajo. Con el corazón desbocado, doy un vacilante paso adelante y él niega con la cabeza, rechazándome.

—Por favor —susurro, sabiendo que puede leer claramente la súplica en mis labios mientras mis lágrimas caen con fluidez. Se abre completamente a mí y las emociones inundan sus ojos de plata mientras aprieta los puños a ambos lados del cuerpo. Sé que desea acercarse, eliminar el agua que se vierte entre nosotros—. Por favor —le suplico, incapaz de soportar el dolor—. Por favor, Dom, no te vayas —lloro.

Percibo el esfuerzo que le supone resistirse y negar lentamente con la cabeza. Transmiten mucho más sus ojos que su actitud. En su mirada veo añoranza, arrepentimiento y resentimiento por nuestra situación. Y eso me basta. Tiene que bastarme.

Su cariño por mí no eran imaginaciones mías. Ni uno de los minutos que pasamos juntos fue producto de mi imaginación. Nadie puede subestimar ni despreciar lo que tuvimos. Nadie. Y no pienso permitir que me lo arrebaten jamás.

Pero ninguno de los dos me proporciona ninguna certeza mientras sigo allí, desangrándome, y eso es lo que más me aterroriza.

Dominic agarra la manilla y abre la puerta mientras Sean mira fijamente hacia delante, ya sea para concedernos estos instantes o porque no es capaz de seguir mirándome. Pero eso no me sirve de consuelo. Contemplo a Dominic una última vez y le permito ver mis lágrimas, mi amor. Cubriéndome el pecho con ambas manos, cierro los ojos y le digo la verdad.

—Te quiero.

Al abrirlos, veo su reacción impulsiva ante mi confesión. Da un paso adelante, indeciso, un segundo antes de apartar la mirada y meterse en el coche con Sean. Y, en un instante, ambos desaparecen.

Es entonces cuando tengo la certeza de que han perdido cualquier batalla que hayan tenido que librar para poder seguir conmigo.

Y de que quizá «algún día» no llegue nunca.

3

Hay una escena en una de las películas de la saga *Crepúsculo* en la que Bella está sentada en una silla, con el corazón roto, viendo pasar las estaciones por la ventana. Y, desde mi balcón, mientras los árboles se marchitan y entran en letargo antes de volver a florecer, me doy cuenta de que yo he vivido las tres últimas estaciones de mi vida de forma muy similar a ella, cuando el amor la abandonó.

Puede que el amor me ganara la partida el verano pasado, pero en cuanto las primeras nieves empezaron a caer, fue el odio el que empezó a ir a más. Un odio por un individuo sin nombre que me arrebató gran parte de mi felicidad al desterrarme.

Ahora, cuando añoro a aquellos que me abandonaron, sustituyo esa añoranza por la aversión hacia ese hombre de ojos de fuego que dio la orden tajante de mantenerme en el lugar que me correspondía; es decir, en tierra de nadie.

En Navidad, me fui a casa. Pasé las vacaciones con mi madre y con Christy, cuidando de mi corazón destrozado, un corazón lleno de amor sin nadie en quien volcarlo. Pero ni una sola vez en todo ese tiempo me arrepentí de un solo minuto pasado con ninguno de ellos.

Estaba agradecida. Me sentía afortunada. Llegué a conocerme mejor gracias a esa experiencia con ellos. No solo fue un verano, sino una época de descubrimiento. Supongo que la mayoría de la gente pasa por la vida sin explorarse tan a fondo como yo lo hice. Aquellos días de aventuras llenas de deseo y las noches que pasé con ellos bajo un dosel de árboles verdes y estrellas titilantes me cambiaron.

Los minutos, las horas, los días y los meses iban pasando, pero yo no volvía a la vida. Seguía adelante como por inercia.

Me aferraba a mis recuerdos, hasta que un día me obligué a empezar a vivir de nuevo. La universidad era fácil y mi trabajo se hacía más llevadero a medida que iba cogiendo confianza con Melinda y con algunos otros compañeros del turno de noche. Ningún miembro de la hermandad me hablaba, absolutamente nadie. Daba igual que me los encontrara por casualidad en el pueblo, en una gasolinera o en cualquier otro lugar: yo era invisible para los que tenían la marca. No solo perdí a mis chicos, sino también a mis amigos, incluida Layla, y al resto de gente relacionada con la hermandad.

Ese cabrón cumplió su promesa. Me dejó completamente sola.

Cuanto más tiempo pasa, más me convenzo de que es mejor así. Cualquier tipo de comunicación o conexión con alguien relacionado con Sean y Dominic me haría aferrarme a un futuro inexistente.

A finales de primavera, completé con éxito los dos primeros semestres de la universidad con una nota media casi perfecta y, ahora, el año que tenía que pasar trabajando con mi padre está llegando a su fin. Ya he cumplido las tres cuartas partes del trato y solo me faltan unos meses.

Un verano más en Triple Falls y adiós a Roman Horner y a mi deuda con él. Y mi madre tendrá seguridad económica. La libertad está cerca.

Roman no volvió de Charlotte después de nuestra última conversación y tampoco espero que lo haga. Siguiendo la ley del mínimo esfuerzo, se limita a enviarme un correo electrónico semanal. Como sospechaba, nunca había vivido aquí. Esta casa es más bien un monumento a su éxito. Cuando acabe el verano, podré olvidarme de la ansiedad constante que me causa la posibilidad de encontrármelo cara a cara. No solo eso, sino que además heredaré gran parte de su fortuna y nuestros lazos se romperán.

Por extraño que parezca, no tengo prisa por marcharme de Triple Falls. Me he encariñado con el pueblo y con sus habitantes. Ya no me molesta la monotonía del trabajo. Pero ahora que ha terminado el semestre, vuelvo a tener tiempo libre y me está costando bastante llenarlo.

Lo he estado aprovechando de forma inteligente. Practico senderismo muy a menudo. Nunca por los caminos a los que me llevaba Sean, en ese sentido ya no soy tan masoquista. Pero me he hecho más fuerte, los músculos ya no me duelen después de una larga caminata por el bosque o un ascenso a la montaña. He desempolvado mi francés con la ayuda de una aplicación, decidida a pasar por fin los veranos en el extranjero, ahora que voy a tener una cuenta bancaria saneada. Y desde que ha dejado de hacer frío, he vuelto a tomar el sol, a nadar y a leer en el jardín de Roman.

Me he permitido soñar con una nueva normalidad, tomando cervezas después del trabajo con mis compañeros y asistiendo con Melinda a algunas celebraciones familiares para pasar el rato. Me estoy esforzando por ser una buena amiga para ella, como ella lo ha sido para mí.

Pero esta noche se me presenta un nuevo desafío. Tras ocho meses de doloroso silencio por parte de mis dos amores perdidos, he accedido a tener una cita.

Después de darme una ducha de agua hirviendo, me perfilo los labios con un lápiz de color rojo pasión mientras recuerdo a Sean acariciándolos alrededor de su polla e intento sofocar el recuerdo de los sonidos que hacía, de sus gruñidos de placer y de su larga exhalación cuando se corría.

«Tienes una cita. Una cita, Cecelia». Cierro los ojos, abrumada por los recuerdos de la última que tuve. Me viene a la cabeza la débil sonrisa de Dominic y me veo con claridad recorriendo su cuerpo musculoso con los dedos de los pies desnudos, en el asiento delantero del Camaro. Cagándome en todo, cojo un pañuelo de papel y me limpio el borrón del perfilador de labios.

«La cita, Cecelia. Concéntrate en la cita. Se llama Wesley. Es educado, culto y está bastante bueno». Aunque no tanto como Sean. Ni como Dominic. Ni como el Francés, porque, a pesar de que lo odio con todas mis fuerzas, ningún hombre sobre la faz de la Tierra está tan bueno como él. Y eso me jode mucho.

Cada vez que pienso en ese cabrón arrogante, me hierve la sangre. Puede que nunca vuelva a captar su atención, pero me niego a otorgarle el poder que en su día tuvo sobre mí. Él me arrebató la felicidad sin pensárselo dos veces, emitió su veredicto y dictó su sentencia inhumana antes de largarse. Hace unos meses, habría secundado cualquiera de sus planes solo por estar cerca de ellos. Pero el tiempo ha estado de mi lado. Me ha sanado. Me ha fortalecido y me ha cabreado.

Que se atreva a cruzarse en mi camino, después de habernos destrozado de un plumazo a los tres. Pero Sean y Dominic se lo permitieron y, para mí, eso también es imperdonable.

El rencor me hace ser objetiva cuando echo la vista atrás. También perpetúa mi indignación y mi resentimiento, herramientas que necesito para avanzar. Algún día, cuando ya no necesite esta rabia, les perdonaré el daño que me hicieron. Pero lo haré por mí. Y no será pronto.

Niego con la cabeza y me concentro en los ojos, echándome una buena capa de rímel. Todavía no estoy preparada para esto y lo sé. Pero necesito dar este último paso. Necesito volver a salir.

He cambiado el «algún día» por «algún día con algún otro».

Y ese «algún otro» podría ser Wesley.

Me llega un mensaje al móvil, que está sobre el tocador, y

abro para que Wesley pueda entrar. He optado por no darle el código de la puerta. En ese aspecto, he aprendido la lección.

Emocionada, bajo las escaleras con un nuevo vestido ajustado de cuello *halter* que me ha ayudado a elegir la dueña de mi tienda favorita. Preparada para cualquier cosa, me peino con los dedos antes de abrir la puerta.

Solo quiero volver a reír sin la triste pausa del recuerdo al final. Sin evadirme del presente quedándome anclada en el pasado. Solo quiero volver a sentir algún tipo de contacto que no tenga nada que ver con los hombres que se niegan a abandonar mis sueños y a dejar de ser los dueños de mi vida. Y, sobre todo, quiero comprobar si soy capaz de sentir algún tipo de emoción, una pizca de ilusión, cualquier señal de vida más allá del ritmo que marcan los latidos de mi corazón.

Me bastará con saber que tengo alguna posibilidad.

—Por favor —susurro a quien quiera que me esté escuchando—. Solo una pequeña sacudida, un hormigueo, algo —suplico mientras Wesley aparca y se baja de la camioneta.

Cuando sus ojos marrones me miran y se iluminan, al tiempo que me enseña una dentadura perfecta, sé que para mí la cita ha terminado.

Nada.

Eso es lo que he sentido. Absolutamente nada. Ni durante la cena, ni ahora, mientras Wesley me coge de la mano para acompañarme a su camioneta. Ni un cosquilleo, ni un ápice de emoción cuando abre la puerta del copiloto y me aparta suavemente el pelo de la cara antes de inclinarse hacia mí.

Ese gesto actúa como detonante e, incapaz de soportarlo, giro la cabeza en el último segundo. No son las caricias de Sean, ni los labios de Dominic. Wesley baja la barbilla y me mira.

—¿Alguien te ha hecho daño?

—Lo siento. Creía que estaba preparada.

—No pasa nada. Es que… me ha dado la sensación de que estabas un poco ausente mientras hablaba durante la cena, y no he sido capaz de cerrar la puta boca.

—No es por ti… —Me estremezco y, por la forma en la que le cambia la cara, me doy cuenta de que dispararle habría sido más piadoso.

Tiene el detalle de reírse.

—Eso duele. —Me entran ganas de meterme debajo de su camioneta. Pero él me ayuda a subirme a ella y luego mete la cabeza por la ventanilla—. Tranquila, Cecelia, yo también he pasado por eso.

Lo miro, sintiéndome culpable.

—Pagaré mi parte de la cena.

—¿Piensas seguir insultándome toda la noche? ¿Con qué clase de gilipollas has estado saliendo?

Con unos inolvidables y un poco cabrones.

—Ahora mismo, no me extrañaría que me hicieras volver a casa en taxi.

—Eres dolorosamente sincera, pero me gusta. —Wesley se muerde el labio y levanta los ojos hacia los míos—. Además de guapísima. Es un halago haber sido tu primer intento. Y quizá podamos volver a probar en otro momento —dice, encogiéndose de hombros.

—Me encantaría.

Ambos sabemos que es mentira, pero hace que me sienta mejor mientras me abrocho el cinturón y él rodea la camioneta. Se reúne conmigo en silencio y no deja de trastear con la radio durante todo el viaje de vuelta. Es un alivio cuando por fin abre la boca.

—¿Era alguien de por aquí?

—No. Solo un idiota con el que salí en Georgia.

Cada vez me cuesta menos mentir. Pero decir la verdad no es una opción.

Wesley me deja en la puerta de casa con un abrazo amistoso

y el ofrecimiento de llamarlo cuando esté preparada. Mientras se marcha, maldigo mi corazón fiel y doy un portazo, enfadada conmigo misma.

Desanimada, subo las escaleras y voy hacia mi dormitorio. Me quito las sandalias, saco el móvil del bolso y le envío un mensaje a Christy.

> Yo
> La operación Ponte las Pilas ha sido un desastre.

> Christy
> No te rindas, cari. De todos modos,
> ahora mismo cualquier tío sería un parche.

> Yo
> Aún no estoy preparada.

> Christy
> Si no estás preparada, no estás preparada.
> No te precipites. Todo llegará.

> Yo
> Qué haces esta noche?

> Christy
> Mantita y Netflix. 😊
> Mañana te cuento.

> Yo
> Dale caña. Y más te vale. Te quiero. Buenas noches. Besos.

Decido reconocer el avance. Al menos he salido con alguien, haya ido bien o no. Algo es algo.

Después de enchufar el móvil en la mesilla, echo hacia atrás las sábanas, me siento en el borde de la cama y acaricio con los pies la mullida moqueta.

Intentar llevar una vida «normal» tras dos relaciones de alto voltaje es agotador. Incluso después de tantos meses, sigo echando de menos las noches caóticas, el misterio, la emoción, la conexión y el sexo. Dios, el sexo.

Ya me he concedido tiempo suficiente para llorar. Si mi corazón se limitara a hacer caso a mi cabeza, me iría mucho mejor. Me acaricio los labios intactos y decido que ya me ducharé por la mañana para quitarme el maquillaje. Aparto los cojines que están sobre el edredón, con intención de acurrucarme con un libro nuevo, y me quedo helada al ver un colgante metálico que me espera sobre la almohada.

Lo cojo y lo pongo a la altura de los ojos, incrédula ante su importancia y significado, antes de salir disparada de la cama. Registro la habitación con el corazón en un puño.

—¿Sean? ¿Dominic?

Entro en el cuarto de baño. Vacío.

Salgo al balcón. Vacío.

Desesperada, busco por toda la casa y veo que todas las puertas están cerradas. Aunque no es que eso fuera a detenerlos, porque nunca lo ha hecho. Tengo la prueba en la mano.

Esperanzada, me pongo el collar al cuello y corro hacia la puerta trasera. Me calzo las botas de agua que están en el mueble de la entrada y cojo la linterna de bolsillo que tengo en el chubasquero. Inspecciono rápidamente el jardín con el débil haz de luz.

—¿Sean? ¿Dominic?

Nada.

Voy directamente hacia el bosque, cruzando la extensión de hierba recién cortada del tamaño de un campo de fútbol, mientras el cálido metal que llevo al cuello me proporciona el primer rayo de esperanza en medio del desastre. Estoy casi corriendo cuando llego a la pequeña colina que sube hacia los árboles y el claro.

La imagen que me recibe allí me deja estupefacta. Las hierbas altas se mecen ante mí salpicadas por la luz verde amarillenta de cientos de luciérnagas. Estas flotan entre los matorrales y las gruesas ramas brillando como diamantes allá en lo alto, antes de desaparecer bajo la luz de la luna llena.

—¿Sean? —Busco por todos los rincones del claro, iluminando las sombras de los árboles con la linterna—. ¿Dominic?—grito en voz baja, rezando para que alguno de los dos me esté esperando—. Estoy aquí —anuncio, buscando en la oscuridad del bosque alguna señal de vida con la escasa ayuda de la linterna que llevo en la mano—. Estoy aquí —digo, acariciando la forma del colgante—. Estoy aquí… —repito en vano. Pero nadie me escucha.

La única persona que hay ahí soy yo.

Confusa, giro sobre mí misma en círculos vertiginosos buscando, anhelando, deseando descubrir alguna señal de vida, pero nada. La esperanza que sentía hace unos minutos se dispersa con el viento, susurrando entre los pinos gigantescos y centelleantes que se ciernen sobre mí. Pero, en lugar de regodearme en mi dolor, contemplo con una mano en el pecho la sinfonía de luz que se despliega sobre mis botas y ante ellas en una melodía silenciosa pero cautivadora. Fascinada por la luna y el espectáculo luminoso, acaricio el ala de cuervo entre el índice y el pulgar.

Uno o ambos me han reclamado como suya.

Alguien ha dejado el colgante en mi almohada.

Los llamo una vez más.

—¿Sean? ¿Dominic?

El aire parece estancarse a mi alrededor mientras percibo claramente una presencia. Me pongo tensa al oír una voz grave con acento francés a pocos metros de distancia.

—Siento decepcionarte.

4

Sale de entre las sombras del denso grupo de árboles que hay a mi izquierda. Yo retrocedo, enciendo la linterna y lo enfoco con el haz de luz.

—¿Qué quieres?

—¿Que qué quiero? De ti, nada —dice con desdén, saliendo de su escondite.

Gracias a la linterna le veo perfectamente la cara; ni una sola sombra oscurece su piel lisa, su gran nariz o la forma angulosa de su mandíbula. Es una lástima que lo odie, de no ser así podría apreciar la belleza de su rostro. Apago la luz, deseando que las sombras se lo traguen, pero incluso en la oscuridad, su atractivo viril resplandece bajo la luz radiante de la luna y entre los insectos que nos rodean como si fueran hadas. Va vestido prácticamente igual que cuando lo conocí, salvo por la chaqueta y la fina corbata negra. Parece completamente fuera de lugar con la camisa, el pantalón de traje y los zapatos relucientes.

—¿Qué haces aquí con esas pintas?

—Yo podría preguntarte lo mismo.

Salvo por las botas de agua de lunares, sigo con la ropa que me había puesto para la cita, además de totalmente maquillada y peinada. También estoy demasiado arreglada para un paseo nocturno por el bosque.

—Vivo aquí.

—Eso no es verdad.

—Es una forma de hablar. Y este ya no es tu territorio.

—Mi territorio es el que me da la puta gana.

Sus ojos rebosan la misma crueldad hostil que recordaba tras el encontronazo del año anterior. Su tono de voz es igual de condescendiente y rencoroso. Y aunque podría dar media vuelta y marcharme, quiero que sepa que yo también me he formado una opinión sobre él, al igual que él sobre mí.

—Eres repugnante. Con esos aires que te das —digo, levantando la mano y agitándola—. Como si tuvieras derecho a actuar así, a tratarme como te dé la gana.

—¿Vas a soltarme el discurso de «trata a los demás como quieres que te traten a ti»? Porque puedes estar segura de que ya me has jodido bastante con tu mera existencia.

—Eres un payaso, no merece la pena tener una conversación contigo.

—Olvidas con quién estás hablando.

—Sí, claro. Ya puedes volver a guardarte la polla, imbécil. Esto no es un concurso de meadas.

—Menuda boca de malhablada tienes.

—Eres un gilipollas y un cabrón. Y la educación y los modales me los guardo para los seres humanos civilizados, no para los sociópatas arrogantes sin compasión.

Se acerca a mí y su olor me invade. Es unos centímetros más alto que Sean y Dominic. Su complexión es colosal y amenazadora, como si hubiera pasado directamente de niño a hombre, sin etapas intermedias.

—Eres una niñata deslenguada. Y si no merece la pena tener una conversación conmigo, ¿por qué sigues aquí, discutiendo?

—Bien visto. Vete a la mierda.

Me alejo de él, pero extiende la mano y me agarra por la muñeca. Yo me resisto, pero no me está mirando a mí, sino el ala de cuervo que cuelga de mi cuello.

—¿Qué es eso?

No puedo evitar sonreír.

—Creo que sabes perfectamente lo que es.

—¿Quién te lo ha dado?

—Eso no es asunto tuyo. Suéltame.

Él tira de mí y dejo caer la linterna para arañarle la mano con la que me está sujetando mientras extiende la otra hacia el colgante. Cuando adivino su intención, me pongo como una fiera. Le doy una sonora bofetada con la mano que tengo libre y cojo impulso para golpearlo con más fuerza.

—¡Ni se te ocurra, cabronazo! —Pero no soy rival para esa bestia que tira de mí hacia él, sacudiéndome como a una muñeca de trapo, zarandeándome antes de arrojarme sobre la hierba y sentarse a horcajadas sobre mí—. ¡SUÉLTAME! —Grito a pleno pulmón, enfrentándome a él y arañándole la camisa, incapaz de encontrar agarre en su piel.

Él me domina con facilidad, como si luchara contra un mosquito, mientras me clava las muñecas en la hierba fría. Sobre mí, sus ojos arden de rabia.

—Dime ahora mismo quién coño te ha dado eso.

Yo le escupo y me felicito al ver que le doy en la mandíbula. Él me agarra las dos muñecas con una mano y las aprieta contra el suelo antes de limpiarse la saliva con el hombro de la camisa. Entonces veo el brillo de sus dientes y me doy cuenta de que el muy cabrón está sonriendo de una forma que me hace sentir náuseas.

—Me he cargado a gente por menos.

—No me das miedo. Solo eres un cuerpo enorme y una cabeza hueca.

Su risita siniestra me produce un escalofrío.

—Ni siquiera te has dado cuenta aún de que te has puesto cachonda —susurra acaloradamente, haciéndome saltar de nuevo las alarmas—. Quizá debería haber esperado a que lo descubrieras por ti misma, a que te quitaras las bragas y te murieras de vergüenza.

—Que te follen.

Él se inclina hacia mí y su olor a cítricos, especias y cuero inunda mis fosas nasales.

—¿Te sientes sola, Cecelia?

—Suéltame —le repito. Lucho contra él, empleando todas mis fuerzas en vano.

—Basta de jueguecitos. ¿Quién te ha dado el collar?

—Aunque lo supiera, no te lo diría.

«Mierda. Mierda. Mierda».

—No lo sabes. —En sus labios carnosos se dibuja una sonrisa exasperante—. Esta sí que es buena. No sabes cuál de ellos ha sido. —Se acerca a mí antes de condenarme con otra promesa—. Pues me aseguraré de que nunca lo sepas.

Agarra el collar mientras yo me resisto con las pocas fuerzas que me quedan.

—¡No, no! ¡Por favor, no! —le suplico, apartándole la mano mientras el cierre metálico se me clava en la nuca justo antes de ceder y romperse. Enfurecida, grito ante la pérdida. Se me llenan los ojos de lágrimas de rabia, mientras él acaba conmigo de una sola estocada—. ¿Por qué? ¿Por qué? Era mío. ¡Él me quiere!

—¿Quién? ¿Quién te quiere, Cecelia?

—¡Es para mí, para protegerme! ¡Me lo prometieron!

—¿De quién necesitas protegerte?

«De ti». Pero no me atrevo a decirlo. Da igual que le otorgue el poder de aterrorizarme o no, no es de los que piden permiso.

—¡Son tus propias normas! No puedes cargártelas. ¡Él me ha elegido!

—Eres patética. —Me suelta, se levanta con el collar roto y me mira—. ¿Crees que una baratija puede protegerte? No significa nada.

—¡Para mí sí!

—Eres una niñata enamoradiza.

—Soy una mujer de veinte años, cabrón ignorante. —Me pongo de pie para enfrentarme a él a pesar del temblor de mis piernas—. Y le pertenezco.

—¿Porque él lo diga? ¿Es que tú no tienes nada que decir? Estás trastornada. Y no, cariño, no le perteneces. Es mi hermano.

—Y una mierda. Solo es un chico con el que jugabas a construir fuertes antes de llegar a la pubertad. ¿Cuántos años tienes? ¿Treinta? Y todavía andas por ahí matando dragones imaginarios, mientras juegas a ser el dueño y señor.

—Piensa lo que quieras, pero ya has visto de lo que somos capaces.

—¿De robar cuatro perras y organizar fiestas? Menuda proeza. —Estoy mintiendo descaradamente, pero no quiero que se entere de lo que sé—. Y sé perfectamente a quién pertenezco.

Él se agacha para mirarme directamente a los ojos.

—¿Estás segura?

—Estoy enamorada de él.

—Di su nombre.

—Da igual quien…

—Ya, claro, los quieres a los dos; ya he oído ese discurso antes, ahórrate el esfuerzo.

—Te arrepentirás de haberme hecho daño.

—¿Tú crees? —dice él, mirando a su alrededor—. ¿Y quién va a venir a salvarte, exactamente? —Esa verdad se me clava en las entrañas como un cuchillo. Tiene razón. Ninguno de los dos está aquí para salvarme de este cabrón tarado. Pero me enseñaron bien a protegerme. Como si me estuviera leyendo el pensamiento, baja la voz para amenazarme directamente—. Te aseguro que me he librado de cosas mucho peores. —Su acento francés, combinado con su abierta hostilidad, hace que su amenaza parezca aún más peligrosa. Pero no me intimida, mi odio lleva meses supurando y estoy deseando darle salida.

—¿Por qué está tan enfadado, caballero? ¿Acaso estaba usted matando y torturando animalitos y le he interrumpido? ¿No tiene nada mejor que hacer un viernes por la noche que acosar a niñatas enamoradizas? ¿Cuál de los dos es más patético? —Me armo de valor y enderezo la espalda, con la rabia a flor de piel—. No eres más que un crío asustado que se ha convertido en un maniático del control porque no ha recibido suficiente atención de pequeño.

En un segundo, paso de estar de pie a estar tumbada en el suelo boca arriba. Mi corazón deja de latir y me quedo sin respiración mientras algo similar a un beso me destroza la boca. Aplastando cada centímetro de mi cuerpo, él se apodera de mis labios, separándolos con ímpetu. Inmóvil y con los ojos abiertos de par en par, balbuceo medio asfixiada mientras él me acosa con su lengua. Con un dominio total de la situación, logra robarme ese beso y acaba por quitármelos todos, borrando el último que Sean me dio y también el anterior, así como el torturador juego de lengua de Dominic. Y yo me resisto, me resisto aferrándome a esos besos con todas mis fuerzas mientras se me escurren entre los dedos y se me escapan. La sensación de pérdida y el odio me invaden e intento girar la cabeza para rechazarlo, pero él me lo impide.

Me expolia con cada acometida de su lengua, sometiéndome por completo y, al siguiente asalto, me convierte en su prisionera. De repente, me veo envuelta en un fuego abrasador. El calor va derritiendo mis barreras hasta que se vienen abajo, y el humo me aturde mientras yazco impotente debajo de él, envuelta en llamaradas azules.

Me sumo en un olvido carnal mientras pierdo la batalla por recuperar el aliento. Él se alimenta sin piedad de mi boca, con unos besos angustiosos e implacables. Un gemido se escapa entre mis labios y me consume como un infierno ardiente, hasta que finalmente se extingue.

Hasta que yo me extingo, y vuelvo a arder con un beso violento.

Un beso que me devuelve a la vida, una vida que se ha marchitado hasta reducirse a la nada tras meses de abandono y aislamiento. Debajo de él, mi cuerpo ingrato me traiciona, cambiando de forma innegable la intensidad, dejándose llevar por un deseo que empieza de forma imperceptible y se va extendiendo poco a poco por mis extremidades. Mi lengua, igualmente implacable, se encuentra con la suya y ambas se baten en un duelo feroz, mientras devoro a mi enemigo y abro los muslos al tiempo que él embiste mi cuerpo hambriento con su erección.

La mezcla de indignación y lujuria me hace luchar ahora por un motivo totalmente distinto mientras me aferro a él y lo araño para acercarlo a mí, clavándole las uñas en el cuero cabelludo e inclinando la cabeza para facilitarle el acceso.

Intentando todavía recuperar el aliento, le robo el suyo y él me come la boca con agresividad y desenfreno mientras nuestras lenguas batallan. Una lujuria insaciable se apodera de mí y me dejo arrastrar por la oscura corriente, concediéndome permiso para hundirme en ella. Atrapada dentro de la ola, me alimento de ese aire nuevo, sintiéndome renovada por esa boca ávida que inflama mi cuerpo y lo vuelve complaciente. Engancho las piernas alrededor de sus caderas y él frota la entrepierna contra mí. El fino material que nos separa apenas me protege de su contacto directo. Mi espalda se arquea y me vibra todo el cuerpo. Me pesan los pechos y mis pezones se tensan. Con el clítoris palpitando, me aferro a ese hombre que me está machacando y dominando sin ningún tipo de ternura. Pero no me importa, porque sé que si mostrara el menor rastro de ella, sería mi ruina.

Agobiada por ese pensamiento, abro la boca y lo miro fijamente.

—Pa-para —tartamudeo, aterrorizada.

Él ignora mis palabras inútiles mientras yo intento de nuevo luchar contra la lujuria que me está destruyendo. Aparta mis manos torpes y baja la cabeza para morderme el cuello y luego el hombro, antes de meterse uno de mis pechos en la boca, empapando el fino algodón que lo recubre. Mi pezón se pone duro como una piedra y él separa la cabeza, tomándose el tiempo justo para apartar el tejido con brusquedad y arrancarme el sujetador de forma que mis pechos quedan al descubierto, como si fueran una ofrenda. Lleva la boca a uno de ellos y lo succiona. Siento el mordisco de sus dientes afilados.

Acto seguido, me levanta la falda, sus dedos me aprietan dolorosamente el muslo y yo le desabrocho con torpeza el cinturón. El tintineo de la hebilla me devuelve a la realidad y él me suelta de repente.

Retrocedo con la boca abierta, arrastrándome sobre el culo hacia atrás mientras me observa con ojos rapaces. Estoy segura de que el horror del acto que acabo de cometer está escrito en mi cara. Con la respiración agitada y los pechos desnudos, niego con la cabeza enérgicamente mientras vuelve a ponerme con facilidad debajo de él, tirándome de una bota. Se agacha para volver a besarme con su lengua metálica, tanteando, explorando todos los lugares a los que nunca debería haberle permitido llegar, algunos de ellos inmaculados. Entonces aparta la boca y nos miramos el uno al otro, con el único sonido de fondo de nuestra respiración entrecortada.

—*Tu n'y connais rien à la fidélité.* —«No tienes ni idea de lo que es la lealtad».

Aunque no logro entender bien lo que dice, sé que la ponzoña que escupe es insultante. Intento abofetearlo, pero él me sujeta la mano y me muerde la palma. Soy incapaz de contener un gemido mientras me embiste de nuevo con su polla dura como una piedra y el hecho de sentir su erección sobre mi clítoris empapado me lleva al límite. Cuando vuelve a impulsar hacia mí sus caderas, me deja al borde del orgasmo.

—*Tu ne peux pas échapper à la vérité. Tu me veux.* —«No puedes negar lo evidente. Me deseas». Tira de mí para ponerme de rodillas y él hace lo mismo antes de agarrarme las manos y enganchar mis dedos en la cinturilla de sus pantalones. Estamos jadeando como si acabáramos de correr una maratón. Lo miro fijamente y él levanta las cejas, desafiándome—. Te toca mover.

—Yo aparto las manos y él suelta una risita siniestra—. Me pregunto cómo se sentirían tus novios si supieran que me has devuelto el beso.

Lo he hecho. Le he devuelto el beso y más. Mucho más que eso.

Lo deseaba.

No hay alcohol al que culpar, ni chivo expiatorio.

Por dentro, me marchito y me muero. Por fuera, sigo arrodillada en un charco de perdición mientras él me dedica una sonrisa burlona.

—Te van a odiar.

—¿Tú crees? Dime, Cecelia, ¿dónde están? —me pregunta, abrochándose el cinturón, antes de ponerse de pie y dejarme de rodillas ante él—. Podría haberte follado y lo sabes. Ni siquiera eres capaz de ser leal a aquellos a los que dices amar. —Su acento extranjero convierte esa última palabra en algo pútrido, totalmente opuesto a su significado. Entonces deja colgando el collar a la altura de mis ojos y se burla de mí con maldad—. ¿Sigues pensando que mereces esta declaración? ¿Su devoción?

Me tiembla la barbilla mientras intento asimilar lo que acaba de suceder con los labios hinchados y doloridos.

—Te odio.

—Me importa una mierda.

—Por favor —le pido, apartando la vista del collar que está sujetando, mientras trato de levantarme y volver a vestirme para intentar recuperar la dignidad que él me ha robado—, lárgate.

Soy incapaz de mirarlo a los ojos. Sabe que ha ganado. Y no creo que hubiera sido lo bastante fuerte como para hacer que mi virtud se mantuviera a salvo con ninguno de los hombres a los que entregué mi corazón y mi lealtad. Durante casi un año, he estado comprometida con ellos. He honrado nuestros recuerdos, he seguido siéndoles fiel sin esperar que mi cariño fuera correspondido, hasta esta noche, hasta que he visto ese collar. Y, en cuestión de minutos, lo he echado todo a perder.

Lo he echado a perder besando a un monstruo que acechaba entre las sombras y permitiendo que se alimentara de mí, de mi debilidad. Y yo he participado en ello.

¿Qué coño me pasa? ¿Acaso son ciertas sus acusaciones? ¿Soy simplemente una niñata estúpida enamorada de dos hombres con los que tonteó el verano pasado? Hace diez minutos, habría dicho convencidísima que eso era imposible. Pero ¿ahora?

No. No, no puedo dejarle ganar. Está jugando conmigo y no pienso permitir que menosprecie lo que siento para divertirse con algún jueguecito mental macabro. No soy tan tonta. Eso no es lo que me enseñaron.

—Es una pena que tu cita no haya ido bien, pero vas a tener que buscarte otro compañero de juegos, Cecelia.

No me molesto en preguntarle cómo ha conseguido esa información. Está claro que conoce todos los secretos del mundo, incluidos los míos. La forma en la que ha invadido mi privacidad solo demuestra que no confía en mí en absoluto. Me ha estado vigilando muy de cerca. Y he sido una ingenua al pensar que no lo haría. Eso también es un claro indicador de que todavía me considera una amenaza.

Improvisando, me pongo de pie y me acerco a él. Mis ganas de luchar son abrumadoras así que, por primera vez en meses, doy rienda suelta al demonio que llevo dentro. Bajo la vista hacia el bulto que tiene entre las piernas.

—Todavía la tienes dura.

Sus ojos ambarinos brillan en señal de advertencia.

—¿Y qué?

—Que tú también me deseabas. Todavía me deseas. Si soy tan boba y tan estúpida, ¿por qué estás tan ansioso por ocupar el lugar de tus hermanos en mi cama?

—Estaba demostrando que tengo razón.

—Díselo a tu polla. —Le doy una palmada en el pecho y bajo

la mano por su torso musculoso. Él no se inmuta, pero tampoco se aparta. Se la agarro con la mano y palpo su anchura, su circunferencia, mientras reprimo cualquier tipo de reacción. Me habría partido por la mitad si me la hubiera metido con la violencia con la que me ha besado. Lo agarro con más fuerza y noto que se le corta la respiración; una pequeña victoria que no me molesto en celebrar—. Antes de irte, al menos ten la decencia de decirme el nombre de mi enemigo —digo, mientras lo acaricio bruscamente con una mano y deslizo la otra por su trasero. Él se aleja, sin molestarse en responder. Deja que la cadena rota del collar se balancee antes de guardárselo en el bolsillo—. Mejor. Será divertido averiguarlo.

Él entorna los ojos, derrochando prepotencia.

—Tú misma —se burla, confiando demasiado en su superioridad.

Entonces retrocedo y dejo caer un objeto de cuero entre nosotros. Él baja la vista y disfruto de su cara de sorpresa cuando abre los ojos de par en par al ver la cartera tirada en la hierba. Me pongo fuera de su alcance, recojo la linterna del sitio donde la había dejado tirada y le enseño su carné de identidad.

—Jeremy me enseñó este truco —digo con una sonrisita, mientras lo leo—. «Distráelos por delante mientras los jodes por detrás». Aprendo rápido, Ezequiel Tobias...

«No. No. No. ¡No!».

—King —dice él, volviendo a alzarse con la victoria, antes de quitarme la linterna y arrebatarme el carné de identidad de entre los dedos—. Tobias King. El hermano de Dominic.

La verdad se me clava como la punta roma de un cuchillo.

—Eso no... Él me lo habría...

—¿Contado? Ni de coña. Y ahora tú también tienes que cargar con esa cruz. Así que, en tu lugar, yo no le diría nada a nadie.

—Yo no sé nada.

—Sean te contó muchas cosas.

Rezando a Dios para no inmutarme ante sus palabras, echo los hombros hacia atrás.

—No sé de qué me hablas.

—¿Ah, no? ¿Por eso me preguntaste por la seguridad de tu padre en nuestra primera conversación? Mentirme no te va a ayudar. Aunque la mayoría de cosas que te contó las sabe todo el pueblo.

Sean también me dijo que mi padre era el enemigo público número uno, lo que me llevó a la teoría de que, seguramente, mi padre era la razón por la que existía Ravenhood.

«Considéralo una especie de promesa».

De promesa. Una promesa entre dos jóvenes huérfanos y sus amigos para vengarse en el momento oportuno. Dominic me contó que tenía casi seis años cuando sus padres murieron. Tobias no es mucho mayor que él. Sean me dijo que habían sido pacientes. Porque no les quedaba más remedio: antes tenían que crecer, estudiar y crear un ejército.

—Pero tú no te pareces… —No se parecen en nada, salvo por el pelo y el color de piel. Además, Dominic es más bien delgado y Tobias es más anguloso y fuerte. Suponía que tendrían algún parentesco por lo de ser franceses, pero nunca pensé que fueran hermanos. Sean me había contado en la fábrica que la madre de Dominic estaba huyendo de su exmarido—. Sois medio hermanos. —Él vuelve a guardar el carné en la cartera, ignorando mi pregunta—. Tengo razón, ¿no? Solo compartíais madre.

—¿Qué cojones te importa? Es mi punto débil —dice con voz letal y claramente amenazante—. Y también el tuyo, así que si lo que decías va en serio, ni se te ocurra abrir la puta boca.

Cualquiera que se la tenga jurada podría usar a Dominic para llegar a Tobias.

—¿No lo sabe nadie? —Me cuesta creerlo—. Tú te criaste aquí, ¿no? —Parece lo suficientemente mayor como para haberse ido de Triple Falls hace años. Y no andaba cerca de aquí. De ser así, no habría tardado tanto en saber de mí—. Te marchaste de Estados Unidos. Te fuiste al extranjero. ¿A Francia? —Él guarda silencio, confirmando mis sospechas—. El de la foto no eres tú, es tu padre, ¿verdad? —¿Ni siquiera usa su foto real en una identificación emitida por el Gobierno? ¿O será falsa? Esta mierda parece sacada de una novela de espías, no de la vida real—. Entonces, ¿tenéis la misma madre, pero llevas el apellido del padre de Dominic? ¿Por qué? —Más silencio. Pero si su madre huyó de Francia por culpa de su padre…—. Imagino que tu padre será aún peor que tú.

—Cuidado —me advierte. He metido el dedo en la llaga, en una llaga enorme.

—Entonces, ¿has estado en Francia todo el tiempo? ¿Haciendo qué? —Me paso las manos por el pelo—. Madre mía. ¿Qué alcance tiene esto?

—Es mejor que no lo sepas —responde él, ladeando la cabeza—. Esto no es un juego con pistolas de mentira, vidas extra y dinero del Monopoly. Abandonamos el fuerte y quemamos cualquier rastro que pudiera quedar hace mucho tiempo, Cecelia.

Todo encaja. Es el líder sin rostro de una organización sin rostros ni nombres porque él es el que mueve los hilos. Estoy segura. Y para que haya un rey, si es que él es el cabecilla, obviamente tiene que haber un orden jerárquico. En ese caso, Sean sería el equivalente a un soldado de infantería y Dominic sería el cerebro y, a juzgar por su comportamiento, su mano derecha.

Pero Tobias es el demonio al que solo conoces cuando la has cagado hasta el fondo.

Su tono de voz ha cambiado y se ha vuelto más serio. Me tomo su advertencia al pie de la letra. Esto va mucho más allá de lo que nadie podría haber imaginado jamás.

Y no quiero formar parte de ello. Ya no. No sin ellos.

He estado a punto de perder la cabeza solo por culpa del desamor.

—No puedo pagar por los errores de mi padre. Ya es bastante duro ser su hija. Pero lo siento, ¿vale? Siento lo de tus padres y que Roman estuviera involucrado en eso, fuera como fuera. No me corresponde a mí disculparme, pero tampoco pagar por ello. Le has declarado la guerra a él. —Suspiro, agotada a causa de la pelea—. Estoy aquí por mi madre. Estoy aquí para asegurarme de que esté bien cuidada y no le falte de nada. Está enferma. Seguro que Sean te lo ha contado —comento, cerrando por un instante los ojos—. O puede que no, pero esa es mi intención, la razón por la que sigo aquí. Ella es mi prioridad y no puedo imaginarme cómo sería perderla. Así que siento lo que os sucedió. Pero, por última vez, yo no soy tu enemiga. —Con la piel dolorida por sus mordiscos y el cuerpo inflamado de deseo, sacudo la cabeza, exasperada—. Sé que no te importo una mierda porque acabas de arrancarme del cuello cualquier tipo de seguridad que tú mismo pudieras garantizarme. Joder, esto es una puta locura. —Voy hasta el borde del claro, decidida a conservar la poca cordura que me queda—. Se acabó, ¿te enteras? Se acabó. Déjame en paz de una puta vez.

Me armo de valor y echo a andar hacia la casa.

—Estás a salvo.

Sus palabras cortan mi retirada y me envuelven como un bálsamo. Me giro y me lo encuentro de pie a mi lado, como si me hubiera seguido a hurtadillas.

—Sí, ya, perdona que no te crea. El reino es todo tuyo. Yo me largo a finales de verano.

—Me aseguraré de ello.

Totalmente extenuada, le dejo tener la última palabra. Y, durante todo el camino de vuelta a casa, siento su mirada clavada en mí.

5

Días después, me siento delante del tocador mirándome fijamente el cuello y las dentelladas que tengo en la parte superior de los pechos. Es como si alguien se hubiera ensañado conmigo y, en cierto modo, así fue… hasta que dejó de serlo.

La mañana después de nuestro encontronazo, me pasé una hora intentando disimular la mordedura del cuello hasta que descubrí los moratones de las muñecas y decidí llamar al trabajo y fingir que estaba enferma. Las marcas de la mordedura pasaron del rojo al morado y luego al amarillo, pero siguen ahí, y no estoy lo suficientemente bien como para fingir durante todo el turno con Melinda.

Llevo varios días prácticamente encerrada en mi habitación, sin poder dejar de recordar una y otra vez ese beso, mientras intento asimilar todo lo que he descubierto.

El hermano de Dominic.

Lo besé. Y no fue solo un beso.

Traicioné su recuerdo al hacerlo, algo que de por sí ya es bastante difícil de afrontar, pero sigo teniendo un montón de preguntas en la cabeza. Y encima la culpa me arrastra hacia el fondo como una bola gigante, tirando sin cesar de la cadena que me aprisiona.

¿Quién me reclamó como suya, Sean o Dominic? ¿Serían ambos? ¿Alguno de ellos me odiaría si se enterara de que he estado a punto de tirarme al cabrón que nos separó? ¿Me odiarían los dos?

¿Acaso importa? Después de tantos meses, simplemente me dieron una baratija. Me dejaron tirada sin nada a lo que agarrarme, ¿y se supone que ese es el clavo al que debo aferrarme? No es suficiente. Ni de coña. Mi cabreo por su larga ausencia me ha hecho rebelarme. Puede que esa fuera la razón por la que lo besé.

Me di cuenta de que el hilo que me unía a ellos empezaba a deshilacharse en cuanto la boca de ese cabrón arrasó la mía. Todavía puedo sentir la presión de sus labios mientras el esqueleto del bosque se me clavaba en la espalda. En unos segundos, su beso salvaje hizo que pasara de ser una luchadora a una sumisa complaciente. Y eso me ha hecho cuestionarme a mí misma de una forma completamente nueva.

En los últimos días, he hecho inventario. He ido uniendo los puntos que conozco y, al mismo tiempo, formulando nuevas teorías. Pero por más que intento rehacer el puzle o rehacerme a mí misma, lo único que consigo es alargar mi condena.

Necesito pasar página. Tengo que pasar página. Ahora más que nunca.

Porque lo peor no fue el beso de Tobias, sino el hecho de que debería esperar más de mí misma y exigirme más. Y las personas que hay en mi vida me están haciendo difícil creer que lo merezco.

Cuando mi padre se enteró de mi ausencia en la fábrica, respondí a su inquisidor correo electrónico alegando que tenía un virus. Eso le bastó e hizo que se quedara tranquilo. Ha dejado de fingir que tenemos alguna relación. No tiene sentido. De todos modos, pronto me pagará.

Las llamadas de mi madre también son cada vez menos frecuentes. No sé si se habrá encerrado en sí misma o qué, pero no puedo ayudarla si ella no se deja ayudar. Cuando sea rica, quizá intente buscar la ayuda que necesita. Pero eso no cambia el hecho de que me sienta como una huérfana a los veinte años.

Me permito odiarlos un poco a ambos por ello. Cuanto más tiempo pasa, más se resiente mi relación con los dos.

Nadie sobre la faz de la tierra, aparte de Christy, se preocupa por mí lo suficiente como para querer tenerme cerca. A nadie le importo lo bastante como para considerarme una prioridad.

Tal vez el que me envió ese collar sea una excepción. Pero ni siquiera él ha sido valiente para dar un paso al frente y reclamarme, para dar la cara y ratificar su declaración, su decisión. Para luchar por mí. Al menos no como debería, ni como necesito que lo haga.

Mi autoestima también está sufriendo a mis propias manos. No puedo evitar tener la sensación de que lo que pasó con Tobias no fue solo una lucha de egos con un hombre empeñado en destruirme, sino un reflejo más fiel de mí misma.

Yo deseaba al hermano de Dominic. Lo deseaba. Tanto que detesto todas las partes de mí que tocó.

En la ducha, me froto la piel sin piedad para intentar deshacerme de cualquier rastro, agradeciendo el escozor y maldiciendo las marcas de mordiscos del cuello y el pecho. Me había hecho una herida en el pezón y su boca me había dejado un regusto a cobre y a traición.

Puto enfermo.

Pero si él es un enfermo, ¿qué soy yo? ¿Qué dice de mí que no pueda dejar de imaginar qué habría pasado si me hubiera rendido? El problema no es solamente cómo me besó, sino las chispas que saltan entre ambos cada vez que se acerca a mí, algo que resulta innegable. Yo había atribuido mi reacción inicial el día que nos conocimos a una combinación de nervios y sorpresa. Pero ahora sé que no fue eso. Esta mañana me he despertado con las bragas empapadas a causa de un sueño protagonizado por un hombre al que detesto, antes de alcanzar sin esfuerzo y por mis propios medios un superorgasmo.

Salgo de la ducha sin molestarme en limpiar el vaho del espejo. Ya no quiero ver mi reflejo. Mojando el suelo de mármol, busco la toalla que juraría haber dejado sobre la encimera y voy con cuidado a mi habitación para sacar otra del armario de la ropa blanca. Abro la puerta y doy un grito al encontrarme a Tobias allí de pie, imponente y peligroso, con otro traje a medida y la toalla perdida colgando de los dedos, devorándome lentamente con la mirada.

Haciendo caso omiso del subidón que me provoca su fascinación, señalo la puerta.

—Fuera. Lárgate de una puta vez.

Su mirada abrasadora sigue recorriendo mi cuerpo y admirándolo impúdicamente. Desciende por el pelo empapado de mi cuello hasta mis pechos, antes de posarse sobre la mata de vello ligeramente rasurada que hay entre mis piernas.

Le doy la espalda para evitar que siga mirándome y abro bruscamente un cajón de la cómoda para coger unas bragas y una camiseta larga.

—O te largas ahora mismo, o…

—¿O qué? —Siento su presencia detrás de mí. Su cálido aliento golpea la piel de entre mis omóplatos y mis pezones se tensan.

—¿Me he perdido algo? —pregunto, cogiendo un sujetador del cajón—. Yo no he dicho ni una palabra. No he hecho nada.

Lentamente, me gira hacia él, envuelve mi cuerpo empapado en la toalla y la cierra. Nos miramos a los ojos y pasan unos segundos cargados de tensión antes de que se aleje.

—Tenemos que hablar. Vístete y nos vemos abajo.

Me pongo un vestido de verano y ladeo la cabeza al oír un claro sonido de sartenes en la planta baja. Desconcertada, bajo las escaleras de dos en dos, cruzo el rellano, el comedor y me encuentro a Tobias, en la cocina de Roman… picando verdura.

—¿Qué coño haces? —exclamo desde la puerta.

—Cocinar —responde él fríamente, sin apartar la vista de lo que está haciendo.

—¿Te das cuenta de que estás en la cocina de Roman Horner? —Él sonríe. No me lo puedo creer. Verlo sin chaqueta, con la camisa remangada, dejando al descubierto unos antebrazos musculosos surcados por venas gruesas, me causa una reacción que no me gusta nada—. ¿Sonríes porque estás en su cocina, cocinando para su hija?

—Me resulta extrañamente agradable.

Saca una aceituna de un bote que hay abierto en la encimera y se la mete en la boca, mientras la puerta de atrás se cierra de golpe. Me sobresalto y miro a Tobias, que sigue tan tranquilo, mientras Tyler entra por la puerta.

—Todo en orden —dice, y Tobias asiente con la cabeza, aparentemente satisfecho. La mirada de Tyler se vuelve más dulce cuando se da cuenta de que estoy al otro lado de la isla. No puedo evitar que se me llenen los ojos de lágrimas cuando viene hacia mí y su hoyuelo hace acto de presencia—. Caray, cada vez estás más guapa. —Percibo la mirada curiosa de Tobias ante el comentario.

Cuanto más se acerca Tyler, más diferente lo veo. Aunque sigue llevando el corte de pelo militar reglamentario, ahora mismo parece más bien un isleño, con la piel tostada por el sol. Hay un brillo en sus ojos marrones que no estaba ahí la última vez que lo vi en casa de Delphine. Parece sano y feliz. Me abstengo de abrazarlo y de hacerle todas las preguntas para las que tanto deseo obtener respuestas porque la presencia del cabrón a escasos metros de mí me asfixia de tal forma que me hace sentir como una intrusa.

Y así es: yo soy la intrusa.

Verlos en la misma habitación me resulta extraño y no hace más que confirmar el hecho de que yo me interpuse en algo que había empezado hace mucho tiempo. Ellos no solo se conocen, sino que se consideran hermanos. Por muy estrecha que fuera nuestra relación, Tyler no me es leal a mí. Le es leal al hombre que está de pie en frente de mí, fulminándonos con la mirada.

Tyler se detiene a un metro de distancia, vacilante.

—Te he echado de menos, nena.

Lo miro a los ojos y me cruzo de brazos.

—Vaya, ¿así que ahora existo? Qué bien.

Él suspira.

—Sé que estás enfadada…

—¿Enfadada? —Carraspeo, indignada—. Eso es decir poco.

—Cee…

Sacudo la cabeza, negándome a escuchar su excusa de mierda.

—No te molestes. ¿Qué haces aquí?

—Recados —me responde, con una mueca de dolor. Le lanzo una mirada fulminante a Tobias, que me mira tan tranquilo. Pasan unos largos segundos en los que no se digna a darme ningún tipo de explicación. Tyler percibe la energía que hay en la habitación y se aclara la garganta, antes de señalar hacia atrás con el pulgar por encima del hombro—. Creo… creo que me voy a marchar.

Tobias asiente.

—Hablamos más tarde.

—De acuerdo, tío. —Tyler me mira, reacio a marcharse—. Me alegro de verte, Cee.

Estoy tan dolida que ni me molesto en contestarle. Él remolonea unos instantes antes de dar media vuelta y desinflarse. Está cruzando la cocina cuando se me ocurre una idea descabellada.

—¿Fuiste tú? —Miro a Tobias, que aprieta la mandíbula, antes de volver a centrar mi atención en Tyler—. Me dijiste que siempre estarías ahí para mí, que podía contar contigo. Creía que eras mi amigo.

—Puedes contar conmigo. Siempre podrás hacerlo. —Viene hacia mí y me coge de la mano—. Y claro que soy tu amigo —asegura, mirando a Tobias antes de volverse de nuevo hacia mí—.

No, Cee, no fui yo. Y créeme, aun así yo también lo estoy pagando.

Le creo. Él estuvo ahí desde el principio. La idea de que nos vendiera a los tres es ridícula y sería insultante si no me hubiera dado la espalda.

—Ya sabía que no —admito a regañadientes. Trago saliva. Levanto los ojos hacia los suyos y maldigo mi voz trémula—. Estoy cabreadísima contigo.

—Lo sé. Y él también —dice Tyler, señalando a Tobias con la cabeza. Luego se inclina y me da un beso en la mejilla—. Lo siento. Solo quería darte las gracias.

No me da tiempo a preguntarle por qué, antes de que dé media vuelta y se dirija rápidamente hacia la puerta trasera. Un segundo después, la cierra suavemente tras de sí.

Se hace un silencio largo y tenso entre nosotros, hasta que Tobias vuelve a ponerse a cortar verduras.

Me peino el cabello húmedo con los dedos y me lo recojo en un moño flojo con la goma que llevo en la muñeca.

—¿Cuál era el recado?

Él se queda mirando la marca del mordisco que ha quedado al descubierto en mi cuello mientras responde.

—Ha registrado la casa y ha reseteado la seguridad.

—Dominic lo hizo hace meses.

Tobias deja de cortar.

—Pues lo hemos vuelto a hacer. —La frialdad de su voz hace juego con la hoja del cuchillo que está empuñando. Pobres tomates.

Me siento en uno de los taburetes de la isla y no puedo evitar hacerle la pregunta.

—¿Por qué estás aquí… haciendo esto? —Señalo hacia el sitio donde él se encuentra, diseccionando un pepino con mano experta.

Él deja el cuchillo y me mira durante unos instantes, antes de reanudar su tarea.

—Vamos a cenar y a charlar.

—¿Por qué?

—Porque me estoy esforzando mucho para no convertirme en ese monstruo en el que haces que me transforme con tanta facilidad. Este es un asunto de negocios.

—¿Qué esperas exactamente de mí? ¿Amistad? —Resoplo, incrédula—. A lo mejor eres tú el que no soporta que lo desprecien...

Tobias clava sus ojos ardientes en los míos.

—¿Amistad? No me hagas reír. Y me importa una mierda que me odies.

—Entonces, ¿qué?

—¡Por el amor de Dios! —exclama, dejando el cuchillo de un golpe—. Estoy preparando la cena. Te la vas a comer. Tendremos una conversación y me iré.

—¡Bien!

—¡Bien! *Bordel de merde!* —«Me cago en la puta».

Me levanto, abro la nevera con brusquedad, cojo dos botellas de agua y le pongo una delante.

—¡Toma!

—Gracias, joder —replica él, abriendo la suya.

Nuestras miradas se cruzan por una fracción de segundo, antes de que ambos nos echemos a reír. Verlo en ese estado es deslumbrante. Y está mal, muy mal. No puedo ni quiero apreciar la alegría que brilla en sus ojos, el blanco cegador de sus dientes perfectos ni el contraste de su piel oscura con su camisa blanca. No puedo deleitarme con su fuerte mandíbula, ni con la definición de sus hombros, ni con la imagen de su cinturón en sus caderas estrechas. En cuestión de segundos, estoy de nuevo en ese claro, de rodillas, imaginándome a mí misma dándole carta blanca.

No tardo en darme cuenta de que su risa se ha desvanecido y de que está observando cómo sube y baja mi pecho, mientras me mira fijamente. Permanece allí de pie como un centinela, todavía al otro lado de la isla, mientras su mirada se ensombrece. Deja el cuchillo, se pasa una mano por el pelo y posa la palma sobre la nuca.

—Lo que pasó la otra noche fue... —susurra, clavando sus ojos en los míos—. Atribúyelo a la curiosidad.

—¿Quieres decir que no eras tú mismo? Porque a mí me lo pareciste.

—Tú no tienes ni puta idea de cómo soy.

—Ni me apetece una mierda descubrirlo.

Tobias pasa la mano por la encimera para echar las verduras troceadas en un cuenco. Se hace otro silencio tenso y no me molesto en reconocerle la pizca de culpabilidad que está demostrando. Aunque añadiera las más sinceras disculpas, nunca sería suficiente.

—Entonces, si no fue Tyler, alguna otra persona de la reunión tuvo que decirte que yo estaba aquí. ¿Fue así como supiste de mí?

Él se queda callado un momento, como si estuviera sopesando si responder o no, antes de acabar asintiendo.

—Los de Miami. Estamos teniendo problemas de lealtad con algunos de ellos.

—¿Es por el conductor que casi mata a Sean? ¿Al que Dominic le dio un escarmiento?

Él niega con la cabeza.

—Eso no hizo más que agravar el problema existente. Empecé a preocuparme cuando Dom me contó lo que había pasado y dejó de ponerse en contacto conmigo tan a menudo. Nunca había sido tan difícil contactar con mi hermano. Ni con Sean.

—Así que rompiste la regla número uno y preguntaste...

—No me dieron otra puñetera opción —replica, poniéndose a la defensiva—. Nunca había tenido que hacerlo hasta que... —Deja la frase en el aire, suspira con fuerza y continúa bruscamente—. Últimamente mi hermano y yo no estamos muy de acuerdo en lo que se refiere a su militancia extremista. Pero tampoco me extraña que reaccionara así aquella noche.

Tobias se gira hacia los fogones y remueve la pasta. Me resulta raro verlo en esa faceta tan doméstica. Parece el típico tío acostumbrado a salirse con la suya en las salas de juntas, un hombre de negocios que no se anda con chorradas y que, después de convocar una reunión, se folla a su secretaria con la falda subida por las caderas, empotrándola mientras se fuma un puro para celebrar el triunfo.

Definitivamente, no tiene pinta de ocuparse de tareas domésticas como hacer la compra. Aunque, en lo que respecta a esos cabrones alados, nada es lo que parece.

—Sé que me estás mirando —señala, sin darse la vuelta.

—Atribúyelo a la curiosidad —digo, repitiendo sus propias palabras—. ¿Has ido al supermercado?

—Suele ser el sitio al que uno va a conseguir ingredientes para cocinar.

—Listillo.

—También sé que estás mirando otra cosa.

Cuando me pilla, desvío la mirada.

—Se te ve muy a gusto en esta cocina. ¿Qué pasaría si mi padre entrara por esa puerta ahora mismo? —Él gira la cabeza para mirarme fijamente, haciéndome saber que no debería haber preguntado—. Da igual, seguramente hasta sabes la hora a la que va al baño por las mañanas.

Esta vez se vuelve hacia mí y apoya las manos en la encimera que tiene detrás.

—Tu padre está en un avión. Y lo único que sabe de mí es que recibí una indemnización que él firmó cuando me dejó huérfano a los once años. Estoy seguro de que le importó una mierda lo que fuera de nosotros dos en cuanto nos pagó.

Tenía once años, lo que sitúa a Tobias sobre los treinta y uno.

—¿Estás seguro de que es culpable?

—Estoy seguro de que lo encubrió y estoy seguro de que es un empresario corrupto de cojones. Y eso es suficiente. Pero esto no es solo por mí. Mis motivos no son meramente egoístas.

—Nunca dije que lo fueran.

—Es una cuestión de negocios.

—Negocios. Entonces, supongo que ese beso también sería una cuestión de negocios, ¿no?

—Fue para demostrarte algo y el hecho de que lo pongas en duda es la razón por la que vamos a tener esta conversación.

—Si se trata de una oferta, no me interesa. Puedes irte con tus negocios a otra parte. Esta conversación no tiene sentido, como tampoco lo tiene tu presencia en esta casa. Ya te he dicho que no me corresponde a mí pagar por sus errores y tú no tienes ni voz ni voto en mi vida. No te debo nada. Asunto zanjado, ya puedes largarte.

Él cruza la cocina como una exhalación y me agarra con fuerza la mandíbula con la mano.

—Mi curiosidad se debe al hecho de que las dos personas en las que más confiaba de todo el puto mundo me mintieran y me decepcionaran. Creo que sabes lo jodido que es eso. Me parece que has pasado por algo así hace poco.

Se queda callado un buen rato antes de seguir hablando.

—Llevaba más de media vida haciendo planes y poniéndolos en marcha cuando apareciste tú. —Me sujeta con más fuerza mientras aprieto los labios—. Estoy haciendo un gran esfuerzo para tener una conversación adulta contigo. Estaba enfadado, sigo enfadado y no se me va a pasar en dos días. Pero voy a hacer todo lo posible para intentar hablarlo contigo porque eso es lo que hacen los adultos. Así que voy a soltarte la boca y tú vas a intentar por todos los medios colaborar conmigo porque, te guste o no, tenemos que hacer un trato. Ahora mismo, ambos tenemos cartas que el otro necesita. Y, si te portas bien, puede que te proporcione algunas de las respuestas que buscas. Solo te estoy pidiendo que hablemos. Nada más. Si quisiera un coño —hace una pausa y sus ojos se clavan en mi pecho—, ya lo habría conseguido. Se me está acabando la paciencia, así que voy a decretar una tregua temporal para que podamos resolver esto antes de que la cosa se ponga más fea. Parpadea una vez si estás de acuerdo y dos si no lo estás.

Furiosa, lucho contra su mano y sus ojos brillan en señal de advertencia.

Parpadeo una vez.

Tobias me suelta y me froto la mandíbula para aliviar el dolor.

—Joder, eres un cabrón. —Él me da la espalda y va hacia los fogones—. ¿Así que esto es lo que les haces a las mujeres? ¿Te cuelas en sus casas, las agredes y luego las alimentas a la fuerza? —Tobias saca un colador del armario y escurre los fideos—. No creo que ninguna mujer aguante tus mierdas durante mucho tiempo. Es absurdo. ¿Cómo vas a construir con nadie una vida basada en la mentira?

—En la confianza —me corrige con frialdad—. Se basa en la confianza, no en la mentira. Y, ahora mismo, me estoy quedando sin ella.

—Lo que para ti es confianza, para mí son omisiones y verdades a medias. Al menos eso es lo que yo he sacado en claro.

—Depende de con quién estés.

—Pues menos mal que no estoy con nadie.

Ni siquiera se digna a mirarme mientras pasa la pasta por agua fría.

—Tus sentimientos te convierten en un cabo suelto peligroso, Cecelia, y eso es una cagada para los negocios. Te lo dije cuando nos conocimos: eras leal a ellos por la razón equivocada.

—Te refieres al amor. Pero esa razón ya no importa. He pasado página. He vuelto a salir con chicos. Ya lo sabes.

Él me mira, arqueando las cejas con escepticismo. Imito su gesto y levanto la barbilla.

—Espera… ¿se trata de eso? ¿Crees que porque he vuelto a salir con tíos voy a contarle vuestros secretos al primero con el que me acueste? —Su silencio me cabrea—. Pues noticias de última hora: que sepas que he estado muchísimo peor, más enfadada y mucho más resentida, y no he dicho ni pío. Ni siquiera a las personas más cercanas a mí. Tu lógica es absurda.

Ni siquiera parpadea.

—Seguías esperando. Por lo tanto, seguías siendo leal. Piénsalo objetivamente un momento. Si estuvieras en mi lugar, ¿pondrías el destino de toda tu puñetera operación en manos de una… —Pone los ojos en blanco al ver que mi expresión se endurece— mujer de veinte años con las emociones a flor de piel?

—Tal vez deberías haber pensado en eso antes de…

—¿Haberte dejado sin novios? —Niega con la cabeza irónicamente—. Sigues dándome la razón. Y si nos guiamos por tus antecedentes…

—¡No te atrevas a terminar esa frase! Ya me has insultado lo suficiente para toda la vida. Eres un cerdo sexista.

—Ponte como quieras, pero te he visto volverte loca dos veces por culpa de tus emociones y paso de arriesgarme.

Entonces caigo en la cuenta.

—Esto no es una conversación. Es una negociación.

Ha venido para intentar llegar a un acuerdo.

Ni una sola vez desde que estoy aquí me he aprovechado de mi posición. Pero he aprendido por las malas que todo tiene un precio. Y parece que soy la única que lo ha pagado. Hasta ahora.

—¿De verdad no crees que el amor y la lealtad vayan de la mano?

—Son dos palabras diferentes con dos significados distintos. Pero si buscas los sinónimos de «amor», seguro que «debilidad» estará entre ellos —dice, mirándome fijamente.

—¿Y con qué piensas negociar, exactamente? Te has llevado lo único…

Tobias levanta las cejas.

Mi herencia.

—Mi madre…

—Si muevo ficha ahora, todo se irá a la mierda. Absolutamente todo. Pero yo no puedo correr ese riesgo, ¿verdad? —dice, encogiéndose de hombros—. ¿Qué son para mí unos cuantos meses más?

Esa es su baza. Esperará a mover ficha con mi padre hasta que haya firmado mi herencia. Sean me había dicho que intentaría retenerlo y hace unas cuantas noches yo misma admití ante él la razón por la que estaba aquí. Pero cómo haya obtenido la información es lo de menos: esto es extorsión.

Joder.

Es hora de enseñar mi carta, aunque ya sabemos cuál es: mi silencio. Si hablo, quizá podría impedir que se quedara con mi herencia y obtuviera su venganza. Él se da cuenta en cuanto se me pasa por la cabeza.

—Dime cuál es tu precio —dice, levantando la barbilla hacia mí.

—¿De verdad no me crees capaz de mantener la boca cerrada sin necesidad de chantajearme?

—Esto no es chantaje. Y lo que en realidad deberías preguntarme es si confío en ti. Ni de coña. Pero no te lo tomes como algo personal. —Abro la boca para soltar una réplica digna, pero él levanta la mano—. Dejemos los insultos para el postre. Ahora necesitas pensar en qué es lo que quieres. —Quiero que pague por lo que ha hecho, eso es lo que quiero. Quiero minar su confianza, humillarlo como él me ha humillado a mí. Quiero herir su orgullo y sus sentimientos, si es que los tiene. Entonces se me ocurre una idea. Sus ojos resplandecen al ver por mi expresión cuál es el precio—. Cecelia…

—Prométeme que mi padre estará a salvo.

—No puedes estar hablando en serio. —Tobias maldice mientras niega con la cabeza, incrédulo.

—Es lo único que quiero. Tal vez se merezca el daño económico que puedas causarle, pero tú mismo dijiste que no pretendías hacerle daño físicamente, así que ¿qué más da que te obligue a prometérmelo?

—Como te he dicho, tiene más enemigos.

—¿Y tú los conoces? —pregunto. Vuelve a asentir—. Mejor aún. Serás el encargado de velar por él.

—Te estás columpiando, Cecelia. Sea como sea, acabará cayendo. El momento es lo único que depende de ti.

Doy una palmada sobre la encimera y me acerco a él.

—¿Quieres comprar mi lealtad? Pues espera a que ese dinero llegue a mi cuenta bancaria y garantiza la seguridad de mi padre.

—Estás pidiendo demasiado.

—Es mi padre, Tobias. Sea lo que sea lo que haya hecho, te aseguro que lo está pagando. Ese hombre ya está muerto en vida. Solo vive por su empresa. Si le quitas eso, te garantizo que se lo habrás quitado todo. Dale la oportunidad de hacer algo diferente con su vida cuando hayas acabado con él. —Rodeo la encimera y lo miro. Él se cierne sobre mí, rezumando rabia y mirándome con dureza—. Si le quitas su riqueza y su posición, no le quedará nada. No puedes vengarte de un cadáver. Considéralo proteger tus intereses.

—Ya te he dicho que esto no es solo cosa mía.

—Pero la victoria será mucho más dulce si te haces con el control mientras él se ve obligado a mirar. —Tras unos instantes mirando al infinito, finalmente baja la barbilla—. Con palabras, Tobias.

—A partir de ahora estará bajo nuestra protección, hasta que lo derrotemos.

—Júramelo.

Sus ojos se encienden.

—No pienso repetirlo.

—Vale. ¿Y ahora qué?

Él señala con la cabeza la tabla de cortar.

—A cenar.

6

Tobias está sentado en el suelo frente a mí con sus pantalones de traje, su camisa almidonada y el pelo ligeramente revuelto. Estudia las piezas del tablero, antes de hacer un movimiento y quedarse con uno de mis peones.

La cena, una lucha de egos, ha transcurrido prácticamente en silencio mientras él observaba cómo comía. No lo he felicitado por la comida ni le he dado las gracias y tampoco he discutido con él mientras me zampaba hasta el último bocado de pollo y ensalada de pasta griega, reprimiendo a duras penas un gemido de satisfacción. Había dado por hecho que se iría en cuanto se saliera con la suya. Pero, en lugar de eso, me ha hecho pasar al salón y me ha comunicado que íbamos a jugar al ajedrez.

Me ha dado una paliza en la primera partida, lo cual no ha sido ninguna sorpresa. Me aburriría como una ostra si no fuera por la compañía. Reprimo ese pensamiento mientras intento ignorar el efecto que él ejerce sobre mí a menos de un metro de distancia. Es una tortura estar sentada frente a él. Me agota luchar contra el crepitar constante de la electricidad que siento en su presencia.

Mi odio hacia Tobias va en aumento, al igual que mi atracción. Estoy en un estado constante de ira y excitación cuando lo tengo cerca y, siempre que lo sorprendo observándome, su mirada ardiente parece estar analizándome y evaluándome.

No es una cuestión de intimidación, ni del poder que tiene. Sino de ese beso tan íntimo que me dio y del hecho de que sus palabras y acciones lo contradigan totalmente.

Ya van dos veces que lo pillo mirándome con idéntica curiosidad y dos veces me ha secuestrado con su mirada ambarina. Pero nadie ha dicho una palabra al respecto.

¿Acaso hay algo que decir?

Ninguno de los dos quiere desear al otro. Ninguno de los dos quiere sentir por él más que odio y desprecio, pero la atracción es tan fuerte, tan evidente, que resulta desconcertante.

Pero pienso negarla hasta el amargo final de nuestro acuerdo. Aunque el hecho de que exista sigue siendo un misterio. Y él es el centro del enigma. Si no hubiera venido a verme aquel día a la piscina, yo habría seguido ignorando su existencia. La facilidad con la que Dominic y Sean me lo ocultaron resulta alarmante.

Bien jugado, chicos, bien jugado.

Estos hombres son expertos en el arte del engaño y lo disfrazan de confianza. Pero ahora, cuando pienso en los inicios, solo soy capaz de centrarme en el plano general. Y en el hecho de que no sé lo grande que es.

—Todavía no me lo puedo creer —declaro, moviendo un peón y poniéndoselo en bandeja. Se ha estado anticipando a mis movimientos, como a todos los demás que he hecho desde que entró en mi vida hace casi un año.

—¿Qué quieres decir? —Sabe perfectamente a qué me refiero y eso me inquieta todavía más. Adivinar los pensamientos del otro es algo propio de una relación íntima. Exhalo un suspiro de frustración. Tengo que elegir bien mis palabras. Finalmente, opto por el silencio. Estos juegos mentales son agotadores—. En teoría, cuando robas a un ladrón, no se puede presentar una denuncia policial propiamente dicha —comenta, consciente de que no me apetece reflexionar sobre cuáles son las palabras adecuadas.

—Eso ya lo sé, pero ¿nunca toman represalias?

—Sí, muy a menudo. Son unos imprudentes —dice, quedándose con mi caballo—. ¿Y por qué te resulta tan increíble? ¿No te basta con lo que has visto?

—En cierto modo, sí, pero…

—Pero ¿qué? ¿Es que está tan cerca que te sientes incómoda? Eso es lo bonito. No podías ni imaginar lo que estaba sucediendo al fondo de tu propio jardín y eso es lo más difícil de aceptar.

—Eso es cierto.

Sus ojos ambarinos brillan mientras me observa.

—Es como lo de las bandas. Sabes que existen, aunque nunca has estado en ese ambiente. Nunca has presenciado un tiroteo o visto una iniciación, ¿verdad?

—Eso también es cierto.

Tobias se recuesta y se cruza de brazos, interrumpiendo la partida.

—¿Crees que los cárteles existen?

—Sí.

—¿Y la mafia?

—Por supuesto.

—¿Por qué? ¿Porque has visto *Uno de los nuestros*? —Niega con la cabeza, esbozando una sonrisita—. Entonces, ¿por qué te cuesta tanto creer que un grupo de personas se hayan unido por una causa que consideran lo suficientemente justa como para tomar medidas extremas e intentar cambiar las cosas?

—Es que es tan…

—Cuando te metieron en esto, fuiste igual de escéptica hasta que lo viste por ti misma.

—Sí.

—Y aun así, acabas de admitir que te sigue pareciendo increíble. Entonces, podría decirse que la mayoría de la gente es igual de ignorante que tú, ¿no?

Asiento con la cabeza, reflexionando sobre sus palabras.

—Supongo que sí.

—Joder, es patético que tantas personas necesiten ver para creer.

—Me lo han dicho un millón de veces. —Él sonríe, con un brillo de orgullo en la mirada. El orgullo de un profesor—. Sean.

—«Y tú»—. Los cárteles son organizaciones corruptas —digo, moviendo una pieza—. Como la mafia. —Levanto los ojos hacia los suyos—. Y como... —«Vosotros». Y hacen lo mismo: chantajear, extorsionar y robar. La hermandad es tan corrupta y anárquica como cualquier otra organización extremista—. Entonces, ¿se trata de cuál es el mal menor? —pregunto, y Tobias me hace un gesto con la cabeza para que mueva. En cuanto lo hago, su contraataque le da más ventaja en el tablero—. ¿Cómo lo justificas? ¿Qué es lo que os distingue de los demás? ¿Que no hacéis daño a personas inocentes?

—Si crees que no corres peligro, eres mucho menos inteligente de lo que creía. En cuanto decidimos acabar con alguien, a nosotros también nos ponen una diana en la espalda; a todos, sin excepción. En este tipo de contiendas, no hay reglas pensadas para los inocentes. Todas las bajas causadas por las guerras que nosotros declaramos dependen de la integridad humana. De si nuestro oponente tiene o no la humanidad suficiente para dejar a los inocentes al margen.

Refuerza su postura sacando mi peón del tablero.

—¿Podemos terminar la partida?

—No —responde de inmediato—. Estoy a tres movimientos de ganar.

Cuando muevo, él ya está levantando el caballo.

—Eso de los tatuajes es bastante absurdo, ¿no? Son inculpatorios. ¿Cómo esperas controlar todo esto?

—Para inculpar a alguien antes hay que tener pruebas.

—¿Eso no es un poco arrogante?

—No, no es arrogante. Siempre será así, al igual que siempre habrá una excepción a toda regla. Cuento con ello. Cuento con la resistencia. Cuento con las represalias. Cuento con que me sorprendan porque así es la naturaleza humana. Como has hecho tú al presentarte aquí, por ejemplo. Pero no te equivoques, Estados Unidos es una gran empresa, un negocio, Cecelia. Tu padre lo sabe, todos los que tienen un cargo importante y luchan amparándose en la bandera lo saben. Roman no es tonto. Es muy consciente de que tiene enemigos, pueda identificarlos o no. También es consciente de que un movimiento en falso podría dejarlo sin nada, como a todos los jugadores. Y donde haya un hombre poderoso o importante, siempre habrá alguien esperando entre bastidores para buscar sus puntos débiles, anticiparse a su próxima jugada e intentar quedarse con lo que no es suyo.

Tobias mueve el caballo hacia delante. Jaque mate.

—Solo han sido dos movimientos —señalo.

No se me escapa la sutil pero familiar sonrisa que asoma a sus labios. Cuando levanta los ojos hacia los míos y ve mi respuesta a ella, frunce el ceño.

—¿Qué?

—Nada.

—Acabas de ver a mi hermano en mí.

—¿Por qué dices eso?

—Es la primera vez que hoy no me miras como si quisieras follar conmigo o matarme.

—No quiero follar contigo. Pero lo de matarte suena bien.

—Puede que algún día llegue tu oportunidad.

Tobias esboza una sonrisa diferente, genuinamente suya, y trato de no desmayarme al verla. ¿Por qué tiene que estar tan bueno? ¿Por qué no puede ser un Dom de segunda división? Así sería mucho más fácil. Y pensar que me lo he estado comiendo con la mirada y él se ha dado cuenta me resulta repugnante.

Pero estoy empezando a entender de dónde viene parte de la atracción que siento por él. Cuando lo miro, veo a Dominic y a Sean. Cuando habla, oigo frases de ambos. Todavía debo de estar mirándolo de esa forma, porque él levanta la barbilla con curiosidad.

—¿Qué?

—Tú eres el charlatán supremo.

Tobias frunce el ceño.

—Explícate.

—No —digo. Él vuelve a apoyar la espalda en la chimenea, acabándose la ginebra que se ha servido del mueble bar bien surtido de mi padre—. Entonces, si sabes que encontrarte con un oponente digno es solo cuestión de tiempo…

Él levanta los ojos hacia los míos. No tiene miedo. No tiene miedo a nada. Sabe que en algún momento aparecerá alguien más listo que él. Sabe que pagará con su vida y con las vidas de las personas con las que se ha asociado a todos los enemigos que está acumulando y vive con esa certeza a diario. Todos lo hacen. Básicamente, son soldados.

Me molesta admirarlo por ello.

Tobias se levanta y coge la chaqueta del sofá. Se la pone sin dejar de mirarme a los ojos. Yo me levanto lentamente, con la cabeza a punto de estallar por todo lo que en teoría me ha confesado.

—Está claro que la seguridad es una ilusión —concluyo, mientras los restos de mi bendita ignorancia se desvanecen.

Él agacha la cabeza.

—Y de las más poderosas, pero, una vez que lo asumes, resulta más fácil correr riesgos mayores para obtener mayores recompensas. Pero eso no es excusa para cometer una estupidez.

Es la pura verdad. En todos los aspectos de la vida, la seguridad es una ilusión. Puedo cerrar esta casa a cal y canto, pero una tormenta podría llevarse el tejado. Podría proteger mi corazón y no dejar entrar a nadie nunca, pero aun así sentiría el dolor del aislamiento. Podría estar haciendo lo correcto todos los días de mi vida por miedo y, de un solo manotazo, alguien podría eliminarme para siempre del tablero.

Cada decisión que tomamos en la vida es una jugada ante un adversario invisible. El enemigo podría ser la enfermedad, o la persona con la que te acuestas, eso es algo que no sabes hasta que el oponente se deja ver.

La teoría de Tobias es que todos somos peones jugando contra oponentes invisibles y que estamos a un movimiento en falso o a una decisión estúpida de descubrir a nuestro enemigo. Por el mero hecho de relacionarme con este grupo de hombres peligrosos, yo podría haber cambiado de oponentes y haber hecho que mi vida tomara un rumbo diferente. Hasta ahora, en cierto modo, me consideraba inmortal, una sensación que él acaba de arrebatarme con la verdad.

Supongo que todo el mundo vive momentos así pero, como todo lo que he aprendido en el último año, yo lo he descubierto de forma precoz. Tobias debe de percibir mi temor, porque avanza hacia mí antes de pensárselo mejor, dar media vuelta y abandonar la habitación, cerrando poco después la puerta principal tras de sí.

—Gracias por la cena y por la comedura de tarro —murmuro, asomándome por la ventana esmerilada y alargada que hay junto a la puerta principal, mientras él se aleja en un sedán negro.

La fuerza de la costumbre me hace cerrar la puerta con llave y conectar la alarma. Al cabo de un instante, me doy cuenta de lo irónico de la situación y no puedo evitar reírme. Acabo de hacer un pacto con el diablo para mantener a salvo a mi padre a cambio de guardar su secreto, pero, como la seguridad es una ilusión, es imposible que él cumpla su palabra.

Entonces me doy cuenta de que esa conclusión inevitable ha sido el tercer movimiento de Tobias. Su verdadero jaque mate.

Niego con la cabeza mientras subo con recelo las escaleras hacia el dormitorio.

—*Connard*. —«Cabrón».

7

Me froto los ojos para desperezarme y me estiro en la cama mientras me vienen a la mente unas cuantas imágenes de mi último sueño, antes de recordarlo de principio a fin. Dicen que los sueños son la forma que tiene el subconsciente de procesar cosas que intentas evitar cuando estás despierto. Después de todos estos años recordándolos, estoy convencida de ello. Anoche soñé con el sol. Estaba muy cerca, tanto que podía extender la mano y tocarlo. Y no emitía un calor abrasador, sino un calorcito agradable. Solo me separaban de él unos cuantos pasos. Entonces se nubló y empezó a llover. Sentí el frescor de la lluvia en la cara, justo antes de que apareciera un arcoíris a lo lejos. Unos pasos más y los habría tocado.

Pero de repente todo se esfumó y aparecí tumbada en el claro, sola, contemplando un cielo sin vida. Entonces el viento me trajo las palabras de mi madre, que me pedía que volviera a casa, pero yo ignoré sus súplicas y seguí buscando el sol que había perdido.

Se me llenan los ojos de lágrimas mientras echo las sábanas hacia atrás.

Abro las puertas acristaladas del balcón y la mañana me recibe con una brisa susurrante que me revuelve el pelo mientras doy la bienvenida a ese nuevo día de verano. Si algo echaré de menos de la mansión de Roman son las vistas.

Un chapoteo atrae mi atención hacia la piscina. Unos poderosos brazos masculinos se abren paso por el agua, creando una corriente pequeña pero intensa. No me había dado cuenta antes, pero la razón por la que no había visto ningún tatuaje cuando Tobias se había arremangado se hace evidente ahora, mientras observo las alas de cuervo que lleva rotundamente tatuadas sobre los omóplatos y que confirman su puesto en el escalafón real. Me encantaría poder arrancárselas o cargármelas de alguna otra forma. No es digno de tener dos hermanos, sean de la misma sangre o no, entregados a él en cuerpo y alma.

Lo peor de todo es que está impresionante, deslizándose con fluidez por el agua con sus músculos ondulantes, su piel tersa y sus potentes piernas impulsándolo a través de la piscina. Me permito admirarlo durante unos segundos mientras gira para hacer otro largo, curvando la espalda mientras el agua cae en cascada sobre su cuerpo atlético.

Poderoso, formidable, intimidante. Es un depredador desalmado y sin corazón.

Y ahora está invadiendo mi vida y entrelazándola con la suya solo para demostrar su teoría de que, temporalmente, él es mi dueño.

Uno de los tres teléfonos que hay sobre una toalla, al borde de la piscina, empieza a sonar. Veo que dos de ellos son del mismo modelo que los teléfonos desechables que usaba Sean. Oigo un débil «*Oui?*» antes de bajar para reunirme con él.

Cuando llego a la piscina, Tobias está cabreadísimo, gritando órdenes y maldiciendo en una mezcla de inglés y francés. Intento aguzar el oído mientras habla de espaldas a mí, pero no entiendo nada. Solo sé que está enfadado. Su francés es fluido, meloso, sexy y tentador. Pone la espalda muy recta y, cuando se gira, me ve allí de pie, escuchando descaradamente. Da una última orden, cuelga y tira el teléfono junto a los demás, antes de apoyar los brazos sobre el borde de la piscina.

—Parecía importante.

—¿Qué has oído?

—*Le pleck, le spit.* —Levanto la nariz e intento poner cara de esnob francesa—. *Le plah, le bark*, más *spit*, y *merde.* —Nos quedamos mirándonos y él echa la cabeza hacia atrás para soltar una carcajada. Ignoro completamente mi necesidad de sonreír al oírlo y en lugar de ello me cruzo de brazos y ladeo la cadera—. Todavía no hablo muy bien. Pero ándate con ojo, Francés. —Tobias deja de reírse poco a poco, negando con la cabeza, pero suelta otra risilla burlona antes de mirarme de arriba abajo, divertido—. A ver, ¿a qué crisis te toca enfrentarte hoy? —pregunto.

—No te preocupes por eso.

—No me preocupo, pero tengo curiosidad por saber qué estás haciendo aquí otra vez. ¿Es que no tienes casa?

—Un montón de ellas.

—Entonces, ¿por qué has decidido fijar tu residencia aquí?

—Solo estoy aprovechando la coyuntura. Y tú también deberías hacerlo. El agua está buenísima.

Se me queda mirando. Llevo puestos unos pantalones cortos deportivos y un top.

—Paso. En serio, ¿no puedes solucionar tus problemas en otra parte?

—Hay dos formas de solucionar los problemas…

Pongo los ojos en blanco.

—Genial, otro sermón.

—Y hay dos tipos de personas —continúa, sin inmutarse—. Las que pasan todos los días por delante de esa pelusa o de ese papel tan molestos que hay en el suelo y se dicen que ya lo recogerán, y los que lo recogen en cuanto lo ven, averiguan de dónde ha salido, lo tiran a la basura y olvidan que estaba ahí. Para los que pasan de largo todos los días, acabará convirtiéndose en un problema. Porque empezará a oler mal. Se convertirá en otro asunto que solucionar. En otro guisante en el plato. Empezarán a mirarlo sin parar porque su presencia les molestará y se dirán a sí mismos que ya se ocuparán en otro momento. Hasta que un día acabará siendo más bien una crisis de conciencia que un guisante.

—Déjame adivinar. Tú no tienes guisantes en el plato.

Él sonríe con desprecio.

—Yo odio los putos guisantes —dice, con sus labios carnosos.

—Era una pelusa.

—Solo para la persona que la recogió.

—Confucio dice: «Recoger pelusas». Tomo nota, ¿alguna perlita más que quieras compartir antes de largarte? ¿Ahora también debo contar con tu presencia repentina e indeseada a diario?

—Debes contar con que estaré donde haga falta hasta que concluyan nuestros negocios.

—Tú mismo. Ahora, si me disculpas, tengo cosas mejores que hacer que dejar que metas el dedo en mi cabeza y revuelvas.

—No rechaces lo que te ofrezco tan rápidamente, Cecelia. Podríamos aprender el uno del otro.

—¿Te refieres a echarme un polvo y tirarme de la lengua para obtener más información sobre mi padre? Paso.

—Ya tengo mucha, pero hay que prestar atención a los detalles. Conocer a tu enemigo.

—No me interesa conocerte mejor.

—Pues tu mirada dice lo contrario —replica Tobias muy serio y sin una pizca de suficiencia en la voz, lo que me impide rechistar. Quizá perciba mi atracción con la misma facilidad que yo percibo la suya. Otra razón más para considerarlo mi peor pesadilla.

—Eres un tío guapo, Tobias. No digo que no. Y seguro que te aprovechas de ello muy a menudo.

Él se impulsa hacia donde yo estoy, en el lado opuesto de la piscina, y sus brazos atraviesan el agua con facilidad mientras se concentra en mí. La lujuria me envuelve de pies a cabeza, pero permanezco inmóvil, sin inmutarme ni siquiera cuando sale de la piscina y se planta delante de mí, invadiendo mi espacio a propósito, mientras el agua fluye por su cuerpo musculoso. Los segundos pasan mientras sigue goteando agua, humedeciéndome en todos los sentidos y endureciéndome los pezones. Él baja los ojos hacia mi pecho antes de volver a levantarlos lentamente hacia mí. No se le escapa una.

—Deseas lo que te estoy ofreciendo, pero eres demasiado obstinada para pedírmelo. Lo tienes en la punta de la lengua. Venga, hazlo.

—Lo único que deseo es que te largues.

Se acerca a mí y las frías gotas de agua me salpican el pecho y las piernas.

—Quieres mi confianza, pero no puedo dártela.

—No quiero nada de ti.

Doy media vuelta y él me agarra de la muñeca para detenerme. Lo fulmino con la mirada mientras baja la vista hacia mí, empapándome la camiseta y los pantalones cortos.

—No puedo confiar en ti. Estás pidiendo un milagro, pero es demasiado caro y no puedes permitírtelo. Aun así, podemos aprender el uno del otro.

—¿Y qué es exactamente lo que crees que puedes enseñarme?

Extiendo las manos, las deslizo por sus hombros y las bajo por su torso, arañando con las uñas su piel húmeda. Me satisface ver que se pone tenso y levanto lentamente los ojos hacia los suyos. Él me agarra las manos y las aprieta antes de soltarlas.

—Como te he dicho, podemos aprender el uno del otro.

Yo me río.

—¿Qué vas a aprender de un guisante? —Se produce un cambio evidente en su mirada que me hace vacilar, pero decido ignorarlo. Se trata de otro juego mental que no estoy dispuesta a consentirle—. Tú tampoco te lo puedes permitir, Tobias. No tienes acceso a mi moneda de cambio.

Mi vientre se tensa mientras nuestras respiraciones se enredan.

—Sé que tienes preguntas. Házmelas, Cecelia —dice. Aparto la vista, ignorando el fuego que corre por mis venas. Al cabo de un par de segundos, se acerca susurrándome—. Mi propuesta no tiene nada que ver con esa mirada que estoy viendo en tus ojos, pero si te tocara ahora mismo como deseas que lo haga, no me rechazarías —dice, con voz sensual.

—Tu juego se está volviendo demasiado predecible.

—¿Ah, sí? Tal vez suba la apuesta —susurra. Se acerca a mí y su aliento tibio calienta el sudor frío de mi nuca—. Pregúntame, Cecelia.

Giro la cabeza para evitar que me siga leyendo la mente.

—Haz lo que quieras.

Un teléfono suena al otro lado de la piscina y ambos nos volvemos hacia él, antes de que Tobias vuelva a mirarme.

Con los hombros tensos, se aleja de mí para contestar, mientras yo regreso hacia la casa. Cuando llego a la puerta, ya está hablando por el móvil. No necesito girarme para saber que me está mirando. Soy capaz de sentir su fuego a varios metros de distancia.

8

De mal humor tras haber visto el Jaguar en la glorieta de la entrada, entro en casa preparándome para el combate, pero solo oigo una retahíla de frases acaloradas en francés que salen de la cocina.

—*Trouvez-le.* —«Búscalo». Se hace una breve pausa—. *Pas d'excuses. Vous avez une heure.* —«Basta de excusas. Tienes una hora».

Tobias cuelga justo cuando aparezco. Parece desconcertado mientras teclea furiosamente en el portátil, en la isla de la cocina. Solo han pasado unos días desde que nos encaramos en la piscina, pero está claro que quiere aprovecharse de la situación.

—¿Te importaría decirme qué coño estás haciendo aquí? —Paso a su lado para abrir la puerta de la nevera y coger una botella de agua. Estoy empapada en sudor por la caminata. Apenas se digna a mirarme antes de responder.

—Proteger mis intereses.

—¿No podrías hacerlo en otro sitio, preferiblemente lo más lejos posible de aquí?

Tobias se queda mirando la pantalla y cierra de golpe el portátil.

—*Putain!* —«Joder». Con el pecho agitado, coge uno de los móviles que hay en la encimera delante de él y marca un número—. Trae al nuevo aquí. En diez minutos.

Atraviesa la cocina, coge una botella de ginebra que hay por allí y se sirve una cantidad generosa en un vaso lleno de hielo. Empieza a darle vueltas, sumido en sus pensamientos, y los cubitos tintinean mientras él agita el líquido transparente tres veces antes de darle un buen trago.

—Es un poco temprano para una copa, ¿no? —Silencio—. Me ha encantado la conversación —comento, poniendo los ojos en blanco.

Voy ya por la mitad del comedor cuando oigo su voz detrás de mí.

—Te equivocas. No se trata de personas como tú y tu madre.

—¿Qué?

—Cuando hablamos por primera vez, dijiste que luchaba por personas como tú y tu madre.

—Sí, ¿y qué tiene de malo?

—Todo —replica él—. Absolutamente todo. Queréis recibir un trato especial.

—Me refería a…

—Sé a lo que te referías. No se trata solo de los obreros de la fábrica de tu padre o de cualquier otro lugar. Ese es un pensamiento simplista.

—Vale. No sé pensar, no sé amar, mi lealtad está mal fundamentada y soy una idiota integral. Perdona que me importe una mierda no estar a tu altura. —Tobias vuelve a remover el hielo de su copa otras tres veces antes de beber de nuevo—. Ya controlas todos mis movimientos. ¿De verdad es necesario que estés presente para hacerlo?

—Me estoy ocupando del puto marrón que me han dejado.

—No entiendo por qué desconfías tanto de mí. No sé si habrás estado últimamente en alguna «fiesta», pero ¿has visto a algunas de las personas que tienes trabajando bajo tu mano de hierro? —Él me mira pensativo por encima del borde del vaso antes de bajarlo. Justo cuando está a punto de hablar, suena el timbre y pongo los ojos en blanco—. Esto no es tu cuartel general. Es mi hogar temporal. Búscate otro sitio para ejercer de supervillano malvado.

Él pasa de mí, ignorando por completo mi comentario, antes de ir a abrir la puerta. Al cabo de un segundo, entran R. B. y Terrance.

—Hola, guapa —dice R. B.

—Creía que eras la chica de Dom. En la variedad está el gusto, ¿no? —dice Terrance, mirándonos alternativamente a Tobias y a mí.

La cara me arde de humillación mientras me mira de una forma que deja muy claro lo que piensa de mí.

La actitud de Tobias cambia antes de mirarme con severidad.

—Dame tus llaves.

—¿Qué?

Baja los ojos hacia las llaves que tengo en la mano.

—Dame las llaves de tu coche, Cecelia.

—Ni de coña.

Se acerca a mí extendiendo la mano y yo suspiro antes de entregárselas. Él se gira y se las lanza a Terrance, que las atrapa *in extremis* sobre el pecho, haciendo una mueca de dolor por el pinchazo.

—Lávale el coche y sácale brillo: jabón, esponja, agua y cera. Y más vale que pueda ver su puto reflejo en él cuando acabes —dice Tobias, con frialdad.

Doy un paso al frente.

—No hace falta que…

Tobias me interrumpe con la mirada mientras R. B. mira a Terrance con cara de «Acabas de cagarla».

—Y tú controla cómo lo hace —le dice a R. B. Este asiente, mirándolo con respeto. Tobias los ignora mientras ellos echan un vistazo al vestíbulo—. Tú te vienes conmigo.

—De eso nada, tengo que darme una ducha.

—Volveremos en una hora —les dice a ambos, agarrándome

del brazo y arrastrándome hacia la puerta—. Que nadie pase de aquí. Tyler vendrá en diez minutos.

—Entendido —responde R. B.

Me zafo de Tobias, que va hacia el lado del conductor del Jaguar.

—Quiero hablar con Tyler.

—No.

—Pues no pienso ir con estas pintas a ninguna parte —replico, cruzándome de brazos en un intento de mantenerme firme.

—Esto no es una puta cita. Y no hemos terminado nuestra conversación. Sube al coche ahora mismo.

Nos miramos durante un par de segundos y acabo sentándome en el asiento de cuero. Poco después, recorremos a toda velocidad la solitaria carretera que va hacia el pueblo.

—¿Quieres decirme por qué dejas entrar a cualquier tío tatuado en la casa de Roman? —Silencio—. No hacía falta que hicieras eso, ¿te enteras? Sé cuidarme solita. —Más silencio exasperante—. Si tan mal te sienta que les falten al respeto a las mujeres, tal vez deberías mirarte bien al espejo. —Tobias conduce por la carretera con soltura mientras yo lo miro con el ceño fruncido, aceptando el hecho de que debo de apestar después de dos horas de caminata. Tengo la piel pegajosa por el sudor seco y el pelo apelmazado y enmarañado en lo alto de la cabeza—. ¿Adónde vamos? —Él sigue sin abrir la boca y continúa tranquilamente sentado en el asiento. Seguimos así diez minutos más hasta que, finalmente, entra a toda velocidad en el aparcamiento de mi banco—. ¿Vamos a hacer un ingreso? —Da marcha atrás y aparca en una de las plazas que hay frente a la entrada—. Déjame adivinar, ¿estás planeando el próximo gran golpe?

—Joder —dice, negando con la cabeza—. Tú mira.

—¿Qué tengo que buscar?

—Delincuentes. Quiero que mires bien ese edificio y me avises cuando veas alguno.

—¿En serio? ¿Vamos a buscar delincuentes basándonos en su apariencia?

—Mira quién habla, la que acaba de preguntarme si he visto a algunas de las personas que trabajan bajo mi mano de hierro.

—Me refería a…

—No hay manera de justificar esa afirmación. Ahora, basándonos en esa forma de pensar, vamos a buscar a unos cuantos delincuentes.

Un hombre mayor sale del banco; debe de tener unos ochenta años y sostiene la puerta para que entre una mujer más joven.

—No.

—¿Cómo lo sabes? ¿Porque le ha sujetado la puerta?

—No lo sé. Pero no encaja en el prototipo.

—¿Y cuál es el prototipo? ¿Alguien que lleve la capucha puesta? ¿Tatuado? ¿Que huela a marihuana? ¿Con vaqueros ajustados y caídos? ¿O depende del color de la piel? ¿Del corte de pelo? ¿Se puede saber por el corte de pelo?

—Ya lo has dejado claro. —El calor empieza a subirme por el cuello.

—No, no lo he hecho. Mira.

Hago lo que me dice. Durante varios minutos, analizo a todas las personas que entran y salen del banco y las descarto.

—¿No encuentras ninguno?

—Esto es ridículo. ¿Cómo voy a saberlo?

—¿Qué tal ese?

Un hombre de cuarenta y tantos años sale con un uniforme de trabajo sucio y se sube a una camioneta de reparaciones.

—Está claro que es un currante. Parece de por aquí y seguramente lo único que le preocupa es mantener a su familia. Esto no tiene sentido. Entiendo que lo que hice fue generalizar, pero…

—¿Dónde está el delincuente, Cecelia?

—No lo sé.

—¿Es ese tío? —Tobias señala con la barbilla a un hombre trajeado que está entrando.

—¡No lo sé!

—Pues sigue buscando.

Repaso nuestra conversación hasta que me doy cuenta de que he estado mirando a la gente, no al edificio en sí.

—Es el banco, ¿no?

—¿Crees que el crimen organizado es lo peor del mundo? —me pregunta Tobias, levantando la vista hacia el logotipo antes de girarse hacia mí—. ¿Por qué no te preguntas por qué una empleada de banca de veinte años se siente tan presionada por la dirección que trae a su abuela a la sucursal para abrirle una segunda cuenta bancaria que no necesita?

—¿Porque es su trabajo?

—Para poder alcanzar la cuota de ocho cuentas al día y conservar su empleo. Porque había miles de personas como ella en pueblos pequeños que pensaban que se estaban vinculando a un banco conocido con una reputación excelente y poco más de una semana después descubrieron que no era más que humo. Se sentían presionados a diario para abrir cuentas. Una estrategia de los poderes fácticos para hacer subir los precios de las acciones de forma astronómica, para engordar una vaca sobrealimentada, porque ser un puto rey Midas no era suficiente, joder. Algunos hasta les abrieron cuentas a personas muertas. Eso estuvo sucediendo a diario durante años, mientras acosaban psicológicamente a estas personas, a estos empleados de baja categoría que estaban desesperados por cobrar un salario, hasta el punto de hacerles cometer actos delictivos.

—Yo tengo una cuenta aquí.

—Entonces estás contribuyendo al problema sin ser consciente de ello. Todo viene de arriba. Si crees que los malos son los que trapichean en la calle, eso no es nada comparado con estos putos sinvergüenzas. Y lo triste es que algunos de los clientes actuales ni se inmutarían si se enteraran, porque no es problema suyo. Su dinero tiene cobertura federal, así que a la mayoría le importa una mierda estar haciendo operaciones bancarias con un delincuente reconocido. Pero si a la mayoría de esos clientes les importara, no se saldrían con la suya. Sin embargo, lo hicieron y siguen haciéndolo. Los de arriba deberían haber sido crucificados por sus actos. Hubo un juicio. Pagaron una sanción considerable que no afectó en absoluto a sus beneficios. El director general dimitió después de la vista, pero no lo metieron en la cárcel y aquí siguen con su puto negocio. —Tobias vuelve a mirar el banco, con clara expresión de desdén—. ¿Quieres encontrar delincuentes de verdad? Sigue el dinero. Sigue siempre el puto dinero. No digo que nadie lo haya ganado legítimamente, pero hasta los que lo han hecho al final están relacionados con los que no. En realidad es un mundo muy pequeño, una vez que conectas los puntos. Es una maraña incestuosa. Todo el mundo se ha follado a todo el mundo en algún momento y la mayoría siguen juntos en la cama por la misma razón.

—¿Hablas del uno por ciento? ¿De los multimillonarios?

—Ahí es donde se complica la cosa, porque eso también viene de arriba.

—¿De verdad sucedió eso y se salieron con la suya?

Tobias asiente lentamente.

—Pero la mayoría de la gente debe de estar prestando atención al espectáculo del pezón de Janet Jackson en la Super Bowl, o algo así, porque eso desvía la atención de los verdaderos ladrones.

—¿Una cortina de humo?

—Son ellos los que las crean y, a veces, pagan para que otros lo hagan. Es fácil comprar e influenciar a los medios de comunicación. Lo hacen las mismas personas que se acuestan en la misma puta cama y el mundo tiene la amabilidad de ocuparse del resto.

Da la vuelta con el coche y sale del aparcamiento. Lo observo mientras conduce y no puedo evitar dejar de despreciarlo. Está harto. No solo por los trabajadores de la fábrica de esta ciudad, sino por todos los que están a merced de los buitres que se aprovechan a diario de los incautos ciudadanos. Y, de forma indirecta, yo he compartido cama con ese delincuente desde que he tenido edad suficiente para abrir una cuenta bancaria.

—Entonces se supone que, si cierro mi cuenta, ¿las cosas cambiarán?

—Si cierras tu cuenta, te sentirás mejor por la parte que te toca. Si se lo cuentas a diez personas más, quizá dos te hagan caso y cierren también las suyas. Eso es lo más difícil, el camino más lento y doloroso y, al final, ellos seguirán ganando.

—Entonces, ¿tú qué harías?

—Apuntar a la cabeza, no al pie.

Reflexiono antes de girarme hacia él y centrarme en sus pestañas densas y oscuras.

—Si no confías en mí, ¿por qué te empeñas tanto en que lo entienda?

—Hemos hecho un pacto. Me estoy ciñendo a él. Si la pregunta es si no tengo mejores cosas que hacer, la respuesta es sí, joder. Dudas de mi criterio, pero puedo contar con los dedos de una mano las personas que saben quién eres en realidad. —Pone el intermitente en el semáforo y se vuelve hacia mí—. Toda esa gente de las fiestas desempeña un papel que no tiene nada que ver con el puto pie.

Roman. Mi padre es parte del pie.

—Entonces, ¿todos están intentando cortarle la cabeza al monstruo?

Tobias me mira, observándome en pantalón corto y camiseta de tirantes durante varios segundos, antes de pisar el acelerador.

Su asunto con Roman es algo personal, pero acaba de dejarme bien claro que mi querido padre no es más que la punta del iceberg. No hace mucho, le pregunté a Tobias qué magnitud tenía esto, hasta dónde llegaba, y él acaba de proporcionarme una visión general… desde el espacio.

Más ajedrez. Pero esta vez he estudiado un poco. Hago una jugada para quedarme con uno de sus peones y no se me escapa el brillo de regocijo de su mirada cuando se da cuenta.

—El mejor verano de mi vida —refunfuño, mientras él agita el hielo en el vaso.

—¿Qué harás cuando termine?

—Seguro que conoces mis planes para la universidad.

—Estoy al tanto. —Mueve un peón y un grueso mechón de pelo le cae sobre la frente. Ignoro el impulso repentino de estirar la mano y apartárselo—. Pero ¿qué piensas hacer?

—¿Después? Aún no estoy segura. Definitivamente no pienso seguir los pasos de mi padre en el negocio familiar. Claro que tampoco es que me estéis dando muchas opciones.

—Si te importa una mierda su empresa.

—Eso no es verdad, me importa muchísimo el futuro de sus empleados.

Se hace el silencio y él hace girar los cubitos de hielo antes de hablar.

—Roman hizo un Zuckerberg y llevó a la quiebra a su primer socio para lograr el control de la empresa. Era una empresa pequeña, pero esa maniobra le proporcionó suficientes beneficios económicos para jugar la primera mano en una partida más importante.

Yo me recuesto, atónita por la revelación de las sucias artimañas de mi padre.

—¿Cuándo?

—Años antes de que tú nacieras. Eso le hizo ganarse su primer enemigo: Jerry Siegal. Lo irónico es que Siegal está resurgiendo siendo igual de corrupto que él.

Me muerdo el labio y, cuando levanto la vista, veo que me está observando.

—¿Estás seguro? —pregunto. Tobias vuelve a hacer girar el hielo tres veces en el vaso, antes de beberse el contenido y levantarse—. Así que duermes en el bosque, ¿eh?

Él se pone la chaqueta.

—Puede. —Señala con la cabeza el sitio donde estoy sentada, al lado de la chimenea—. No toques el tablero.

—Qué alegría, ¡vas a volver! —exclamo, poniéndome en pie—. Lo estoy deseando.

Tobias avanza amenazadoramente hacia mí y yo retrocedo, girando la cabeza para evitar el efecto que me causa. El borde del sofá me roza los muslos, dejándome sin espacio y, cuando él da el siguiente paso, su fuego me envuelve junto con la certeza paralizante de que, si me toca, mi cuerpo reaccionará. Contengo la respiración para no inhalar su olor, mientras él me analiza de cerca, a solo unos centímetros de distancia.

—¿Qué es lo que tienes? —me pregunta, casi en un susurro. Me lo tomo como otro insulto, como una pregunta sobre lo que Sean y Dominic vieron en mí.

Me echo a un lado para darme un poco de espacio y él se acerca más.

—¿Te importaría darme un poco de espacio? Es lo único que te pido. ¿Qué tal si llamas antes de entrar? —le pido. Él se inclina y recorre con la nariz el lateral de mi cuello sin rozarlo, pero el efecto es el mismo.

—No. —Es un leve susurro, pero recibo el mensaje como si lo hubiera gritado.

Poco después, la puerta principal se cierra y yo me quedo allí plantada, mirando fijamente el punto por el que se ha marchado, con las extremidades agarrotadas. Me saca de quicio y discutir con él empieza a parecerme inútil.

Esa noche, sueño con ojos ambarinos y luciérnagas.

9

A la mañana siguiente, me despierto con el sonido de una voz familiar procedente del primer piso. Exasperada, me lavo los dientes mientras me miro los pantalones cortos y la camiseta para asegurarme de que estoy vestida. Es la segunda voz la que me hace bajar las escaleras de dos en dos. Cuando entro en la cocina, me sorprende encontrarme a Tobias, trajeado e impecable. El olor de la colonia que acaba de echarse invade mis fosas nasales mientras me quedo mirando a Jeremy. Está ocupado desenvolviendo un portátil nuevo cuando me ve y esboza una amplia sonrisa al saludarme.

—Anda, cuánto tiempo.

Sigue con su tarea mientras yo apoyo la cadera en la encimera y le perforo un lado de la cabeza con la mirada. Mis ojos hambrientos se alimentan de su familiaridad, pero lo único que consigo es que me duela el corazón. Su barba de hípster ha crecido un poco en los ocho meses que han pasado desde la última vez que lo vi y va vestido como siempre, con unos vaqueros oscuros y unos tirantes por encima de la camiseta. Unos tirantes de rayas que encontré en una tienda de segunda mano y que le regalé un día que había ido de compras porque me acordé de él y lo consideraba un amigo. Me vienen a la mente las conversaciones nocturnas que manteníamos, pero alejo la emoción y dejo que mi resentimiento pase a primer plano. Ignoro los ojos ámbar que me están observando, voy hacia la cafetera y enciendo el pequeño televisor de la encimera para ver las últimas noticias de la mañana.

Cuando voy a echar el azúcar, me doy cuenta de que el paquete está vacío. Me giro y veo que Tobias esboza una sonrisilla antes de levantar la taza. Lo miro con los ojos entrecerrados.

Jeremy nos observa por encima del portátil que acaba de encender.

—Veo que os lleváis bien.

Ambos lo fulminamos con la mirada y él suelta una de sus risitas inconfundibles. Con los nervios a flor de piel, me doy la vuelta, abro el armario que hay sobre la cafetera y veo otro paquete de azúcar en el segundo estante, fuera de mi alcance. Me pongo de puntillas y estoy tratando de cogerlo sin éxito cuando siento que Tobias se acerca por detrás.

—Ya lo cojo yo —digo bruscamente, sacando una espátula del cajón y utilizándola para enganchar el paquete y arrastrarlo hacia mí.

Lo tiro con facilidad y me da de lleno en la cara. Me arde la nariz y me cuesta reprimirme cuando Tobias emite un rugido gutural exasperante antes de alejarse. Ignorando la vergüenza que siento, me preparo el café pasando de ambos, sin apartar los ojos de la televisión.

—¿Qué es de tu vida, Cee? —me pregunta Jeremy al cabo de un rato. Con los codos apoyados en la encimera, me acerco al televisor y subo el volumen—. ¿Tan enfadada estás conmigo?

Soy consciente de que estarán intercambiando una mirada detrás de mí y me importa un bledo. Pero el ardor de mi espalda me hace saber que quizá me esté exponiendo más de lo debido. Miro hacia atrás para descubrir el origen de mi incomodidad. Con la cabeza ladeada, Tobias me mira de un modo peculiar, antes de desviar la vista hacia Jeremy.

—¿Todo en orden?

—A ver, solo me enseñó a hacer esto una vez, pero... —Jeremy me mira y sé a quién se refiere. Les preocupa que el portátil sea seguro. Intercambian otra mirada silenciosa mientras yo vuelvo a centrarme en el café y finjo ver las noticias—. Creo que está todo bien —dice Jeremy, después de estar tecleando un rato.

—¿Lo crees o lo sabes? —responde Tobias con brusquedad.

Jeremy suspira, exasperado.

—Si me dejaras…

—Ya lo solucionaré —le suelta Tobias.

—Demasiado orgulloso para pedirle ayuda a tu propio hermano, ¿eh? —digo, de espaldas a él. No hay respuesta—. ¿Cómo le va la vida, Jeremy?

Se hace un silencio incómodo.

—Pues no tengo ni idea, Cee.

—Ya, claro.

Al cabo de un segundo, siento a Jeremy a mi lado. No soy capaz de mirarlo. No puedo permitir que se dé cuenta de que su mera presencia me está ablandando.

—Te echamos de menos, ¿sabes?

—No me digas. —Bebo un sorbo de café y lo trago, incapaz de disimular la amargura de mi voz—. Bonitos tirantes.

Veo por el rabillo del ojo cómo los sujeta con los pulgares.

—Ya sabes que son mis favoritos.

—Me alegra saber que no todo te importa una mierda.

—Tú me importas —asegura, antes de emitir un suspiro que más bien parece un gruñido de frustración.

Estoy segura de que su jefe lo está mirando fijamente de forma amenazante a solo unos metros de distancia. Se encuentra al borde del abismo, entre una disculpa y un castigo seguro. No parece que ninguno de ellos sea lo bastante valiente como para enfrentarse a ese gilipollas.

—No te preocupes por mí. Total, llevas ocho meses sin hacerlo.

—Venga ya —protesta Jeremy—. Sabes que no podíamos…

—¿Quieres saber cómo estoy? —Giro la cabeza y lo fulmino con la mirada—. Pues bueno, puedes decirle a Sean que ahora sé perfectamente lo que les pasa a los pájaros enjaulados.

—Todo en orden —le dice Tobias a Jeremy, con la clara intención de poner fin a nuestra conversación—. Ya te llamaré más tarde.

Poco después, suena el timbre.

—¡Eh, tío, tenemos que abrir en veinte minutos! ¡La señora Carter quiere que revisemos su cacharro a primera hora de la mañana! —grita Russell desde el umbral de la puerta principal.

Se refiere al taller, un lugar que yo consideraba mi segundo hogar. Es increíble lo que el tiempo y la distancia pueden hacer. Ahora parece que hubiera pasado toda una vida. Tengo que esforzarme mucho para no asomarme a ver a Russell. Pero no lo hago porque él tampoco parece tener el menor interés en verme a mí. Puede que la culpa sea de Tobias y su amenazadora presencia.

Pero da igual. Esos hombres no son mis amigos. Comparten secretos que yo desconozco. Donde una vez encontré mi sitio, ahora soy solo una carga.

—Nos vemos, Cee —dice Jeremy a mi lado.

Yo ni lo miro. No pronuncio una sola palabra. Percibo su decepción, antes de que dé media vuelta y se largue.

Subo el volumen de la tele para ahogar cualquier posible conversación con Tobias. Me siento aliviada cuando se pone a trastear con el portátil. Al cabo de unos minutos, deja de teclear cuando el presentador anuncia una noticia de última hora.

«Anoche, un conocido líder terrorista fue abatido en una exitosa operación dirigida por las Fuerzas Armadas estadounidenses. Poco después de conocerse la noticia, un importante medio de comunicación retrató al objetivo como un "teólogo asceta", lo que provocó la indignación de algunos estadounidenses que se lanzaron a expresar su disconformidad en las redes sociales…».

—¡No me jodas!

—¡No me jodas!

Nuestra reacción análoga me hace volverme hacia Tobias, que está de pie al otro lado de la encimera, igual de desconcertado que yo. Este se pasa una mano por la cara, frustrado, mientras yo me giro y apago el televisor. Nos quedamos en silencio unos segundos, antes de que él se dé la vuelta y tire el café por el fregadero.

—Vaya mierda.

—Estoy de acuerdo, ¿qué es eso de que los periodistas humanicen a los terror…?

—Me refiero al café. Necesitas una cafetera de émbolo y café decente.

Perpleja, clavo la mirada en su espalda y en su camisa azul cielo, perfectamente entallada para marcar su fuerte complexión.

—Está claro que tu paladar francés está sufriendo. Seguro que antes tenías un amplio abanico de sabores para elegir.

Él gira la cabeza, apoya la palma de la mano sobre la encimera y me mira con una ceja arqueada.

—¿Seguimos hablando de café?

—Pues claro —replico, confusa—. Y, a estas alturas, me sorprende que no hayas cambiado tu dirección de entrega de Amazon Prime aquí.

Su risilla inunda la cocina. Apoyo una mano en la cintura mientras él sigue allí de pie, observándome.

—Te importan de verdad.

Respiro hondo para no perder los nervios.

—Te lo he dicho mil veces. Lo del pacto no era necesario. Fuiste tú el que me dio la carta para que la jugara. Habría guardado silencio con o sin trato.

Él esboza una sonrisa torcida.

—La prudencia nunca está de más. Ya sabes lo que dicen: «No hay nada más peligroso que una mujer despechada».

Agito la mano en el aire.

—«Un pájaro que no puede volar sigue siendo un pájaro, pero una persona que no puede amar es una mísera piedra»

—replico secamente antes de ir hacia él, dejar la taza a su lado, en el fregadero, y mirarlo—. Como ya te he dicho, no tienes acceso a mi moneda de cambio. —Entonces siento una punzada imposible de ignorar. Sus ojos brillan cada vez más, mientras nos miramos fijamente—. «Cariño», «adoración», «devoción», «ternura», «apego»… Todos ellos son sinónimos de «amor».

Doy media vuelta para irme al piso de arriba, pero Tobias me agarra del codo y me aprieta contra él. La electricidad chisporrotea entre ambos, aturdiéndome durante varios segundos. Es como sentir un relámpago y oír un trueno simultáneamente, sin previo aviso. Entre sus impresionantes atributos físicos, el ardor de su mirada y su delicioso olor me está costando horrores hacerme la dura. La intensidad de mi atracción no deja de cambiar. Cuanto más intento negarla, más asoma su asquerosa cabeza.

—No más moratones, por favor, tengo turno esta noche.

Él afloja la mano.

—Te magullas con demasiada facilidad. ¿Crees que no te entiendo?

—No me conoces.

Él se inclina y su aliento roza mi oreja.

—Sí te conozco. —Me aparta el pelo suelto del hombro y apenas soy capaz de controlar el escalofrío que me produce ese leve roce—. Te da miedo lo mucho que te conozco. —Levanta un dedo y me lo pasa suavemente por la clavícula—. Crees que es amor, pero en realidad eres una adicta —declara, acariciándome lentamente el cuello con la yema de ese mismo dedo, antes de rozarme ligeramente los labios. El cambio de intensidad es estremecedor y un hormigueo de tensión inunda mi cuerpo—. Ahora mismo estás colocada. Tu moneda no es más que eso, un subidón.

Me alejo bruscamente de él, pero se pega más a mí, recorriendo con la mirada mi pecho agitado y subiendo hacia mis labios antes de apartarse, coger el portátil y salir precipitadamente de la cocina.

10

«Eres una adicta». El peso de esa afirmación me ha agobiado durante todo el turno.

—¿Seguro? —me pregunta Melinda, recogiendo la última bandeja.

—Perdona, ¿qué?

Ella me mira con cara de preocupación evidente, mientras trato de recordar de qué estábamos hablando. Estaba intentando emparejarme con el nuevo pastor juvenil de su iglesia. No tiene ni un pelo de tonta. De hecho, se ha convertido en una experta en evaluar mis estados de ánimo. Y casi todos los días lleva comida de sobra a los turnos para asegurarse de que me alimente. Es un consuelo saber que le importo y sentir su preocupación maternal.

—Sí —digo, limpiando nuestro cubículo—. Me voy a ir a casa.

Se queda un rato callada mientras recogemos.

—Cariño, ya han pasado muchos meses. No quiero que sigas consumiéndote.

Muchos meses. Y, hoy más que nunca, siento el peso de esa verdad.

«Eres una adicta».

—Estoy bien —le aseguro—. He tenido una cita hace poco.

Eso parece animarla.

—¿Ah, sí?

—Sí. Es un buen tío. Y en breve volveremos a quedar.

La mentira me sale como si nada, pero no me siento culpable al ver el alivio en sus ojos. Aunque a veces es demasiado invasiva y me vuelve loca con su cotorreo, le he cogido muchísimo cariño y ya la considero una amiga.

—Me alegra oír eso —dice, encantada—. Perdona que te lo diga, pero el otro era un idiota integral. Te garantizo que se arrepentirá, si no lo ha hecho ya. No puedo creer que se largara de esa forma.

Ambas sabemos que se refiere a Sean, pero yo desvío la mirada. Cuando la cinta transportadora se detiene para indicar el final del turno, ella se acerca a mí y me abraza, vacilante. Le devuelvo el abrazo con fuerza.

—Yo también te voy a echar de menos.

Melinda se echa hacia atrás y me agarra por los hombros.

—No creo que eches de menos mi cháchara —dice. Se ríe y me da un codazo—. Pero yo seguro que echaré de menos que me escuches. ¿Cuánto tiempo te queda?

—Un par de meses.

Me guiña un ojo.

—Haremos que sean especiales.

Asiento con la cabeza y consigo esbozar una sonrisa sincera mientras ella abandona la cadena de montaje para fichar. Yo la sigo, pensando en la conversación de esta mañana en la cocina. Para mis allegados, ahora soy la típica chica a la que le rompieron el corazón y se encerró en sí misma.

Tobias me considera igual de débil, pero lo irónico es que son las personas como Melinda las que luchan a diario para llegar a fin de mes, y mi cariño hacia ella y hacia la gente de nuestro círculo lo que me hace guardar silencio y comportarme con sumisión. Si hubiera pensado en algún momento que los planes de Tobias pasaban por hacerle daño a ella o a la gente que ahora me importa, habría tirado de la manta hace tiempo. Pero no es el caso. Y a pesar de mi odio hacia él, sé que la intención de Tobias es devolverle el poder a la gente de este pueblo.

Y yo estoy totalmente a favor de ese plan. ¿Soy mala persona por estar dispuesta a permitir que mi padre sufra por ello? Tal vez, pero este es el papel que he elegido desempeñar. Y puede que parte de mi desprecio hacia su bienestar tenga que ver con el rencor que le guardo por haber elegido su imperio antes que a mí. Tal vez perder todo lo que posee le aporte la humildad que tanto necesita y le dé una segunda oportunidad para hacer algo diferente con su vida. Para encontrar unas aspiraciones más significativas. Tengo la certeza de que a mí la humildad me ha cambiado mucho. Y no he subestimado esas lecciones, aunque a mí me subestimaran por el camino.

Pero si creía que Dominic era frío, su hermano es todavía más insensible. Un muro infranqueable que piensa que el amor no es más que un incordio. Un inconveniente para los negocios.

«Eres una adicta».

Enfadada, cojo el móvil de la taquilla y miro los mensajes. Hay uno de Christy en el que dice que tiene una cita y que me llamará al día siguiente. Ahora me llama a diario. Y sé que en parte lo hace porque se compadece de mí. Se preocupa por mí.

Ni siquiera soy capaz de conseguir que mi peor enemigo me tome en serio porque voy por ahí con el corazón roto como bandera y eso se ha convertido en la peor pesadilla de mi existencia.

Cierro de golpe la puerta de la taquilla, presa de la exasperación. Las personas que forman parte de mi vida están tan preocupadas por mi fragilidad que andan a mi alrededor con pies de plomo. Entonces me asalta un pensamiento terrible.

Me estoy convirtiendo en mi madre.

Adicta. Adicta.

¿De verdad me he vuelto una adicta al subidón?

Para ser sincera, eso es básicamente lo que sentía cuando estaba con ellos. Era lo que me provocaban constantemente. Pero esa es la esencia del amor, ¿no? En realidad, es un subidón, un subidón que motiva a la gente… y que te puede desgarrar el alma cuando desaparece.

Quizá sea la búsqueda del subidón lo que me ha hecho romper las reglas esta noche. Ya van ocho meses de silencio. Y si de verdad soy una adicta, llevo demasiado tiempo sin un puto chute. Mientras recuerdo lo que pasó en la cocina, siento claramente, más que nunca, la tensión que se ha añadido al delgado hilo que nos une a los tres.

Una vez más, Tobias se ha burlado de mí. Y, una vez más, yo lo deseaba.

Sintiéndome culpable y avergonzada por ello, tomo el camino que lleva a la casa del callejón sin salida. Ni una sola vez he hecho el paseíllo de la exnovia psicópata en coche y ya va siendo hora de que lo haga.

Cuando mis faros iluminan un cartel de «SE ALQUILA» al acercarme a su casa, siento que el hilo cede un poco más. Cabreadísima, salgo del coche dejando el motor en marcha y me acerco a la casa. Apoyo las manos en la ventana del porche y miro hacia el interior. Está vacía. Ni rastro de vida. Ni rastro de los recuerdos que creamos allí.

Todo ha desaparecido.

Mientras vuelvo al coche, me fijo en que el césped tiene al menos treinta centímetros de altura, lo que significa que lleva desocupada como mínimo un mes. Mi instinto me dice que mucho más.

Vuelvo a ponerme al volante y arranco como una exhalación, con la sangre latiéndome en las sienes mientras intento comprender qué ha pasado. ¿Dónde vive ahora Tyler? Acabo de verlo, así que no puede andar lejos, lo que significa que ellos tampoco. Sean sabía que su orden de que no lo buscara era demasiado pedir. Y hasta ahora la había cumplido por aquello de «algún día».

Furiosa por lo que acabo de descubrir, conduzco por esas carreteras que ahora conozco de memoria, con la intención de obtener respuestas. Entro en el aparcamiento del taller y freno bruscamente, aliviada al ver la luz del vestíbulo encendida. Un vestigio de mi antigua vida, tal y como era. Una música tenue se filtra desde la parte de atrás del taller, cuando Russell aparece y me mira. Me acerco a la puerta y la golpeo suavemente, segura de que me ha visto. Como no me abre, vuelvo a llamar, esta vez con más fuerza.

—Abre la puerta, Russell —exijo, con el corazón destrozado después de haber visto la casa vacía. Nada—. ¡Russell! —Me acerco más y lo miro enfadada a través del grueso ventanal del vestíbulo al ver que no me contesta. Russell baja la vista para evitar mi mirada furibunda, mientras Jeremy se reúne con él en la entrada. En cuanto me ve, agacha la cabeza—. Solo quiero hablar con vosotros —suplico a través del grueso cristal, sabiendo que pueden oírme perfectamente. De repente, la luz se apaga y Russell entra en el taller. Jeremy sujeta la puerta para seguirlo y se detiene cuando me oye hablar—. No me hagas esto —le ruego, golpeando la ventana—. ¡Por favor, no se te ocurra hacerme esto! ¡Jeremy! —Él se queda inmóvil y puedo ver su expresión de sincero arrepentimiento—. ¡Por favor, Jeremy! —Lo observo mientras se sujeta la mandíbula con la mano, antes de volver a entrar en el taller sin levantar la vista.

Me alejo de la ventana, indignada, y es entonces cuando asumo la realidad contra la que he estado luchando todo el día.

Soy una adicta. Soy la chica patética que no capta las indirectas, la que se niega a pasar página.

En realidad, puedo verlo en la cara de la gente, que me mira con lástima y preocupación. Su rechazo me ha costado el orgullo, el amor propio y el respeto de las personas que me conocen.

Me ha costado mucho más de lo que vale cualquier subidón.

Y ya va siendo hora de que recuerde cómo darle a los pies.

11

Después de beber un poco del whisky con hielo que me he servido en uno de los vasos bajos de Roman, me zambullo en la piscina y emerjo en medio de la noche húmeda, iluminada por la media luna. Hago unos cuantos largos, disfrutando del agua tibia sobre la piel y descargando con el ejercicio parte de mi agresividad.

La frustración se apodera de mí mientras me agoto, intentando encontrar alguna razón por la que se pudieran haber tomado tantas molestias en desaparecer. El engaño, la humillación... He hecho el ridículo por dos hombres que no se han dignado en aparecer en un montón de meses.

¿Y todo por qué? ¿Por un subidón?

Ahora solo siento el impacto, el escozor inevitable. Durante todos estos meses había intentado autoconvencerme de que había pasado página, pero en realidad estaba esperando.

No pienso seguir mintiéndome y no puedo continuar amando en vano.

Ninguno de los hombres a los que entregué mi corazón ha dado la cara para reclamarme como suya. He sido una ilusa al pensar que podría tener un futuro con cualquiera de ellos.

¿Cómo de intensos podían ser en realidad sus sentimientos, con tanto engaño entre nosotros? Desde mi punto de vista, teníamos algo muy bonito, pero el tiempo ha demostrado dolorosamente que era unilateral.

Hace algo más de ocho meses que bailé con Sean en la calle. Unos meses en los que he intentado vivir con normalidad. Si pienso en ese día, lo recuerdo como algo muy sincero. Y eso fue lo que me mantuvo enganchada.

Pero eso es lo que hacen los adictos, niegan el problema y lo enmascaran con excusas. Y depende de mí salvarme.

Así que se acabó. Se acabó la fijación enfermiza por esos dos hombres que no merecen ocho meses de devoción no correspondida. Ya no quiero entender sus motivaciones, ni las crueles razones de su ausencia.

Llegada a este punto, solo quiero romper el hilo y liberarme de la angustia de estar viviendo un amor no correspondido.

Agotada por el ejercicio y amodorrada por el whisky, salgo de la piscina y me meto en la ducha exterior para quitarme el cloro del pelo. Me envuelvo en la toalla, subo las escaleras y a mitad de camino me doy cuenta de que no estoy sola.

Enfadada, entro en mi cuarto y me encuentro a Tobias hojeando el libro que tengo en la mesilla de noche. Lleva puesto un traje, la corbata floja alrededor del cuello y el pelo perfectamente peinado hacia atrás. Lo esquivo y dejo caer la toalla antes de ir hacia la cómoda para coger unos pantalones cortos y una camiseta. Detengo la mano sobre la cajonera al sentir su mirada clavada en mí.

—¿Has venido por negocios o para castigarme?

Él cierra el libro.

—Ya tienes las respuestas que querías. Tomaron una decisión.

Y no fui yo.

Aceptación. Ese es uno de los cinco pasos del duelo, ¿no? Así que impido que el aguijón de sus palabras traspase mi corazón encallecido y me pongo a buscar ropa en los cajones.

Los segundos pasan y él sigue mudo, pero puedo sentir su mirada firme.

Con la intención de anular su intento de intimidación, me giro hacia él, me desato la parte de arriba del bikini y la dejo caer. Es la misma que él secuestró para humillarme el día que nos conocimos.

—¿Algo más? ¿Algún otro sermón sobre guisantes o peones?

Me quedo allí plantada mientras se me endurecen los pezones, con la piel goteando y el traje de baño a mis pies, sobre la alfombra. Tobias sigue de pie al borde de la cama, aparentemente imperturbable por mi desnudez y mi actitud descarada mientras me desato lentamente los lazos de las caderas y dejo caer la parte de abajo del bikini. No es nada que no haya visto ya, pero percibo la sorpresa en sus ojos cuando levanto la barbilla y me enfrento a él completamente desnuda. Me niego a dejar que me siga intimidando.

Es hora de romper el hilo.

Tobias contempla mi cuerpo desnudo y aprieta la mandíbula mientras valora la guerra que estoy librando.

—Te conozco —dice finalmente, con la voz teñida por la advertencia que brilla en sus ojos.

—¿Ah, sí? —digo, retándolo—. Pues yo creo que no.

Se acera a mí y me niego a acobardarme. El aire se vuelve más denso mientras él recorre con insolencia las bruscas líneas y las curvas de mi cuerpo con su mirada hambrienta. La atracción se hace más difícil de ignorar a medida que se acerca.

—Cecelia Leann Horner, nacida el ocho de junio de mil novecientos noventa y cinco, metro setenta de estatura, sesenta y cinco kilos. —Da un par de pasos hacia mí mientras el agua me chorrea por la espalda—. Hija del empresario Roman Horner y Diane Johnston, que nunca llegaron a casarse.

Me devora con la mirada mientras me alimento del peligro que amenaza cuanto más se acerca.

—¿Se supone que eso debería impresio…?

—Una chica tímida que creció leyendo novelas románticas y viviendo la vida a través de su mejor amiga, mientras su madre coleccionaba novios y multas por conducir bajo los efectos del alcohol.

Reprimo las ganas de tragar saliva mientras Tobias da un último paso y se cierne sobre mí, inundando mis fosas nasales de cítricos y cuero. Levanta una mano para sujetarme la barbilla y me acaricia el labio inferior con el pulgar antes de metérmelo en la boca y pasármelo por los dientes. Giro la cabeza cuando se inclina para susurrarme al oído.

—Víctima de la negligencia, te criaste alejada de tu padre ausente y asumiste la misión de cuidar de tu madre mientras jugabas sobre seguro. Eras una niña buena, hasta que la curiosidad te pudo y te saltaste el baile de graduación porque estabas demasiado ocupada regalando tu virginidad —cuando dice eso, me vuelvo hacia él, verdaderamente sorprendida—. Quizá porque considerabas que ya habías esperado suficiente, no porque se apoderara de ti esa pasión que tan desesperadamente ansías.

Aparto la vista mientras Tobias se inclina para mirarme a los ojos y nos toma a ellos y a mí como rehenes. Mi cuerpo reacciona, palpitando con una mezcla de rabia y deseo que aumenta rápidamente, mientras me acaricia suavemente la cara con una mano, diseccionando mis decisiones vitales una a una.

—Durante la adolescencia, jugaste a ser la adulta responsable de la casa y suspendiste a propósito un examen que te hizo quedar tercera de tu promoción en el instituto de Torrington. O bien para evitar ser el centro de atención y fastidiar a papá haciendo que tu asistencia perfecta y tus logros académicos pasaran desapercibidos, o bien para que tu madre no se sintiera culpable por no poder pagarte una matrícula de la Ivy League en caso de que papá no pasara por el aro. Al fin y al cabo, era mucho más seguro pasar desapercibida y utilizar los errores de tu madre como excusa para no correr riesgos.

—¡Ya basta! —exclamo.

Ahora soy incapaz de apartar la mirada, mientras él sigue analizando mi vida y mis decisiones.

Se acerca hasta pegarse a mí.

—¿El lado positivo? Usaste el brote psicótico de tu madre como excusa para liberarte y dejar de representar su papel, mientras te permitías el lujo de hacerte la mártir. Lo que nos trae hasta aquí. Donde aseguras estar por el bien de tu madre, aunque en realidad te proporcionó una vía de escape. Y te dio a probar por primera vez la libertad.

Tras haberme dejado en carne viva y expuesta más allá de la desnudez, Tobias estrecha mi cara entre sus manos.

—Y ahora vuelves a esconderte porque lo de arriesgarte y vivir de verdad por primera vez en tu vida no ha salido como esperabas. Pero yo te conozco, Cecelia. Te conozco. Sigues deseando entregarte, entregar tu corazón y tu lealtad a quien los quiera por razones que no alcanzas a entender, pero que están dolorosamente claras. Tu madre es una narcisista egocéntrica, tu padre eludió sus responsabilidades, crees que mis hermanos te utilizaron y te abandonaron y sigues haciéndote la dura mientras por dentro eres un puto cadáver.

Me inclina la barbilla con un grueso dedo y una lágrima rueda por mi mejilla. Permito que vea esa última muestra de debilidad, que me limpia suavemente con el pulgar.

—Estás triste y sola, encerrada en esta casa día y noche y, aunque debería importarme una mierda, sé que yo tengo parte de culpa. He puesto patas arriba tu vida y...

El chasquido de la palma de mi mano contra su mejilla me resulta tremendamente satisfactorio. Él ruge, me agarra por las muñecas y me inmoviliza contra la cómoda.

Con los ojos clavados en los suyos, lo miro con rabia durante un segundo antes de que él cubra mi boca con la suya. Su beso deja claro que le pone mi dolor y encima yo le he recompensado con mi reacción, con mis lágrimas de rabia. Le encanta mi hostilidad y el dolor que me inflige con esas crueles verdades: esa es su estrategia para derribarme, tan psicológica como maquiavélica.

Aparto la boca sacudiendo la cabeza, asqueada.

—Esto te pone cachondo, puto enfermo.

—Por desgracia, a ti también —replica, y vuelve a poseer mi boca de una forma de la que no puedo ni quiero escapar.

Y le devuelvo el beso porque mi cuerpo nunca atiende a razones. Al fin y al cabo, está en lo correcto. Mi corazón ha estado suplicando amor en todos los lugares equivocados, dando tumbos por ahí en busca de un hogar. Pero no es mi corazón lo que él quiere. Es mi espíritu lo que pretende destruir.

Levanta la mano que le queda libre para acariciarme la cara y yo lo agarro por las muñecas, intentando apartarme sin éxito. Me ha desnudado por completo, robándome aún más orgullo con su sencilla valoración. No soporto que pueda verlo tan claramente, que le resulte tan fácil conocerme.

O que lo hiciera.

Porque ya no soy la mujer que era ayer, ni siquiera hace una hora.

—Eres una luchadora. Lo reconozco —susurra. Busca mis ojos con los labios a unos centímetros de distancia—. Pero das demasiado a cambio de prácticamente nada. Confías con demasiada facilidad en la gente porque has sido una solitaria toda tu puta vida.

—Le dice el rey solitario a la niñita solitaria.

Nuestro pecho sube y baja al compás mientras nos miramos durante unos segundos. Por primera vez en mi vida, estoy en la zona profunda y ni siquiera me apetece darle a los pies, lo único que deseo es ahogarme… con mi enemigo. Él es la solución. La única solución.

Y una vez que lo haga, no habrá marcha atrás.

Como si se hubiera dado cuenta de mi decisión, levanta la mano y se enrosca mi pelo en el puño. Tira hacia atrás, dejando mi cuello a su merced. Su aliento me acaricia un segundo antes de que pose sus labios cálidos y carnosos sobre mi hombro para lamer unas cuantas gotas de agua. Las absorbe con avidez, mientras contengo un gemido.

«Rompe el hilo, Cecelia».

Continúa bebiendo lentamente, deslizándose por mi clavícula y saboreando el agua de mi torso, bajando por mi vientre. Las lágrimas de rabia inundan mis ojos y contengo un sollozo.

Decidida a hacerlo de una vez por todas, le clavo las uñas en la cabeza mientras su boca ardiente deambula por mi piel. Me va devorando centímetro a centímetro, hasta que, finalmente, me separa las piernas con las manos y llega a mi centro.

La fuerza con la que succiona me hace gritar y le tiro del pelo. Sus gruesos mechones me hacen cosquillas en los muslos mientras saca la lengua para abrirme y encuentra mi clítoris con precisión, asestándome un golpe certero que me desarma. Me dejo caer sobre la cómoda y, echando la cabeza hacia atrás, empiezo a mecerme sobre su cara.

—Maldito seas.

Le golpeo los hombros con las manos y él aumenta la velocidad antes de deslizar un dedo en mi interior. Sigue lamiéndome y mis sollozos estimulan su apetito, mientras me desplomo sobre la cómoda, los tiradores clavándose en mi espalda. Con el alma en vilo y consumida por el deseo que siento por él, empiezo a temblar de forma incontrolable. Un orgasmo me acecha y me lo niego, odiando a Tobias y odiándome a mí misma, detestando que nunca nada me haya gustado tanto en mi puta vida.

—*Tu te retiens.* —«Te estás resistiendo». Eso sí lo entiendo. Me mira mientras me penetra con sus dedos resbaladizos. La imagen de mi calor húmedo sobre ellos me pone a cien—. *Je gagnerai.* —«Pero ganaré».

El deseo se apodera de mí cuando me arrastra hasta la alfombra, me abre al máximo los muslos y se pone encima. En silencio, me mira a los ojos antes de bajar la cabeza y comenzar el segundo asalto. Con la ayuda de sus dedos hábiles y otra larga succión de clítoris, me corro en su boca. Me recorre con la lengua hasta que arranca de mí hasta el último estremecimiento.

Con el pecho agitado, me suelta para quitarse la chaqueta y

empieza a desabrocharse la camisa con lentitud. Mirándome fijamente, saca un condón de la cartera y lo tira sobre la alfombra, al lado de mi cabeza. Lo miro y lo reconozco como una clara amenaza de cómo va a acabar esto si yo no lo impido.

Con ese único acto, romperá todos los lazos, nos destruirá y acabará con cualquier tipo de esperanza que pueda quedarme. Para él soy una amenaza, quiere librarse de mí y esta es la forma de asegurarse de que nunca llegue a tener un lugar ni un futuro entre ellos. Depende de mí detenerlo.

Pero no lo hago. Ni pienso hacerlo. Porque ya no tengo motivos para resistirme.

Y porque soy una adicta. Un producto lamentable de mi propia imaginación, de mi propia creación. Estoy necesitada. Enferma. Soy insaciable.

Y con Tobias me siento como si inhalara energía. Cada bocanada de aire que respiro está más cargada de ella y me arrastra más hacia él, hacia un lugar en el que nunca he estado.

Se desabrocha los pantalones y deja al aire su polla hinchada. La acaricia ante mis ojos, antes de empezar a desenrollar lentamente el condón. Yo lo observo con atención, consumiendo cada centímetro desnudo que mi mente ávida exige que memorice. Su pecho ancho y perfectamente definido está recubierto por piel aceitunada y oscura. Una ligera mata de pelo se extiende entre sus pectorales y músculos definidos se alinean en su abdomen firme y en su cintura esbelta. Unos oblicuos increíblemente prominentes enmarcan una línea de vello que desciende hacia su pubis. Una vez enfundado en látex, Tobias me sujeta el cuello con la palma de la mano y me inclina la cabeza para que pueda verlo bien. Quiere que sea testigo del final, de su supuesta victoria.

Y esto tampoco pienso negármelo, pero por una razón por completo distinta.

Hace una breve pausa, deteniéndose unos segundos por si tengo alguna objeción, antes de empezar a penetrarme. Centímetro a centímetro, se va introduciendo en mi interior mientras yo me quedo sin respiración por el estiramiento que me causa su tamaño. Maldiciendo, se sumerge más todavía, observándome con atención mientras abro la boca y a él se le escapa un gruñido apenas perceptible. Su rostro se contorsiona mientras se contiene, al tiempo que su cuerpo vibra por la rabia residual. Y no hay lugar a dudas: esta es su venganza. Se está vengando de mi padre. De los hermanos que lo desobedecieron y lo engañaron deliberadamente. De mí, por haber participado de forma inconsciente en ello. Y yo se lo estoy permitiendo. Estoy permitiendo mi propia degradación.

De nuevo, me entrego a mi demonio, pero esta vez, esta vez es diferente. Porque esta vez ya he hecho las paces con él, a mi manera. Le estoy permitiendo que haga esto de forma consciente y premeditada. Y ya que estoy firmando mi sentencia de muerte, al menos voy a disfrutar de la hoguera.

Me penetra unos centímetros más y yo grito ante la intrusión, abriéndome al máximo mientras él mueve las caderas y se introduce lentamente en mí.

—*Putain de merde.* —«Joder»—. *Tellement serrée.* —«Qué apretada».

—*Brûles en enfer.* —«Arde en el infierno».

Las palabras salen de mi boca con una pronunciación perfecta y mi enemigo me mira sorprendido por una fracción de segundo, antes de introducirse por completo dentro de mí.

Entonces el hilo se rompe… y yo me abandono a lo que sucede a continuación.

Ambos gemimos y él maldice en una mezcla de inglés y francés antes de retroceder del todo y volver a metérmela hasta el fondo. Mientras estamos conectados totalmente, su aliento caliente me golpea el cuello y me aferro a sus hombros, respirando a pesar de la incomodidad, disfrutando de la invasión y de ese placer indescriptible.

Él me agarra por los muslos y me los separa todavía más antes de volver a penetrarme, con los ojos clavados en el punto de contacto. Yo grito. Me tiembla todo el cuerpo mientras recorre todos los lugares sagrados de mi interior, obligándome a seguirlo. Al cabo de unas cuantas embestidas más, me estremezco, resistiéndome, pero bastan un vistazo a sus ardientes ojos ambarinos y la presión de su dedo para que me lance al vacío.

Disfruto de la caída, dejando que el orgasmo se apodere de mí y que mi liberación fluya entre mis piernas mientras un grito de éxtasis sale de mi boca. Arqueo la espalda y convulsiono, purificándome con el fuego abrasador que se extiende por mis extremidades mientras todo mi cuerpo tiembla de placer.

Tobias cierra los ojos con fuerza y echa la cabeza hacia atrás, con la boca entreabierta, mientras mi interior exprime su miembro y el movimiento resultante nos sacude a ambos. Cuando sus ojos entrecerrados se abren y se clavan en los míos, pierde el control.

De repente, empezamos a movernos. Con las manos entrelazadas, nuestros jadeos y gemidos se confunden y el sudor hace resplandecer nuestra piel mientras me embiste con fuerza, loco de deseo, fuera de sí. El dolor remite y me encuentro con él empellón tras empellón, follándomelo con pasión hasta que me sobreviene un segundo orgasmo que me pilla por sorpresa. Me tenso alrededor de él y sus ojos brillan.

—*Putain, putain.* —«Joder, joder», maldice, acariciando mi cuerpo.

Su tacto es pura electricidad y mi excitación aumenta con cada potente empujón de sus caderas. Saltan chispas y el fuego se transmite de una célula a otra mientras me empotra. El sonido de las embestidas me pone al límite y siento que se aproxima otro orgasmo. Cuando llega, me pego a su pecho, incapaz de soportar tanta fricción. Con la mandíbula temblorosa, me corro latiendo a su alrededor mientras él acelera, follándome sin piedad y apoderándose por completo de mi cuerpo. El odio me lleva a arañarle el pecho, con intención de llevarme un poco de su carne bajo las uñas.

Y con cada golpe certero y demoledor de sus caderas, por mucho que sea mi rival, sé que no volveré a ansiar las caricias de otro como ansío las suyas.

Me estremezco al darme cuenta de ello y vuelvo a arquear la espalda mientras él se hincha dentro de mí, a punto de correrse. Su mano se tensa sobre mi pecho con el primer envite del orgasmo. Le tiembla todo el cuerpo y abre los ojos ante la arremetida. Tobias me mira fijamente, jadeando, con evidente terror en la mirada.

Y yo lo agradezco. Agradezco cada uno de esos segundos de vulnerabilidad porque veo que se está dando cuenta de lo que yo ya sabía.

No quería sentir nada y, en cambio, lo ha sentido todo.

Acabamos de destruirnos con nuestro odio mutuo.

Tobias sostiene mi cabeza entre las manos, mirándome con una expresión cercana al asombro. Solo puedo verla durante un instante, pero está ahí. Luego baja la vista, se aparta y, sin mediar palabra, coge la toalla que está a mi lado para intentar taparme. Yo la rechazo, asqueada por su cobardía. Si yo tengo que ser testigo de esto, él también. No habrá piedad por ninguna de las dos partes.

—Tú también vas a tener que vivir con ello.

Mis palabras le golpean justo donde quería, su rostro se tensa y el miedo se transforma enseguida en rabia. Pero no es conmigo con quien está enfadado.

Se levanta rápidamente y tira el condón a la papelera antes de ponerse los calzoncillos. Su expresión se vuelve dura mientras empieza a abrocharse despacio la camisa. Las llamas se van apagando y él me mira al tiempo que se abotona el cuello.

—No te hagas ilusiones. Solo es sexo. Y negocios. No te lo tomes como algo personal —dice.

Niego con la cabeza desde la alfombra, incrédula por la prisa que se ha dado en negarlo todo.

—En serio, tómate un poco menos en serio a ti mismo.

Se queda callado unos instantes mientras se viste, mirándome fijamente.

—Es normal, Cecelia. Desde niña te han enseñado a estar al servicio de los demás. A anhelar el afecto no correspondido y creer que será gratificante. —Señala con la cabeza el maltrecho ejemplar de *El pájaro espino* que tengo en la mesilla de noche—. Pero esa es la diferencia entre un tío de un libro o una película y un hombre del puto mundo real. Algunos de nosotros no queremos conocer los entresijos de tu mente y de tu corazón, ni olvidarnos de nuestro orgullo, ni contarte nuestros secretos, ni confesarte nuestro amor. Algunos solo queremos echarte polvos hasta que nos cansemos de ti y pasemos a otra cosa.

Me levanto de la alfombra sin que se me escape la forma en la que me mira detenidamente de arriba abajo.

—Solo que tú no vives en el mundo real. Decidiste crear uno propio. Y nunca te cansarás de mí. Será tu castigo por traicionarlos, igual que el mío.

Con indiferencia, Tobias tira de los puños de la camisa por debajo de las mangas de la chaqueta y se pasa una mano por el denso cabello negro.

—*Belle et délirante.* —«Tan guapa y tan ilusa».

Eso lo entiendo.

—No digo que no. Al fin y al cabo, solo soy una niñata a la que no has podido evitar follarte. —Sé que quiere hacerme daño. Puedo sentir el odio y la rabia que irradia. Ha ido demasiado lejos y yo lo he acompañado, aunque por una razón totalmente distinta. Pero compartiré el castigo. Y desearé a mi enemigo. Porque eso es lo que somos—. Yo no soy la única ilusa aquí —replico, cogiendo la toalla para envolverme en ella, mientras Tobias entorna los ojos hasta convertirlos en dos rendijas—. Y estás loco si crees que alguna vez voy a querer conocer los entresijos de tu corazón y de tu mente—. Cojo la chaqueta del suelo y se la tiro a la cara—. No te lo tomes como algo personal, pero vete a la mierda.

Tobias me fulmina con la mirada antes de que yo dé media vuelta y cierre la puerta del baño tras de mí.

Salgo al balcón y me fumo el porro mirando al horizonte y disfrutando del efecto calmante de cada calada.

En siete semanas, seré libre. Roman dejará de vigilarme y desaparecerá de mi vida. En siete semanas, también podré olvidarme de Tobias, de su custodia y de sus juicios. Dos hombres poderosísimos que seguirán tratando de controlarme mientras siga en este pueblo. Les daré a Roman y a Tobias lo que quieren de mí para que estén tranquilos hasta que me vaya, pero lo haré a mi manera.

Porque ya no siento el peso del péndulo oscilando sobre mi cabeza.

Tobias pensaba acabar conmigo con el acto de traición que compartimos, pero, sin saberlo, me liberó.

Y qué maravillosa es la libertad.

Las nubes violetas avanzan marcando el final de otro día mientras apago el porro que he conseguido liar con parte de la hierba que robé hace meses de la habitación de Dominic. No sé por qué la cogí, pero mientras exhalo los restos de humo, me alegro de haberlo hecho.

Me paso la mano por la nuca, donde Tobias me dejó una pequeña cicatriz al arrancarme el collar. Me hizo un corte en la piel y me salió una costra. Y yo me la arranqué para recordar lo sucedido, para recordar que una vez alguien se había preocupado lo suficiente por mí como para reclamarme, como para considerarme suya aunque fuera por poco tiempo.

Pero el collar y lo que este implicaba ya no significan nada para mí.

Es imposible que lo hagan. Tobias rompió esa conexión, partió el hilo por la mitad. Y yo se lo permití, así que ya no me siento atada a ellos. Estaba claro lo que él pretendía con eso, pero yo tenía mis propios planes.

Todo lo que siento ahora está justificado, justificado para pasar página y acabar con la espera.

Aunque ellos se presentaran aquí ahora mismo, sería demasiado tarde. Aun así, nunca los querría de la misma forma. Todas mis ideas absurdas y mis esperanzas se desvanecieron la noche en la que permití que mi enemigo me follara en el campo de su adversario.

Y aunque detesto a Tobias con todas mis fuerzas, agradezco lo que me hizo ver. He cruzado una línea con la que mi mente y mi cuerpo estaban de acuerdo, ignorando a mi corazón, y todo por esta liberación agridulce.

Así que, mientras los restos de mi amor por dos hombres se desvanecen, ardo de lujuria por otro. Y lo mejor del caso es que ni siquiera tengo que sentir nada.

La vergüenza, el remordimiento y la culpa son mis nuevos enemigos.

Con determinación, estoy creando mis propias reglas para acabar con mi debilidad.

Puede que lo odie, pero él tenía razón en muchos aspectos. Al poner de manifiesto mi carencia, me liberó de ese corazón que no dejaba de agobiarme. Un corazón que ha demostrado ser inútil. Nadie lo quiere y yo lo he entregado con demasiada facilidad. Me ha convertido en una persona imprudente y débil. Así que dejaré de alimentarlo con esperanzas y mentiras. Negaré su existencia y sus absurdas aspiraciones. Dejaré que se marchite, intentaré arrebatarle su fuerza y cualquier poder que tenga sobre mis decisiones. Y, hasta que me vaya de aquí, me permitiré ser digna hija de mi padre: fría, cruel, falsa, calculadora y sin escrúpulos.

Aunque lo que realmente me hace libre es haber aceptado una cosa: que mi corazón no tiene cabida aquí.

12

Weaker Girl, de Banks, retumba dentro de mi nuevo Jeep mientras el viento alborota mi cabello recién cortado. Coche nuevo y pelo nuevo, para acompañar mi cambio de actitud. La reinvención es una herramienta poderosa.

Ahora más que nunca estoy decidida a recuperar el control. De mí misma, de mis emociones, de mi rumbo y de mis decisiones. A medida que pasan los días, estoy cada vez menos preocupada por mi superioridad moral y más por mi próximo movimiento.

Porque no estamos jugando al ajedrez. Este es un juego totalmente diferente.

He pasado la última semana celebrando mi liberación en el bar de Eddie. Como los pueblos pequeños son como son, según Melinda, me he forjado una reputación considerable en cuestión de días. Sin duda, de chica que va demasiado rápido.

Anoche, en la fábrica, se pasó todo el turno intentando convencerme de que necesitaba que me salvaran y de que podía ir a la iglesia cuando quisiera para confesar mis pecados y purificarme de todos mis actos inmorales.

Pero eso no va conmigo. No busco perdón. Me acosté voluntariamente con Tobias sabiendo que eso rompería el hilo. Y funcionó, quizá demasiado bien.

No solo he decidido dejar salir al demonio que llevo dentro, sino que me he convencido a mí misma para dejarlo campar a sus anchas. Ni el amor ni el desenlace final dependen de mí.

Esa forma de pensar me vendrá bien en lo que respecta al cabronazo que intentó humillarme sobre el suelo de mi habitación. Pero ahora lo que quiero eliminar es el deseo por el diablo que dejé entrar en mi cama.

—Demasiado rápido, por supuesto —me digo, mientras voy a toda velocidad hacia la plaza y aparco bruscamente en el estacionamiento del centro comercial que está enfrente de mi tienda de ropa favorita.

Tessa me recibe con una sonrisa amable y se le salen los ojos de las órbitas al ver mi pelo y mi cara de felicidad.

—Chica, estás increíble.

Viene hacia mí mientras rebusco en un perchero lleno de vestidos. Ya me he gastado una fortuna hoy, pero me importa una mierda dejar mi cuenta en números rojos. Así somos las chicas liberadas. Estoy hasta los ovarios de dar. Me paso los dedos por el pelo, que vuelve a su sitio gracias al elegante corte.

—Gracias, todavía me estoy acostumbrando.

—Te queda muy bien —dice Tessa, reuniéndose conmigo delante del perchero.

Nos hemos hecho muy amigas desde que empecé a frecuentar su tienda, que parece estar prosperando, tal vez gracias a un poco de ayuda de la hermandad. Pero no ha mencionado nada al respecto. Nunca lo haría. Y aunque lo hubiera hecho, yo me habría mantenido al margen. No necesito que me dé las gracias por nada, que le vaya bien ya es suficiente recompensa para mí.

Echo un vistazo a la concurrida tienda, en la que varias mujeres están cogiendo vestidos de diferentes percheros.

—Parece que la cosa va bien.

—Ni te imaginas. Es increíble lo que puede pasar en un año.

—Y que lo digas. Me alegro por ti.

Tessa se peina con los dedos mientras alabo su vestido. Es una chica menuda, con melena de color champán y ojos de cervatilla. De repente, me acuerdo de Tyler. Por un momento me planteo la idea de hacer de casamentera, aunque sigo enfadada con él. Siento debilidad por ese chico, a pesar de lo que ha hecho. Y no puedo quitarme de la cabeza la tristeza de sus ojos el día que visitamos a Delphine. Aunque ahora está bien, o eso parecía la última vez que lo vi.

—¿Estás saliendo con alguien? —susurro mientras una de las mujeres que rebuscan entre los vestidos me mira. Yo le guiño un ojo y ella me dirige una mirada censuradora, sin duda debido a mis recientes escándalos, antes de volver a centrarme en Tessa.

—No, no tengo novio —responde ella—. No hay mucho donde elegir por aquí.

—Puede que tenga a alguien para ti.

Tessa se anima.

—¿Sí? Por favor, dime que no es del pueblo.

—Sí, pero lleva años en el Ejército. Es un poco mayor que tú, así que dudo que lo conozcas. Es de los buenos.

—¿Ah, sí?

—Sí —digo, asintiendo con la cabeza.

—Bueno, mándalo a por un vestido para su madre.

—No es mala idea.

—¿Tiene nombre?

—Confía en mí. Sabrás quién es cuando lo veas.

Aunque puede que ya lo sepa. Al fin y al cabo, él es el Fraile. Claro que yo ya no tengo ni idea de los asuntos cotidianos de la hermandad.

—¿En serio? ¿Tan bueno está?

—Buenísimo.

—Estaré atenta. —Se me queda mirando mientras sigo curioseando—. Conozco esa sonrisa. ¿Para quién tenemos que vestirte esta noche?

Saco un vestido del perchero y me lo pongo delante del cuello, observando mi reflejo en un espejo de cuerpo entero que hay cerca, antes de volverme hacia ella.

—Para mí.

—Perfecto. Tengo el vestido ideal.

Me despiertan el tintineo de unos cubitos de hielo en un vaso y el olor a ginebra, especias y cuero. Al cabo de un segundo, la lámpara de mi mesilla de noche se enciende y llena la habitación de un suave tono amarillento. Tobias se sienta en el borde del colchón, incomodándome con su presencia. Va impecablemente vestido con un traje de botonadura sencilla y aprieta su poderosa mandíbula mientras me mira fijamente con sus abrasadores ojos de color dorado anaranjado. Aparta las sábanas de un tirón y deja a la vista mi nuevo vestido ceñido, que enseña un poco de pecho por los lados. Esta noche he ido al bar de Eddie sin bragas y me he sentado en uno de los taburetes a beber whisky. Cada vez que entro en su bar, Eddie me mira mal, pero nunca se ha negado a servirme y yo soy generosa con las propinas. Es una especie de acuerdo tácito.

Muy diferente del que tengo con el hombre que me está disparando dagas ardientes desde el borde de la cama.

Hace más de una semana que Tobias me echó a perder. Ingenua de mí, había dado por hecho que, como había pasado tanto tiempo, no volvería a verlo.

A juzgar por su mirada, estaba muy equivocada.

Lo observo tumbada boca abajo, con la cabeza girada hacia él sobre la almohada. Lentamente, levanta una mano, coge un mechón de mi cabello recién cortado y lo frota entre los dedos. Antes lo llevaba casi por la cintura y ahora me llega justo por debajo del hombro. El color es una mezcla de tonos castaños claros y oscuros. Tobias suelta el mechón y me acaricia la espalda con la palma de la mano, pasando por la curva de mi culo y deteniéndose en medio del muslo para apretarlo.

—¿Un día duro?

—No te los follaste. ¿Por qué?

Sé perfectamente a qué se refiere. A mis ligues del bar. Aunque la verdad es que sí se me pasó por la cabeza la idea de entregar mi cuerpo a unos desconocidos sin nombre y sin rostro para intentar olvidarme de él; para olvidarlos a todos. Pero no fui capaz de hacerlo. No por lealtad, sino porque sabía que eso me degradaría hasta tal punto que nunca más podría volver a mirarme al espejo.

En lugar de acercarme más al abismo, decidí aferrarme a mis convicciones sobre el tiempo que pasé con Sean y Dominic el verano anterior. Al hecho de que era una chica enamorada y que había compartido mi cuerpo con dos hombres que consideraba dignos. Reconocer que ellos habían significado mucho más para mí que yo para ellos seguía siendo un hueso duro de roer, pero mi amor propio se imponía a lo demás.

En el caso de Tobias, no tengo ninguna convicción. Es la encarnación del lobo solitario. Y me suena demasiado la frase: «Poco le importa al lobo la opinión de las ovejas».

Eso es lo que cree que soy cuando estoy en su presencia. Una presa. Una presa para jugar. Un juguete nuevo para pasar el rato. Una decisión empresarial. Dejaré que me tome por una víctima para sacrificar, para que crea que ha salido victorioso, pero no pienso entrar al trapo en sus opiniones sobre mí, ni tirarme a desconocidos para demostrarle que tiene razón. No le daré más satisfacciones. Lo único que tengo claro sobre Tobias en este momento es que lo nuestro ha sido un peligroso error.

Me mira esperando que responda a su pregunta y yo le contesto con el mismo silencio abrumador con el que él y sus hermanos me han respondido infinidad de veces.

—¿Sigues creyendo que van a venir a buscarte? —Me da la vuelta con una mano, poniéndome suavemente boca arriba para facilitarse el acceso. Me acaricia el lateral del pecho con los nudillos y sus ojos se posan sobre mi piel antes de mirarme fijamente—. ¿O es que me estás esperando a mí?

—Te odio.

—Eso no significa nada. Podrías haber ido a cualquier otro lugar. Pero has decidido merodear por el bar del que soy dueño para intentar hacer una declaración de principios.

—Puede que tú te hayas molestado en saberlo todo sobre mí, pero te aseguro que a mí me importa una mierda quién eres, a quién te follaste en el baile de graduación o de qué bares eres dueño. Y tampoco me interesa comprender por qué actúas así.

Su mano se detiene mientras arquea las cejas, ligeramente sorprendido.

—Parece que alguien está de mal humor.

—Échales la culpa a las hormonas, en lugar de a las agallas. Supongo que eso es más fácil de creer para un sexista como tú.

—«Depredadoras con coño» —dice, con una risilla macabra—. Tengo que admitir que me costó no soltar una carcajada. —Lleva más de una copa encima y supongo que por eso se ha permitido venir aquí.

—Sabes perfectamente que yo no soy así, pero puedes hacer todas las suposiciones que quieras sobre mí.

Deja el vaso con los hielos y se inclina hacia delante, acariciándome la clavícula con la nariz.

—¿Has estado fumando hierba? —A diario—. ¿Quién lo hubiera pensado? —Se ríe, rozándome la mandíbula con los labios. Mis pezones cobran vida mientras intento no inhalar su aroma. No quiero ponerme cachonda. No quiero reaccionar—. ¿Y qué mensaje intentabas enviarme?

—No tiene nada que ver contigo.

—¿Pensaste que vendría a por ti? ¿A reclamarte como mía?

—No estaba pensando en ti.

—No necesito perseguirte. Ya te tengo.

—Nunca me tendrás. No como me tuvieron ellos. —Su mirada se enciende y le agarro de la muñeca un segundo demasiado tarde. Rompe el tirante de mi vestido—. Acabo de comprarlo, cabrón.

Ni siquiera se inmuta cuando le clavo las uñas en la mano, mientras baja el tejido para acariciarme los pechos.

—Bajo mi mano de hierro... —musita, apartando el corpiño del vestido para acariciarme el vientre con un dedo, bajar hacia mi pelvis, atravesar la fina mata de vello y seguir descendiendo poco a poco antes de posarlo sobre mi clítoris—. Así que me odias. —Aprieta con fuerza y hago una mueca, apartándole el dedo antes de que él se lama la yema y reanude sus caricias, masajeándome en círculos vertiginosos—. Yo también te odio. —Exhala un suspiro cargado de ginebra—. Aunque esto ha sido como un regalo. Nunca pensé estar aquí, bajo su techo, tocando su bien más preciado.

Se queda inmóvil al oírme soltar una carcajada de autodesprecio.

—Estás muy equivocado si crees que yo podría ser su bien más preciado. Es incapaz de sentir nada. Igual que tú. —Instintivamente, levanto las caderas hacia su mano y cierro los ojos—. Hace unos meses, papaíto me dijo que no me quería mientras comía chuletas de cordero. —Tobias se detiene de golpe y aparta el dedo. Cuando abro los ojos, lo veo mirándome atónito. Ladeo la cabeza y hablo con una voz rebosante de malicia—. No te hagas el sorprendido: ya te dije que su empresa es su única hija. ¿Creías que era un farol? La herencia que me va a dar es una compensación. Una compensación por cada recital que se perdió, por cada baile de padres e hijas que evitó, por cada mañana de Navidad que se saltó, por su ausencia total. —Llevo su mano de nuevo hacia mi núcleo y abro más las piernas para facilitarle las cosas—. Mi madre armó mi primera bicicleta y me construyó la casa del árbol. Fue ella la que hizo todas esas cosas. Así que, como te he dicho, estoy aquí para cobrar por ella. No soy una mentirosa, como tú. —Por la cara que pone, es como si lo hubiera abofeteado. Lentamente, esbozo una sonrisa victoriosa—. No creerías en serio que un monstruo como Roman Horner sería capaz de sentir una emoción tan molesta como el amor, ¿no? —Él me mira fijamente, inmóvil—. Te lo he dicho: sois iguales. —Su expresión hace que me hierva la sangre—. Ni se te ocurra compadecerme, Tobias. Representa tu papel. Por si lo has olvidado, tú eres el villano de esta película.

—¿Qué es esto? —me pregunta con recelo, acercándose a mí—. ¿Qué estás haciendo?

—¿Que qué estoy haciendo? Nada. Estaba durmiendo, pero parece que por ahora no voy a poder seguir con ello, así que…

Le doy un golpecito en la mano ociosa y cierro los ojos. Pasan varios segundos antes de que vuelva a posarla sobre mí, acariciándome con suavidad. Abro los ojos, irritada por la molesta ternura de su tacto. Al ver su expresión de lástima, le doy una bofetada para borrársela de la cara. En un instante me inmoviliza sobre el colchón, agarrándome por las muñecas, mientras pega la nariz a la mía.

—Deja de pegarme de una puta vez —mascula.

Me aplasta la boca con la suya e introduce la lengua entre mis dientes aprovechando mi primer gemido. Nuestros labios se acoplan y le rasgo la camisa mientras él hunde la cara en mi cuello, baja la mano para introducir los dedos en mi interior y me encuentra empapada. Gime mientras me frota y desliza otro dedo en el anillo de músculos que hay detrás. Grito en su boca y me aferro a su nuca mientras él sondea ese lugar en el que nunca antes me habían tocado.

Se aleja de mí, metiendo y sacando los dedos suavemente mientras observa mi reacción. Mirándome con ojos brillantes, se aparta y se levanta para quitarse la ropa. Yo me incorporo para observarlo, con los pechos desnudos y las piernas abiertas.

En cuanto su miembro se libera de los calzoncillos y se balancea pesadamente delante de mí, soy incapaz de volver a pensar con claridad. Hago todo lo posible por controlar el hambre que me invade mientras él tira de mí hacia el borde de la cama y enreda mi cabello en su puño antes de inclinarse para besarme. Me arden las entrañas cuando me mete la lengua una y otra vez hasta que empiezo a gemir y bajo la mano buscando su polla. La froto con los dedos y él se aleja, mirándome con los párpados caídos, mientras yo me lamo los labios, ebria de deseo por su beso.

—Chúpamela —me ordena.

Lo miro boquiabierta. Menudo atrevimiento tiene este tío. Tobias me mira con obstinación mientras negocio con mi demonio y contemplo su capullo, salivando. Retrasando el momento, levanto la vista hacia él y lo aprieto desde la gruesa base hasta la punta hinchada. Está chorreando y eso me complace.

Me toca a mí.

Sigo meneándosela mientras él me acaricia los labios pintados de rosa fucsia con el dedo, antes de metérmelo en la boca y añadir otro más. Los chupo impulsivamente y él maldice antes de sustituirlos por la gruesa cabeza de su pene y empujarla hacia adentro.

—*Putain*. —«Joder».

Yo me atraganto con su erección y me duele la mandíbula cuando intento metérmelo entero en la boca. Él me mira con sus ojos ambarinos, cautivado. Trato de abarcar todo su volumen ahuecando las mejillas y abriendo la garganta. Es demasiado grande, y apenas he conseguido tragarme la mitad cuando Tobias empieza a mover las caderas. Me aferro a sus muslos y hago todo lo posible por comérmelo entero y él aprieta los dientes ante mi esfuerzo. Me mira con los párpados caídos, sonriendo satisfecho. La tiene enorme y, por supuesto, es consciente de ello.

Relajo la mandíbula, me arrodillo y bajo la cabeza, consiguiendo por fin tragármelo del todo mientras un hilillo de saliva corre entre nosotros. Él se excita al verlo y yo me atraganto con su longitud y su grosor, mientras sus manos empiezan a recorrer mi cuerpo. Rozo su capullo sedoso con los dientes cuando me ordena ponerme a cuatro patas, antes de girarme y abrirme con sus gruesos dedos, mientras me alimenta con su polla. Me duele la mandíbula con cada empellón de sus caderas, pero me recompensa con sus respiraciones entrecortadas y sus palabras obscenas.

Me aparto para poder respirar un poco y le acaricio los huevos mientras masajeo su miembro con movimientos largos. Él me acaricia la mandíbula y luego los labios. No tiene prisa, piensa tomarse su tiempo.

Mi núcleo se tensa alrededor de sus dedos y empiezo a acercarme al orgasmo mientras acaricio y doy placer a ese hombre al que odio con todas mis fuerzas, con todo mi ser.

Pero me encanta sentirlo entre mis labios, verlo desnudo y a mi merced. Lo acaricio y me lo meto de nuevo en la boca, jugando con ese fuego que no ha hecho más que consumirme desde el momento en el que supe de su existencia. Su erección se engrosa en mi boca y él me empuja para tumbarme al borde de la cama, me abre las piernas y alinea nuestros cuerpos con una intención clara.

—No.

Yo me alejo de él, jadeando y negando con la cabeza para mostrarle mi oposición. Él me inmoviliza y me pone una mano en el cuello, clavándome las yemas de los dedos. Se inclina sobre mí y me roza los labios con la lengua, antes de alimentarme con sus palabras empapadas en alcohol.

—Tú llevas un diu y yo no me tiro a nadie más, Cecelia. No soy ninguna amenaza para ti. —Coge los pantalones, saca un condón de la cartera y me lo lanza sobre la barriga antes de volver a ponerme en posición y separarme los muslos—. Estoy aceptando mi castigo —declara, mirándome a los ojos—. Mientras esto siga sucediendo, tú serás la única.

Y no puedo evitarlo. Observo cómo desliza su grueso capullo por mis pliegues, presionando mi clítoris, provocándonos y torturándonos a ambos. Aún tengo el condón sobre el torso, pero no hago además de cogerlo mientras él sube y baja la cabeza reluciente de su miembro por mi piel resbaladiza.

La pelota está en mi tejado.

Me proporciona unos instantes más por si tengo alguna objeción de última hora y yo respondo levantando ligeramente las caderas.

Se me escapa un jadeo cuando me penetra y ambos observamos cómo mi cuerpo se abre para él mientras me hace suya de la forma más íntima. Cuando llega al fondo, sus ojos se convierten en dos rendijas y ambos aflojamos la mandíbula.

Odio que me encante la forma en la que le brillan los ojos al ver mi reacción ante él. Odio que, en algún lugar de mi interior, una voz se esté muriendo por liberarse, una que no quiere que esto acabe nunca. Y odio que esa voz sea mía, que sea la voz de mi oscuridad, de la mujer enferma que llevo dentro y que nunca se cansa de ese cabrón hijo de puta.

Tobias me penetra de nuevo, deslizando la palma de la mano por mi cuerpo antes de apretarme el cuello.

—Di mi nombre —me ordena, con voz entrecortada—. Ya que estamos, disfrutemos juntos del infierno.

La sensación que me causa es abrumadora. Es demasiado carnal, demasiado personal, demasiado en todos los sentidos, y me está llevando al clímax. Sus embestidas se vuelven más profundas y me excito cada vez más mientras la fuerza de sus dedos alrededor de mi cuello fluctúa con cada movimiento de sus caderas. Intento zafarme de su mano mientras él me niega el aire, pero la presión es mayor cada vez que aprieta y suelta. Cuanto más me oprime, más cachonda me pongo.

—Di mi nombre —mascula mientras me embiste con fuerza, y yo me aferro a su mano, incapaz de mantenerme erguida.

Estoy a punto de desmayarme cuando la saca y me golpea la parte superior del coño con su grueso capullo. Me retuerzo debajo de él mientras mi interior sufre su ausencia. Quiere destrozarme por completo, lavarme el cerebro, marcar a fuego mi cuerpo, entrenarlo para que lo desee a él y solo a él.

¿Por qué no puede conformarse con lo que ya me ha arrebatado?

Vuelve a penetrarme y su pecho tiembla mientras se contiene.

—Di mi nombre, Cecelia —me ordena con voz ronca.

—No.

Ya se ha llevado todo lo demás. No pienso concederle también eso. No puedo darle a este hombre más cosas que claramente no se merece. Me mira a la cara, haciéndose consciente de la realidad, antes de embestir con tanto ímpetu que mi cuerpo se arquea, levantándose de la cama y convulsionando de placer, mientras él se cierne sobre mí para adueñarse de mi boca. Me mete la lengua hasta el fondo, asfixiándome con un beso, sin dejar de apretarme el cuello con la mano. Es un placer martirizador y agonizante. Entonces se aleja y sus acometidas se vuelven más potentes, llevándome de nuevo al borde del orgasmo mientras aprieta con fuerza para cortarme el suministro de aire justo cuando me corro con él dentro. Mi cuerpo sucumbe a la oleada de éxtasis que me inunda y, en el instante en el que me suelta el cuello, gimo, sobrepasada por la intensidad de la arremetida antes de quedarme sin fuerzas.

Mientras yo sigo temblando, él entrelaza sus manos con las mías y las sitúa a ambos lados de mi cabeza. Encuentra mi boca mientras me penetra con fuerza y sin piedad, y el sonido del choque de nuestro cuerpo me pone de nuevo al borde del clímax. Cuando siente que me tenso a su alrededor ante la proximidad de otro orgasmo, aparta la boca de repente. Mi excitación va en aumento mientras me mantiene inmovilizada y me mira fijamente los labios. Justo cuando estoy a punto de correrme de nuevo, me suelta las manos y me coge en brazos. Me levanta del colchón y me sienta sobre sus muslos. Luego pasa los brazos por debajo de los míos y hunde los dedos en mis hombros, anclándome a él. Y, tras unas cuantas embestidas, exploto mordiéndome los labios, conteniéndome para no decir su nombre y corriéndome con tal violencia que todo se vuelve negro. Completamente saciada, me quedo sin fuerzas mientras él me tumba de nuevo en la cama, me sujeta la barbilla con la mano y me obliga a mirarlo a los ojos mientras me embiste una vez, y dos, antes de sucumbir.

Veo un placer inmenso en su mirada mientras me llena con su orgasmo, al tiempo que un gemido prolongado brota de su garganta. Luego cierra los ojos y se desploma a mi lado. Se cuida mucho de no tocarme mientras recupera las fuerzas. Giro la cabeza y lo observo mientras él mira fijamente al techo, como perdido en sus pensamientos.

Pasan varios minutos en los que el cansancio se va apoderando de mí y, por extraño que parezca, el sueño empieza a llamarme. Al cabo de un rato, abro los ojos y lo veo observándome. Baja un instante la vista hacia mi cuerpo desnudo antes de mirar hacia otro lado.

—Esto ha sido un error.

Suelto una risa sarcástica.

—¿Tú crees, Tobias? —digo, negando con la cabeza—. Sé sincero y admite que esta noche ha sido tan intencionada como la primera. Si yo tengo que reconocerlo, tú también.

—Hablas como Sean —declara, analizando la expresión con la que le respondo—. Eso te gusta.

Puedo ver el desdén en sus ojos. Está celoso, o algo parecido. Pues como mucho serán celos territoriales, porque es imposible que yo le importe lo más mínimo.

—No puedes decirme con quién acostarme.

—No es necesario que lo haga. No vas a follar con nadie salvo conmigo. Acabas de demostrártelo a ti misma. Y no comparto todas las opiniones de mis hermanos. —Se refiere a las mujeres. Él no comparte a las mujeres. Sus ojos brillan de advertencia—. A partir de ahora, te recomiendo encarecidamente que no me pongas a prueba en eso.

—A ver, deja que piense una respuesta —digo, fingiendo que me lo estoy planteando—. Que te den. Tú no eres mi dueño. Y estás loco si crees que voy a estar dispuesta a aceptar órdenes tuyas solo por esto.

—Aun así, no lo harás. —Su sonrisa arrogante me enfurece.

Se levanta y yo me recoloco en la cama mientras él se pone los calzoncillos.

—No quiero que te quedes aquí. Lárgate.

Él me mira, metiendo un brazo por la manga de la camiseta.

—¿Qué coño te hace pensar que querría quedarme?

Se sube los pantalones del traje y se abrocha el cinturón. El pelo despeinado le cae sobre la frente, distrayendo mi atención. Su atuendo formal contrasta con los vaqueros y las camisetas a los que estoy acostumbrada y, por un instante, me pregunto qué preferiría en otras circunstancias.

Sin embargo, agradezco no sentir más que odio y deseo por Tobias. Esta noche, la dulzura de su mirada ante mis confesiones solo ha conseguido cabrearme más. Se ha propuesto hacerme daño. Se ha asegurado de conseguirlo. Pero él mismo me ha dado el poder de ser inmune a él.

—*Tu me crains autant que tu me détestes* —le digo. «Me temes tanto como me detestas». He estado esforzándome muchísimo por desempolvar mi francés y, aunque no lo domino ni de lejos, poco a poco lo voy recuperando.

Tobias baja la vista hacia donde estoy tumbada y niega con la cabeza mientras se abrocha la camisa.

—*Jésus, toujours aussi délirante.* —«Dios, tan ilusa como siempre»—. Te tengo para lo único que te quiero. Y tu francés es una mierda.

—Aun así me has entendido perfectamente y he dejado claro mi punto de vista. Solo eres una herramienta, Tobias, en todos los sentidos. Cierra la puerta al salir.

Siento que me atraviesa con la mirada mientras le doy la espalda y me tapo con las sábanas. Y, cuando se va, deja la puerta abierta.

13

Siento su presencia. Por todas partes. Y aunque he lavado las sábanas, tengo la impresión de que su persistente olor sigue impregnando todo mi dormitorio. Aunque no miro por el retrovisor, sé que me sigue, que vigila cada uno de mis movimientos. A decir verdad, no solo he tenido esa sensación en las últimas semanas.

No me molesto en intentar hacer ninguna estupidez. No tardaré en recuperar el control de mi existencia. He empezado a esbozar algunos planes de futuro para afianzarme en mi nueva vida. Tengo que ser inteligente con los pasos que doy. Cada vez que ficho, estoy cumpliendo mi parte del trato con Roman. El día que pase la tarjeta por última vez, le haré una transferencia a mi madre que le cambiará la vida. En cuanto a mí, aprovecharé el dinero, pero sé que no me afectará lo más mínimo, salvo por el hecho de que ya no tendré que agobiarme y preocuparme por cómo obtenerlo en el futuro.

Aparte de eso, deseo algo más para mí misma que una fortuna heredada. Cada día me siento un poco más fuerte, como si pudiera darle la vuelta a la tortilla e intentar cubrir las marcas de las cicatrices que he acumulado, por muy profundas que sigan siendo.

He estado cumpliendo escrupulosamente los últimos días de mi condena sin incidentes, renunciando a las cervezas después del trabajo y a las reuniones en casa de Melinda para informarme sobre diferentes carreras, mientras el verano pasaba de largo. Este no ha podido ser más distinto al anterior, aunque me niego a pensar en ello. Todos los días evito pensar en esos hombres que me dominaron a diario durante tantos meses, aunque el último en sumarse al cóctel se está convirtiendo en el más difícil de ignorar. Cuando llega la noche, mi subconsciente se apodera de mí y me hace tener unos sueños de lo más reales y, a la mañana siguiente, cuando me veo obligada a revivir cada uno de esos dolorosos momentos, maldigo mi don de recordarlos.

La resaca puede durar horas, a veces hasta un día entero. Acepto el sufrimiento porque tengo la esperanza de que forme parte de la curación, de que me fortalezca.

«Tu corazón no tiene cabida aquí».

El año anterior fue como si me hubieran crecido alas, pero ahora prácticamente han desaparecido. Lo único que me consuela es que estoy más centrada que nunca en lo que ocurrirá cuando finalice la cuenta atrás del reloj con el que Roman me controla.

Me estoy planteando solicitar plaza en alguna universidad lejana, en la otra punta del país, o puede que en el extranjero. Con una cuenta bancaria saneada y una nota media decente, las posibilidades son infinitas. Podría empezar de cero y cursar toda la carrera en un centro más prestigioso. Solo llevo estudiando unos meses y, aunque me gusta la facultad, lo que he aprendido en Triple Falls ha sido un compendio de lecciones muy duras.

Sin embargo, mi fuego ha regresado en todo su esplendor y no pienso apagar este destello de esperanza por nada del mundo. Es mi fuerza motriz. Lo único que me preocupa es seguir mintiéndole a Christy cuando hablo con ella por FaceTime e inventándome excusas para mantenerla alejada, ajena a mi situación. La engaño deliberadamente en cada conversación, permitiéndole conocer solo una fracción de la vida que ahora vivo.

Su nuevo novio, Josh, que suele tenerla muy entretenida, es mi salvación. Si no fuera por él, estaría con el agua al cuello.

Pero no quiero que Tobias se acerque a ella y me niego a hablarle del tema. Ahora es una cuestión de negocios para mí y me estoy encargando de él. No merece que reconozca su presencia en mi vida.

Asumiré esa decisión estratégica y me enfrentaré a ella yo solita.

Aunque tal vez fuera mejor que nos ciñéramos al plan original, ahora que he solicitado plaza en la Universidad de Georgia. Tal vez, si vuelvo con Christy, recuperemos nuestro vínculo. Puede que estar con ella me haga recordar mejor a la mujer que era antes de tener demasiados secretos que guardar.

Y cómo no voy a guardarlos. Nadie se beneficiaría si rompiera mi silencio, es más, muchas personas sufrirían.

Sentada en la cama, empiezo a rellenar una solicitud de última hora, por si acaso, cuando percibo su sombra en la entrada. Me he dado cuenta de que tengo un perverso sexto sentido en lo que a Tobias se refiere. Él se queda en el umbral mientras una pizca de su aroma terroso envuelve mi nariz. Ignoro la respuesta inicial de mi cuerpo. Mis dedos siguen volando sobre el teclado cuando por fin admito su presencia.

—Tengo la regla —declaro fríamente, sin molestarme en mirarlo—. Y no me apetece verte. —Él se queda donde está, como una silueta periférica trajeada—. He dicho...

—Te he oído —me suelta— y tú no decides cuándo me ves.

Se acerca a la cama y me arrebata el portátil, luego coge el teléfono de la mesilla y lo pone encima de este antes de salir apresuradamente de la habitación. El portazo en uno de los cuartos de invitados me hace saber dónde puedo encontrarlos cuando se haya ido. Al igual que Sean y Dominic, se niega a que tenga ningún aparato electrónico cerca en su presencia. Más de una vez me he dado cuenta de que me faltaban cosas cuando se ha marchado y he tenido que emplearme a fondo para encontrarlas. El muy cabrón. No tiene ningún respeto por mi intimidad, ni siquiera mi método anticonceptivo se salva. Este hijo de puta lo sabe todo sobre mí.

—¡Estaba ocupada! ¡Era importante!

Su voz profunda resuena desde el fondo del pasillo.

—No pienso competir con aparatos electrónicos para captar tu atención.

—Eso me suena —digo con apatía—. ¡Y nadie te ha pedido que vengas! —Levanto la vista cuando vuelve a aparecer, ignorando el subidón que siento cuando me mira a los ojos—. Ya me ha quedado clara tu declaración de principios. ¿Cuánto tiempo crees que voy a permitir que esto siga así?

—¿Qué te hace pensar que puedes pararlo? —Tobias vuelve a entrar en la habitación y arroja una caja sobre la cama. Yo la miro, sorprendida.

—Sea lo que sea, ya puedes ir devolviéndolo.

—Ábrelo.

—No soy tu puta, no me traigas regalos.

Él tira del lazo de la caja.

—Ábrelo —me ordena, con los dientes apretados.

Desato la cinta y, al abrirlo, veo que es un picardías nuevo, a juego con una bata de seda. De los caros. Se lo lanzo al pecho y cae a sus pies.

—Para no querer que te traten como a la princesita de papá, te comportas como la más mimada de todas.

—¿Quieres que te dé las gracias? —Niego con la cabeza—. Tu arrogancia es verdaderamente asombrosa. Llévate eso cuando te vayas —digo, señalando su regalo.

De repente, mi pelo está enredado en sus gruesos dedos mientras me mira fijamente con los ojos encendidos de rabia. Le doy la espalda y el dolor del cuero cabelludo se vuelve más intenso, mientras me lleva exactamente al punto que quiere. Yo suspiro, rindiéndome, mientras mi cuerpo cobra vida al tenerlo tan cerca.

—Lárgate. No tengo nada para ti —le digo, y él me aprieta la mandíbula, haciendo que mis labios se entreabran, y lo miro fijamente—. Por favor, dime que no eres así de repugnante.

—Me estás poniendo muy fácil comportarme como un capullo.

—No os quiero ni a tu regalo ni a ti.

Tobias me empuja hacia la cama y aprieta la frente contra la mía.

—He venido a disculparme por haberte roto el vestido.

—¿Piensas disculparte también por cargarte mis relaciones, invadir mi intimidad, romperme el collar, morderme, besarme y follarme?

—No.

—Entonces, ¿por qué hacerlo por otra cosa cualquiera?

—Toda la razón.

Se acerca y me besa, y yo lucho contra él. Lucho contra él mientras el fuego regresa como un tsunami cuando aprieta su cuerpo contra el mío, tumbándose sobre mí, robándome el aliento y nublando mis sentidos hasta que sucumbo. Lo pego a mí, tirándole del pelo, peinando con los dedos sus gruesos mechones. Lo beso con el mismo ardor, con la misma pasión con la que he luchado segundos antes. Porque lo odio, odio pensar en él, odio la inquietud amenazadora que sentí en el pecho helado cuando nuestras miradas se cruzaron. Odio haber pensado que el picardías era precioso y haberme imaginado follando con él puesto. Odio amar la forma que tiene de besarme.

Siento una posesividad que empieza a rozar la obsesión y no es lo que se supone que debe pasarme. No lo permitiré. Le muerdo el labio, él me responde mordiendo el mío y ambos gemimos dentro de la boca del otro. Cuando está tan cerca, lo único que puedo hacer es sentirlo y desearlo, y él lo sabe.

Tobias se aleja y yo me abalanzo sobre él, aferrándome a su cuello para recorrerlo con la lengua, inhalando su aroma y disfrutando de sus jadeos mientras me acaricia los costados con las manos.

Entonces me doy cuenta de que he estado esperándolo y, lo que es peor, deseando que apareciera. No es ningún misterio para mí por qué me resulta tan familiar. Es porque lo conozco. Y la razón por la que lo conozco es que Sean y Dom me transmitieron su esencia. Irónicamente, gran parte de mí se siente atraída por él porque el verano anterior, mientras me enamoraba de ellos, en cierto modo también me había enamorado de Tobias, de sus ideales, de sus ambiciones, de sus planes y de su forma de ver la vida.

Me aparto de repente y me dejo caer de espaldas, invadida por la frustración mientras giro la cabeza para evitar su mirada.

—Vete. No saldrá nada bueno de esto. Además, no era parte del trato.

Él se inclina para besarme entre las clavículas. Al no obtener ningún tipo de reacción por mi parte, se pone tenso y suspira con fuerza.

—Puede que me arrepienta de algo más que de lo del picardías.

Si siente remordimientos, es demasiado tarde. No puede tener corazón. Se supone que no debe tener corazón. No se le permite tenerlo, y a mí tampoco.

—Por favor, no —susurro.

Se hace un largo silencio mientras él sigue inclinado sobre mí. Percibo su necesidad y nuestro deseo mutuo reverbera entre los dos. Estoy empezando a coger confianza con él y eso me asusta.

Esto no debería ocurrir. Lo nuestro nunca debería haber sucedido.

No puede pasarnos esto. Me niego a permitir que nos pase.

—Puse tu vida patas arriba en un ataque de rabia… —dice. Traga saliva y yo niego con la cabeza.

—No me vendas la moto, Tobias. Sé por qué hiciste lo que hiciste. Te sentiste igual de traicionado que yo, pero nos pasamos de la raya y ahora no hay vuelta atrás. Ninguna disculpa podrá arreglar esto jamás. Hiciste lo que te habías propuesto, asúmelo de una puta vez. —Giro la cabeza para mirarlo—. Lo nuestro es por negocios.

Su rostro se crispa con ferocidad mientras se levanta y se sienta.

—¿Crees que esto tiene algo que ver con ese puñetero rollo tuyo del amor? Era una disculpa y tú la has convertido en un drama. Es un camisón, no una declaración. —Una leve punzada de rechazo tiñe su rostro y me doy cuenta de que he tocado otro de sus puntos débiles—. ¿Crees que no voy a follarte si me da la gana?

Le planto el pie descalzo en el pecho mientras sigo tumbada y los shorts vaqueros se me suben por el muslo.

—Pues fóllame, Tobias, ponme a prueba. Adelante, monstruo malvado y tonto —me burlo, arrugando la nariz—. Vamos a meternos en el barro de una puta vez y a convertir esto en un verdadero espectáculo de mierda.

Él resopla.

—Eres ridícula.

—Pues claro. —Me incorporo y me siento—. Solo soy una niñata estúpida.

Tobias me agarra por la mandíbula y sus ojos se posan en mis labios.

—Dije que eras solitaria, no estúpida.

—La gente solitaria toma decisiones estúpidas. La prueba es que te he permitido entrar en mi cama. No acepto tus disculpas. Lárgate. —Saco el folleto de una universidad del montón de correo que tengo sobre la cama y me pongo a hojearlo.

Él guarda silencio durante un buen rato antes de hablar.

—Has sacado las conclusiones correctas. Sabía perfectamente que existías. Yo opté por mantenerte al margen, fue mi decisión. Fui yo el que te ocultó. —Me arrebata el folleto y estrecha una de mis manos entre las suyas—. Fui yo el que decidió hace años dejarte fuera de esto. Y te fallé. Me distraje y cometí un error. Me prometí hace mucho tiempo que, por muy lejos que decidiera llegar para acabar con tu padre, tú no sufrirías las consecuencias. No permitiría que tú pagaras por sus errores. —Intento apartar la mano pero él tira de ella, obligándome a mirarlo—. Soy yo el que te ha fallado. Ni Sean, ni Dominic. Yo. Y cuando descubrí que te habían metido en esto... y hasta qué punto lo habían hecho... —dice con rabia—. Llegué demasiado tarde. Así que, cuando te dije y cuando te digo que nunca debiste formar parte de esto, es en serio. Te he fallado, Cecelia. No estoy orgulloso de cómo he gestionado esto. De cómo he gestionado algo que podría destruir aquello por lo que llevo trabajando media puta vida.

Nos quedamos sentados frente a frente. La atracción entre nosotros es evidente mientras me suelta y se frota la cara con la mano, sentado al borde de la cama. Él ha hecho que me resulte imposible compadecerlo, pero entiendo su frustración, su conflicto, la necesidad de creer que lo nuestro es un error catastrófico. Ninguno de los dos tiene la culpa de nuestra atracción mutua. Aunque suene a tópico, es algo que ha sucedido sin más, como el último año de mi vida.

Y nosotros queríamos que sucediera, aunque cada uno por sus propias razones.

Pero sería tonta si le creyera. Hasta ahora no ha hecho nada que pudiera parecer mínimamente sincero, y no me corresponde a mí consolarlo. Porque ambos seguimos tambaleándonos en medio de la debacle de Cecelia Horner y Tobias King, aferrándonos a nuestro cometido como enemigos y a nuestra lealtad a las personas que amamos. Esas dos personas que nunca podrán enterarse de lo nuestro porque, si realmente me quieren, esto los destrozaría.

—No se lo has dicho. —Silencio. La batalla que está librando consigo se ve en su cara, al igual que la pregunta que no se atreve a hacerme porque no tiene derecho. Pero soy yo quien la verbaliza—. No quieres que lo sepan.

Tobias se queda callado unos instantes y responde en voz baja.

—Te convertiría en cómplice en lugar de víctima, que es lo que eres, y no podría soportarlo.

—Sabía perfectamente lo que estaba haciendo.

Tobias me mira a los ojos y me doy cuenta de que es probable que me haya pasado de la raya.

—Pues yo no —admite, en una rara muestra de vulnerabilidad.

—No me has obligado a nada. Y si decido guardar el secreto, será por decisión propia, no te equivoques. Seré yo la que decida ocultárselo, no tú.

Todo se reduce a eso. A los cimientos sobre los que estoy, a los cimientos sobre los que él ha construido su vida: secretos, mentiras y un vínculo con sus hermanos que está por encima de todo lo demás.

¿Soy capaz de guardar otro secreto? ¿Quiero hacerlo?

¿Quiero reducir la pena de Tobias? ¿Quiero seguir culpándome por aferrarme a los principios del mismo hombre que me arrebató su seguridad?

«Haz lo que quieras, cuando quieras, sin remordimientos». Las palabras de Sean.

Analizo a Tobias, tratando de averiguar si esta es solamente otra de sus estrategias para salirse con la suya.

—Da lo mismo —digo—. Mira a tu alrededor. ¿Acaso los ves aquí? Tú eres el único que… —Me aparto unos centímetros de él, asqueada de mí misma—. Casi me pillas —digo, negando con la cabeza—. Casi me pillas. —Intento levantarme de la cama pero él me retiene, poniéndome una mano sobre el muslo—. No me lo creo —declaro.

No es más que otro oportunista que se está aprovechando de mí. Su presencia constante me desconcierta, pero estoy segura de que hay un plan detrás. Tiene que haberlo. Se ha propuesto ser el único hombre de mi vida por puro rencor hacia sus hermanos.

Se acerca a mí y me acaricia la mejilla con los nudillos.

—Sé lo que estás haciendo y no me sorprende —dice.

—No sé a qué te refieres.

Me obliga a mirarlo a los ojos, demostrándome con una simple mirada que no se traga mi farol. El hecho de que me conozca lo suficiente como para saber que estoy tanteando el terreno me irrita.

Sin embargo, si su confesión es cierta, ha estado intentando protegerme. Por eso no se lo contó a sus hermanos. El problema nunca ha sido que ellos me ocultaran de él, sino que el resto del mundo me descubriera.

El muy cabrón ahora pretende que crea que su negro corazón estaba lleno de buenas intenciones, a pesar de la forma en la que me ha tratado.

—Cuestiónatelo todo —susurra, leyéndome la mente—. Yo tampoco merezco tu confianza.

—Eso sí que sería un milagro.

Él suspira, deslizando el pulgar por mi labio inferior.

—Pero tienes razón: esta decisión es tuya. Es tu carta y es la más valiosa que puedes utilizar. Respetaré tu decisión sobre cómo y cuándo decidas usarla. No pienso enfrentarme a ti por eso.

—¿No olvidas algo? —digo. Él frunce el ceño en respuesta y continúo—. Tú eres la frontera, y por eso ellos para mí ya no existen, Tobias. —Entorno los ojos y me aparto bruscamente de él—. ¿Qué es lo que no me estás contando?

—Muchas cosas.

—Lárgate.

—Ojalá fuera tan sencillo.

—Lo es. Te levantas, sales por esa puerta y no vuelves más. Y también dejas de existir para mí.

Él se acerca tanto que me resulta imposible no mirarlo.

—Si pudiera, lo haría. Ojalá pudiera dejarte aquí y marcharme sin mirar atrás.

—¿Y qué te detiene? —le pregunto.

Él traga saliva y se levanta, tirando de mí para que haga lo mismo. Yo obedezco como una boba. Con indecisión, desliza los nudillos por el valle que hay entre mis pechos y baja hasta el botón de mis shorts.

—Tobias —protesto, haciendo que se detenga.

—Déjame hacer esto —me implora, mirándome a los ojos—. Por favor.

Nunca creí que esas palabras sonarían sinceras saliendo de sus labios. Guardo silencio, mirándolo con recelo mientras me baja los shorts por los muslos y me coge de la mano para ayudarme a quitármelos. Lentamente, me sube la parte de abajo de la camiseta para sacármela por la cabeza y se inclina para darme un beso en el hombro desnudo al tiempo que me desabrocha el sujetador y lo tira al montón cada vez mayor que hay en el suelo. Me quedo solo con las sencillas bragas de algodón puestas y cruzo las manos sobre ellas, agradeciendo haber optado por un tampón esa mañana. Me arden las mejillas cuando él aparta mis manos con suavidad y me mira de arriba abajo con admiración.

Se me acelera el pulso mientras recoge el camisón del suelo y me levanta los brazos para ponérmelo. La seda me acaricia mientras se desliza por mi cuerpo, quedándose a mitad del muslo.

Tobias da un paso atrás.

—*Exquise.*

Me muerdo el labio mientras el ambiente se vuelve cada vez más tenso y él se saca la cartera de los pantalones y deja unos cuantos cientos de dólares sobre la cama, detrás de mí. Al ver que me siento insultada por ello, me atrae hacia él y me acaricia la cadera con el pulgar.

—No sabía dónde habías comprado el vestido, así que no podía comprarte otro igual. Pero me pareció que este picardías era como tú. Suave… —dice con voz sensual, antes de besarme bajo la oreja—. Sexy… —Otro beso—. Delicado… —Se aleja para comprobar mi reacción, antes de lamerme el labio inferior—. Y hermoso.

Me suelta y da un paso atrás, abrasándome con la mirada antes de dar media vuelta y dejarme allí plantada: vestida de seda, seducida por completo y absolutamente perpleja.

14

Despacho otro día de trabajo y decido que ya llamaré a Christy al día siguiente. Ahora mismo ni siquiera sé qué contarle. He estado distraída, haciendo las cosas por inercia, desde que Tobias me confesó todo aquello y se marchó. Incluso Melinda me ha dejado en paz durante los últimos turnos, que he estado haciendo en modo automático.

Cada vez estoy más pendiente de lo que sucede a mi alrededor al salir de la fábrica y a veces tengo miedo, a pesar de que siempre lo hago rodeada de gente que, como yo, salen a buscar el coche para volver a su casa. Aunque sé que me vigilan y que estoy bajo la protección de Tobias, en ocasiones tengo la sensación de que me hundo. Cada vez más, mis sueños se convierten en pesadillas y estoy empezando a tener insomnio. No sé si será porque me siento culpable a causa del papel que estoy desempeñando en el hundimiento de mi padre, por el amante que me he echado o por las aterradoras verdades que me han revelado, pero algo no va bien.

Estoy en un punto en el que no me fío de nada ni de nadie.

Le dije a Tobias que me temía tanto como me detestaba, pero, a juzgar por la forma en la que actuó antes de irse hace días, está claro que intenta darle la vuelta a la tortilla y mejorar su imagen.

Me niego a creer nada de lo que dice. Es demasiado falso

como para que su disculpa haya sido auténtica. No me queda más remedio que atribuir su inesperado cambio de actitud a un intento de seguir manipulándome. Quiere algo y tengo que averiguar qué es y si me conviene.

Ese cambio de conducta repentino es demasiado oportuno, demasiado inverosímil como para creérselo. Fue convincente, lo reconozco, pero no pienso ser víctima de él ni de su actuación. No tropezaré dos veces con la misma piedra.

No volverá a reírse de mí. Por mucho que lo desee.

Cuanto más pienso en mi conversación con él, más curiosidad siento por el temor que le genera que nos descubran.

¿Acaso a ellos les importaría, a estas alturas? Hace casi nueve meses que no sé nada de ellos. A pesar de que en su confesión, Tobias insinuó que les importaría, y mucho, que nos acostáramos, siguen pasando los días sin que tenga noticias de ellos. Es como si se hubieran esfumado.

Sin embargo, durante nuestra conversación en el claro, Tobias había dado por hecho que había sido Dominic el que me había dado el collar, aunque no podía estar seguro de ello. ¿Por qué? ¿Qué es lo que no me está contando? Eso es lo que tengo que averiguar.

Su confesión me ha proporcionado más munición contra él y encima dijo que no se enfrentaría a mí por ello. Me dio una granada y puso mi dedo en la anilla, dándome la opción de tirar de ella. No me parece que eso le beneficie en modo alguno, a menos que piense que puede manipularme para que guarde nuestro secreto. O puede que en realidad quiera que confiese. Tal vez ese sea su objetivo. Ese hombre es un puto trastornado.

Me estoy aclarando el acondicionador cuando una descarga eléctrica repentina pero inconfundible hace que me ponga alerta.

Me enjuago los ojos, miro a través de la mampara y veo a Tobias de pie en el umbral de la puerta, gloriosamente desnudo, con una expresión de deseo inconfundible. En cuanto nuestras miradas se cruzan, mis pensamientos se desvanecen y mi libido toma el timón.

«Disfrutemos juntos del infierno».

Abre la puerta y entra. Me acerco a él y nuestros labios se encuentran. Su lengua explora hasta el último rincón de mi boca hambrienta en un beso despiadado que yo le devuelvo con el mismo fervor. En cuestión de segundos está dentro de mí, con los labios pegados a mi cuello mientras me embiste como una bestia contra las baldosas calientes, hasta que me quedo sin fuerzas entre sus brazos, y sus caderas se agitan una última vez antes de quedarse inmóvil, vaciándose dentro de mí.

—*Putain. Putain.* Me encanta estar dentro de ti —murmura excitado antes de apoderarse de mis labios con un beso vertiginoso.

Le araño la espalda y la cabeza con las uñas y él se aparta. Es entonces cuando me doy cuenta de que tiene el pelo empapado y no es por el chorro de la ducha. Una gota de color carmesí le cae sobre el hombro, y me quedo de piedra al darme cuenta de que está sangrando.

—Pero ¿qué cojones…? ¡Estás herido!

Me pongo de puntillas para inspeccionar la herida y él me aparta suavemente.

—Estoy bien.

—Estás sangrando. Tobias, esto no tiene buena pinta.

Cambia su sitio por el mío y el agua le golpea la cabeza y cae teñida de rosa entre nuestros pies antes de colarse por el desagüe. Tobias se pasa la mano por el pelo mientras forcejeo con él para inspeccionarlo más de cerca.

—¿Qué ha pasado? —insisto. Forcejeo con él hasta que acaba cediendo y se sienta en el banco de la ducha para que pueda echarle un vistazo. El corte de dos centímetros que tiene en la coronilla necesita un par de puntos de sutura—. Tienen que darte puntos.

—Ya se curará.

Después de lavarse, sale de la ducha detrás de mí y, tras dar un traspiés, se apoya en la encimera. Cierra los ojos y se pone pálido.

—Has perdido demasiada sangre.

—Estoy bien —responde, mordiéndose el labio con los dientes.

—Siéntate ahora mismo.

—Estoy bien.

—Si te desmayas y te partes la crisma, dejaré que te mueras.

—No, no lo harás, tú no eres así —dice. Me agarra de la mano y me mira, esbozando una sonrisa.

—Siéntate de una puta vez.

Él obedece y lo seco como puedo con una toalla. Tengo que esforzarme para no posar los labios sobre su piel mientras lo hago. Eso sería demostrarle cariño. Tal vez sea su impotencia lo que me lleva a desear hacer algo tan íntimo.

Rechazo la idea como si bateara una pelota de béisbol. Ya he sido bastante amable al atenderlo. No pienso volver a hacer el ridículo.

Él observa todos mis movimientos mientras lo seco y le mando sentarse en el borde de la cama.

—¿Crees que ese polvo ha sido apropiado, dadas las circunstancias?

—Creo que follar contigo bien merece el dolor de cabeza extra que me estás causando.

Pongo los ojos en blanco mientras él intenta atraerme hacia su regazo.

—Tobias, estás a punto de desmayarte. Para, estás blanco como la leche.

Él se encoge de hombros.

—Mientras no me den una.

—Qué gracioso.

No se me escapa su sonrisa.

—Puede que ya no me odies tanto.

—Eso sí que no me hace gracia.

Recojo su ropa del suelo y veo que tiene el cuello de la camisa cubierto de sangre, al igual que la espalda de la chaqueta del traje.

—¿Cuánto tiempo llevas así? Has perdido muchísima sangre.

Él señala la ropa con la cabeza.

—Quémala.

—Lo siento, pero tengo la incineradora estropeada —respondo. Me muerdo los labios para contener la risa.

Él pone los ojos en blanco.

—Pues métela en una bolsa. Me la llevaré.

Recojo la ropa, bromeando.

—Así que todo esto está cubierto de ADN incriminatorio, ¿no? Justo lo que necesitaba para acabar contigo. —A él no le hace gracia—. Estoy de coña.

Él no.

—Ya tienes todo lo necesario para acabar conmigo.

Esa nueva confesión me desconcierta y nos miramos fijamente hasta que él hace una mueca de dolor. Pongo los brazos en jarras.

—Necesitas puntos. Sigues sangrando. ¿No tienes a ningún matasanos de la mafia en nómina?

Él suelta una risilla.

—Has visto demasiadas películas, pero no sería mala idea. No es muy profundo, se cerrará esta noche. Tendré que conformarme con una enfermera malvada.

—Vale. —Pongo los ojos en blanco—. Quédate ahí.

Me visto rápidamente, voy al armario del pasillo y saco una bolsa de basura y el botiquín de primeros auxilios. Lo llevo todo al dormitorio y le echo antiséptico en la herida. No puedo evitar reírme cuando suelta un gemido mientras le pongo una gasa en el corte, y le ordeno que la sujete.

—Llorica.

—Duele de cojones —dice con recelo, mientras se mantiene la gasa en la cabeza.

—Te traeré algo para vestirte.

Él me agarra de la mano.

—No.

—No es negociable, Tobias.

Voy a la planta de abajo y, una vez en el dormitorio de Roman, abro el botiquín y cojo un par de paracetamoles. Luego rebusco en los cajones y cojo unos calzoncillos sin estrenar y una camiseta antes de hacer una parada en la cocina. De vuelta al dormitorio, le doy a Tobias los analgésicos y un zumo. Él se toma ambas cosas antes de quedarse mirando las prendas que tengo en la mano, de un hombre al que desprecia.

—Solo es ropa. No puedes andar por ahí desnudo.

—¿Quién lo ha dicho?

—No seas ridículo. Los calzoncillos aún están en el paquete.

No dice ni una palabra mientras los abre y se los pone, junto con la camiseta. Le tiendo una servilleta con el bocadillo improvisado que le he preparado: un cruasán con queso suizo.

—Toma, cómete esto, es una delicia para cualquier francés.

—No tengo hambre.

—Come o te desmayarás.

Tobias coge el cruasán, se mete la mitad en la boca y lo mastica lentamente, sin apartar los ojos de los míos.

—Estás actuando como un niño mimado. Como si mamá te hubiera obligado a raparte el pelo. Al menos dame las gracias. No cuesta tanto.

Aunque en voz muy baja, oigo que me lo agradece mientras apago la luz del baño.

—*Merci*.

—Bueno, entonces ¿es esta una táctica para meterme miedo? ¿Porque me voy en breve?

—No, solo ha sido un día duro.

—¿Represalias? —pregunto. Tobias bebe un trago de zumo, ignorando por completo la pregunta—. ¿Sabes? Tu hermano hacía lo mismo. —Pongo los ojos en blanco—. Me pregunto de dónde lo sacaría.

Aparto el edredón y ahueco las almohadas mientras él se acaba el bocadillo. Sigue ahí sentado, como si no entendiera cómo ha acabado aquí. Lo mismo me pasa a mí. Pero en vez de preguntarle, pongo la toalla usada sobre la almohada que está al lado de la mía y le hago un gesto para que se tumbe.

Él se levanta y estruja la servilleta con la mano, de camino al cuarto de baño. Al cabo de unos instantes, oigo correr el agua.

—¿Qué estás haciendo? —le pregunto, desde el borde de la cama.

—Lavarme los dientes.

—¿En serio?

—El aliento a queso suizo es lo peor —balbucea, con el cepillo en la boca.

Suelto una carcajada.

—Espero que no estés usando mi cepillo de dientes.

—Había uno nuevo en el armario.

Al cabo de un rato, acciona el interruptor tres veces antes de meterse en la cama conmigo.

—¿Mejor? —Aprieto los labios.

Él pone los ojos en blanco.

—Ríete.

Cuando mi sonrisa se desvanece, nos quedamos en silencio, frente a frente, sobre las almohadas.

—¿Por qué has venido aquí? No soy tu novia.

—Pues no —dice, con el mismo recelo que hay en su mirada. Está agotado.

—¿No piensas responder a mi pregunta?

—No.

Observo de cerca su pelo húmedo ligeramente ondulado, sus densas pestañas negras como la noche, la piel suave de su cara y su boca. Su labio superior tiene forma de corazón pero con un aire más masculino y es un poco más pequeño que el inferior. Él me devuelve la mirada, recorriendo mi rostro con la misma atención.

Soy la primera en hablar.

—¿A qué estás jugando?

Él responde de inmediato.

—¿Y tú?

Nos quedamos allí tumbados, en silencio, retándonos con la mirada.

—Nunca podré creer una palabra de lo que dices, Tobias.

—No espero que lo hagas.

—Entonces, ¿a qué vienen tantas molestias, después de tratarme como a una auténtica mierda? ¿Es que de repente tienes conciencia? ¿De repente soy digna de…? De lo que sea que estás haciendo —le pregunto, con un gesto de la mano.

—¿Tratarte con respeto? ¿Como si me hubiera equivocado contigo? ¿Como si me hubiera portado fatal y quisiera disculparme? No soy ningún monstruo, Cecelia.

—Eso es discutible.

Él suspira.

—Ya te he dicho que no espero que me creas.

—No lo hago y nunca lo haré —afirmo. Tobias se queda mirando fijamente al infinito y una profunda arruga se forma entre sus cejas—. ¿Estás bien?

Vuelve a centrarse en mí.

—*Te soucies-tu vraiment de moi?*

—Tobias, no hablo bien francés.

Él se aclara la garganta, pero parece que la pregunta le incomoda.

—¿De verdad te importo?

—Te he preguntado si estás bien, ¿no?

—Deberías odiarme.

—Y lo hago.

—No, no lo haces. Quieres hacerlo, pero tú no eres así. Te empeñas en buscar el lado bueno de las personas.

—¿Tan malo es eso?

—No —dice, tragando saliva—. No lo es.

—Solo cuando se trata de negocios —concluyo. Él baja ligeramente la barbilla, con los ojos vidriosos. Me acerco a él, sin poder evitar sonreír—. Las pastillas están haciendo efecto, ¿eh?

Tobias esboza una pequeña sonrisa que me estrecha el corazón. Y, en ese momento, me doy cuenta de que lo que ha dicho es cierto: he estado buscando su lado bueno. Pero no puedo confiar en él, así que estamos en las mismas. Al cabo de un segundo, se hunde en la cama y mi sonrisa se vuelve más amplia.

—Ohhhhh, estás supercolocado. —Me pongo a horcajadas sobre él, me inclino hacia delante y rozo su nariz con la mía—. Colocadísimo.

Él me sonríe y el efecto es tan cegador que me hace sentir ese aleteo en el estómago tan familiar. Su sonrisa vuelve a desvanecerse ante mis ojos. Se incorpora lentamente y me besa, acariciándome la cara con los dedos de una forma que me hace girar la cabeza para rechazar mi propia reacción. Es demasiado íntimo.

—No hagas eso.

Me dispongo a bajarme de su regazo, pero él me lo impide poniéndome las manos en los muslos.

—¿El qué?

Cambio de tema.

—¿No piensas contarme lo que ha pasado?

—Es mejor que no lo sepas.

Me echo hacia atrás y asiento con la cabeza.

—Imaginaba que esa sería tu respuesta. No eres capaz de ceder ni un centímetro, ¿verdad?

No se me escapa su sonrisa irónica mientras levanta suavemente las caderas y su creciente erección me hace saber con precisión los centímetros que estaría dispuesto a cederme.

Pongo los ojos en blanco, me acuesto a su lado y apago la

luz. Nos quedamos allí tumbados en la oscuridad, a unos milímetros de distancia, sin tocarnos. Nunca habíamos estado juntos en la cama como una pareja. Y maldigo a mis estúpidas emociones por sentir lo que no debo cuando empieza a acariciarme el brazo con las yemas de los dedos.

Qué puto desastre.

Pasan los minutos y sigo inmóvil a su lado. Sus caricias me arrullan, aletargándome, hasta que sus dedos se detienen de repente.

—¿Por qué te acostaste con los dos?

—¿Perdona? —Vuelvo a encender la luz y me escurro hacia arriba hasta sentarme en la cabecera de la cama, mirándolo. Si sus pupilas sirven de indicador, está colocadísimo. Esos analgésicos deben de ser potentes; o eso o él es un blandengue. De no ser así, nunca me permitiría percibir ese atisbo de celos en su voz. Algo que es innegable—. ¿Por qué quieres saberlo?

Se encoge ligeramente de hombros.

—Siento curiosidad.

—No es verdad, me estás juzgando. Y no es asunto tuyo.

—*Je n'en ai aucun droi* —susurra.

—En inglés, Tobias.

—No tengo derecho a hacerlo. Responde a la pregunta.

Parece atormentado, como si hubiera estado dándole vueltas y le doliera preguntarlo. ¿Qué pierdo siendo sincera? Nada. Este hombre me conoce. Me entiende mejor que la mayoría de las personas que conozco de casi toda la vida. Pero solo porque me ha estudiado como rival.

—Sexualmente, para mí, todo empezó como la típica fase universitaria. Solo me había acostado con los dos novios que había tenido antes de conocerlos.

—No estabas en la universidad.

—Es una expresión.

—La conozco perfectamente —replica él, con una mueca. Pero su mirada no es de censura. Es de curiosidad.

—Sé que no soy la primera mujer que compartían, así que no creas que ponerme al tanto de eso me afectará lo más mínimo. Y no seas tan remilgado. ¿No fueron los franceses los que acuñaron el término *ménage à trois*? —Tobias entorna los ojos hasta convertirlos en dos rendijas—. Venga ya. Me las he visto contigo. Sé que no eres ningún santo.

—Pues no.

—Entonces, ¿por qué te importa tanto? —Él me mira, expectante—. Si quieres que te lo cuente, tendrás que darme algo a cambio. —Abre la boca para hablar, pero yo levanto una mano—. Y más vale que sea jugoso. Una confesión de verdad.

Él esboza una sonrisa infantil y yo la disfruto, consciente de que es una faceta que rara vez revela. Ha bajado la guardia, aunque sea por las pastillas.

—A los veintiún años, me tiré a todas las modelos de la edición de junio de un catálogo de lencería francés.

Creo que podría prescindir de esa confesión. Él sonríe al ver mi reacción.

—No me mires así. No estoy celosa, solo…

—¿Me estás juzgando?

—No. Pero ¿cuántas chicas eran, exactamente?

—Toda una boutique.

—Será broma —digo. Tobias niega lentamente con la cabeza y aprieta los labios como si intentara disimular una sonrisa—. ¿Cómo es posible?

—Me aburría.

—Te aburrías —repito.

—Sí —dice, encogiéndose de hombros—. Pero fue la única vez. —Su acento hace que su comentario casi resulte cómico. Casi.

—¿Y los otros once meses del calendario no te atraían?

—Fue una fase universitaria —replica con desparpajo.

—Bueno… —Me aclaro la garganta—. Pues ahí queda eso.

Me giro para apagar la luz, pero él me lo impide.

—No me has respondido.

Me siento con las piernas cruzadas y lo miro con el ceño fruncido.

—¿De verdad quieres saberlo?

—Si no quisiera saberlo, no preguntaría.

—¿Cómo es que no lo sabes ya? ¿No eras tú el que se sabía toda mi vida de memoria y conocía todas mis intenciones?

Silencio.

Lo miro mientras se apoya sobre la almohada, flexionando los definidos músculos de su brazo al hacerlo. Destapo el agua que tengo en la mesilla mientras me imagino a Tobias diez años más joven, solo en una habitación de hotel y rodeado de modelos de lencería desnudas.

Y de una manera enfermiza y posesiva, eso me pone. Sus ojos se iluminan al darse cuenta y mete una mano entre mis muslos. Yo la aparto. Una risilla pícara sale de sus labios y me ruborizo.

—Vamos a dormir. —Vuelvo a extender la mano hacia la lámpara, pero él me agarra la muñeca en una orden silenciosa. Lo miro a los ojos y suspiro—. Vale. Cuando llegué aquí, me di cuenta de que nadie me conocía. De que tenía la oportunidad de reinventarme. Así que decidí aprovecharla y dejarme llevar. Como tú dijiste, estaba cabreada con Roman por robarme un año de mi vida y me rebelé un poco. Pero me gané mi libertad, como tan inteligentemente señalaste. Cuando conocí a Sean, fue como si el universo me estuviera enviando una invitación. Me sentí atraída por él inmediatamente. Conectamos tanto física como emocionalmente, pero en cambio Dominic me odió desde el principio. —Tobias me mira en silencio, alentándome y dándome permiso. Soy idiota por proporcionarle voluntariamente al diablo más detalles sobre mí—. Sean se había ido ganando mi confianza poco a poco, así que, cuando me dijo que sabía que me atraía Dominic y que no me juzgaría si actuaba en consecuencia, me permití hacerlo. Confiaba en Sean con todo mi corazón, lo suficiente como para explorar juntos. Me estaba enamorando de él y tenía una relación de deseo-odio con Dominic. Después de que ocurriera, simplemente…, la cosa fue a más. Llegué a conocerlos a fondo a ambos y ninguno de los dos me hizo sentir mal por ello. De alguna manera, encajábamos juntos. —Vacilante, Tobias levanta los dedos para apartarme el pelo húmedo de los hombros en un gesto íntimo. Me estremezco sin querer, intentando desesperadamente no perderme en su mirada—. He de decir que todo aquello iba en contra de mi naturaleza, me perturbaba mucho más de lo que dejaba entrever, al menos al principio, pero cuanto más avanzaba la cosa, más me costaba imaginar… No quería ni pensar en renunciar a ninguno de los dos. Y ellos tampoco me obligaron a elegir. A todos nos parecía bien. De hecho, éramos felices, hasta que…

Se me llenan los ojos de lágrimas y, en un instante, vuelvo a estar en aquel taller, viviendo uno de los momentos más dolorosos de mi vida. Tobias estrecha mi barbilla entre sus manos.

—¿Qué?

—Me llamaron «zorra» de una forma indirecta y muy retorcida. ¿Conoces la canción *Cecilia*, de Simon y Garfunkel? —Él niega con la cabeza—. Pues habla de una chica promiscua y la letra es denigrante. Así fue como me rechazaron. Pusieron esa canción cuando llegué al taller y me humillaron públicamente, para dejarme bien claro que estaban jugando conmigo. Me hicieron pedazos de la forma más efectiva que conocían. Y funcionó. Yo capté el mensaje, aunque tú no lo hicieras. Creo que nada me ha dolido más en toda mi vida.

—*Je suis désolé.*

—En inglés, Tobias.

—Lo siento.

Quiero creerlo. Su expresión y su actitud me dicen que es sincero, pero no puedo hacerlo. Tiene que entender que no puedo creerlo.

Me muerdo el labio y me planteo por un instante la posibilidad de confesar el resto. Tobias se lleva la yema de mi dedo índice a la boca y lo besa, insinuando que mi secreto está a salvo. Sé que lo más seguro es callarme, pero sigo adelante de todos modos.

—Cuando echo la vista atrás, sé que el tema del sexo fue fruto de mi guerra contra la mosquita muerta que era antes de llegar aquí. Tenías razón. Yo era de las que jugaban sobre seguro. Rara vez me arriesgaba. Nunca me pasaba de la raya. Cuando mi padre me dijo que había «intentado» quererme, creo que me hizo una herida demasiado profunda como para poder curarla. No digo que fuera por ahí intentando sabotearme a mí misma a propósito, pero desde luego eso tampoco me impidió actuar por impulso. Aunque no pienso echarle la culpa a él, ni a mi libertad recién adquirida. Estaba enamorada de ambos. De los dos. Y lo mejor de todo fue que Sean y Dom no permitieron que me disculpara por ello. No permitieron que me humillara a mí misma. Nunca me había sentido tan segura con nadie, gracias a la forma en la que me aceptaban. Y no me arrepiento de nada. Nunca me arrepentiré. Y tampoco me avergüenzo. Y en cuanto a quererlos… Ya los conoces. Son de las personas más cercanas a ti, ¿verdad?

—*Oui.*

—¿Cómo no iba a enamorarme de ellos?

Nos miramos fijamente hasta que me hace un leve gesto con la barbilla. Negándome a buscar o a tratar de descifrar cualquier otra reacción, apago la luz y recuesto la cabeza en la almohada, mirando hacia otro lado.

—Nunca volveré a sacar el tema —me promete Tobias, a mi lado.

Esta vez, soy yo la que se esconde detrás de su lengua materna.

—*Es-tu jaloux?* —«¿Estás celoso?».

—*Non.*

Hago caso omiso del escozor incómodo e inoportuno que me produce su rápida respuesta.

—He sido sincera contigo.

Me atrae hacia él, pegando mi espalda a su torso mientras apoya la cabeza en mi almohada. Su cálido aliento me acaricia la oreja.

—Yo también. *Je ne veux pas n'être qu'une phase pour toi.*

—En inglés, Tobias. Por favor.

Silencio.

Y, en cuestión de segundos, se queda dormido.

A la mañana siguiente, me despierto y veo mi teléfono sobre la almohada que tengo al lado. Lo desbloqueo y, cuando se enciende la pantalla, me doy cuenta de que han revisado mis correos y de que el más reciente es de mi padre.

Se trata de una citación: una citación para firmar la aceptación de mi herencia. Mañana.

Tobias lo ha visto. Lo que significa que nuestro trato se acaba en cuanto la tinta de mi firma se seque. Cuando el dinero sea transferido a mi nueva cuenta bancaria, no tendremos más negocios en común. Seré libre, y él será libre de hacer lo que quiera con Roman.

15

De pie en medio de la habitación, tomo la rápida decisión de hacer una maleta para pasar la noche, conducir hasta Charlotte y buscar un hotel para prepararme mentalmente. No quiero tener su olor en las sábanas ni quedarme mirando las gotas de sangre del edredón mientras les doy vueltas a los sentimientos que me sobrevuelan por nuestra conversación íntima de ayer.

Ignorar lo que pasó entre nosotros anoche es lo más inteligente. Aunque sentí que se había producido un cambio evidente en nuestra relación odio-sexo, debo rechazar la idea de que fuera algo más que una confesión de madrugada entre dos enemigos que se dan una tregua temporal.

Pero ¿y si todas sus palabras, besos y caricias fueran ciertos? Tobias no tenía ningún motivo para ser tan falso. No tenía motivos para confesar nada, para hacer las preguntas que hizo ni para tocarme de esa forma. Ni para mirarme así.

«Está jugando contigo. Firma los papeles, ficha, cobra y vuelve a Georgia».

En cuanto firme los papeles, es muy probable que no vuelva a ver a Tobias. Y adiós, muy buenas. ¿No?

No tengo forma de ponerme en contacto con él. Al igual que los dos hombres que lo precedieron, en cuanto termine nuestro acuerdo, volverá a excluirme. Esa es una ventaja para él y lo sabe. De todos modos, ¿qué iba a decirle si pudiera?

No sé cómo, no solo ha acabado metiéndose en mi cama. También se las ha arreglado para meterse en mi cabeza. Pero todavía estoy a tiempo de alejarme de él sin añadir otra cicatriz.

Es un mentiroso. Sus palabras, sus miradas, sus caricias..., todo es mentira. Le conviene tenerme como aliada para ejecutar sus planes. Nada más. Ni siquiera sé dónde vive.

Lo nuestro son solo negocios.

—No seas gilipollas —me regaño, metiendo en la maleta un pantalón de vestir adecuado para la ocasión y una blusa de seda, junto con los tacones que he elegido.

Termino de hacer el equipaje y cierro la casa justo mientras recibo un correo electrónico del hotel confirmando mi reserva. Una vez en el Jeep, con el cinturón de seguridad abrochado, envío un correo electrónico a mi supervisor de la fábrica y le pido dos días de asuntos propios. Sinceramente, me importa una mierda que me despidan. Me sorprende que Roman haya decidido firmar antes, teniendo en cuenta que aún me quedan algo más de seis semanas para cumplir mi parte del trato.

Tardo dos horas y pico en llegar a Charlotte. Me he tomado el viaje con calma, ya que no tengo nada que hacer cuando llegue al hotel.

Mañana seré millonaria, pero, no sé por qué, hoy me siento como si estuviera en bancarrota. Cualquier mujer normal estaría disfrutando del servicio de habitaciones, descorchando botellas o comprándose un par de zapatos de tacón nuevos por internet. O, como mínimo, acumulando un montón de cosas en el carrito de la compra. Pero yo solo estoy asustada.

Sentada al borde de la cama, me paso un dedo por los labios cuando me asalta un recuerdo.

Tobias me despertó en plena noche con los labios y con la lengua, antes de tomarme. Y no solo me tomó, sino que me consumió por completo, enganchando mi muslo en su cadera para introducirse en mi interior desde atrás. La entrepierna me palpita mientras se me calienta el pecho y me arde la cara.

«Di mi nombre, Cecelia», susurra en mi recuerdo, penetrándome lentamente, con movimientos pausados, llenándome mientras se lleva mis dedos a la boca y los guía hasta el punto en el que nuestros cuerpos se encuentran, para presionarlos contra mi clítoris y llevarme al orgasmo.

—¡Mierda!

Me levanto y empiezo a dar vueltas por la habitación, antes de prepararme un baño caliente. Me meto en el agua hirviendo y me estremezco al sentir el escozor entre las piernas. Me pongo una toalla de mano sobre la cara.

Hace unos días, quería verlo lo más lejos posible de mí. Seguía haciendo equilibrios entre el deseo y el odio.

No puedo sentir nada por ese hombre. Es mejor que se termine ahora. De hecho, ya se ha acabado. No hace falta despedirse. Y puede que dejarme el teléfono sobre la almohada haya sido su forma de decirme que todo ha terminado.

Pues vale.

Vivimos en lados opuestos del universo. Nuestros mundos son completamente diferentes.

«No siente absolutamente nada por ti. Solo puede jugar contigo si tú se lo permites». Y ahora que nuestro acuerdo ha llegado a su fin, desaparecerá tan de repente como apareció.

Genial. Pues que le vaya bien. Cuando deje Triple Falls, iré a la universidad, me graduaré y seré una eminencia en el campo que elija. Y puede que algún día me case y tenga hijos.

Sin embargo, el martilleo que siento en la sien y la desazón en el pecho se oponen a esa clase de futuro. ¿En serio quiero tener esa vida? Todos los planes que tan minuciosamente había trazado me parecen ahora simplones, incluso un poco aburridos y predecibles. Antes de mudarme a Triple Falls, estaba centrada únicamente en salir adelante con mi madre. Siempre había soñado con el día en el que conseguiría mi libertad, pero no había hecho planes más allá de eso. Ahora ese día está a punto de llegar y ninguno de los planes que se me han ocurrido últimamente me parece adecuado.

Salgo de la bañera, me pongo el pijama y bebo un trago de whisky de la petaca que he metido en la maleta; después, llamo a mi madre. Me contesta al segundo tono.

—Hola, bichito. ¿Qué haces?

—Estoy en Charlotte. Tengo una reunión con papá mañana por la mañana.

—¿Ah, sí? —Se queda callada.

—Mamá, firmo mañana.

—No pareces muy contenta.

—El dinero no da la felicidad.

—Me alegra que lo hayas descubierto tan pronto. Pero no tenerlo es una mierda.

—A ver, no me hacía ninguna gracia que estuviéramos sin blanca y que tuvieras tantas preocupaciones, pero…

—Salimos adelante, ¿no? —Noto por su voz que está sonriendo.

—Cinco pavos de gasolina y patatas fritas.

—Te echo de menos, cielo.

—Yo también te echo de menos, pero te he llamado por otra razón.

—Dime.

—Ya sé lo que me vas a decir, pero necesito los datos de tu cuenta bancaria.

—¿Qué dices, cariño? De eso nada. Es todo tuyo. Es para ti.

—Pues no quiero quedármelo. Ese hijo de puta es multimillonario y nos las hizo pasar canutas durante años, forzándonos a malvivir con la pensión mínima. El dinero va a ser mío y será mi decisión. No quiero que te falte de nada. Y quiero que… vayas a ver a un profesional.

—¿Quieres que vaya al psiquiatra?

—Sí, si crees que puede ayudarte. Quiero que busques ayuda. Creo que la necesitas.

—Vaya. Veo que la sutileza ha dejado de ser tu fuerte. ¿Qué le ha pasado a mi niña?

—Lo siento. —Bebo un trago de whisky, agradecida por la quemazón y el aturdimiento resultantes—. No pretendía que sonara así.

—Dime qué te pasa.

—Nada, estoy bien. Estábamos hablando de ti.

—Pues yo también estoy bien.

—¿Quieres dejar ya esa mierda, mamá?

—No, no pienso hacerlo.

—Estoy bien. Solamente un poco… cansada.

—¿Es por el chico de siempre? —Su voz insinuante me hace dejar de pensar en Tobias de golpe. Aunque solo esté invadiendo mi mente, hace que me sienta vulnerable. Y odio que ella se dé cuenta.

De repente, todos mis escudos vuelven a su sitio.

Ya basta. Basta de pensar en él. Basta de fantasear con él.

—Mamá, mejor hablamos de eso en otro momento, ¿vale? Te enviaré algo de dinero en cuanto me transfieran los fondos. Ese dinero te cambiará la vida. Alégrate por ello.

—Sabes que no puedo aceptar tu dinero.

—Pues acepta el dinero de Roman.

—En realidad no es el hombre insensible que aparenta ser.

—Demasiado tarde.

—No quiero su dinero, Cecelia.

—¿Y qué quieres de él?

Oigo el chasquido de un mechero y una exhalación.

—Nada. Ya me dio lo mejor que podía darme.

—¿Por qué no quieres hablar de él? Ya que estás tan empeñada en que le dé una oportunidad, dame una razón para hacerlo.

—Porque es tu padre.

—Eso no es suficiente. ¿Cree que intentaste pescarlo? ¿Por eso era tan tacaño con el dinero?

—¿Quieres decir quedándome embarazada? No, no, qué va.

—Entonces dime qué pasó. Me encantaría saberlo. ¿No crees que merezco saberlo?

—Algún día te lo explicaré todo, pero, por ahora, ¿podrías intentar ser paciente con él?

—No. —Me muestro inflexible—. Se me ha acabado la paciencia. Él no me ha contado nada, y yo solo estoy aquí por… —Me quedo callada a mitad de la frase. No quiero que se entere nunca de que he ido a Triple Falls para asegurarme de que no le faltara de nada.

—Los padres quieren a sus hijos, Cecelia, aunque algunos sean incapaces de demostrarlo como deberían.

—¿Por qué lo defiendes? No lo entiendo.

—Esperaba que, al convivir con él, cambiaran las cosas.

—Él vive aquí, en Charlotte. No lo veo desde el 4 de julio del verano pasado.

—¿Qué? Por favor, Cecelia, ¿has estado sola en esa casa todo este tiempo?

—Prácticamente. Más o menos. He hecho… algunos amigos.

—Cee, ¿cómo no me lo habías contado?

—No quería molestarte. De todos modos, no puedes hacer nada al respecto. —La oigo sorberse la nariz—. Mamá, no llores. Estoy bien. Unas semanas más y me iré de aquí. Volveré a casa. Iré a la Universidad de Georgia, así que me verás constantemente.

—Me siento fatal.

—No tienes por qué. Por eso no te lo había contado. No hay por qué sentirse culpable. Él no lo hace, desde luego.

—Lo hace. Sé que lo hace.

—Creo que estamos hablando de dos personas totalmente diferentes.

Ella sorbe de nuevo, maldiciendo en voz baja.

—Joder, Roman.

—Mamá, envíame tus datos, ¿vale?

—No. ¿Qué clase de madre crees que soy? A Timothy y a mí nos va bien. Estamos pensando en comprarnos una casa en el lago.

—Bueno, pues ahora podéis tenerla: será regalo de Roman. Y luego podréis iros a México y celebrarlo con un margarita en la mano. Nunca nos hemos ido de vacaciones. Prométeme que lo harás. Prométemelo. Y prométeme que, cuando vuelvas, hablarás con alguien.

—Cecelia…

—Eso no es negociable, mamá.

—Caray, qué mandona. ¿Qué te ha pasado?

—Que ya estoy harta —respondo, sabiendo que lo entenderá.

—Cuéntame.

—No estoy preparada, ¿vale? Y aunque te lo contara, no creo que pudieras creerlo. Si tu psiquiatra es bueno, yo también me apunto.

Me levanto y abro la cortina de la habitación del hotel. Puedo ver perfectamente el edificio de mi padre al otro lado de la calle. Es dueño de un rascacielos y mi madre y yo comíamos macarrones con queso y trocitos de salchicha para llegar a fin de mes. Ella nunca más tendrá que volver a hacerlo, a menos que sienta nostalgia o esté colocada. Solo por eso ya merece la pena todo por lo que he pasado este año.

—Por favor, mamá. Por favor, déjame hacer esto por ti.

—No puedo, Cecelia. Lo siento. No me parece bien. No está bien.

—Sí lo está.

—Un abrazo muy fuerte, cariño.

—Mamá, espera…

—Te quiero.

Suspiro y decido dejar la pelea para otro día. Técnicamente, aún no tengo el dinero. Pero ganaré esta batalla.

—Yo también te quiero.

Bebo otro trago de whisky y me tumbo en la cama. Una cama diferente en un mundo diferente en el que no me masturbo pensando en el hombre del saco. Un mundo en el que las cosas no son tan complicadas, en el que puedo hacer lo que me venga en gana.

Y de repente la libertad ya no me parece tan atractiva.

No pego ojo en toda la noche.

16

Mi padre se reúne conmigo en la sala de conferencias en la que llevo esperándolo casi una hora y se sienta a mi lado. Bebo un trago de agua y siento su mirada clavada en mí mientras observo el montón de papeles que hay sobre la mesa, todavía incapaz de comprender del todo la magnitud de lo que me está entregando.

—¿Cómo estás, Cecelia?

—Bien, señor —respondo, sentándome con la espalda recta.

—¿Qué tal la fábrica? ¿Ha progresado con las mejoras?

—Está bien, señor.

—¿Te ha informado el abogado de lo que vas a firmar hoy? ¿Entiendes...?

—Sí, señor.

Lucho contra el impulso de darle las gracias, aunque yo nunca le he pedido esto. Cuando por fin levanto los ojos hacia los suyos, veo que me está observando atentamente.

La última vez que lo vi, lo menosprecié. Estaba demasiado ocupada con los hombres en mi vida y demasiado resentida como para aceptar lo que fuera que me estaba ofreciendo ese día. La conversación con mi madre ha hecho que me pase toda la noche pensando en diferentes formas de abordar este encuentro, pero al final me decido por la sinceridad total.

Es ahora o nunca.

—Por favor, ayúdame a entender esto.

—¿A entender qué?

—A ti —me limito a responder—. ¿Por qué haces esto?

Él baja la vista hacia los papeles.

—Ya te lo he dicho.

—Entonces, ¿es una compensación por no haber querido criarme?

Él da un respingo casi imperceptible que no me pasa desapercibido.

—Te garantizará seguridad financiera para el resto de tu vida y, si lo gestionas correctamente, también a tus hijos y a tus nietos.

—¿Por qué ibas a preocuparte por ellos si ni siquiera te preocupas por tu propia hija?

Su mirada se suaviza, pero responde con dureza.

—Ya te lo he explicado.

—No, no lo has hecho. Me contaste que tus padres eran los típicos blancos ricos alcohólicos que dilapidaron su fortuna y que no te criaron con cariño. Pero no te estoy pidiendo un abrazo, Roman. Quiero saber por qué.

Él se crispa, pero guarda silencio. Estoy a punto de levantarme para dejarlo plantado con su asquerosa y maldita fortuna, pero el recuerdo de la aterradora mirada perdida de mi madre hace que me quede ahí sentada, dispuesta a hacer caja. Ahora está en una buena situación, pero ¿y si vuelve a las andadas? Aunque sería genial renunciar a su fortuna y largarme, no puedo hacerlo. No puedo.

—Siento haberte fallado, Cecelia.

—Ya van dos veces que admites que me has fallado y una que reconoces haber «intentado» querernos a mi madre y a mí. Pero esas son disculpas y excusas sin explicaciones reales. «Siento haberte fallado» no es una explicación y últimamente estoy harta de esa frasecita.

—Tal vez sea por las compañías que frecuentas.

Su tono es claramente alusivo y yo lo miro.

—¿Qué quieres decir con eso?

—¿Sigues paseándote por el pueblo con indeseables en viejos coches deportivos?

—Te alegrará saber que he subido de escalafón. Este tiene un sedán, pero también es temporal. Los hombres que pasan por mi vida no suelen quedarse mucho tiempo —digo con sorna—. Seguro que te suena. He oído que los vínculos emocionales son malos para los negocios.

—Suelen serlo, sí.

Y allí, mirando fijamente a mi padre en esa sala de reuniones para veinte personas, tengo una revelación. Ya no es necesario que siga pensando qué hacer el resto de mi vida. Lo veo claramente mientras lo observo, veo mi objetivo y mi futuro, y empiezan en esa sala.

—Bueno, dejemos a un lado por el momento todas esas chorradas personales y vayamos al grano, ¿te parece?

Roman se levanta sin vacilar y abre la puerta para que entren los empleados que estaban a la espera.

Apenas una hora después, soy multimillonaria.

En cuanto el equipo se marcha y cierra la puerta, Roman se levanta con una excusa preparada.

—Tengo una reunión.

—No lo dudo, pero solo te pido un minuto más de tu tiempo. —Me levanto y me pongo frente a él, apoyando las manos sobre la mesa—. Quiero que seas el primero en saberlo. De ahora en adelante, me haré cargo económicamente de mi madre.

Él ni se inmuta ante mi confesión, algo que dista mucho de la reacción que esperaba.

—Eso no es cosa mía. Es tu dinero, haz lo que quieras con él.

Era el único golpe que me quedaba por asestarle y me lo ha usurpado. No soy capaz de morderme la lengua.

—¿Qué leches quieres decir con que te da igual?

—Exactamente lo que he dicho, Cecelia. Le deseo lo mejor a tu madre. ¿Sigues pensando ir a la Universidad de Georgia?

Aprieto los dientes.

—Ese era el plan.

—Yo correré con los gastos. Haré que mi asistente te busque un apartamento fuera del campus.

—Acabas de regalarme varios millones de dólares y una participación del treinta por ciento en tu empresa. Creo que podré arreglármelas para pagar la matrícula yo sola.

—Es mi privilegio como padre pagarte la universidad.

—No te has ganado el privilegio de considerarte mi padre —le suelto, incapaz de contener por más tiempo mi rabia.

—Ya veo. Creo que será mejor que…

—Un placer haber hecho negocios con usted, señor —digo, despidiéndolo mientras me giro para coger el bolso.

Roman entreabre la puerta pero vuelve a cerrarla, antes de acercarse a mí con paso firme. Se detiene a menos de medio metro de distancia, exigiendo mi atención. Me observa con una expresión fría que seguramente intimidará a cualquier adversario, pero yo me niego a acobardarme. Sin embargo, puedo ver un atisbo de arrepentimiento en su mirada, que es tan parecida a la mía. Me trago el nudo que tengo en la garganta mientras se me llenan los ojos de lágrimas.

—Tu madre hizo un trabajo excelente criándote. Eres educada… la mayor parte del tiempo. Muestras respeto ante la autoridad. Eres una joven muy inteligente y guapa. Llegarás lejos. No me cabe la menor duda de que tienes un futuro magnífico por delante.

Con los ojos brillantes, hago todo lo posible por controlar el temblor de mi voz.

—No gracias a ti.

—Ella tomó sus decisiones y yo las mías.

—«Decisiones». ¿Te refieres a abandonar a tu hija? Si eso fue una decisión, seguro que te resultó fácil tomarla. —Silencio. El más exasperante que he soportado nunca—. Ella merecía tu indulgencia. Sufrió muchísimo.

Sus ojos brillan momentáneamente, pero endereza la espalda.

—Di lo que quieras, si eso te hace sentir mejor. No pienso impedírtelo, Cecelia.

—Puede que seas tú el que quiere sentirse mejor, pero me niego a permitir que sigas yéndote de rositas.

—Bien. Espero que empieces a elegir mejor a los hombres que dejas entrar en tu vida.

—Cualquier hombre sería mejor que un cobarde como tú.

Esta vez su reacción es visible y me cabrea no hallar satisfacción en ello.

—¿Algo más?

—Que sepas que solo he hecho esto por ella. Para que nunca le falte de nada, porque es la única que se lo merece de los dos.

—Ya —responde. Aprieta por un instante los puños a los costados y decido ir a por todas.

—El año pasado, cuando volviste a casa, ese día…

—No tenía derecho a imponer…

—Exige ese derecho —digo con aspereza—. Lucha por mí. Por una vez en la puñetera vida, lucha por mí. Lucha por tener un sitio a mi lado.

—Cecelia, he tomado decisiones, decisiones difíciles, teniendo en cuenta únicamente tus intereses.

—¿Qué significa eso? Se supone que no debe ser una decisión. Se supone que los padres quieren a sus hijas. Se supone que son su universo, su vida y parece que yo valgo más para ti sobre el papel que estando delante de tus narices. Ayúdame a entenderlo.

—Este dinero no pretendía ser un insulto…

—¿Por qué? Dime qué he hecho. ¿Es por ella? ¿Tanto la odias que no quisiste saber nada de mí porque te recuerdo a ella? Dime por qué no puedes ser el padre que merezco. Dime por qué no puedes quererme. ¡Dime por qué resulta tan obvio que ella todavía te quiere! —Él traga saliva varias veces, mientras yo pierdo los papeles—. Aquí lo tienes, Roman. Aquí está. El día que fuiste a verme, querías decirme algo. Te estoy devolviendo ese momento, aquí y ahora. Aquí lo tienes. ¿Me oyes? Lucha por mí —digo, sollozando—. Necesito un padre, no una fortuna.

Él permanece completamente inmóvil. Entonces baja la vista y mis absurdas esperanzas me abandonan. Nada. Ni una palabra, ni un solo ápice de lo que le he pedido. Solo recibo una parte de su patrimonio y su silencio censurador. Hueca por dentro, le declaro la guerra a mis emociones mientras intento desesperadamente reunir la poca dignidad que me queda.

—Muy bien. —Trago saliva, secándome los ojos—. Vale. Pero que sepas que la destrozaste. —Sus ojos vuelven a brillar y percibo cierto cambio en él, a pesar de su actitud fría—. Le rompiste el corazón y deberías saber que fuiste el primer hombre que me lo rompió a mí también. Pero al menos la de mi madre fue una fractura limpia —digo, negando con la cabeza—. A mí llevas rompiéndomelo veinte largos años. A veces pienso que fue una maldición heredar su corazón, pero ahora creo que es mucho mejor que no me haya tocado el tuyo.

—Yo solo quiero…

Doy un golpe con la mano sobre la mesa.

—¿Lo mejor para mí? Bueno, pues gracias, supongo. —Niego con la cabeza, disgustada—. Asunto concluido, Roman. —Extiendo la mano hacia él—. Dame la mano.

—¿Qué? —Se queda mirando mi mano extendida y se pone pálido.

—Esto era un asunto de negocios, ¿no? Todavía no soy ninguna experta, pero sé perfectamente que es así como se cierran los tratos. Con un apretón de manos. Acepto sus condiciones. Acepto su pago, señor Horner. Considérelo un dinero bien empleado.

—Esto no era…

—Sí lo era. Dame la mano. —Con los hombros caídos, pone su mano sobre la mía y tengo que hacer un esfuerzo para que no me fallen las rodillas. Las motivaciones que me llevan a hacer eso son puramente egoístas, porque sé que será la primera y última vez que estreche la mano de mi padre—. Ahora, mírame a los ojos y despídete —le ordeno. Cuando levanta los ojos hacia los míos, no siento ningún tipo de satisfacción—. Despídete, Roman.

—Cecelia, esto es ridículo.

Aparto la mano.

—El karma va a ir a por ti, Roman, y te lo mereces. Y lo bonito que tiene el karma es que nunca sabes cuándo aparecerá para devolvértela.

—Lo tendré en cuenta —dice él, con voz ronca, después de aclararse la garganta—. ¿Ya has dicho todo lo que tenías que decir?

Asiento, mientras las lágrimas que ya no puedo seguir conteniendo ruedan por mis mejillas.

—Sí, señor. Eso es todo. ¿Mejor?

—Entiendo que estés molesta, pero...

—Adiós, Roman.

Esta vez soy yo la que va hacia la puerta con una carpeta llena de sobornos en la mano.

—Por favor, mantenme informado de tus progresos en la universidad.

Su voz es apenas un susurro a mis espaldas. Miro hacia atrás y puedo ver en sus ojos un brillo de remordimiento, antes de que desvíe la mirada.

—Vete a la mierda.

17

Aunque tengo otra noche de hotel pagada, vuelvo a casa, porque allí me siento más protegida. La verdad es que me encuentro más segura bajo la custodia de Tobias, aun con el poco tiempo que he pasado con él, de lo que me he encontrado con mi propio padre en esa sala de juntas.

De camino a casa, se me han ocurrido mil cosas mejores que decirle y mil formas diferentes de hacerlo, pero el caso es que he expuesto mi punto de vista y a él no le ha importado. En absoluto.

Tras haberlo dejado en aquella sala, no he derramado ni una sola lágrima; ni en el ascensor, ni cuando he ido a buscar la maleta a la habitación, ni durante el camino de vuelta. Sin embargo, cuando aparco delante de casa, la tensión empieza a volverse insoportable porque una vez más la reconozco como lo que es: una estructura inerte, el espejismo de una vida que no existe.

Una casa que nunca acogerá una familia.

Dejo la maleta en el coche. Estoy subiendo lentamente las escaleras de la entrada cuando oigo el tenue ronroneo de un motor. Me doy la vuelta y veo el Jaguar de Tobias bajando a toda velocidad por el camino. Con las emociones a flor de piel y los puños apretados, me giro hacia él mientras gira en la glorieta y se detiene.

Sale del coche vestido de punta en blanco y viene con decisión hacia mí. Se detiene al pie de la escalera. Me cruzo de brazos mientras él me examina de arriba abajo, con una especie de mirada de preocupación, aunque estoy demasiado perdida en mis pensamientos como para pararme a descifrar su significado.

—Ahora no puedo lidiar contigo. Hoy no, Tobias. Hoy no. Déjame tranquila solo por un día. —Él se muerde el extremo del labio, sin moverse—. ¿Qué estás haciendo aquí? —le pregunto y mi voz temblorosa me traiciona mientras avanzo un paso hacia las escaleras—. Ya he firmado los papeles. Nuestro acuerdo ha concluido, Tobias. Has ganado. El reino es tuyo. Ve a reclamarlo. No pienso impedírtelo.

Controlo mi expresión, sintiendo las pequeñas grietas que empiezan a formarse en mi pecho. «No. No. No. Por favor, corazón, no me hagas esto». Tobias traga saliva, se mete las manos en los bolsillos y agacha la cabeza.

—¡Fuera! —le grito—. ¡Que te den! Si te queda una pizca de decencia, lárgate ahora mismo. Sea lo que sea, puede esperar. —Él levanta los ojos lentamente hacia los míos mientras poso las manos sobre la barriga, intentando contenerme unos instantes más—. ¡Ya tienes lo que querías! Se acabó. Falta poco para que me vaya. No hace falta más confianza, ni nada. ¡Lárgate! El tablero es todo tuyo. —Tobias continúa en silencio, observando cómo empiezo a desmoronarme poco a poco—. ¿Has venido a regodearte? Pues no deberías. Ahora soy una mujer muy rica, ¿o es que no te has enterado?

—Cecelia...

—¡Tú ganas! ¡Tú ganas! —Abro los brazos y los agito por encima de la cabeza—. Todo tuyo. Haz lo que te dé la gana.

Su rostro se crispa mientras sube un escalón y luego otro.

Retrocedo hacia la puerta.

—No. Se acabó. Jaque a favor del rey. Un movimiento más y listo —digo. Él niega lentamente con la cabeza—. Has acabado conmigo, no tengo nada ni a nadie. Pero sí un montón dinero.

No os necesito. ¡No necesito a nadie! ¿Me has oído? ¡Lárgate de una puta vez! —Silencio—. ¡No finjas que te importo, es insultante!

Tobias se lleva una mano a la nuca y suspira con cara y gesto de arrepentimiento. Y de culpa.

Me quedo con la boca abierta al darme cuenta de por qué.

—Madre mía, estabas escuchando, ¿verdad? Lo has oído todo. —Resoplo y niego con la cabeza con incredulidad—. Ni siquiera has podido concederme el instante que me merecía. Ni un solo momento de privacidad, ni uno solo. —Suelto una carcajada, con los ojos brillando de humillación—. Joder, debes de pensar que soy patética. ¿A eso has venido? ¿A decirme lo patética que soy? Pues hazlo. ¡Hazlo!

Me quito los tacones y los arrojo a sus pies.

—¿Te he decepcionado? ¿Has venido a explicarme que los adultos no se comportan así? ¿A decirme cómo hacen las cosas? Pues no pierdas el tiempo. Ya has dejado suficientemente claro que no soy una adversaria digna. ¡Lárgate! Vete y acaba con él. Nosotros hemos terminado.

Se hace un largo silencio en el que él permanece inmóvil, limitándose a mirarme fijamente con ojos suplicantes.

—¡Di algo! ¡Di algo, cabronazo! Lo que sea, pero que acabe con una despedida. No me interesas. No hay nada entre nosotros. Lo nuestro era solo una cuestión de negocios. ¡Vete!

Tobias sigue allí de pie, mudo, con cara de culpabilidad y una expresión de lástima que me cabrea todavía más.

—Ya casi has logrado lo que te proponías: has destrozado a su hija, es hora de apuntar a la cabeza. Acaba con él. Por favor, acaba con él —le suplico, mientras mi determinación se desmorona.

Tobias avanza hacia mí, subiendo las escaleras, mientras yo retrocedo hacia la puerta.

—¡No, no te atrevas! —Doy media vuelta para escapar, pero él me agarra y me atrae hacia sus brazos mientras el dique se rompe—. ¡Te odio! —grito, mientras hundo la cara en su cuello para amortiguar los sollozos.

Él me acaricia el pelo y las palabras brotan atropelladamente de sus labios.

—Lo siento mucho, Cecelia. Joder, lo siento muchísimo. —La dulzura de su voz me hace llorar todavía más y me aferro a su chaqueta mientras él me levanta del suelo para eliminar el espacio que nos separa—. Respira. ¿Vale? Respira —susurra, mientras lloro sobre su cuello. Las lágrimas me hacen arder la cara de una forma insoportable.

—M-m-me ha sobornado, Tobias. Me ha comprado.

Él me estrecha con más fuerza mientras sollozo abrazada a él. Tras varios minutos suspendida entre sus brazos, Tobias se sienta en los escalones y me acomoda sobre su regazo, donde yo me desahogo tras veinte años de rechazo.

Allí, en el porche de mi padre, entre los brazos de su némesis, encuentro consuelo. Tobias me susurra al oído, besándome en la coronilla y en la sien y acariciándome la espalda con sus manos cálidas. No puedo creer que el hombre que intenta destruirme sea el que me está recomponiendo con el roce de sus manos y el suave beso de sus labios. Me echo hacia atrás para mirarlo, completamente perdida. Él me limpia las manchas negras de la cara con ternura, usando los pulgares. Y, simplemente…, nos quedamos mirándonos a los ojos.

—Pensaba que no iba a volver a verte —digo. Silencio—. ¿Has ido a Charlotte? —pregunto. Tobias asiente lentamente—. ¿Me has seguido hasta allí? —Vuelve a inclinar la cabeza antes de apoyar la frente sobre la mía.

—Él no puede decidir cuánto vales. Nadie puede hacerlo. Sé que eso no mejora las cosas, pero no te merece. —Me muerdo el labio mientras unas lágrimas gemelas se deslizan por mis mejillas—. Y ambos sabemos que yo tampoco merezco tu perdón.

—Tobias, no podemos…

—Shhh. Ahora no —dice, tranquilizándome, antes de abrazarme con más fuerza, como si estuviera consolando a una niña pequeña.

Me pregunto si todavía me verá de esa forma. Sobre todo ahora, en este estado, con este berrinche. Me gustaría saber si me entendería si llegara a verbalizar mis pensamientos. Si reconociera que, entre lo que me enseñaron sus alumnos, sus propios hermanos, y lo que me ha enseñado él, ha ejercido más de figura paterna que mi propio padre, aunque suene perverso. Mi llanto se va apagando y, cuando Tobias me levanta la barbilla, me pierdo en las caricias de sus dos tiernas hogueras.

Me sorbo la nariz mientras le aliso la solapa de la chaqueta.

—No sé si eres un hombre horrible que hace cosas buenas o un hombre bueno que hace cosas horribles.

—¿Tú qué crees? —me pregunta con voz ronca.

—Que estoy loca por haberme propuesto descubrirlo.

Él suspira, acariciando con el nudillo los surcos negros que recorren mis mejillas.

—Gracias a ti, Cecelia, me he dado cuenta de que la ira puede volverte tan imprudente como cualquier otra emoción. Y sin embargo, aquí estoy, haciéndole cosas horribles a alguien realmente bueno —susurra, antes de apoderarse de la sal que empapa mis labios.

18

Me despierto de una profunda siesta carente de sueños en el sofá, donde Tobias me ha llevado después de mi crisis nerviosa. Me estuvo abrazando contra su pecho mientras permanecíamos sentados, en silencio. No recuerdo haber cerrado los ojos ni haberme quedado dormida, pero al despertar veo que estoy arropada y que tengo la cabeza apoyada en una de las mantitas del sofá. Me siento un poco desorientada y, mientras me espabilo, escucho una música francesa suave y melodiosa que viene de la cocina. Voy hasta la puerta y veo a Tobias descorchando una botella de vino. Llena generosamente dos copas sin tallo sin mirarme y se gira para ofrecerme una.

—Justo a tiempo para el espectáculo.

Con curiosidad, acepto la copa que me ofrece y la mano que me tiende y lo acompaño a la puerta de atrás. Lo sigo en silencio, agarrándolo de la mano, mientras aumenta el ruido de los insectos que zumban a nuestro alrededor. El aire se enfría con rapidez mientras caminamos, al tiempo que el sol se va ocultando lentamente tras las montañas, llevándose la mayor parte del calor. La hierba fresca, cubierta de rocío, humedece mis pies descalzos mientras él me guía por la pequeña colina hasta el claro.

—*Une table pour deux.* —«Mesa para dos».

Extiende la chaqueta del traje sobre el suelo y me hace un gesto para que me siente. Yo aún tengo puestos los pantalones de vestir de *tweed* y la blusa arrugada, aunque hace tiempo que me he olvidado de los tacones. Él sigue con los pantalones de traje y la camisa que le manché con mis lágrimas. Posa la copa de vino, se quita los zapatos y los calcetines y pone los pies sobre la hierba, para conectarse a la tierra.

Nos quedamos allí sentados un buen rato, bebiendo y disfrutando de las vistas.

Cuando el cielo de color violeta empieza a oscurecerse y la luna llena se ilumina, las luciérnagas comienzan a interpretar una sinfonía muda a nuestro alrededor. Tras beber otro trago de vino, echo los hombros hacia atrás y me acuesto sobre la hierba. Completamente relajada, permanezco tumbada al lado de Tobias, esforzándome por no intentar interpretar las palabras que me ha dicho hace un rato, la dulzura de su mirada, la ternura de sus besos. Pero estoy demasiado agotada emocionalmente como para mantenerme en guardia. Y demasiado aturdida por los acontecimientos del día como para darle demasiadas vueltas o protegerme más del daño que él podría infligirme tan fácilmente, en este estado de debilidad. Aun así, no puedo evitar que me importe un comino. Ha estado a mi lado en un momento en el que me sentía completamente sola en el mundo y por eso lo único que siento es gratitud.

Durante un buen rato, nos limitamos a observar las luces que ascienden desde el suelo hacia la extensa arboleda que se cierne sobre nosotros. El cielo nocturno se llena de estrellas centelleantes que nos transportan a un mundo diferente. Es lo más impresionante que he visto en mi vida. Hasta que me giro hacia el hombre que está sentado a mi lado, observándome con atención.

—Lo que tú ves es mucho más bonito —susurra Tobias.

—¿Qué dices? Si estás viendo lo mismo.

—No. Aunque estoy empezando a verlo de nuevo. —Se pone tenso y exhala un largo suspiro—. En este momento de tu vida, estás experimentando muchas cosas por primera vez. Y en cierto modo… eso me da envidia.

Arqueo una ceja.

—Cuánta sinceridad. ¿Cuánto vino has bebido? —Él esboza una sonrisa, pero, de repente, cualquier rastro de alegría desaparece y aparta sus ojos de los míos—. Gracias por lo de hoy.

—No —replica él en cuanto las palabras salen de mis labios. Luego levanta la barbilla, justo cuando la luz que nos rodea se vuelve más intensa—. Mira. —De pronto, las luciérnagas parecen multiplicarse por cientos, dando lugar a un escenario de fantasía. Es como si estuviéramos envueltos en una luz sobrenatural—. Este lugar. Este sitio… Es mágico —comenta Tobias, abrumado, como si me hubiera leído la mente.

Yo resoplo.

—Eres demasiado práctico y realista como para creer en la magia.

—Es magia práctica —replica—. Porque aquí podemos atrapar la luz, ¿lo ves? —dice, alargando la mano para coger una luciérnaga, que brilla en su palma mientras habla—. Aquí, en este momento, no hay decisiones que tomar, ni cargas, ni deudas que saldar, ni tratos que cerrar.

—Eso es un sueño.

—Ah. —Tobias abre la mano y el insecto echa a volar entre los dos antes de alejarse flotando—. He ahí la palabra mágica. Porque aquí, si quieres algo, solo tienes que imaginarlo, extender la mano y cogerlo.

—Puede que sea por el vino y por el paisaje, pero, ahora mismo, eso no me suena tan disparatado. —Bebo otro sorbo—. Entonces, ¿este lugar es importante para ti?

Tobias asiente con la cabeza.

—Este lugar me ha convertido en lo que soy. Contiene todos mis secretos.

Lo miro mientras él sigue concentrado en los árboles titilantes que se elevan sobre nuestras cabezas. Cierro los ojos unos instantes y permito que el resto del estrés del día desaparezca. Lo único que no se va y que probablemente nunca lo hará es el dolor, aunque por el momento se trata de una molestia tolerable.

—Uno de los momentos más aterradores de mi vida fue cuando me di cuenta de que no sabía absolutamente nada que alguien no me hubiera enseñado. Ahí fue cuando me sentí más insignificante y vulnerable. Cuando me di cuenta de lo mucho que necesitaba a la gente —declara Tobias a mi lado con una voz áspera, impregnada de pasado.

—¿Cuándo fue eso?

—La noche que perdí a mis maestros favoritos. —Traga saliva, como si estuviera sufriendo, antes de seguir hablando con dureza—. Esa noche, cuando Delphine vino a decirnos que nuestros padres no iban a volver, me levanté, salí por la puerta y eché a andar. No recuerdo cómo llegué hasta aquí, pero sabía que buscaba algo, que necesitaba algo, y de algún modo acabé en este claro, contemplando estos árboles, buscando respuestas en el cielo.

—Entonces, fue aquí donde...

Tobias se gira hacia mí, con el pelo revuelto y la mandíbula recubierta por una barba incipiente.

—Para mí, aquí fue donde empezó todo —dice tragando saliva—. Al principio era como una especie de templo, un santuario agreste, lleno de maleza e intacto. Me atraía su pureza. Y, con el paso de los años, fue como si este lugar me llamara. Al principio, venía aquí a llorar porque no quería que Dom me viera. Con el tiempo, empecé a venir para hacer planes de futuro y despejar la mente. Noche tras noche, cuando Dom se iba a la cama, corría catorce kilómetros para llegar hasta aquí. A veces, cuando Delphine se quedaba dormida, le cogía el coche.

—Entonces, ¿por eso estabas aquí aquella noche?

La noche que fui corriendo al bosque gritando los nombres de sus hermanos. La misma noche que me besó, haciéndome caer en barrena.

Tobias asiente con la cabeza irónicamente, con expresión sombría.

—Este era mi refugio. No sé si el destino juega algún papel en la vida, pero lo supe en cuanto lo encontré. Por alguna razón, tuve claro que este lugar era para mí. —Arranca unas briznas de hierba y las frota entre los dedos—. Por eso no me sorprendió en absoluto que Roman empezara a construir su fortaleza a solo unos cientos de metros de donde yo planeaba mi futuro y el suyo.

Intento imaginarme a Tobias de niño, justo después de quedarse huérfano, completamente solo en el bosque, contemplando el cielo nocturno. La imagen que evoco hace que se me encoja el corazón. Perderlo todo en un abrir y cerrar de ojos, siendo tan joven… No puedo ni imaginarlo. Él bebe un trago de vino y oigo cómo lo traga.

—Todavía recuerdo a mi padre hablando de sus grandes aspiraciones. Recuerdo los planes que tenía para nosotros y cómo defendía este lugar, deseando que todos imagináramos con él la nueva vida en la que tanto creía en este nuevo mundo, la misma que se volvió en su contra y le arrebató todos los sueños, e incluso la vida. Así que, cuando los perdí, me aislé del mundo. No confiaba en nadie. Estaba tan enfadado que me encerré en mí mismo por completo. Y cuanto más aprendía sobre el mundo en el que mi padre creía, sobre la gente en la que él confiaba ciegamente, en la que depositaba su fe, más me enfadaba. —Tobias me observa con atención—. Mi objetivo empezó a cambiar con el paso de los años, sin dejar espacio para nada más. Y, desde entonces, he cumplido a rajatabla todo lo que me he propuesto. He ejecutado todos los planes que he trazado aquí. He hecho realidad todas las decisiones que he tomado en este sitio —declara, girándose hacia mí—. Sin embargo, por el camino olvidé mirar a mi alrededor, levantar la vista, centrarme en otra cosa que no fuera mi objetivo. Estaba demasiado empeñado en llevar a cabo mis planes. Contaminé este lugar. Lo compartí, simplemente para cumplir con mi propósito. Al cabo de unos años ya no era mi santuario porque mis ambiciones lo habían convertido en una zona de guerra. Por eso me gusta lo que estás viendo. Ahora mismo, lo ves como yo lo vi la primera vez.

Tobias bebe otro trago largo de vino mientras yo asimilo sus palabras y decido ofrecerle algunas de cosecha propia.

—Yo sí creo en el destino —declaro—. En serio. Y hoy he comprobado su existencia en esa sala de juntas. Yo también estaba en mi momento más vulnerable cuando algo hizo «clic» en mi interior. Como una especie de voz que nunca había oído. Y, por unos segundos, vi mi futuro de forma muy clara, muy real. No creo en absoluto que haya sido una coincidencia que viniera a Triple Falls, ni que haya vivido las experiencias que he vivido en el último año. Ha sido como si todo el infierno por el que he pasado cobrara sentido precisamente en ese momento. —Me giro hacia él—. Hace poco, me preguntaste qué pensaba hacer con mi vida y hoy lo he visto claro.

Tobias baja la vista hacia el suelo y asiente con la cabeza, antes de que ambos bebamos un trago más de vino.

—Eres tan joven. —Me mira y me aparta un mechón de pelo que tengo pegado al labio. Abro la boca para protestar, pero él me pone un dedo en los labios para impedírmelo—. No lo digo con condescendencia. Pero cuando vivas lo suficiente, dejarás de ver las cosas de forma tan categórica como ahora. Ves soluciones sencillas para problemas complicados. Sin embargo, cuanto más aprendas, más cansada estarás. Más cuestionarás tus juicios, más te arrepentirás de algunas de tus decisiones. Pero no dejes que te cambien. Jamás olvides cómo te has sentido hoy en esa sala de juntas. Por mucho que vivas.

—Nunca lo olvidaré.

Él se muerde el labio durante unos instantes antes de seguir hablando.

—No me arrepiento, de verdad que no. Ayudaba a Dominic con los deberes. Empecé a trabajar a los catorce años embolsando en un supermercado para que él tuviera una bicicleta nueva el día de Navidad. —Tobias dobla las rodillas y apoya los antebrazos en ellas—. Me propuse criarlo como lo haría mi padre. Darle todo lo que pudiera. Aún recuerdo perfectamente el día que le enseñé a afeitarse. Fue un orgullo que me lo pidiera a mí —dice, esbozando una sonrisa de verdad—. Aún no había pegado el segundo estirón y medía treinta centímetros menos que yo.

—Así que eras más un padre que un hermano —concluyo.

—Lo hice porque quería —añade de inmediato—. Quise hacerlo. Beau era un buen hombre. Y yo quería transmitirle a Dominic todo lo que pudiera de su padre. No cambiaría esos recuerdos por nada del mundo. Pero...

Ahí está la culpa. Veo cómo le sale por los poros, junto con todo aquello que no está diciendo. Renunció a su propia vida para criar a su hermano y poner en marcha sus planes. Sin ese objetivo, no sabe quién es.

Entonces me doy cuenta de que ambos estamos igual de perdidos. Lo había calado tan bien como él a mí. Porque, en esto, nos parecemos mucho.

Se me pasa por la cabeza que, la noche que me destruyó, que destrozó mi vida de aquella forma tan íntima, no fue porque la conociera a fondo, sino porque entendía mi sacrificio. Ambos postergamos y seguimos postergando nuestras propias vidas para cuidar de las personas que queremos. Solo que él lleva haciéndolo mucho más tiempo que yo.

—Dominic y Sean eran las dos únicas personas en las que confiaba plenamente —declara, acariciando la hierba con sus gruesos dedos—. No es culpa suya —añade, negando con la cabeza—. Lo entiendo. No sabían hasta qué punto me...

—Dolería —digo, acabando la frase por él—. Hasta qué punto te dolería.

—Pero eso no es culpa suya, sino mía. Esperaba que su compromiso fuera el mismo a todos los niveles. Esperaba demasiado de ellos.

Ni en un millón de años habría soñado con conocer su versión de los hechos. Nunca le había pedido ninguna explicación. Nunca había pretendido ver cómo su corazón negro empezaba a latir en rojo. Pero ahora lo entiendo, entiendo su lógica y, lo que es peor, empatizo con él.

—Todavía confías en ellos, Tobias. Y sabes que puedes hacerlo.

—Claro que confío en ellos. Con toda mi alma. Pero es que… estaba celoso. —Bebe un trago de vino y me mira—. Todavía lo estoy.

—Tobias, tú puedes hacer que las cosas cambien. Ahora mismo. Puedes tomar una decisión…

Me giro hacia él, pero la forma en la que me mira hace que se me seque la boca y me quedo sin palabras. Trago saliva y aparto la vista, respirando hondo para calmarme.

—Tengo una casa —susurra—. Está cerca de San Juan de Luz. Mi padre biológico me llevó allí cuando era pequeño. Solo es un recuerdo fugaz de un momento de felicidad. No es más que una imagen. Pero regresé unos años después de graduarme en la universidad y volví a tener esa misma sensación. Es el único lugar del mundo en el que me he sentido tan en paz como aquí. Así que, en cuanto pude permitírmelo, compré un trozo de paraíso al lado del mar y empecé a construir. La acabé hace un año y aún no he puesto un pie en ella.

—¿Por qué?

—Porque no me lo merezco.

—Qué tontería.

—No. Sigue siendo un sueño y está intacto. Es mi línea de meta. Tengo que ganarme ir allí. Todavía no he terminado. Aunque, a decir verdad, me da miedo hacerlo.

—¿Por qué?

—Porque cuando todo esto acabe, tendré que encontrar la forma de vivir conmigo mismo, con las cosas que he hecho. Con las cosas que seguiré haciendo. Porque este es mi único plan. —Me mira, atormentado—. Pero lo soñé todo aquí, justo donde esta-

mos sentados. San Juan de Luz existe y está ahí para cuando yo esté preparado. Ya he compartido mi sueño contigo, así que...
—dice, con una mirada suplicante—. Ahora te toca a ti.

—Puede parecer una tontería, pero quiero ir a París.

—Eso es demasiado modesto, demasiado fácil de alcanzar. Piensa a lo grande.

—Quiero que mi opinión cuente.

Él asiente, como si me entendiera.

—Tu opinión contará.

—Quiero tener mi propio santuario.

—Lo tendrás. Sigue soñando. Sigue haciendo planes. Sueña mil sueños y haz que ocurran mil cosas.

Me quita el vino de la mano y deja su propia copa a un lado.

—Hala, así de fácil —digo sonriendo, con el vino corriendo por mis venas.

—No.

Coloca mi mano sobre su muslo y la gira para acariciarme la palma. Su tacto me vuelve loca y mi cuerpo cobra vida mientras Tobias me roza suavemente la mano con las yemas de los dedos. Un mechón de su espeso cabello le cae sobre la frente y me están entrando ganas de tocarlo cuando él frunce el ceño.

—Después de soñar y planear, es cuando empieza el trabajo. Y esa es la parte más difícil. Tus planes pueden complicarse, tus sueños pueden diluirse y alejarse, dando la sensación de que están fuera de tu alcance y, a veces, a veces pierdes de vista lo que realmente importa y haces daño a la gente que confía en ti. Puede que haya daños colaterales. —Nos miramos a los ojos ante su confesión—. Y cuando eso ocurra —Tobias traga saliva—, quizá te cuestiones quién eres y hasta dónde estás dispuesta a llegar.

Por más que lo intento, no consigo dejar de mirarlo.

—Cecelia —susurra, y mi nombre nunca había sonado tan bonito en los labios de un hombre. Me quedo allí sentada, hipnotizada por todo lo que acaba de revelarme, sin poder creer que sea la misma persona que conocí en su día—. Lo siento. De verdad, siento todo lo que te he hecho. Lo que te ha pasado hoy…

—No ha tenido nada que ver contigo. Y no quiero hablar de ello. —Detengo su mano, frustrada por lo que está empezando a despertar en mí. Si no tengo cuidado, conseguirá resucitar mi corazón hambriento con sus palabras y sus caricias—. Además, te comportas como si para ti ya hubiera acabado el juego, cuando no es así. Todavía eres lo suficientemente joven como para cambiar de planes. Te queda mucha vida por vivir. Aún puedes seguir soñando en este lugar. Qué coño, podrías irte a esa casa de San Juan de Luz mañana mismo, si quisieras.

—No, no podría.

Me gira la mano y me separa los dedos antes de acercarlos a su exuberante boca para besarlos uno a uno. Saltan chispas y el fuego recorre mi cuerpo mientras la electricidad que hay entre nosotros empieza a activarse. Su voz me hipnotiza mientras vibro de excitación y observo cómo presiona cada una de las yemas contra sus labios suaves. La imagen hace que me arda la piel.

—Mis planes y mis decisiones me han puesto entre la espada y la pared. Pero en este sitio… —Levanta sus ojos ardientes hacia los míos y me sostiene la cara como si tuviera el mundo en sus manos. Siento el impulso de apartar la mirada, de detectar la mentira, de descubrir el engaño. Pero no lo hago, no puedo hacerlo porque todo lo que está diciendo me llega al alma—. Aquí no hay intrusos, ni amenazas, ni pasados, ni nadie más. Solo estamos nosotros. —Su sinceridad y su franqueza me conmueven. Me acaricia el labio inferior con el pulgar y baja los ojos un momento antes de volver a clavarlos en los míos. Y en ellos veo claramente a Tobias por primera vez—. Gracias a ti, vuelvo a ver este lugar como lo que realmente es. No ha perdido ni un ápice de magia. Simplemente, había olvidado cómo buscarla.

Mirándome fijamente, se inclina para acercar los labios a los míos, con ojos implorantes. Y no soy capaz de negarle nada, ni de negármelo a mí misma, porque dice la verdad. Desde el día que nos conocimos, nos hemos sentido atraídos el uno por el otro. Aunque nacido de la rabia, el resentimiento y la traición, lo nuestro estaba ahí. Y a través de la niebla de todo ello, llegamos a conocernos el uno al otro.

—Te conozco, Cecelia, porque tú me conoces a mí. Y aquí, en este lugar, nos hemos dado cuenta de que siempre hemos sabido cómo éramos.

Me da un beso en los labios ligero como una pluma, mientras desliza las manos entre mi pelo para sostenerme la cabeza y abrirme la boca con una presión deliciosa. Saboreando el vino de su lengua, gimo mientras se toma su tiempo para explorarme, lamerme, saborearme. Me levanta con facilidad y me pone sobre su regazo, antes de atraer mi boca hacia la suya para conquistarla y consumirla. La gravedad nos mantiene firmemente en nuestro sitio, mientras yo le devuelvo el beso sin reservas. Cuando se aparta, puedo ver la satisfacción en sus ojos. Puede que él se diera cuenta antes, pero el reflejo que veo en ellos es incuestionable.

Parece decir: «Te conozco, Cecelia, sigues intentando entregarte, entregar tu corazón y tu lealtad a quien los quiera por razones que van más allá de tu comprensión, pero que resultan dolorosamente obvias».

Obvias para él, que ha estado viviendo en el mismo exilio autoimpuesto. Aunque, en lugar de regalar su corazón, decidió guardarlo a buen recaudo. Con la respiración entrecortada y el pecho agitado, nos miramos el uno al otro, entendiéndonos mutuamente.

—¿Qué es lo que quieres, Tobias?

Me inmoviliza debajo de él, apretándome las muñecas sobre la hierba y haciéndome cosquillas con el pelo en la barbilla mientras me mira.

—Un momento egoísta —susurra suavemente, antes de capturar mi boca y atraparme en el más perverso y codicioso de los besos.

19

Me despierto mucho antes que el sol, completamente vestida y metida dentro de un horno. Tobias duerme en silencio a mi lado, abrazándome de forma protectora y con la barbilla hundida en mi cuello. He dormido toda la noche de un tirón, aturdida por el vino y segura entre sus brazos, después de que volviéramos a casa sin mediar palabra. Ni siquiera me desnudó. Apagó la luz y me atrajo hacia él.

Seguimos en la misma posición y consigo zafarme sin despertarlo. Me doy una ducha larga y me pongo mi vestido de verano preferido, el de color beis que parece sacado de la época eduardiana. Las capas de sedoso tejido blanco me hacen cosquillas en las pantorrillas, el corpiño abraza mis curvas y los tirantes de casi tres centímetros de ancho me caen sobre los hombros. Cojo mi libro favorito y voy hacia el jardín, donde me hago con una mantita fina para protegerme del frío matutino. Acurrucada en la tumbona bajo un enrejado cubierto de glicinas, contemplo el espectáculo, la salida del sol en un mundo diferente que ahora habito, mientras mis pensamientos vagan hacia el hombre que yace comatoso en mi cama.

Amodorrada por el sol de ese nuevo día, me abandono y me paso horas leyendo, al tiempo que me empapo del mundo que me rodea.

Las flores frescas se calientan a unos metros de distancia, perfumando el aire, mientras paso las páginas de *El pájaro espino*. Es mi libro favorito, o al menos lo era hace unos años. Fue la primera estocada que encajó mi corazón de adicta y, por lo tanto, la más fuerte. Lo robé en la biblioteca el último verano que pasé con mi padre y nunca lo devolví. Es la historia de Ralph, un sacerdote, y Meggie, una niña que es su protegida y que, al hacerse mayor, acaba enamorándose de él. Pero su amor es imposible. De pequeña, él le habla de un pájaro que abandona el nido en busca de una espina muy afilada en la que se clava para poder cantar una canción preciosa al morir. Su único propósito vital es encontrar esa espina para poder cantar una sola vez en la vida.

Pero esa historia que le cuenta a una edad tan temprana es un golpe preventivo, si no predictivo, y su corazón hace caso omiso. Meggie describe su amor diciendo que su devoción por Ralph es como pedir la luna. Porque es inalcanzable e imposible de poseer. Nunca lograría tener a Ralph como ella quería y él nunca podría renunciar a aquello que daba sentido a su vida por ella. Por lo tanto, Ralph era además la espina de Meggie y ella se pasaba la vida buscando la ocasión de ensartarse en él simplemente para tener la oportunidad de cantar. Y entonces sucede, tienen ese momento pecaminoso y profano en el que el mundo se para, el tiempo se detiene y el amor triunfa.

Siempre dejo de leer cuando están juntos, porque conozco el final y el momento en el que cantan su canción me hace muy feliz. Lo disfruto mucho.

A mitad de la novela, me levanto y echo a andar sobre la suave alfombra verde que hay bajo mis pies, admirando la obra de la naturaleza. Hileras interminables de rosales se alinean en el centro del jardín y me detengo cada pocos pasos para acariciar los delicados pétalos y olerlos. Es como un sueño: la brisa, los aromas, la bruma rosada de primera hora de la mañana… Me siento completamente embriagada.

Por un instante, compadezco a Roman. Estoy segura de que

no ha pasado ni un solo minuto de su vida simplemente disfrutando de ella. Podría decidir en cualquier momento deleitarse con los frutos de su trabajo, apreciar el palacio por el que ronda como alma en pena, pero vive demasiado absorto en la cruda realidad. Los números y el poder lo dominan. Y estoy convencida de que la suya es una existencia miserable.

No quiero que a mí me pase lo mismo. Jamás.

Y llegará un día en el que tendré que perdonarlo. Tendré que hacerlo por mí. Pero esta mañana, el dolor está empezando a consumirme y todavía puedo sentir la humillación, el aguijón de su rechazo, preciso como una flecha, y el inesperado bálsamo para mi corazón herido que duerme allá arriba, en mi habitación.

Las últimas veinticuatro horas con Tobias han sido surrealistas y estoy demasiado asustada como para fiarme siquiera de un solo recuerdo. Me acaricio los labios con el dedo, pensando en la forma en la que me besó y me abrazó, como si fuera realmente valiosa, como si todo lo que pensaba fuera importante. Me doy unas palmaditas en la cara para intentar alejar esos pensamientos, pero no puedo evitar recordar nuestra conversación.

«Sueña mil sueños».

Durante este último año, he aprendido a vivir de una forma diferente y creo que nunca la había aceptado tanto como ahora.

Tras la revelación que tuve ayer, sé que en mi futuro daré grandes pasos y tomaré grandes decisiones. Quiero vivirlo todo. Si no, ¿qué sentido tiene?

Me invade la paz al recordar el futuro que me imaginé en aquella sala de juntas. La decisión de vivir el presente, aun sabiendo lo que sé. Riesgo y recompensa. Sin remordimientos. Ya he decidido qué papel jugar.

Estoy paseando al lado de los setos y admirando las extensiones de madreselva que los cubren cuando noto su presencia. Levanto la vista y lo veo de pie en un rincón del jardín, mirándome fijamente.

—Hola.

Tobias se queda callado. Tiene la camiseta interior arrugada y el tejido se adhiere a él como una segunda piel, tensándose sobre su pecho y marcando su poderoso cuerpo cuando se estira. Los calzoncillos negros que lleva puestos acentúan sus muslos musculosos, increíblemente definidos. Tiene un aspecto bastante desaliñado. Nada que ver con el elegante terrorista que solía oscurecer el umbral de mi puerta. Y con esa apariencia tan descuidada, mirarlo es una agonía todavía mayor.

Anoche robamos un instante para nosotros. Un instante para ser egoístas, para sucumbir a lo que ambos queríamos, y no fue una cuestión meramente física. Fue como un gran vaso de agua para dos personas sedientas. Y saboreamos hasta la última gota, pero ahora estamos al borde del desastre. Aun así, puedo percibir la atracción, el deseo, la necesidad que siento de él, y está a poco más de un metro de distancia.

Sigo acariciando las delicadas flores.

—Esto es precioso, ¿verdad? —Más silencio. Es insoportable. Mi corazón galopa mientras el aire se estanca a mi alrededor. La tensión va en aumento. Siento su mirada clavada en mí y mi cuello se tensa a causa de su peso. No me atrevo a mirarlo a los ojos. Porque si lo hago, lo sabrá—. Cuesta creer que alguien tan cruel sea dueño de un lugar tan extraordinario —comento con tristeza.

Fui sincera con Tobias la noche que me interrogó. En el tiempo que llevo aquí, he ido experimentado una lenta ruptura. El tiempo transcurrido desde que mi padre confesó que no podía quererme hasta los minutos que pasamos ayer en su sala de juntas ha sido como un golpe interminable y agónico. Aunque me costó admitirlo, había venido aquí con una esperanza que ahora ha desaparecido. Lo mío con mi padre no tiene arreglo.

El rechazo de Roman me convirtió en una niña muy triste y solitaria y he estado actuando como tal, arrastrando por ahí mi maltrecho corazón y suplicando que alguien, cualquiera, me dijera que tenía algún valor.

—Tenías razón, ¿sabes? —digo, volviendo a acariciar con los dedos el florido seto de madreselva—. Fui una niña triste y solitaria durante mucho tiempo. —Sonrío, aunque se me humedecen los ojos—. No entendía por qué él no podía o no quería quererme. Ahora entiendo que para él esto no es más que un lazo de sangre y yo soy una responsabilidad. Nada más. Pero no pienso disculparme por haber crecido pensando que merecía su amor, ni simplemente por haber crecido, ni por las decisiones que he tomado al hacerlo. Por creer en ello. Porque... ¿cómo es posible que el amor sea un error? —Una lágrima cálida rueda por mi mejilla mientras por fin levanto la vista hacia él—. Aunque no sea suficiente, aunque no merezcan la pena los problemas que me cause, aunque me perjudique más que beneficiarme, aunque todos a los que me entregue me rechacen, me niego a creer que sea un error.

Tobias se acerca a mí, mirándome fijamente, y trago saliva, preparándome para el impacto.

—A veces..., a veces me pregunto si acabaré madurando lo suficiente como para distinguir entre mis fantasías románticas y la realidad. —Cuando llega a mi lado, desvío la mirada mientras otra lágrima rápida se forma y cae—. ¿Cómo lo haces, Tobias? ¿Cómo logras mantener tu corazón al margen?

Me agarra de la mano y se la lleva al pecho. Yo lo miro. En sus ojos puedo ver la misma vulnerabilidad y el mismo miedo que brillaban en ellos la noche en la que se dio cuenta de que nos había condenado a ambos.

—Por favor, no me hagas esto —le suplico, consciente de que si se trata de otro juego psicológico, no sobreviviré.

Él se inclina para ponerse a mi altura mientras su corazón late contra la palma de mi mano.

—Hay algo que quiero que te quede claro. —Tobias traga saliva y su cuerpo tiembla mientras cubre con una mano la que yo tengo sobre su pecho, haciendo que los latidos se aceleren y el corazón choque contra mi palma como si quisiera liberarse—. Tu corazón no es tu punto débil, Cecelia. Es el mío.

Despacio, muy despacio, se acerca para darme un beso en los labios. Y con ese único acto, lo que quedaba de mi instinto de supervivencia desaparece.

Por culpa suya y de su beso. Un beso tan auténtico y sincero como el de la noche anterior, pero mucho más significativo que cualquier otro que hayamos compartido. Me aferro a sus muñecas mientras él me estrecha la cara entre las manos, inclinando la cabeza para darle mejor acceso. Se me llenan los ojos de lágrimas cuando mi miedo más íntimo se hace realidad y me lanzo de cabeza, viviendo plenamente esos segundos y minutos que sustituyen todo lo que creía saber sobre el amor.

Tobias explora mi boca suavemente con la lengua, enredándola en la mía y arrancándome un gemido.

Mientras me desarma, el corazón me late desbocado.

—Por favor... —Tobias interrumpe mi súplica con otro beso abrasador y sigue besándome hasta que mis miedos se aplacan.

Me levanta la barbilla con el pulgar, abriéndome más la boca, separándome los labios para lamerme y explorarme mientras intento cubrir su cuerpo con el mío.

Húmeda de deseo, aprieto los muslos mientras me provoca, atrayéndome más hacia él. Hace lo mismo una y otra vez hasta que pierdo la cabeza. Ya a su merced, me enredo en él mientras me besa y me besa y me besa sin parar, arrastrándome con la lengua a ese instante compartido, borrando todas las líneas que hemos trazado. Cuando se aparta y me mira con los ojos entrecerrados, no es su deseo lo que me deja sin respiración. Es la verdad que me permite ver en ellos. Ninguna mentira o contradicción por su parte podrá arrebatarme eso.

Tobias vuelve a acercarse para tomar mi boca, confesándose con la lengua, y yo le devuelvo el beso, haciendo lo mismo.

Y entonces me permito sucumbir, cada vez más, al mayor secreto de mi vida. Un secreto que conozco desde hace más tiempo del que jamás admitiré.

Me estoy enamorando de mi enemigo.

Pues que así sea.

Nuestras lenguas se enredan en el más erótico y apasionado de los bailes. Con los ojos cerrados, saboreo su cariño y atraigo a Tobias hacia mí, devorándolo, consumiéndolo, mientras él alimenta mi corazón hambriento, respondiendo a todas las preguntas que me he hecho con cada caricia firme de su lengua y cada roce de sus dedos.

No necesito palabras ni promesas. Su beso las hace irrelevantes.

El deseo retumba en mi interior y, con cada meticulosa pincelada de su lengua, aumentan mis ansias de sacar a la luz todo lo que hemos ocultado bajo nuestro fino velo de odio.

Tobias se agacha para levantarme el vestido y yo extiendo los brazos por encima de la cabeza y los mantengo en alto mientras él tira del tejido, dejándome completamente desnuda en medio del jardín bañado por el sol. Me recorre con los ojos de la cabeza a los pies, sus dedos pasean por mi piel y sus manos me cubren con devoción, disculpándose por todas las caricias violentas anteriores. Una lágrima me rueda por la barbilla y él la limpia con la lengua antes de cogerme en brazos y ponerme sobre la tumbona. Sin mediar palabra, se quita la camiseta y los calzoncillos entre beso y beso. A la sombra de un dosel de glicinas, me lo como con la mirada mientras intercambiamos un beso tras otro, cada uno más embriagador que el anterior. Él se aleja, me mira y me acaricia con dulzura la coronilla con las palmas de las manos.

—¿Por qué? ¿Por qué no has podido dejarme en paz? —exclamo, totalmente impotente ante la emoción que está despertando en mí.

—*C'était trop demander*. —«Era demasiado pedir».

Me mira fijamente, recorriendo con las manos cada centímetro de piel a su alcance, venerándome con la mirada y con los labios, mientras su corazón late contra el mío, exigiendo que le hagan caso. El beso se vuelve febril mientras nuestras bocas se dan una tregua y empiezan a hacerse promesas que nunca podrán verbalizar porque, si lo hacen, dejaremos de ser enemigos.

Sin embargo, cuando me asomo al interior ardiente de Tobias, veo que todo ha desaparecido: su desprecio, su censura, su ira, su resentimiento... Y ha sido sustituido por ternura, anhelo y un deseo evidente. Desliza una mano cálida por mi vientre antes de hundir sus gruesos dedos en mi interior. Cada roce de sus labios hace que mi pecho y todo mi cuerpo entren en erupción.

Sin dejar de mirarnos a los ojos, se pone encima de mí. Lo recibo entre mis piernas y sostengo su mandíbula entre las manos. Una vez que me ha preparado, se pone en posición y, sin vacilar, introduce su erección dentro de mí, tomándome por completo. Aplastando el pecho contra el mío, se adentra todavía más y pierdo hasta la última gota de aliento. Me penetra tan profundamente que nunca podré olvidar esa sensación.

Sigue introduciéndose en mí, hasta el fondo, enterrándose en mi cuerpo mientras me mira con ojos suplicantes, rogándome que no aparte la vista, que lo acepte, que acepte lo nuestro y nuestro destino. Me separa más aún las rodillas antes de empezar a moverse muy, muy despacio.

Todo mi mundo cambia cuando Tobias empieza a mecer con suavidad las caderas, mirándome fijamente mientras lo acojo por completo y marcando mi cuerpo como si se tratara de una declaración, como si fuera suyo. Me invade una sensación de pertenencia con cada lenta embestida, con cada beso, con cada mirada y con cada aliento que flota entre nosotros.

Nos dejamos llevar y nuestras bocas se acoplan a la perfección, mientras ambos gemimos y jadeamos por la forma en la que me adapto a él y la forma en la que él me llena por completo. Su manera de hacer el amor es puro éxtasis. Me estremezco entre sus brazos al llegar al clímax.

Aferrándome más a él, grito cuando empieza a moverse más rápido. Cubre con la boca uno de mis pechos y me acaricia el pezón con los dientes mientras retrocede y me penetra de nuevo hasta el fondo una y otra vez, reclamándome deliberadamente.

—*Je ne peux pas aller assez loin.* —«Ojalá pudiera llegar aún más adentro».

Tobias nos condena con cada caricia lenta de su lengua y con cada embestida posesiva de sus caderas. La confesión que se refleja en su mirada narra nuestra historia, la funesta suerte de dos pobres desgraciados que comparten un amor despiadado que ninguno de los dos puede rechazar, pero tampoco aceptar.

Cuando estoy a punto de acabar, me despego de sus labios, lo miro a los ojos y grito su nombre mientras el orgasmo se apodera de mí. Tobias reacciona al escucharme y siento cómo palpita justo antes de enterrarse en mis profundidades y vaciarse en mi interior.

Nuestros cuerpos están resbaladizos y él se hunde aún más en mí, cubierto por una fina capa de sudor mientras tiembla entre mis brazos, con los ojos brillantes por una emoción que deforma sus facciones. Está completamente expuesto, permitiéndome verlo en su estado más vulnerable, y nunca he admirado nada más perfecto.

Aprieta la frente contra la mía y respiramos varias veces al compás. Le acaricio la espalda con los dedos mientras desaparece parte de la euforia de sus ojos y se impone la verdad. Se acerca para besarme y siento que empieza a replegarse mientras mi corazón comienza a ceder bajo el peso de nuestro secreto.

Cuando Tobias se aleja, la pérdida me desgarra y contengo un sollozo. Se gira para sentarse en el borde de la tumbona con los hombros caídos hacia delante y las alas de su musculosa espalda se extienden.

El hecho de ver el vínculo que comparte con sus hermanos me angustia. Ahí está la respuesta, la razón de nuestro principio y de nuestro final: un vínculo nacido del amor. Un vínculo eterno que un tipo de amor diferente nunca podría romper. Un vínculo que le une a sus hermanos y que es su razón de ser.

Nunca podrá elegirme a mí.

Nunca me elegirá.

Nunca podré pedírselo.

—Lo nuestro es imposible —dice en voz baja desde el borde de la tumbona.

—Lo sé.

Me incorporo para sentarme mientras él se levanta lentamente, coge mi vestido y me lo da. Luego recoge sus calzoncillos y gira la cabeza para mirarme con los ojos llenos de culpa.

—No puedo prometerte nada.

—No te he pedido que lo hagas.

—Esto es el final. Tiene que serlo, Cecelia. Tiene que serlo.

—Lo sé.

La rabia se apodera de mí mientras se pone los calzoncillos. Me preparo para el dolor de su ausencia y para más angustia mientras recoge la camiseta del suelo. Ya me han roto el corazón antes. Estoy demasiado familiarizada con esa sensación, pero ahora siento una furia en el pecho más intensa de lo que nunca creí posible.

Tobias deja de vestirse por un instante y me mira fijamente con la camiseta alrededor del cuello, antes de introducir los brazos por las mangas. Sus ojos atormentados se encuentran con los míos y veo su ira, no contra mí, sino contra los astros que se alinean contra nosotros.

Qué puto desastre.

—No quiero irme, joder. No quiero discutir. No quiero odiarme a mí mismo. No quiero culparte. Estoy harto de estar enfadado con ellos, pero malditos sean... y maldita seas tú, Cecelia, porque nunca debiste conocerlos, nunca... —Su cara se crispa de rabia mientras mi corazón se agarrota—. Tú eras...

Tobias me levanta bruscamente para abrazarme, con el cuerpo rebosante de ira y los ojos llenos de angustia.

—Tuya. Siempre debí ser tuya —digo.

Él asiente con la cabeza y me besa con fuerza.

20

Háblame de ella —le pido, mientras Tobias cruza las manos sobre mi vientre y me mira.

Está como Dios lo trajo al mundo y por detrás de su cabeza asoma su esplendoroso culo desnudo. Aun después de haber declarado en el jardín que lo nuestro era imposible, ha postergado su decisión. Desde entonces, llevamos todo el día llenando la casa de nuevos recuerdos: hablando, comiendo, jugando al ajedrez, bañándonos y alternando entre follar y hacer el amor. Ambos nos negamos a aceptar lo inevitable.

—Por favor, quiero saber cómo era.

—Pues era… guapa, divertida, llena de vida. Terca y estricta cuando tenía que serlo, pero sorprendentemente dulce. Le encantaba el vino y me enseñó a cocinar. Era muy buena cocinera. Pasábamos la mayor parte del tiempo juntos en la cocina. Siempre era capaz de hacerme reír, estuviera del humor que estuviera. Era mi mejor amiga… Lo era todo para mí.

—¿Y tu padrastro?

—Beau era mi padre.

—Vale. ¿Por casualidad no tendría mala leche?

Tobias me mira de una forma que me hace reír.

—No me queda más remedio que ser igual de listo e inflexible que él —se defiende, sin justificarse—. Y sabes perfectamente por qué.

—¿Estás diciendo que también tienes un lado encantador? Venga, déjame verlo.

Tobias me da una palmada en el culo y yo grito. Luego me sonríe y casi me da un infarto.

—Ay, madre, Francés. Creo que te he roto.

Él suspira y apoya la cabeza en mi pecho.

—Soy humano, Cecelia. No empecé esto con intención de ser... como tengo que ser. Hay que saber cómo piensan las mentes criminales para actuar como ellas. Debo infundir respeto y lealtad.

—Bueno, al menos parece que eso ya lo has conseguido.

—Es el único camino. Pero no me he metido en esto por eso. No tengo ansias de poder. Simplemente es una necesidad. Y el objetivo tampoco era hacerme rico. Eso también es una necesidad, el precio de la apuesta inicial. Me dan tanto asco como a ti algunos de los engendros humanos del dinero y el poder, pero, para que pueda haber una pelea, esta tiene que ser justa.

Trago saliva.

—Lo sé.

—He guardado muchos secretos en mi vida sin pestañear, tan tranquilamente, pero a mi madre era casi imposible mentirle. Usaba un tono que funcionaba como un suero de la verdad. En cuestión de minutos conseguía que me viniera abajo. Menos mal que era la única. A veces agradezco que ya no esté aquí para sonsacarme. Porque no creo que quisiera seguir considerándome su hijo si fuera sincero con ella sobre las cosas que he hecho. —Sus ojos brillan de emoción, antes de volverse pensativos—. Mi madre aseguraba que mi verdadero padre era un hombre horrible, pero yo creo que es posible que solo fuera un incomprendido.

—¿Por qué lo dices?

—Tengo un presentimiento.

—¿O un secreto?

—Un presentimiento —repite.

—Vaya dos —digo—. Parece que ambos tenemos problemillas con papá.

—Al menos en mi caso hubo un hombre dispuesto a tomar el relevo cuando él fracasó.

Me acaricia el abdomen y entorna los ojos, hinchando las fosas nasales. Le cabrea lo que Roman me hizo.

—Estoy bien —aseguro, acariciándole la mandíbula y los hombros—. En serio, estoy bien. Es hora de hacer de tripas corazón y seguir adelante. Pero no pienso dejarle formar parte de ninguno de mis mil sueños.

—Crees que estás bien, pero la verdad es que es un golpe que acusarás en mayor o menor medida durante el resto de tu vida. —Sus ojos se encienden—. Nunca había deseado tanto matar a un hombre a sangre fría como ayer.

—Ni se te ocurra.

—Acabaré con él, Cecelia. —Es una promesa. Probablemente la única que jamás podrá hacerme.

—Tampoco tienes por qué hacer eso. —Su mirada pasa de ser abrasadora a censuradora en un segundo—. No me he explicado bien. Tobias. —Él se levanta y lo obligo a girarse para mirarme—. No me he explicado bien. No es que apruebe lo que vas a hacer, pero tampoco voy a intentar disuadirte. Nunca lo haría.

Su mirada se vuelve incrédula.

—¿Cómo puedes seguir sintiendo algo por él?

—Lo único que siento es lástima.

—Eso es sentir algo.

—También sentiré lástima por él cuando lo hundas.

Tobias me empuja hacia atrás y se tumba encima de mí. Posa la mano sobre el punto en el que está mi corazón antes de darle un beso.

—He sido un cabrón contigo.

—Pues sí.

—No me perdones.

—Ni lo he hecho ni pienso hacerlo nunca. —Lo agarro del pelo para acercar sus ojos a los míos.

—Estás intentando perdonarme. Y no me lo merezco.

—Probablemente no. Pero entiendo el juego y, por mucho que lo intente, no puedo seguir enfadada porque sé las razones que hay detrás de algunas de las cosas que haces. Sé que suena ingenuo, pero el verano pasado no solo nos dedicamos a tontear, ellos también me hicieron entender de qué va todo esto. Respeto lo que haces. —Pongo los ojos en blanco y pronuncio las siguientes palabras con desgana—. Te admiro por ello mucho más de lo que parece.

Él asiente y entrelaza sus dedos con los míos, con la mirada perdida.

—Lleva siendo mi vida durante tanto tiempo que a estas alturas ya no estoy seguro de que el hombre que soy ahora y el chico que lo empezó todo sigan teniendo mucho en común. Dominic se parece mucho a como era yo. Y cada vez está más cabreado. Hemos conseguido suficiente capital como para convertirnos en una organización legal, pero a él le gusta demasiado la caza. Y le encanta el rollo callejero. Hemos discutido mucho sobre cómo maneja las cosas por aquí.

—¿Qué te gustaría que pasara?

—Es demasiado para una sola vida. No sé hasta dónde quiero que llegue todo.

—¿Qué quieres decir?

—Ya he hablado demasiado.

Tobias baja la cabeza y la hace rodar adelante y atrás por mi abdomen.

—Lo único que has dicho es que necesitas unas vacaciones. La verdad, no creo que eso sea desvelar ningún secreto profesional.

—Cambiemos de tema.

—No. Hablemos de San Juan de Luz.

—Déjalo —me advierte con frialdad.

—Caray. Vale, esa sí que ha sido una regresión rápida.

Tobias se incorpora para inclinarse sobre mí y, cuando se acerca para besarme, giro la cabeza.

—Ni se te ocurra rechazarme —gruñe, tirándome del labio con los dientes.

—Vaya, vaya, Francés, qué exigentes somos.

Él me acaricia el muslo con su erección.

—Has dicho mi nombre —murmura, desconectando, mientras se pone en posición para penetrarme—. Y ha sido jodidamente precioso.

—Hoy tienes las emociones a flor de piel.

—Estoy perdiendo la puta cabeza —dice, mirándome con los ojos entornados—. Y tú tienes la culpa.

—¿Ahora yo soy la culpable?

—Sí. Por favor, sí —susurra.

Y yo asiento con la cabeza justo antes de perderme en su beso.

21

Con vainilla.

—Con canela —replico, mientras él saca la leche y los huevos de la nevera.

—Odio la canela —refunfuña Tobias.

—«Odiar» es una palabra muy fuerte —digo mientras empiezo a preparar el café moliendo el grano para mi nueva cafetera francesa de émbolo.

Se ha convertido en un ritual matutino. Él cocina para mí y yo lo miro mientras lo provoco para divertirme. Solo lleva puestos unos calzoncillos negros. Todavía tiene el cabello húmedo por la ducha. Sus abultados cuádriceps, extraordinariamente fuertes, junto con su impresionante largura y su musculoso culo hacen que el tejido se tense mientras está allí de pie, apenas a un metro de distancia. Su imagen resulta tentadora, se mire por donde se mire.

Esta mañana me ha despertado agarrándome por las muñecas y metiendo la cabeza entre mis muslos. Una disculpa por haber vuelto con un día de retraso de «un viaje de negocios». Yo lo esperaba inquieta y preocupada, sobre todo porque aún tenía fresca en la memoria la imagen de su última lesión. Apenas estuvo dos días fuera, pero se me hicieron eternos. Y solo los soporté a cambio de otro instante robado. Tobias se disculpó profusamente con su lengua malvada hasta que expresé verbalmente mi perdón y no me soltó hasta que convulsioné debajo de él.

Luego me provocó sin piedad hasta que le supliqué que me tomara. Y cuando lo hizo, los juegos cesaron, nuestras miradas se conectaron y me atravesó con idéntica pasión. Me besó con tal fervor que me olvidé de mí misma y olvidé que nos estábamos equivocando.

En esos minutos en los que me hizo el amor con ternura para disculparse, mientras se movía sobre mí aferrándose a la parte alta del colchón y penetrándome como si le correspondiera por derecho propio, me di cuenta de que ningún otro hombre en mi vida llegaría a conocerme tan íntimamente, ni me calaría tan hondo como Tobias.

Cuando estamos juntos, hace que me resulte fácil olvidar el peligroso juego al que estamos jugando. Olvidar que llevamos robando momentos egoístas tres semanas. Tres semanas que hemos pasado jugando a las casitas en la mansión de Roman.

Al contrario, ha sido un placer inconmensurable. No me he arrepentido ni por un instante. Tonta de mí, había guardado a buen recaudo mi corazón para luego jugármelo todo a un hombre en el que, a pesar de todas sus confesiones, todavía no soy capaz de confiar plenamente. Mi corazón está exhausto y no pienso reprocharle que sea precavido. Aunque tampoco tengo elección. Lo de Tobias nunca fue una decisión. Derribó todas mis barreras excepto una y, al sucumbir, me he visto arrastrada a una vida de ensueño.

Últimamente mis sentimientos entran en guerra cada vez que jugueteo con la idea de intentar confiar en él, porque mi corazón no puede detener la caída libre que inició la noche en la que Tobias confesó que lo único que deseaba era poseerme, que estuviéramos juntos y disfrutar de más momentos egoístas. Y, al igual que él, a diario decido fingir que no sé lo que eso significa.

Estamos ignorando las grietas de nuestros cimientos, estamos bailando claqué sobre ellas mientras sucumbimos constantemente a nuestra atracción y nos perdemos el uno en el otro. Cuando estamos juntos somos pura energía, dos imanes que se atraen irremediablemente.

Desde que claudicamos, he estado memorizando su cuerpo. El discreto lunar de su mejilla, su peso sobre mí, la intensidad de sus besos, el movimiento de su lengua, su agudo sentido del humor, sus manías, sus fetiches. Se ha convertido en un experto en leerme la mente y es igualmente capaz de provocarme, de hacerme saltar. Es consciente de nuestras similitudes porque ha estudiado a su oponente, me ha considerado un obstáculo antes de permitirse a sí mismo dejarse llevar. Y eso es lo más difícil de superar. Porque si en el fondo sigue considerándome un asunto de negocios…

Sin embargo, eso me resulta prácticamente imposible de creer en estos momentos. Dentro de Tobias he descubierto el corazón de un romántico. Más de una vez me ha sorprendido con detalles dignos de una reina. Se pasa horas preparando banquetes franceses de varios platos mientras estoy trabajando, y maridándolos con vino para antes y después de cenar, que compartimos en nuestro refugio, otro de nuestros rituales diarios.

Hace unos días, nos pilló una tormenta en el claro e hicimos el amor bajo la lluvia. Me alimentó con sus besos turbadores mientras yacíamos sobre la hierba bebiendo el uno de la piel del otro. Después, nos quedamos despiertos hasta el amanecer, jugando al ajedrez, mientras él me hablaba de sus sitios favoritos de Francia. Contándome lo justo para mantenerme intrigada, pero no lo suficiente como para permitirme descubrir sus secretos.

Y ahí radica el verdadero problema.

Tobias domina mi anatomía a la perfección. Sacia mis deseos a la vez que alimenta mi interior. Pero su avidez no parece beneficiarme solo a mí. Es como si él estuviera haciendo realidad algunos de sus mil sueños conmigo.

Sin embrago, el hecho de que en algún momento tengamos que dejar de hacernos los desentendidos con respecto a lo que pasa entre nosotros me mantiene en tensión. No quiero descubrir una vez más que la tonta soy yo.

Además, me voy a marchar muy pronto. Regreso a Atlanta en unas semanas.

Aquella noche estuve a punto de sacar el tema, después de que compartiéramos otra carísima botella de Louis Latour. Y mientras estaba tumbada en la hierba, acurrucada entre sus brazos, percibí su tensión y su inseguridad.

«¿Alguna vez vamos a hablar del tema, Tobias?».

Él me giró para mirarme a los ojos y pude ver la verdad que se estaba guardando, pero se limitó a besarme, avivando el fuego para que no pudiéramos ver la candente realidad. En lugar de protestar, de exigir una conversación de verdad, suspiré aliviada sobre su lengua y le devolví el beso.

Y aquí seguimos, siendo egoístas, desconfiados y codiciosos. ¿Qué va a ser de nosotros? Pago con gusto el precio de cada minuto que paso con él, porque la alternativa, el inevitable final, es demasiado devastadora, demasiado dolorosa para aceptarla.

—Voy a cocinar yo, así que será decisión del chef —me espeta, arrancándome de mis cavilaciones.

—Bueno, pues yo quiero canela. —Busco en el especiero, cojo un bote y rompo el precinto.

—De eso nada.

—Joder, menudo sargento.

—Considéralo deformación profesional —bromea Tobias, batiendo hábilmente la masa, mientras me burlo de él levantando el bote.

—¿Y si le echamos tres pizcas?

Él deja de batir, me mira y me da la impresión de que se ruboriza ligeramente.

—Agitas tres veces el vaso antes de beber —continúo—. Le das tres golpes al cepillo de dientes contra el lavabo. Pulsas tres veces el interruptor del baño. Sacudes tres veces el meñique antes de mover una pieza de ajedrez. Pulsas tres veces el dosificador del gel. Parece que el tres es su número de la suerte, señor Aritmomaníaco.

Giro el bote de la canela mientras él observa mi perfil, fulminándome con la mirada. Lo miro con una sonrisa pícara en los labios.

—Lo ha intentado, señor King. Vaya si lo ha hecho. Ha intentado disimularlo por todos los medios, pero no me ha pasado desapercibido. Y la verdad es que esos tics me parecen entrañables.

Él levanta una gruesa ceja. Su pelo negro como el carbón sigue empapado por la ducha que nos hemos dado, y hay pocas cosas más seductoras que un Tobias mojado. Se lo dejé bien claro a los pocos segundos de habernos duchado.

Antes de recordar el sueño que había tenido.

La imagen es como una puñalada y me estremezco mientras avanzo hacia él, agitando el bote, burlona.

—Ni se te ocurra —me amenaza, retrocediendo lentamente.

—Es que me encanta la canela. —Hago un pucherito.

—Eso es problema tuyo.

Tobias sostiene el cuenco entre los brazos de forma protectora, alejándolo de mí, y sigue batiendo mientras yo me acerco a hurtadillas.

—No me pongas a prueba.

—Vale, no se la echaré a la comida.

—Me alegra que compartas mi punto de vista.

Me mira mientras echo tres pizcas de la especia en la palma de la mano antes de levantarla y soplar. Tobias resopla cuando la nube de canela le cubre la cara, cegándolo momentáneamente. Maldiciendo y con los ojos en llamas, clamando venganza, deja el cuenco de golpe y se abalanza sobre mí, pero me pongo fuera de su alcance. Empieza a perseguirme mientras voy corriendo hacia la puerta de atrás y grito al sentir el roce de sus dedos en la cadera justo cuando la cruzo.

—¡Más te vale correr! —grita detrás de mí mientras paso a toda velocidad al lado de la piscina y me atrevo a echar un vistazo hacia atrás.

Él me pisa los talones, persiguiéndome con los ojos brillantes. Apenas he cruzado el jardín cuando consigue engancharme por la cintura en medio del césped.

Grito su nombre mientras me hace girar como a una muñeca de trapo, con los pies colgando en el aire, antes de volver a dejarme sobre la hierba y empezar a restregarse en mi cuello, asfixiándome con el olor de la especia.

—Joder, tío, ¡apestas!

—*J'adore la cannelle.* —«Me encanta la canela», replica con sorna, salpicándome el cuello y el pecho con el agua que le queda en el pelo.

Me llena de polvo y crea una pasta sobre mi piel, mientras intento alejarlo a toda costa. Cuando se aparta, me deja sin aliento: sus ojos brillan tanto y su sonrisa es tan cegadora que me estremezco. Entonces recuerdo la imagen que lleva fastidiándome toda la mañana y dejo de sonreír. Él frunce el ceño.

—¿Qué te pasa hoy? —Me observa atentamente con sus ojos penetrantes, todavía encima de mí—. ¿Sigues enfadada conmigo? Ya te he dicho que no me quedó más remedio.

—No.

—¿Qué pasa, entonces? Llevas toda la mañana tocándome las narices.

Lo miro durante unos segundos antes de apartar la vista.

—Puede que haya tenido un sueño.

—Es por algún sueño —dice él, al mismo tiempo.

—Ya te lo he dicho. —Suspiro, empujando su pecho en vano—. Te lo he explicado. Para mí es como si fueran reales.

—Pero no lo son, Cecelia. Y no puedes echarme en cara un sueño.

—Porque tú lo digas. Además, parecía real —digo, dolida—. No me dejabas entrar en mi propia habitación.

—¿Estás enfadada conmigo porque has soñado que no te dejaba entrar en tu habitación?

—Sí.

Tobias entorna los ojos.

—Hay algo más.

—No, básicamente era eso.

—Estás mintiendo.

—Que no.

Él baja la mano entre los dos, me agarra del muslo y lo aprieta.

—Ay, para. No… No puedo respirar, con tanto olor a canela. Suéltame. Tengo hambre.

Sus dedos empiezan a recorrer el dobladillo de mi pantalón de pijama antes de avanzar hacia la tierra prometida.

—Puedo estar haciendo esto todo el día —declara sin inmutarse, mientras lo pellizco—. Dime, ¿qué hacía en ese sueño?

—*Non.*

—*Non?* —Se inclina hacia mí y me lame el labio inferior, mientras me roza ligeramente el clítoris con el dedo. Gimo y él captura mi gemido con un beso, dejándome sin aliento al cargar más peso sobre mí e inmovilizarme contra la hierba.

—Joder, tío, me estás asfixiando.

—Cuéntamelo y te liberaré.

—No. —Vuelve a acariciarme, provocándome descaradamente mientras me succiona un pecho—. Eres un hombre cruel y malvado —le espeto, hundiendo los dedos en su cuero cabelludo.

—Palabra del día: «*Soumission*» —musita mientras muevo las caderas bajo su cuerpo.

—¿Sumisión? Sigue soñando, amigo.

—¿Ya lo has olvidado? Un dedo. —Me lame el cuello hasta llegar a la oreja—. Y creo recordar haberte lamido una lágrima de la sien.

—Nunca vas a dejar que lo olvide, ¿verdad? —Tobias se chupa el dedo en señal de amenaza.

—Tobias —gimo, excitada—. Solo fue un sueño.

—Ya, pero me has estado haciendo pagar por él. Al menos aclárame de qué soy culpable en tu mundo de fantasía.

—Fuiste malo conmigo.

Me agarra por las muñecas y se inclina hacia mí mientras forcejeo.

—¿Que fui malo contigo? —Pone los ojos en blanco—. Eso no te afectaría tanto.

—El desayuno —le recuerdo.

—Puede esperar —replica él.

—Si estabas muerto de hambre.

—Puede esperar.

—Tobias, joder, deja que me levante.

—Ahora mismo, tú eres tu peor enemiga.

—Eso es discutible —digo, incorporándome para morderle la barbilla. Pero él me esquiva con facilidad—. Esto es una gilipollez. Pesas cuarenta y cinco kilos más que yo. Estoy totalmente indefensa.

—Pues deberías buscar una palanca. O podrías contarme qué hice. —Me planteo por un instante darle un cabezazo y él sonríe con suficiencia, viéndolo en mi cara—. Te dolerá más a ti que a mí.

—Sal de mi cabeza.

—Con mucho gusto, hoy parece un sitio pavoroso. Pero solo después de que me des lo que quiero.

—Vale. —Cierro los ojos—. Puede que hubiera varias modelos de lencería detrás de ti cuando me cerraste la puerta en las narices. —Empiezo a ruborizarme y abro un ojo para verlo. Él me mira por un segundo y suelta una carcajada. Le doy un empujón en el pecho—. No tiene gracia.

Tobias agacha la cabeza y me acaricia con la nariz.

—*Oh, mon bébé*, ¿estamos celosos? No me extraña que esta mañana me montaras como si quisieras domar a un caballo. Vas a por el oro, ¿eh?

—No tiene gracia.

Lo empujo de nuevo y el corazón me da un vuelco cuando vuelvo a imaginármelo mirándome, con un montón de mujeres semidesnudas detrás de él, antes de cerrarme la puerta en las narices. Levanto la vista y sonrío a regañadientes mientras él me observa con cariño. Esa mirada, la que estoy viendo ahora, me corta la respiración y me convierte en una adicta encantada de haber recaído.

—Por ti sería capaz de acostumbrarme a la canela.

Lame un poco del agua especiada de mi cuello con avidez, antes de dejarme bien clara la diferencia entre la primera vez que me besó y ahora. Todo ha cambiado.

Todo.

Pone a trabajar su boca pecaminosa y desliza su lengua aromatizada sobre la mía, besándome una y otra vez mientras el sol nos calienta la piel.

—¿Crees que echarle canela al desayuno compensará todas las atrocidades que has hecho?

Tobias se encoge de hombros.

—¿Te refieres a ese cuento que te has inventado? —Niego con la cabeza y esquivo su siguiente beso mientras él se ríe—. Yo nunca te haría eso, *mon trésor*.

«Mi tesoro».

El tío acaba de llamarme «su tesoro». Si ha sido un desliz, ni se arrepiente ni se retracta. De hecho, me está mirando fijamente, sin el menor rastro de duda. No debería sorprenderme, después de los últimos acontecimientos de estas semanas que llevamos juntos. Pero cada día arroja más luz sobre las partes que desconozco y cada día me sorprende más, en el buen sentido.

Me quedo sin palabras mientras nos miramos fijamente en silencio, sucumbiendo a nuestra atracción natural, demasiado intensa como para luchar contra ella. Y ahora que la hemos aceptado, asumido y alimentado, ya no hay vuelta atrás.

Porque la verdad es que ya no odio a Tobias King.

Estoy enamorada de él.

El deseo insaciable que me provoca fluye por mis venas como lava, azuzando una voracidad que en el fondo sé que solo él es capaz de satisfacer. Los segundos pasan mientras Tobias se da cuenta de lo que me estoy callando. Lo miro, implorándole que no se aproveche de mi debilidad, pero él reclama como suyo todo lo que es mío.

—Me dolió —confieso.

—¿Lo del sueño?

—Sí.

Frunce el ceño.

—*Ce qui te blesse, me blesse.* —«Si a ti te duele, a mí también».

—¿Lo dices en serio?

Me pone la mano sobre su pecho para que sienta la verdad. Su corazón late contra ella mientras el mío se acerca al acantilado, se asoma con cuidado al vacío y sopesa el riesgo antes de mirarme negando con la cabeza.

Todavía no.

Necesitamos confiar el uno en el otro y es justo al revés, pero esa es nuestra naturaleza y, a decir verdad, es lo único que nos falta. Bueno, eso y los otros mil secretos que no me deja conocer. Esos también son importantes.

Así que, aunque mi corazón esté jugando a ser un temerario masoquista, mi cabeza está haciendo todo lo posible por mantenerme a flote.

Tobias se despega de mí para que me sienta más cómoda y, a cambio, yo lo acuno entre mis piernas. Estamos sucísimos y necesitamos otra ducha, pero no cambiaría ni por un segundo este instante robado, porque siento que se acerca la hora de la verdad. Y ya la hemos aplazado demasiado tiempo.

—Pregúntame lo que quieras —susurra, posando el pulgar sobre la comisura de mis labios y acariciándome la boca, con el cabello cubierto de canela colgando entre nosotros—. Pregúntame y te contestaré.

—Esto ya no es una cuestión de negocios —murmuro, medio afirmando, medio preguntando. Estamos pecho con pecho y él niega lentamente con la cabeza.

—No, no lo es.

No me atrevo a preguntar nada más. Él se inclina y me da un beso en los labios, antes de seguir hablando.

—Me advertiste que no me enamorara de ti. Que no había sitio para mí.

—Y tú me dijiste que nunca te enamorarías —le recuerdo, con el alma en vilo por su confesión.

Se acerca un poco más, hasta rozar mi nariz con la suya.

—Pues supongo que eso nos convierte a ambos en unos menti…

—Joder, hermano, ¿puedes echarle un puto vistazo a esto? ¿Estás viendo lo mismo que yo?

Tobias se pone tenso y recto como una vara, antes de erguirse y arrodillarse con cara muy seria. Un segundo después, yo me incorporo para sentarme, me giro con el corazón desbocado y, al alzar la vista, me topo con los ojos enfurecidos de su hermano.

22

Sean está al lado Dominic y, al verlos, me choco con una realidad funesta. Me levanto tambaleándome mientras contemplo los ojos iracundos de esos dos hombres con los que, no hace tanto, estaba decidida a comprometerme. Dos hombres sin los que juraba que no podía ni quería vivir. Dos hombres que dejaron de existir el día que me abandonaron en la calle, suplicándoles mientras se alejaban en coche.

La mirada de Dominic es como un ácido que me va calcinando la piel capa por capa mientras nos contempla vestidos únicamente con un claro sentimiento de culpa. Sean nos mira con idéntica desaprobación, apretando los dientes y con los ojos llenos de rabia.

Tobias se levanta y se aleja un poco, apartándose de mí, pero ya es demasiado tarde. Temblorosa y muerta de miedo, me enfrento a ambos sin palabras mientras ellos nos apalean sin moverse, con una actitud amenazante que pocas veces he visto.

Dominic es el primero en hablar.

—Bueno, en otras circunstancias habría dicho que tenemos que ponernos al día, hermano, pero ya veo lo que has estado haciendo. O más bien con quién has estado haciéndolo.

—¿Dónde estabais? —les espeto, mirándolos a ambos, mientras me fijo en cómo han cambiado.

Dominic tiene la cabeza rapada y su físico es ahora mucho

más musculoso. Sean lleva el pelo recogido bajo una gorra de béisbol y sigue estando igual de fuerte. Incluso la actitud de ambos parece distinta. Y, a juzgar por sus caras, es como si hubieran sobrevivido al infierno y les acabaran de negar la oportunidad de contarlo.

Dominic me contempla asqueado con sus ojos plateados desde unos cuantos metros de distancia, como si no soportara mirarme. Mi corazón da bandazos en todas direcciones mientras me quedo clavada en el suelo, aturdida por su llegada repentina.

—¿Que dónde estábamos? —murmura Sean, antes de mirar a la persona que está detrás de mí—. ¿Quieres responder a eso, Tobias? —añade, dando un paso adelante con actitud amenazadora, al tiempo que abre y cierra los puños a los costados, mirándonos como si no tuviera claro a cuál de los dos golpear primero.

Me vuelvo hacia Tobias.

—¿Qué quiere decir?

Este cierra los ojos mientras Sean sigue hablando.

—Qué bien que hayamos adelantado el vuelo, ¿verdad, Dom? La expresión de Tobias se vuelve mucho más fría.

—No te hagas el inocente, Sean.

—¿El inocente? No, no pienso hacérmelo. —Este chasquea los dedos con sarcasmo, antes de señalarlo y seguir hablando con una voz llena de condescendencia—. ¿Cómo era ese rollo que nos soltaste antes de largarnos? Ah, sí, que necesitábamos aclararnos las ideas. Así que nos condenaste a hacer de boy scouts durante diez putos meses para pagar por nuestros delitos. ¿Y qué hiciste tú?

—¿Qué es eso de que habéis adelantado el vuelo? —le pregunto a Sean, que me mira de una forma que nunca creí posible. Él ignora mi pregunta y viene hacia mí.

—Te pedí que confiaras en mí. Te dije que lo arreglaría.

—¿Que confiara en ti? ¿Que confiara en ti? Nunca me contaste nada y sin nada fue como me dejasteis. Los dos —digo, mirándolos a ambos.

—¿Así que te follas a mi hermano? —me pregunta Dominic, con voz letal—. Eso sí que es tener sangre fría, nena.

—Cuidado —le advierte Tobias, y Dominic desvía la mirada hacia él.

—Supongo que debería felicitarte por que todo quede en familia.

—¡No te atrevas a hablarme así! —Trago saliva para intentar humedecerme la garganta seca, sin poder creer lo diferentes que están los dos. Parecen soldados. Solo en sus ojos y expresiones veo algunos rastros de los hombres que conocí—. Esto no empezó cuando os marchasteis, ni siquiera poco tiempo después. ¡Estuve guardándoos la ausencia durante meses y meses sin absolutamente nada a lo que aferrarme, sin una sola palabra por parte de ninguno de los dos! —Miro a Sean—. Ese «algún día» nunca llegó.

—¿Y qué coño crees que es esto? —me pregunta, pasándose una mano por la mandíbula.

—¡Demasiado tarde! Demasiado tarde. Tenía que seguir adelante. No me disteis otra opción. Me estaba volviendo loca preguntándome si merecía la pena molestarme siquiera. Me pedisteis que no os buscara, pero lo hice, y dejasteis la casa, abandonasteis el taller; los dos os fuisteis sin dejar rastro. ¿Qué queríais que pensara?

Ninguno menciona lo del collar. A ambos les costaría admitirlo en estos momentos, probablemente por culpa del hombre que está a mi lado, y ahora estoy segura de que ya nunca sabré de quién era.

La voz de Sean retumba, dispersando mis pensamientos.

—¡Nos obligaron a largarnos, joder! Nos aislaron del mundo por haberte escondido de él. ¡Por hacer exactamente lo que él ha estado haciendo!

Me vuelvo hacia Tobias.

—¿Es eso cierto?

—Es verdad —dice Dominic, en un tono tan frío como su mirada plateada—. ¿Y desde cuándo su puta palabra vale más que la nuestra?

—¡Desde que me dejasteis tirada!

—Paso de esta puta mierda —dice Dominic, dando media vuelta.

—No, Dominic. —Avanzo hacia él y Tobias me detiene—. Por favor, no te vayas —le ruego. Con los ojos llorosos, le suplico mientras se pone completamente rígido, de espaldas a nosotros tres—. Por favor, dime la verdad.

—La verdad —dice con voz ronca, girándose lentamente—. ¡La verdad, Cecelia, es que tanto a ti como a mí nos la han jugado, pero a mí alguien de mi propia sangre! —declara Dominic, yendo hacia Tobias con una cara de rabia insoportable. Este se interpone entre nosotros, me hace retroceder unos metros y se prepara.

Eso no hace más que animar a Dominic a lanzarse contra su hermano y Sean lo agarra por el pecho justo antes del impacto, hablándole rápidamente al oído.

—No lo hagas. Aquí no. Ahora no. Este no es el lugar. Nos encargaremos de esto a nuestra manera.

Mientras mi pecho se resquebraja, miro impotente a Tobias, que tiene los ojos clavados en su hermano. En ellos puedo ver vergüenza y mucha culpa. Niego con la cabeza insistentemente ante la revelación.

—¿Me estáis diciendo que habéis estado esperando todo este tiempo para volver conmigo?

Dominic intenta zafarse de Sean, tirando de los brazos que rodean su pecho mientras fulmina con la mirada a su hermano.

—¡Pues sí, hemos estado esperando, joder, esperando a que nos dieran el puto visto bueno para volver a casa! Vete a la mierda... —Su rostro se ensombrece mientras deja de forcejear y me parto en dos al ver su mirada agónica. Niega con la cabeza mientras Sean sigue sujetándolo, susurrándole sin cesar.

Dominic le da unas palmaditas en los brazos a Sean.

—Estoy bien. Suéltame. —Cuando Sean lo libera, Dominic se tranquiliza de forma escalofriante antes de acercarse a su hermano y hablarle con una voz llena de rencor.

—*Notre mère aurait honte de toi.* —«Nuestra madre se avergonzaría de ti».

Entonces me doy cuenta de que el acento de Dominic es más marcado, más depurado. El de Tobias era igual de intenso cuando lo conocí.

—Francia —murmuro—. Los enviaste a Francia. —Los tres se vuelven hacia mí mientras observo a Tobias, que me devuelve la mirada, impotente, cuando empiezo a atar cabos—. Eso es lo que estabas ocultando. —Ese era su secreto. Y nuestra relación siempre había sido una bomba de relojería. Él sabía que volverían a por mí. Lo sabía—. Tú los enviaste a Francia. Los obligaste a marcharse, a dejarme.

Tobias agacha la cabeza.

—Pensaba decírtelo esta noche —dice, abatido.

—Qué oportuno —murmuro con un nudo en la garganta, sintiéndome como la tonta que soy.

—Ya no eres mi hermano. Todo lo que defiendes es mentira —le suelta Dominic.

Tobias se frota la cara y le responde, claramente ofendido.

—Esta única cosa que he hecho por mí no cambia las otras putas mil cosas que hice antes por vosotros. He pasado la mayor parte de mi vida haciendo lo que debía, allanando el camino mientras vosotros dos os lo pasabais de puta madre. —Tobias da un paso adelante, con ojos suplicantes—. *Tout ce que j'ai toujours fait, c'est prendre soin de toi.* —«Me he pasado la vida cuidando de ti».

—*Je te décharge de ça maintenant et pour de bon.* —«Pues te libero de esa carga para siempre». Dominic da una palmada mientras habla y vuelve a separar las manos. Tobias se estremece por el impacto de sus palabras.

—*Tu es en colère. Je comprends. Mais cela ne signifiera jamais que nous ne sommes pas frères.* —«Estás enfadado. Lo entiendo. Pero eso no significa que vayamos a dejar de ser hermanos».

—Eso no significa nada para ti. Ya lo has demostrado. —Dominic me mira y siento el impacto de sus palabras antes siquiera de que las pronuncie—. *Quand tu la baises, frère, sache que c'est moi que tu goûtes. Tu peux la garder.* —«Cuando te la folles, hermano, que sepas que es a mí a quien estás saboreando. Puedes quedártela».

—*Elle parle français* —le suelta Tobias. «Ella habla francés».

Dominic me sonríe, con esa mirada despiadada que conozco y amo.

—Ya lo sé.

—Cómo no, Dom. Estabas deseando soltarlo. Era ahí a donde querías llegar, ¿no? Dímelo en mi idioma, puto cobarde. Llámame «zorra» a la puta cara. Porque eso es lo que soy, ¿no? Una simple zorra. No la mujer que te quiso de forma incondicional a pesar de cómo la trataste al principio y de cómo la engañaste antes de dejarla tirada en la calle, llorando por ti. Te fui fiel hasta que no tuve más remedio que pasar página y seguir adelante. Pero eso da igual, ¿verdad? Claro, lo único que importa es que ya no soy tuya y no puedes seguir follándome.

Dominic baja la vista mientras Tobias y Sean se miran fijamente.

—No te creía capaz de esto. A ti no —dice Sean, con los ojos brillantes.

—No soy más culpable que tú —se defiende Tobias, de forma poco convincente.

Pero no tiene disculpa. Él los echó. Los echó a propósito para separarlos de mí. Él y yo somos los únicos que sabemos que no tenía intención de que lo nuestro sucediera, al menos al principio, y ellos nunca lo creerán. Pero es verdad que los echó. Los echó para rompernos el corazón a causa de su ira, sus celos y sus planes.

En ese momento me doy cuenta de que Tobias lleva tiempo admitiendo su traición. Su sentimiento de culpa, las palabras sobre sus actos, todo está relacionado con este hundimiento inevitable. Pero eso no me reconforta en absoluto. Sigo tambaleándome mientras Sean me mira fijamente y siento la necesidad de cubrirme. Nunca me había avergonzado tanto de estar desnuda.

—¡Deja de mirarme así! —exclamo mientras las lágrimas resbalan por mis mejillas—. Venga, llámame «puta» tú también, o mejor aún, ni te molestes: tu mirada ya lo dice todo. —Aprieto los puños—. Me dejasteis colgada casi un año. —Levanto la barbilla—. Sois los dos unos putos hipócritas. Acepté tus reglas, Sean. Sin remordimientos, ¿recuerdas? —Los miro a los dos—. Y el hecho de que no seáis capaces de predicar con el ejemplo no me hace menos mujer. Os hace a los dos menos hombres. Vosotros me dijisteis que cogiera lo que quisiera, cuando quisiera. ¡Supongo que la regla solo es aplicable si lo que quiero es a vosotros! —Sean se muerde el labio, mientras una lágrima solitaria cae directamente desde sus ojos hasta la mano con la que ahora sostiene la gorra de béisbol. Se me rompe el corazón al verla—. Os esperé. Me volví loca. Lloré por vosotros todas las noches durante meses. Esperé y esperé, pero no volvisteis a por mí. Y no lo sabía —digo, mirando a Tobias, que, aunque parece a punto de estallar, sigue con la vista clavada en su hermano—. No lo sabía. Sean, tú me conoces —digo, llorando.

—Eso creía —responde él con un nudo en la garganta.

—Ni siquiera fuisteis capaces de confiar en mí lo suficiente como para decirme adónde ibais.

—No era parte del trato. —Sean se queda callado, mirando a Tobias, que permanece completamente inmóvil mientras nos observa a los tres, tragando saliva una y otra vez.

«Esto es lo que hace el egoísmo, Cecelia. Este es el desastre que causa el egoísmo».

—Sean, no lo sabía. —Avanzo hacia él, pero Tobias me detiene, reacio a dejarme cruzar la barrera.

—Ella era vuestro juguete —le dice a Sean.

Sean ladea la cabeza.

—No sabes de qué coño estás hablando. ¿Y qué es para ti? ¿Un medio para conseguir un fin? ¿La venganza definitiva contra Roman? Y nosotros sintiéndonos culpables, cumpliendo tus putas órdenes. ¿Y vas y nos traicionas así? ¿Qué se supone que es esto? ¿Un poco de nuestra propia medicina? No —dice, con una mirada llena de desprecio—. Para ti ha sido más bien o todos o ninguno, ¿verdad?

Tobias se acerca a él, con una mezcla de celos y culpabilidad en la cara.

—No fue desproporcionado. Si alguien la caga, se le castiga. Ya lo sabéis —dice, antes de exhalar un suspiro—. No era mi intención…

—Eso es mentira. La deseaste en cuanto la viste. No olvides que te conozco, hermano. Viste lo mismo que vimos nosotros. Y sabías perfectamente lo que sentíamos por ella porque te lo dijimos, joder. —Sean estira un brazo, indicándole que no se acerque—. Me preguntaste si ella valía tanto la pena y te dije que sí. Si das un paso más hacia mí, olvidaré nuestro pasado y acabaré contigo de una puta vez.

—Recuerda cuál es tu sitio —le espeta Tobias, echando chispas.

—Tú has convertido esto en algo personal y has perdido mi lealtad por el camino —dice Sean, negando con la cabeza—. Es todo culpa tuya.

Puedo sentir perfectamente la brecha que los separa a los tres mientras Sean se dirige a mí.

—Cecelia —susurra y la dulzura de su voz me hace añicos mientras clava sus ojos castaños en los míos, haciéndome retroceder a una época en la que las cosas eran mucho más sencillas. Una época en la que podía amarlo libremente, extender la mano y tocarlo—. Eras la primera persona en la que pensaba cada mañana y la única mujer con la que he soñado. Y si me hubieras esperado, te habría dado lo opuesto a nada.

Se me llenan los ojos de lágrimas y estas se desbordan mientras mi corazón me recuerda con exactitud las partes de él que Sean cartografió.

—Ojalá te hubiera creído.

—Ojalá hubieras creído en mí.

—Sean, yo…

—Lo amas.

No es una pregunta, es una afirmación y siento las tres miradas clavadas en mí mientras bajo la mía. Se hace un silencio largo y tenso. Dominic da media vuelta y va hacia la puerta. Cuando por fin soy capaz de levantar la vista, veo que Sean está mirando a Tobias, que se encuentra detrás de mí. Se pasa la mano por el pelo y se pone la gorra. Luego me mira con los ojos enrojecidos y asiente solemnemente.

—Supongo que los dos la hemos cagado. Cuídate, pequeña.

Me tapo la boca, ahogando un sollozo con la mano. Sean se reúne con Dominic, que lo está esperando, antes de mirarme por última vez y salir por la puerta. Yo me enjugo las lágrimas, incapaz de moverme y sin fuerzas para dar un solo paso en ninguna dirección.

Sigo allí plantada durante unos segundos interminables, sin dar crédito a lo que acaba de ocurrir, hasta que la ira se apodera de mí, filtrándose por todos mis poros. Me giro y miro a Tobias.

—Te lo habían dicho. —La voz me retumba en la garganta, a punto de estallar—. Te habían dicho lo que sentían por mí. Tú lo sabías. Te lo dijeron y los desterraste.

—Cecelia…

—Me hiciste creer que no querían saber nada de mí. ¿Por qué? ¿Porque estabas celoso? Como si eso fuera una excusa. ¡Joder, Tobias!

—Sabes que yo no quería nada contigo. Me mantuve alejado

durante ocho meses, hasta que tuvimos ese encontronazo. No tenía intención de tocarte.

—Hasta que lo hiciste. Siempre habían tenido intención de volver a buscarme. ¡Me querían! ¡Me amaban!

—¿Y qué tipo de relación ibais a tener?

—Eso tendríamos que haberlo decidido nosotros. —Niego con la cabeza, incrédula—. ¿Qué has hecho?

Sus ojos se apagan mientras me mira, completamente perdido.

—Iba a contártelo. Estaba intentando encontrar la manera.

—Eso ya lo sé, llevas días disculpándote. Pero pensaba que era por otra cosa, no por esto. No por esto.

—Iba a contártelo. Se suponía que no iban a volver hasta la semana que viene.

—¿Y el hecho de que me lo contaras iba a mejorar las cosas? ¡No eres más que un egoísta, un manipulador y un puto mentiroso!

—No sabía que lo nuestro iba a pasar.

—Tú hiciste que pasara. Estoy harta de todo esto. Harta. Por favor, vete —digo, señalando hacia donde se han ido Sean y Dominic.

Tobias se abalanza sobre mí y me pone las manos sobre los hombros, mirándome furioso.

—Para y escúchame de una puta vez.

Yo me aparto.

—Quítame las puñeteras manos de encima. A la mierda tus reglas. ¡Ellos me querían y tú lo sabías! Has jugado con nosotros. Con los tres. Has hecho lo que te proponías. Y no hay excusa lo bastante buena para justificarlo. —Me resisto cuando intenta atraerme hacia él. Las palabras se me atascan en la garganta mientras me desangro. Sus miradas me perseguirán el resto de mi vida—. Si esto es lo que le sucede a la gente que te da su amor y su lealtad, yo paso.

—Basta.

Ese golpe ha debido de dolerle de verdad, porque puedo sentir cómo nuestros cimientos se desmoronan bajo nuestros pies. Nunca hemos confiado el uno en el otro, así que se están viniendo abajo con facilidad.

—Nunca he confiado del todo en ti y no me equivocaba. —Lo fulmino con la mirada—. No quiero volver a verte.

Él me agarra por los brazos.

—Ojalá lo dijeras en serio —dice con un hilo de voz.

—¿Qué has hecho? —susurro.

—He hecho lo que hacen los ladrones. ¡Robarte! —grita, sujetándome con más fuerza.

Me niego a mirarlo. No puedo hacerlo, porque yo también he tenido algo que ver en esto. Me fallan las rodillas al evocar la imagen de Sean y Dominic.

—Cuidado, Tobias, te estás poniendo sentimental —digo con frialdad—. Y eso es malo para el negocio.

Puedo sentir su dolor y su devastación, pero me niego a reconocerlo.

—Déjame hablar con ellos.

—Ve. Habla con ellos. Ocúpate de tus asuntos. Pero despídete ya, porque no estaré aquí cuando vuelvas.

—Ni se te ocurra —susurra con tal vehemencia que puedo sentir el peso de su amenaza, aunque es desesperación lo que deja entrever.

—No los mereces. No nos mereces a ninguno de nosotros. Dijiste que subirías la apuesta. En todo este tiempo, eso es algo que no se me ha ido de la cabeza. ¿Recuerdas? Te dije que te estabas volviendo predecible y tú dijiste que mejorarías tu juego.

—Niego con la cabeza—. Y vaya si lo has cumplido.

—Esto no ha sido un juego. Y lo nuestro no es una puta transacción. —Tobias me agarra por la barbilla, apretando la mandíbula. Sus ojos brillan de determinación y dolor mientras me obliga a mirarlo—. Hace veinte minutos, sabías muy bien a quién pertenecías y cuál era tu sitio, y sigues sabiéndolo. Dime que soy idiota por creerlo.

—Dijiste que lo nuestro era imposible.

Él me aprieta con más fuerza.

—Lo nuestro es real, joder.

Lo fulmino con la mirada, con los ojos llenos de lágrimas.

—Nunca te lo perdonaré. Y ellos tampoco.

—Lo sé. —Se acerca para mirarme a los ojos—. Puede que sea el villano del que te has enamorado, pero eso no me hace menos villano. Espera aquí. Ahora vuelvo.

Me quedo plantada en medio del jardín y él entra en casa. Al cabo de un instante, lo oigo salir en el Jaguar. Se aleja a toda velocidad mientras yo sigo allí de pie, temblando como un flan, completamente destrozada.

Es entonces cuando caigo en la cuenta de que hasta ese momento, hasta que él apareció, nunca había experimentado nada tan intenso. Y estoy segura de que nunca volveré a experimentarlo. He encontrado mi verdad en el amor segundos antes de que me la arrebataran. Ha sido una maldición, una condena, enamorarme de un hombre al que debería haber considerado mi adversario y que al final me robó el corazón.

Y que acaba de destruir cualquier atisbo de confianza que yo pudiera haber depositado en él al poner sobre la mesa todas sus cartas. Eso sí, por obligación.

Tras pasarme horas contemplando las nubes, me levanto del suelo, subo al piso de arriba y empiezo a hacer la maleta.

23

Me despierto aturdida, rodeada de cajones a rebosar de ropa. Las puertas acristaladas chocan contra la pared de la habitación por la brisa veraniega. Con el siguiente golpe causado por el viento, me queda claro por qué me he despertado: siguen abiertas de par en par porque me he pasado casi toda la noche poniendo a todo volumen *Father Figure*, de George Michael, tanto dentro de casa como allá atrás, en el bosque. Estaba concentrada haciendo la maleta apresuradamente cuando apareció en una de mis listas de reproducción. Era uno de los clásicos favoritos de mi madre. Mientras la escuchaba, rebuscando entre mis pertenencias, me pareció que no podía ser más apropiada.

Ese tema representaba perfectamente mi relación con el hombre que me había engañado como a una boba y que se había aprovechado de la fragilidad de mi corazón en el momento oportuno, adueñándose de mi debilidad. El hombre que, por un breve instante, me dio todo aquello de lo que yo sentía que me habían privado. Todo lo que siempre había querido. El que encajaba en todas mis fantasías románticas, nos consideraba almas gemelas, veneraba mi cuerpo, se esmeraba en tratar mi corazón con sumo cuidado, me había hecho vivir un sueño y me había retenido hasta embriagarme por completo, infiltrándose hasta en mi puñetera alma.

Así que había subido el volumen simplemente para reconocerle la victoria a ese hombre que me había engañado con tanta facilidad. Le había dejado claro con cada palabra de la canción que sabía perfectamente hasta qué punto me había traicionado.

Hasta la médula.

Puede que nunca hubiera confiado plenamente en Tobias, pero me había creído lo suficiente sus mentiras como para entregarle lo que quedaba de mí.

Y menuda forma había tenido de jugármela. Había ganado con un jaque mate que había dejado en evidencia a todos los demás.

Tal vez nunca llegue a saber si todo fue un engaño o no, pero lo que sí tengo claro es que ese hombre se ha apoderado de mi corazón de tal forma que nunca más podré recuperarlo.

«He hecho lo que hacen los ladrones. ¡Robarte!».

Y tanto.

«Lárgate ya, Cecelia. No esperes más», me digo. Esta vez me sorprende lo fácil que me resulta replegarme. No pienso resistirme. De hecho, me siento aliviada. No puedo soportar más estos juegos tan arriesgados. Además, con él siempre he llevado las de perder.

Un poco atontada, me giro en la cama y frunzo el ceño al sentir una molestia.

No recuerdo en absoluto haberme quedado dormida, pero estoy tumbada en medio de la habitación, que está hecha un desastre, llena de bolsas abiertas y maletas recién compradas que había pedido la semana anterior para ir preparando la mudanza. No pienso dejarme nada, porque en cuanto cruce el umbral y salga por la puerta, será la última vez que lo haga.

No esperaba que Tobias viniera a verme anoche y no me decepcionó. Que yo sepa, mis pinitos como DJ solo molestaron a los pájaros, cuyos gorgoritos suenan ahora distorsionados al otro lado de las puertas. Todavía un poco mareada, me froto los ojos para intentar disipar la bruma.

Cuando por fin soy capaz de mantenerlos abiertos, permanezco tumbada, sin entender cómo he podido quedarme dormida como un tronco en el medio de la cama, sin haber tocado la ropa que estaba doblada. Mientras sigo tratando de espabilarme, intento mover las extremidades. Cuando al fin consigo levantarme del lugar en el que yazgo comatosa, me mareo y vuelvo a mi posición sobre el colchón para recuperarme.

¿Qué coño me pasa?

Al cabo de unos segundos, siento un molesto pinchazo en la espalda que me hace incorporarme para comprobar si estoy sobre algún objeto punzante. Pero no encuentro nada y al comprobar la hora en el móvil, que está sobre la mesilla, veo que he dormido todo el día y que solo me queda una hora para empezar el turno.

Eso si tuviera intención de ir a trabajar. Que no la tengo.

En lugar de ello, envío un correo electrónico a mi supervisor que tardo minutos en vez de segundos en redactar porque veo borroso.

No pienso volver. Ni esta noche ni nunca. Ni siquiera voy a avisar a mi padre de que me marcho antes, porque no le debo ninguna explicación. Solo me faltan un par de semanas para cumplir lo que habíamos pactado y cualquier tipo de lealtad que pudiera tener hacia él ha desaparecido. Que le den.

Que les den a todos.

A partir de este momento, me concedo la libertad condicional anticipada. Llegada a este punto, la normalidad me parece una bendición insípida y maravillosa. Decidida a llegar a casa antes del anochecer, intento levantarme de nuevo y gimo de frustración.

—Pero ¿qué leches me pasa?

Parpadeo varias veces mientras lucho contra la gravedad, que tira de mí hacia abajo. Nunca en mi vida había estado tan cansada.

Intento ponerme en pie, retrocedo dando tumbos y apoyo

las manos en el colchón para estabilizarme, sintiéndome como si tuviera resaca, aunque anoche no bebí ni una sola gota de alcohol. Lo cual resulta irónico, porque no hay mejor momento para pillarse un buen pedo que cuando tus exnovios aparecen como dos espectros sedientos de sangre tras varios meses de ausencia angustiosa y te pillan nada menos que declarándole tu amor a su propio hermano.

—¡Ja! —le grito a un interlocutor inexistente, ante la locura absoluta de todo esto.

Menudas son las historias que nunca podré contar. ¿Y quién coño se las iba a creer, de todos modos? Hasta a mí me cuesta creerlas y eso que las he vivido.

Pero ¿sobreviviré a ellas? Esa es una cuestión que tendré que dejar para más adelante.

Decidida a no venirme abajo del todo hasta que esté cerca de Atlanta, intento espabilarme de nuevo.

He debido de quedarme frita mientras doblaba la ropa limpia, a causa del agotamiento emocional. Aunque por lo que parece, entre hacer la maleta y mirar a las musarañas, he conseguido avanzar lo suficiente como para marcharme en cuestión de horas, si me doy prisa. Pero mi cuerpo me traiciona y me veo obligada a sentarme de nuevo para hacer que la cabeza deje de darme vueltas. Hacía años que no dormía tanto. Y, por suerte, no recuerdo ni un solo sueño.

Empeñada en levantarme, me quedo inmóvil al notar un escozor cuando se me tensa la piel de la espalda, antes de oír el leve crujido de algo que tengo en el dorso, pegado a ella. De allí viene el dolor. Cuando echo la mano hacia atrás para palparme el hombro, el movimiento vuelve a tensar mi piel y la molestia aumenta de nuevo. Rebusco con los dedos y me quedo atónita al rozar el borde de un parche resbaladizo adherido a él.

«¿Qué cojones es esto?».

Me quito la camiseta por la cabeza, la tiro al suelo y voy a trompicones hacia el tocador, intentando no caerme de bruces.

Es entonces cuando descubro que tengo dos parches pegados a los omóplatos.

«¡Pero qué cojones es esto!».

No necesito quitármelos para saber lo que hay debajo, pero tengo que verlo con mis propios ojos. Consigo levantar el borde de uno de ellos con el pulgar y lo despego poco a poco, antes de ver claramente el llamativo tatuaje negro reflejado en el espejo.

Unas alas de cuervo.

—Dios mío.

Contengo el aliento mientras intento levantar el otro parche. Tambaleándome, miro fijamente la inconfundible marca y niego con la cabeza. No es que la noche anterior estuviera agotada emocionalmente, es que me habían drogado... para tatuarme.

¡Para marcarme!

Uno de los sádicos mentirosos que decían amarme me ha marcado. El primero que me viene a la mente es Dominic, pero Sean estaba igual de cabreado y dolido que él, tal vez incluso más.

¿Esto es un castigo? ¿O es una demostración del poder que tienen sobre mí?

Tobias nunca me negaría la posibilidad de decidir. Es demasiado sensato, menos impulsivo. Él nunca me haría esto, y menos después de haberme engañado como me engañó. ¿O sí?

«Puede que sea el villano del que te has enamorado, pero eso no me hace menos villano».

Ahora mismo, no pondría la mano en el fuego por ninguno de ellos. Pero esto solo tiene sentido para aquel que crea que tiene algo que demostrar. ¿Quién coño puede considerarse mi dueño hasta el punto de marcarme como suya?

No solo es retorcido, sino que además va en contra de la ley. Pero ¿qué me esperaba? Yo invité a esos delincuentes a colarse en mi vida, entre mis piernas y en mi corazón. Y ahora ellos me han puesto la puta marca. Una marca permanente, una marca tremendamente visible y duradera, sobre la que yo debería haber tenido capacidad de decidir. Pero ¿por qué lo han hecho? ¿Ahora ni quiera puedo esconderme detrás de mis secretos?

Todavía no sé nada. Al menos, no lo suficiente como para incriminar a ninguno de ellos, eso está claro. Tanto tiempo pisando huevos, respetando sus límites y respetándolos a ellos, evitando presionarlos demasiado y... ¿para qué?

Debí de quedarme dormida mientras hacía las maletas y ahí fue cuando me pincharon y me drogaron. Vinieron al amparo de la noche, como los ladrones que son, y me marcaron, me pusieron una etiqueta que grita solo una cosa: «Eres mía».

Esto no es posible. No puede serlo. Observo el tatuaje que tengo en la espalda, sin poder creer que esta sea mi realidad.

Estoy harta. Estoy hasta las putas narices.

Se acabaron las preguntas, las pruebas, la comprensión, el misterio. Estoy tan jodidamente cansada de hacerme preguntas y de esperar respuestas mientras nadie me cuenta nada...

Estoy más que harta.

Y esta noche, cuando salga la luna y se eleve en el cielo, les voy a declarar la puta guerra.

Los tonos graves retumban al otro lado de las puertas de metal abolladas. Se oyen unas carcajadas estridentes. Están todos ahí. De fiesta, como si nada, mientras yo soy una mujer marcada, completamente a la deriva en una isla de rabia y amargura. Levanto la primera botella, la lanzo y esta se hace añicos contra la entrada, dando en el blanco. La música cesa mientras la segunda vuela por los aires, haciéndose pedazos a los pies de la puerta. Tyler es el primero en salir. Veo cómo mueve los labios informando de lo que sucede mientras una de las puertas metálicas se levanta lentamente y yo lanzo otra botella.

—¡Joder! —exclama Sean, encogiéndose del susto cuando un cristal lo alcanza mientras lanzo varias botellas más.

La ira brilla en sus ojos cuando ve el daño que ya he infligido. Les he pinchado a todos los neumáticos. Nadie me seguirá esta noche.

Es surrealista verlos allí de pie, mirándome como si hubiera perdido la cabeza. Jeremy, Tyler, Dominic, Sean, Russell..., incluso Layla, que me abandonó como el resto, pero que ahora me mira con los ojos como platos. Durante mucho tiempo me sentí como si me hubiera imaginado los momentos que había pasado con ellos. Pero toda la pandilla está aquí, y también unos cuantos más que no esperaba ver. Algunas chicas van a juego conmigo, con tatuajes similares al que yo llevo ahora, y una de ellas mira fijamente a Dominic, que tira el porro mientras examina los daños que he causado en el aparcamiento.

Sean da un paso vacilante hacia mí mientras mis ojos se encuentran con los de Dominic, que me observa impasible detrás de él. No puedo creer que me dejara embaucar por estos mentirosos, por estos ladrones manipuladores que me despojaron de mí misma.

—Cecelia —dice Layla, con voz tensa—. Nena, ¿qué te pasa? —Se vuelve hacia Sean y Dominic—. ¿Qué le habéis hecho, cabrones?

—No te molestes —le advierto con desdén—. Ahora no finjas que te importo.

—Sabes que no tuve elección.

—Y una mierda. —La fulmino con la mirada—. Claro que tenías elección. Los elegiste a ellos. ¿Y sabes qué? Que te los mereces.

La culpa se hace claramente patente en sus ojos azules.

—Lo siento.

—Ahórratelo. Ya habéis dejado las cosas claras. Creo que es hora de que yo también lo haga.

Levanto la lata de veinte litros y vierto el resto del contenido en el charco que tengo delante.

—¿Qué coño estás haciendo? —pregunta Sean, dando un paso

adelante justo cuando levanto una botella de otro tipo, con un trapo dentro empapado.

—Hostia —dice Tyler, con los ojos como platos—. Cecelia, ¿qué cojones haces?

—¿Quién ha sido? —Rezumo furia mientras Sean empieza a acercarse a mí—. Da un paso más antes de que conozca la respuesta y lo enciendo. Y ya veremos dónde aterriza. ¡No te puto atrevas, Sean!

—¡Cecelia, para! —me grita mientras intento ignorarlo a él y lo que me hace sentir.

Verlos de nuevo es surrealista. Pero he sido una idiota durante demasiado tiempo.

—¡¿Quién me lo ha hecho?! —grito, incapaz de seguir guardando el secreto. Incapaz de seguir ocultando lo que me han hecho—. ¿A esto le llamáis lealtad? ¿Me queréis? ¡Pues aquí estoy, joder! ¿Queréis entrega? ¿Queréis devoción? Creedme, estoy entregada a la causa. Y he aprendido de los mejores. Tened los cojones de ponerme a prueba. —Levanto la barbilla en señal de desafío—. Contestad y podréis reclamar vuestro puto premio.

Enciendo uno de los Zippos que le robé a Sean cuando estábamos juntos y él retrocede, asustado.

—¡Cecelia, no! —Mira alarmado a Dominic, que viene hacia mí decidido, abriéndose paso entre la multitud.

—Esa zorra ha perdido la cabeza —dice una de las chicas que están dentro del taller—. Parece que te la has follado a conciencia, Dom.

Unos cuantos chicos a los que reconozco de una de las quedadas se ríen entre dientes, pero nadie más lo hace y mucho menos Dominic, cuyos ojos brillan de rabia mientras avanza hacia mí tranquilamente.

—¡No jodas! —dice uno de ellos, dándose cuenta de los daños que he causado—. ¡Nos ha rajado las putas ruedas!

Dom levanta una mano, haciéndolos callar a todos con un movimiento de muñeca.

—Te juro por Dios que voy a quemar este lugar, Dominic —digo con voz firme—. ¡Quieto!

Él obedece y observo sus ojos fríos, apagados, sin vida, mientras se dibuja en su cara ese gesto tan familiar de aburrimiento. Eso me duele, me escuece; es como si no hubiera habido nunca nada entre nosotros.

—¿Por qué? —Me tiembla la mandíbula de rabia—. ¿Por qué?

Me giro lo justo para dejarles ver las claras marcas de mi espalda y los miro atentamente a ambos en busca de alguna reacción. Ninguno me da ninguna pista. No me queda más remedio que concluir que este ha sido otro de sus planes para volverme loca.

—¡Cobardes! ¡Sois los dos unos putos cobardes! —Niego con la cabeza, furiosísima, justo cuando los teléfonos empiezan a sonar al azar a nuestro alrededor. Tyler se lleva el suyo a la oreja mientras Dominic y Sean empiezan a caminar lentamente hacia mí, como si estuvieran acorralando a un gato callejero—. Nunca he sido vuestra y nunca lo seré. ¡Alejaos de mí, joder!

—¡Dom! —grita Tyler, corriendo hacia él con el teléfono para ponérselo en la oreja.

Un segundo después, Dom lo coge y se deja de tonterías. Viene corriendo y yo enciendo la botella y la tiro en el charco de gasolina. Dom se abalanza sobre mí, pero el destello de las llamas nos separa y me concede el tiempo justo para salir corriendo hacia el Jeep. Dominic llega hasta el capó y le atiza con los puños mientras yo salgo disparada. El corazón me late desbocado en el pecho mientras voy a toda velocidad por la carretera, gritando y golpeando el volante con las manos.

Y, al amparo de la noche, desaparezco.

24

Vuelvo a casa casi al amanecer, lo suficientemente segura de que no voy a recibir ninguna visita y que voy a poder marcharme. Me pesan las extremidades, me escuece la espalda, estoy agotada tras horas conduciendo sin rumbo y tengo el cuerpo dolorido por los incontables minutos que he pasado mirando la carretera oscura, sin dirección. No sé cuánto me costará pasar página, pero me largo. Y no mañana, ni pasado, sino ahora mismo.

Tengo el dinero.

He perdido la puta cabeza para conseguirlo, pero se acabó. Hasta aquí. La toxicidad de los vínculos que he forjado me está convirtiendo en una persona perversa. No me parezco en nada a la chica que llegó aquí hace un año.

Cierro la puerta con llave y pongo la alarma, consciente de que cualquiera que quiera entrar podrá hacerlo y llegará igualmente hasta mí. Las paredes y las puertas no significan nada para esos hombres pero, a estas alturas, estoy segura de que ninguno de ellos me impedirá irme. Porque quizá ahora ellos también me vean como un cáncer. Nos hemos herido y traicionado mutuamente. Ya no tiene remedio. Y la ausencia de Tobias, su silencio, no hace más que confirmar que, una vez más, he pecado de ingenua.

Puede que no sepa lo que es el amor, pero ahora sé lo que no es.

Alejo a Tobias de mis pensamientos mientras saco la maleta que he dejado preparada al lado de la cama y empiezo a llenar otra. Debería haberlo hecho antes de ir al taller, pero estaba demasiado enfadada como para idear un plan mejor. En lugar de ello, decidí volver a casa de madrugada con la esperanza de que, si alguien me buscaba, se diera por vencido al ver que no regresaba.

En cuanto oigo abrirse la puerta principal, sé que mi plan ha fracasado.

No estoy sola.

El miedo me paraliza mientras me quedo de pie en el centro de la habitación, esperando. Nunca antes los había temido, y ni se me había pasado por la cabeza que pudieran hacerme daño.

Tampoco creía que un par de neumáticos fueran a detenerlos. Bueno, un montón. Todos los del aparcamiento. Unos neumáticos que les costará una pequeña fortuna cambiar. Ahora que lo pienso, sí que ha sido la típica jugarreta de exnovia psicópata. Y ese espectáculo me ha hecho parecer culpable, cuando soy cualquier cosa menos eso.

¿A quién se le ocurre tatuar a una mujer sin su consentimiento? A unos tarados que se pelean por el poder. Estoy marcada para siempre por ellos, por su egoísmo.

Parpadeo y veo a Dominic de pie en el umbral de mi dormitorio. Lleva una pistola en la cintura con un silenciador en la punta.

Un silenciador.

Trago saliva, la miro y retrocedo. Él levanta las manos.

—Cee. —Sacude la cabeza como si mi reacción fuera ridícula—. Venga ya.

Esta noche se me ha ido la olla. Me he comportado como una loca. Como una persona poco fiable e impulsiva. Un lastre.

—Os los pagaré. Los pagaré todos. Estaba enfadada.

Doy otro paso atrás y él se ríe, incrédulo, antes de sacarse la pistola de los vaqueros. Oigo el golpe que hace al aterrizar en las escaleras mientras él avanza hacia el dormitorio.

—Ya no hay pistola, ¿vale?

—¿Qué... qué estás haciendo aquí? —consigo preguntar. Dominic echa un vistazo a las maletas antes de volver a posar su mirada plateada sobre mí. No puedo controlar el temblor que me invade, ni el pánico que empieza a devorarme rápidamente—. Os los pagaré, Dom. Te lo prometo. No diré nada. Ya me voy, ¿ves? —digo, señalando con la cabeza las maletas.

—Por favor, Cecelia —se burla—. ¿En serio?

—Estaba enfadada. Pero no... no se lo he contado a nadie.

—¿Por qué tiemblas?

—Porque no puedo creerme nada de lo que me digas —declaro, antes de mirar de reojo el móvil, que está sobre la mesilla de noche.

Él niega con la cabeza.

—No he venido a hacerte daño.

—No te conozco.

—Claro que me conoces, joder. Claro que me conoces —dice en un tono gutural, cargado de decepción, que me desconcierta.

—¿Ahora te preocupas por mí? Hace unas horas me mirabas como si no significara nada para ti.

Él suspira, exasperado.

—Bueno, ahora mismo estoy un poco jodido. Y por supuesto que me conoces.

—No sé nada. No soy ningún cabo suelto, ¿vale? No le contaré nada a nadie. No se lo he contado a nadie, Dom. Te lo juro.

—Joder —dice él, frotándose la cara con la mano, verdaderamente preocupado—. ¿Qué te hemos hecho?

Trago saliva.

—Lo único que quiero es irme ya. —Hago lo posible por controlar el temblor de mi voz mientras se me cae una lágrima—. ¿Pu... puedo irme a mi casa, por favor? —le pido. Dominic analiza mi expresión y, mientras avanza hacia mí, lo único que puedo ver en sus ojos es dolor. Me estremezco—. ¿Te ha pedido él que vengas?

Esta vez es él quien tiembla.

—Por favor, dime que no piensas esto de mí. Yo nunca podría hacerte daño.

—Ya no sé qué pensar. —Me tapo la boca con la mano para reprimir un sollozo—. No sé qué creer.

—Joder, me parece que esto me está doliendo más que volver a casa y encontrarte con él. —Dominic agacha la cabeza antes de levantar los ojos hacia los míos—. Cecelia. Yo nunca jamás te haría daño, joder. Por nada ni por nadie. Por ningún motivo. —Da otro paso adelante—. Vamos, cariño, mírame. —Pero yo niego con la cabeza—. Maldita sea, Cecelia, mírame de una vez. —Levanto los ojos hacia los suyos—. Mírame. Soy yo.

Se me encoge el corazón mientras avanza un par de pasos más. Interrumpo la retirada y se me escapa su nombre en un sollozo. Él me atrae hacia sus brazos. Nos aferramos el uno al otro mientras mi miedo va disminuyendo y me doy cuenta de hasta qué punto he caído en la ratonera.

—Mierda —susurra Dominic, abrazándome con fuerza—. Lo siento mucho. Lo siento muchísimo, joder. ¿Tanto la hemos jodido? —dice, dolido. Lo aprieto contra mí, hundiendo la cara en su cuello, mientras él me acaricia la espalda y los brazos—. ¿Qué te hemos hecho? —me pregunta con un nudo en la garganta, estrechándome con más fuerza, mientras inhalo su olor suave y familiar.

—Pues… es que ya no sé qué creer.

—La cagamos bien cagada contigo; puedes creer eso —dice. Se aparta y me mira fijamente, buscando mis ojos con los suyos—. Dime que en el fondo sabes que no somos así —me pide, desesperado. Niego con la cabeza, incapaz de articular palabra—. Cee, nosotros no somos así.

—Anoche me drogaron y me tatuaron. ¿Seguro que no sois así?

—Joder —dice, llevándose la mano a la nuca—. Tienes razón. No me extraña que pienses lo peor.

Exhala un suspiro y se saca el móvil de los vaqueros antes de sentarse en el borde de la cama. La tensión empieza a invadirme mientras me mira.

—Diez meses —dice, mientras yo lo observo con la misma atención, sintiendo la distancia que esos meses han puesto entre nosotros, día a día—. Deberíamos haberte dicho que íbamos a volver. Yo quería hacerlo. Sean quiso cumplir el trato que habíamos hecho con Tobias para demostrarle que estaba equivocado. No pensó que… —Suspira, agobiado—. Supongo que ahora ya no importa.

Bajo la vista hacia la moqueta mientras él entrelaza las manos entre las rodillas. Transcurre un largo silencio antes de que siga hablando.

—Tiene razón, ¿sabes? Mi hermano decía la verdad. Se ha pasado media vida allanando el terreno, siempre en segundo plano, haciendo todo lo posible para que esta mierda funcionara. Para asegurarse de que estuviéramos bien. —Lo miro y percibo el cansancio en su expresión, en sus ojos—. Estaba diciendo la verdad.

—No creo que conozcas el significado de esa palabra. No creo que ninguno de vosotros lo conozca.

—Tú querías entrar —me recuerda—. Pues ya estás dentro.

—No de esta manera —replico—. Y no a este precio.

—Te dije más de una vez que era mejor que no supieras la verdad. ¿Por qué crees que me esforcé tanto en alejarte al principio? —Esboza una sonrisa—. Eras tan perfecta, joder. —Sus ojos se empañan con el recuerdo—. Cuando me plantaste cara en el jardín aquel día, y después… —Niega con la cabeza—. Quería odiarte. Intenté por todos los medios odiarte.

—No me había dado cuenta.

Compartimos una sonrisa triste.

—Siempre supimos que la verdad sería el final. Siempre supimos que ocultarte era la única forma posible de conservarte. Estabas rodeada de mentirosos, ladrones y asesinos —susurra—, eras demasiado buena para eso y creo que nos aferramos a ti porque representabas todo lo que queríamos proteger, pero que nunca podríamos llegar a ser.

—Nunca te vi de esa manera. Nunca.

—Hasta esta noche, ¿no? —Dominic agacha la cabeza—. Aunque estemos intentando hacer lo correcto, no somos ningunos santos, Cecelia.

Siento la familiar punzada que me causa oír mi nombre en sus labios e intento respirar a pesar de ella.

—Yo tampoco soy ninguna santa. Vosotros os asegurasteis de ello. Fui vuestro juguete.

—No. —Me agarra de la mano para ponerme delante de él—. Nunca, nunca lo fuiste.

—Dime por qué estás aquí.

—¿No me has echado de menos?

Se me humedecen los ojos al instante.

—Absolutamente todos los días, lloviera o hiciera sol. —Resoplo y me quito las lágrimas de la cara—. Joder, ¿por qué no puedo odiarte?

—Por la misma razón por la que yo no puedo odiarte a ti. —Mira el teléfono y lo deja en el suelo antes de esbozar una sonrisa triste—. Nunca lo he visto mirar a una mujer como te estaba mirando a ti. Nunca lo había visto iluminarse así. Me di cuenta en cuanto os vi juntos. Supe que estábamos jodidos. Y Sean también se dio cuenta.

—Eso no importa.

—Sí importa. Puedo odiarlo todo lo que quiera por coger lo que no le pertenecía, pero es verdad.

—No pretendíamos…

Él hace un gesto con la barbilla.

—No quiero escuchar eso ahora, ¿vale?

—Aun así, yo no tengo dueño. A pesar de la puta marca de la espalda. Nadie tiene ese derecho sobre otra persona. Todo esto se suponía que era sobre tener el derecho a decidir libremente, ¿te acuerdas?

Dominic entrelaza sus dedos con los míos.

—Haces que sea difícil de recordar. Y hemos llegado demasiado tarde. —Levanta la vista hacia mí y lo único que veo es dolor—. Hemos llegado demasiado tarde.

—¿Y vais y me tatuáis? ¿Os cabreáis y me hacéis este puto tatuaje?

Él se pone en cuclillas y se acerca a mí para apoyar la frente sobre mi abdomen.

—No puedo hacer esto ahora. No puedo… hacerlo feliz.

—Me voy, Dominic. Ahora mismo. Eso era lo que estaba haciendo.

—Puede, pero ambos sabemos que él no va a dejar que te marches.

—No tiene elección.

—Lo siento —susurra, acariciándome el abdomen con la cabeza antes de levantar la vista hacia mí—. Siento muchísimo lo mal que te lo hemos hecho pasar. Quiero que lo sepas. Todos lo sentimos.

Trago saliva.

—Puede que yo también esté cabreada con vosotros, pero también siento lo que habéis perdido por el camino. Nunca tuve la oportunidad de decirte que lamento lo de tus padres.

—No fue culpa tuya.

—No entiendo cómo pudiste…

Él me mira a los ojos.

—¿Estar contigo?

Asiento con la cabeza.

Dominic se levanta y el tiempo se detiene mientras estrecha mi mandíbula entre sus manos. Solo estamos mi fría nube oscura y yo. Nos miramos durante varios segundos.

—Esa es una pregunta a la que sí puedo responder —murmura y sus ojos penetrantes me atraviesan mientras se acerca a mí—. Sí.

—Sí, ¿qué?

—Sí —repite, mientras me acaricia la mejilla—. He estado enamorado. —Sus palabras me llegan al alma y me echo a llorar al oírlas. Él me abraza antes de darme un beso fugaz en los labios y alejarse de mí—. Pero ella se enamoró de mi hermano.

Me seca una lágrima de la mejilla mientras lo miro.

—Te lo juro por Dios. Yo no quería. Me resistí con uñas y dientes todo lo que pude.

Dominic me regala una débil carcajada.

—Te creo.

Se aclara la garganta y mira la maleta que hay detrás de mí.

—Pero nunca se lo voy a perdonar —digo y el dolor se vuelve más intenso.

—Eso es cosa tuya.

—¿Ah, sí? —pregunto.

Él suspira.

—Es mi hermano. Joder, en cierto modo, también ha sido un padre para mí. No sé, Cee. Están siendo unos días muy jodidos. —Dominic se frota la cara—. Venga, vamos a llevarte a casa.

—No me muevo si antes no me das algunas respuestas…

Su teléfono suena y él levanta un dedo hacia mí antes de leer el mensaje. Me mira bruscamente.

—Mierda.

Su expresión me hace empalidecer.

—¿Qué pasa?

Hace un gesto con la barbilla para que me calle, antes de salir corriendo de la habitación.

Tengo intención de seguirlo, pero me quedo petrificada al oírlo hablar desde lo alto de las escaleras.

—¿Qué te trae por aquí, Matteo? Es un poco tarde para una visita.

25

Qué te trae por aquí, Matteo? Es un poco tarde para una visita. Corro hacia el umbral de la puerta y miro por encima del hombro de Dominic. Reviso mis pensamientos, busco y rebusco, y el pavor se apodera de mí cuando recuerdo la conversación que tuve con Sean en la primera reunión.

«Son Matteo y Andre, La Nana Española».

«¿Por qué se hacen llamar La Nana Española?».

«Échale imaginación».

Matteo me mira por encima del hombro de Dominic y sus labios se curvan en una sonrisa macabra mientras le responde.

—Trabajo.

Dominic sigue allí de pie, tieso como un junco, de espaldas a mí, con una postura amenazante y voz protectora, mientras yo me alejo de la mirada letal de Matteo.

—¿No estás jugando en el campo equivocado? —le pregunta Dominic.

—Eso al dinero no le importa.

—Lárgate de una puta vez y que no te vuelva a pillar fuera de Florida si no quieres que la cosa acabe mal.

—¿Te la estabas tirando? —pregunta Matteo, burlándose de la amenaza de Dom—. Había pensado en probarla yo. —Dominic lo mira con mirada asesina mientras el otro vuelve a hablar, disfrutando descaradamente—. Sí que debe de tener un buen coño.

Matteo debe de pesar unos ciento cuarenta kilos, principalmente de músculo, tiene el pelo tan grasiento como la ropa y sus anchas fosas nasales se dilatan mientras me mira de una forma que me revuelve el estómago.

Entonces, saca un cuchillo. Un cuchillo de caza de al menos veinte centímetros. Presa del pánico, me doy la vuelta y busco en mi habitación algo con lo que defenderme, pero no encuentro nada. Salgo al rellano detrás de Dominic y él se dirige a mí.

—Cecelia, cariño, métete en la habitación ahora mismo.

La puerta del otro lado del pasillo se abre y aparece Tobias con un arma en la mano, similar a la que Dominic ha tirado. Se acerca mirándome de arriba abajo, aliviado, antes de girarse hacia Dominic.

—¿Qué pasa, hermano?

—Todo controlado —responde este, con sequedad—. Hablando de hermanos, Matteo. ¿Dónde has dejado al tuyo esta noche?

—Ya lo conoces, seguramente estará de fiesta —contesta Matteo, encogiéndose de hombros.

—En realidad está ahí, descansando —dice Tobias, señalando hacia atrás con la barbilla—. Deberías unirte a él.

Miro por encima del hombro de Tobias y él sacude sutilmente la barbilla. Yo controlo mi expresión.

«Ni se te ocurra reaccionar».

No hay nadie en esa habitación, lo que significa que la otra mitad de La Nana Española, es decir, Andre, se encuentra en algún lugar de la casa. ¿Habrán estado aquí todo el rato?

Justo en el momento en el que esa idea se me pasa por la cabeza, Tobias deja de mirarme y abre los ojos de par en par, levantando el arma para apuntar por encima de mi hombro.

—Ven aquí —me ordena con firmeza.

Yo salgo de inmediato al rellano que hay entre las dos puertas. Tobias me hace un gesto con la barbilla para que retroceda un poco más y me pego a la pared mientras Andre aparece en el umbral de la puerta del dormitorio, justo donde yo estaba. Lleva en la mano un cuchillo parecido al de Matteo. El miedo me paraliza mientras Andre observa a Tobias con crueldad.

—Vaya, al final ha aparecido —dice Matteo, en un tono de voz repugnante.

—Debo de haberme equivocado —replica Tobias con frialdad y apatía.

—No te preocupes, ahora vendrán más a sumarse a la fiesta —dice Matteo.

Justo en ese momento, suena el timbre de la puerta. Yo me sobresalto.

Din don. Din don. Din don.

Matteo grita algo en español y el ruido cesa.

—Por respeto, queríamos intentar solucionar esto como caballeros —le dice Andre a Tobias a modo de saludo.

—Muy amable —responde Tobias con indiferencia.

—Es lo mínimo que puedo hacer —dice Andre—. Después de todo, fuiste tú el que me reclutaste.

—Y ya ves cómo ha acabado. —El tono de Tobias se vuelve gélido mientras mira a Andre con desagrado—. ¿De qué coño vas, Andre?

—La cosa se está poniendo demasiado floja por el sur.

—¿Y aceptas un puto encargo que interfiere con mis intereses personales? No es una buena decisión.

—Necesito pasta —dice, como si fuera lo más normal del mundo. Y supongo que para él lo es—. No me extraña que te interese —dice Andre, mirándome.

—¡Ni se te ocurra mirarla, hijo de puta grasiento! —brama Tobias.

—Ya has visto lo que soy capaz de hacer con esto —lo amenaza Andre—. No nos pongamos ofensivos.

—Tobias —susurro con voz ronca, cubierta por una capa de sudor a causa del miedo.

«Esto no es un juego con pistolas de juguete, vidas extra y dinero del Monopoly».

A pesar de todo lo que he presenciado durante este último año, a pesar de las veces que me advirtieron que me mantuviera alejada, me doy cuenta de que decidí ignorarlo todo, como si creyera que el peligro pertenecía a un universo paralelo. Esto es lo que han estado tratando de evitar todo el tiempo. Y ahora estoy viviendo mi peor pesadilla. Podría morir perfectamente esta noche. Y los hombres a los que quiero, también.

No hay nada más real que eso.

—Déjala marchar y te pagaré el doble —le dice Tobias a Andre.

—Hecho —responde Matteo inmediatamente—. Aceptamos tu dinero, hermano.

—Andre —dice Tobias, en señal de advertencia. Echo un vistazo y veo a Andre acercándose a mí—. Ni se te ocurra.

Andre se detiene y le sonríe tímidamente a Tobias.

—Cuánto tiempo, tío. Casi no te reconocía con ese traje.

—¿Te gusta? —dice Tobias, esbozando la sonrisa más peligrosa que he visto en mi vida. Los va a matar. Se los va a cargar a los dos.

—¿Dónde está papaíto? —me susurra Andre—. Su coche está aquí.

Miro rápidamente a Tobias, intentando leer en su cara la respuesta correcta, pero no consigo nada.

—No… no lo sé. Acabo de llegar a casa —tartamudeo.

Odio no poder controlarme. No poder ser el reflejo de los dos hombres de manos firmes y voces seguras que me defienden y me protegen.

—Creo que no estoy satisfecho con los términos de este acuerdo —dice Dominic, tranquilamente.

—¿Por qué? —pregunta Andre, y ladea la cabeza

Tobias me mira mientras empiezo a temblar de forma incontrolable. Interpreto su expresión. «Tranquila».

No había estado tan asustada en mi puta vida.

Din don. Din don. Din don.

Tobias mira a Matteo sin dejar de apuntar a Andre.

—¿Quieres abrir de una vez?

—Créeme, tío, no te interesa que lo haga —dice Matteo.

Tobias asiente.

—Puedo tener el dinero en unos minutos.

—Como he dicho —sisea Dominic—, no estoy satisfecho con el trato.

Entonces me doy cuenta de que Matteo tiene la pistola de Dominic metida en los vaqueros. Está desarmado. No ha podido coger el arma a tiempo, y ha sido por mi culpa. Si no la hubiera tirado, esto ya habría acabado. La bilis me sube por la garganta mientras intento apoyarme en la pared que tengo detrás.

—Es el único trato posible, hermano —le advierte Tobias.

—Cecelia —dice Dominic, en el tono íntimo en el que me hablaba los días que estábamos juntos a solas.

—Dominic —le implora Tobias, con un deje de terror en la voz.

—Estoy hablando con Cecelia —replica Dominic.

—¿Sí? —Me echo a llorar, mientras Tobias nos mira a ambos, preocupado.

—Después de esto, ¿te apetecería ver una película? —me pregunta—. Podrías hacer esas palomitas de cheddar que tanto me gustan. Y podríamos acurrucarnos bajo esa manta que huele a… ¿a qué huele?

Una nueva oleada de miedo me asfixia.

—A lavanda —digo mientras las lágrimas me corren por las mejillas.

—Eso. Y te dejaré elegir una de chicas, porque en realidad solo quiero mirarte mientras la ves. Se te queda cara de tonta cuando te pones romántica.

—Sí que debe de ser la hostia, para que te haya dado tan fuerte, Dom —gruñe Matteo, mirándome con sus ojos vacíos.

—Nos encantan los días de lluvia, ¿verdad? —dice Dominic, levantando la voz, mientras avanza hacia Matteo.

—Sí. —Se me escapa un sollozo mientras la tensión me paraliza.

A mi derecha está la seguridad, Tobias; a mi izquierda, una muerte segura. Y la muerte está mucho más cerca. Si la hoja de ese cuchillo es más rápida que la bala de Tobias, seré la primera en caer. Pero si él no llega hasta su hermano a tiempo… Tobias tiene que tomar una decisión. Salvar a su hermano o salvarme a mí. Y Dominic lo está haciendo por él, intentando lanzarse sobre la granada.

—No negociamos con putos terroristas. —Dominic ladea la cabeza en un gesto de desafío y Matteo se limita a sonreír, goteando ácido por los colmillos.

Pesa al menos cuarenta kilos más que Dominic, pero este es rápido y tiene una fuerza increíble. Aunque no necesitaría ninguna de las dos cosas si yo hubiera confiado en él. Si lo hubiera creído. Es culpa mía que no tenga la pistola.

—Dominic —gimo, mientras él baja otro escalón hacia Matteo.

—¿Qué pasa, nena?

—*S'il te plaît, ne fais rien de stupide. Je t'aime.* —«Por favor, no hagas ninguna tontería. Te quiero».

—*Je sais.* —«Lo sé».

—Dominic, déjalo de una puta vez —le ordena Tobias bruscamente—. Todavía estamos hablando.

Dominic da otro paso hacia Matteo.

—¿Bailamos?

—Será un honor, amigo mío —responde Matteo.

—Haz que merezca la pena.

—¡Dominic, no! —grita Tobias, justo cuando Dominic arremete contra Matteo.

Tobias sale corriendo hacia delante un segundo antes de que Andre pueda alcanzarme con el cuchillo y me obliga a retroceder para derribar a Andre de un disparo a bocajarro en la cabeza. Luego salta la barandilla y aterriza dando tumbos justo cuando Dominic le está asestando un sólido derechazo en la cara a Matteo. Oigo el crujido del hueso mientras empieza a sangrarle la nariz.

Tobias está solo a unos pasos de su hermano cuando este retrocede y le da una patada en el pecho a Matteo, que se precipita hacia atrás, sale volando por las escaleras y aterriza de espaldas sobre el rellano. Dominic salta hacia donde yace Matteo antes de girarse rápidamente hacia nosotros, encontrarse a Tobias por el camino y apartarlo de un empujón, mientras el ruido de las balas atraviesa el aire.

El yeso estalla al lado de mi cabeza y grito. Dominic está abalanzándose sobre mí con los ojos desorbitados cuando el segundo disparo le atraviesa el abdomen. El tercero lo alcanza en el muslo mientras se está cubriendo el estómago y cayendo de rodillas. El cuarto impacta en el hombro mientras se precipita hacia adelante cuando Tobias lo empuja para apartarlo.

Tobias ruge, se da la vuelta y descarga su arma sobre la mitad inferior de Matteo, antes de abalanzarse sobre él al pie de las escaleras. Otro disparo retumba en el aire y aterriza en algún punto del vestíbulo. Me levanto de un salto y corro hacia Dominic. Sus ojos se nublan y agoniza con la boca abierta, extendiendo una mano hacia mí. Llego a su lado en cuestión de segundos y me arrastra con él mientras se desploma hacia atrás, aterrizando contra la pared y resbalando sobre ella hasta el suelo, dejando un reguero de sangre tras de sí. Matteo grita por debajo de nosotros y solo alcanzo a verlo un instante antes de que parte de su cara desaparezca y caiga al suelo sin vida.

Dominic tose mientras cubro su herida con las manos y contemplo sus ojos plateados.

—Lo siento. —Le aprieto el estómago con las manos, mientras él mira a derecha e izquierda y la sangre empieza a rodar por sus preciosos labios—. Aguanta, ¿vale? Aguanta.

Dominic tira de mis manos y vuelve a toser, mientras Tobias se reúne conmigo donde estoy arrodillada.

—Vete —me ordena, con el rostro desencajado por el dolor.

Din don. Din don. Din don.

Los tres miramos hacia la puerta, conscientes de que el tiempo corre en nuestra contra. Solo disponemos de unos segundos. Aprieto el estómago de Dom y él hace un gesto de dolor, luchando por cada respiración mientras nos mira a ambos.

—Aguanta —le digo, intentando desesperadamente retener la sangre que brota de su estómago—. Lo siento. —Aprieto con más fuerza y él grita de dolor—. Lo siento, cielo, lo siento mucho —murmuro, posando la frente sobre la suya.

Tobias se quita el cinturón para ponérselo por encima de la herida de bala que tiene en el muslo. Dominic se retuerce mientras intentamos ocuparnos de sus heridas. Veo que tiene la pierna empapada.

—Marchaos —balbucea, con los ojos en blanco, mientras lucha contra una nueva ráfaga de dolor.

—Maldita sea, Dom, joder. —A Tobias se le escapa el aire, angustiado, mientras inspecciona el hombro de su hermano y aprieta con la mano la herida de bala que tiene en la pierna.

Dominic estrecha mis manos entre las suyas y las aprieta débilmente antes de mirar a Tobias y pronunciar unas cuantas palabras entrecortadas, rebosantes de dolor.

—*Nous savions tous les deux que je n'allais jamais voir mes trente ans, mon frère. Prends soin d'elle.* —«Los dos sabíamos que nunca iba a llegar a los treinta, hermano. Cuida de ella».

Dom vuelve a toser, con más sangre en los labios, mientras sus hermosas facciones se crispan en una mueca.

—Marchaos —dice, tosiendo—. Por favor —resuella.

—No. —Niego con la cabeza frenéticamente. Él me mira—. Lo siento, pero no puedes irte, Dominic. He soñado con tu futuro. Aguanta y te lo cuento. —Le aprieto la herida, mirándolo a los ojos—. No te atrevas a dejarme aquí. Me debes una cita.

Él nos mira a ambos con la piel resbaladiza por el sudor y, la próxima vez que tose, oigo el gorgoteo, la batalla que está librando. Sigo apretándole la herida mientras él me suelta las manos, permitiéndome por fin que le ayude.

Tobias apoya la frente en la de su hermano y escucho el débil susurro de Dominic.

—*Frères pour toujours*. —«Hermanos para siempre».

—Que nuestra madre te reciba. Que nuestro padre vele por ti —responde Tobias—. Te quiero, hermano.

Cuando Tobias gime y agacha la cabeza, levanto la vista.

Y me doy cuenta de que Dominic se ha ido. Sus ojos se han nublado un instante antes de quedarse mirando fijamente un sitio al que yo ya no puedo acompañarlo.

Se me escapa un gemido y mi corazón se detiene.

—D-D-Dom —farfullo, antes de mirar a Tobias—. ¡No… no hemos tenido tiempo de ayudarlo! No hemos tenido tiempo. Dios mío, Dom.

Tobias resuella con incredulidad y las lágrimas ruedan por sus mejillas mientras yo abrazo a Dom.

—Acababa de recuperarte —digo.

Lo atraigo hacia mí y él resbala sobre la pared, con los brazos flácidos a los costados, mientras todo rastro de vida abandona su cuerpo. Apoyo la frente en su pecho y no sé cuánto tiempo pasa, pero no puede ser mucho porque el timbre vuelve a sonar y sé que se nos ha acabado el tiempo.

Miro a Tobias y veo que nos está observando. Siento claramente cómo empieza a replegarse mientras nos contempla a los dos.

Din don. Din don. Din don.

Tobias y yo levantamos la cabeza a la vez hacia la inútil barrera que nos separa del exterior. Es probable que la mitad de los desertores de Miami estén detrás de esa puerta. En unos minutos todo habrá terminado y lo único que puedo pensar es que me da igual, porque no quiero seguir viviendo en un mundo en el que Dominic no exista.

Tobias coge las dos pistolas antes de agarrar a su hermano por debajo de los brazos y arrastrar su cuerpo sin vida escaleras arriba, hasta mi dormitorio. Yo lo sigo, sollozando histérica, mientras deja a Dominic sobre la moqueta junto a mi cama y yo me siento debajo de él, acunando su torso en mi regazo mientras acaricio su hermoso rostro. Paso los dedos por su cabello espeso y por su mandíbula, pero su mirada sigue en algún lugar más allá de nosotros dos. Aun así, no soy capaz de apartar la vista de él.

La puerta principal se abre de golpe justo cuando Tobias cierra de una patada la puerta del dormitorio y nos miramos mientras abajo suenan disparos en todas direcciones.

Es una batalla.

Están aquí. El resto de la hermandad está aquí.

Necesitábamos unos minutos, como mucho. Un puñado de segundos. Eso era todo lo que Dominic necesitaba para tener una oportunidad.

La oscuridad me envuelve mientras el infierno se desata a nuestro alrededor. La incredulidad me atrapa mientras acuno a Dom entre mis brazos y me dejo llevar por la corriente, hundiéndome por completo, dejándome arrastrar hacia el fondo. Un disparo suena al otro lado de la puerta de la habitación, pero es la voz de Sean la que me devuelve al suelo del dormitorio.

—¿Tobias? ¿Dom? ¿Estáis ahí? ¿Ella está con vosotros?

—¡Estamos aquí! —grito.

Un segundo después, Sean entra por la puerta armado hasta los dientes, con tres chalecos en la mano y las pistolas atadas a la espalda. Nos mira con una expresión de alivio evidente antes de ver a Dominic tendido sin vida sobre mi regazo. Se le escapa el aire, los ojos se le llenan de lágrimas y cruza la habitación en dos zancadas. Arrodillado ante nosotros, deja caer los chalecos al suelo junto a mí. Maldice con voz ahogada y deja de mirar a su mejor amigo para mirarme a mí, que sollozo sobre su cadáver.

—Es culpa mía —declaro, mientras alzo la vista y veo a Tobias a los pies de la cama, observándonos—. Cuando apareció, me... me dio miedo que viniera a hacerme daño, así que dejó la pistola en las escaleras. —Miro una y otra vez a Tobias y a Sean—. Es culpa mía que no la tuviera.

—Cecelia, no —dice Sean, con voz quebrada, mientras yo miro a Tobias.

—No sabía que estaban aquí, Tobias. No sabía que estaban aquí porque él no me lo dijo. No sabía lo que estaba pasando. No me lo dijo, Tobias. ¡No lo sabía!

—No lo consideró necesario —susurra Tobias con la voz ronca—. Porque yo ya había registrado la casa una vez y le había dicho que no había nadie. No sé cómo entraron.

—No —dice Sean, mirándonos a los dos—. No hagáis esto. Ninguno de los dos ha apretado el puto gatillo.

Sean se levanta lentamente, nos mira a ambos y, en un abrir y cerrar de ojos, su expresión se vuelve dura y sus ojos brillan clamando venganza. Mira a Tobias y yo levanto la vista hacia sus ojos ambarinos. Está completamente destrozado.

—¿Cuáles son las órdenes? —le pregunta Sean. Tobias me mira, mira a su hermano y luego vuelve a mirarme a mí—. Tobias, ¿cuáles son las órdenes? —repite Sean.

—Que no salga nadie con vida —dice Tobias sin más, mirándome fijamente, antes de volverse hacia Sean—. Dame todo lo que llevas encima —le pide con una voz fría, extendiendo las manos.

Sean le da una de las pistolas que lleva a la espalda junto con unos cuantos cargadores. Tobias dirige la mirada de nuevo hacia donde estoy sentada con su hermano mientras todo rastro de humanidad abandona su rostro. Miro a Dominic, le acaricio el pelo y le doy un beso en la frente y otro en la sien antes de cerrarle los ojos con la mano.

—Duerme, príncipe —le digo en voz baja. Me muerdo los labios mientras mis lágrimas calientes le salpican la cara. Entrelazo los dedos con los suyos y cierro los ojos—. Volveremos a encontrarnos. Nos encontraremos en mis sueños. Tendremos muchísimos días de lluvia. Nos encontraremos...

—Cecelia. —Tobias dice mi nombre de una forma que me hace sobresaltarme y prestarle atención. Al cabo de un instante, su mirada me ancla a él—. Vete y no vuelvas. No vuelvas jamás —me ordena, con los ojos encendidos. Su orden es tajante y no da lugar a réplica o discusión. Se vuelve hacia Sean, metiéndose un chaleco por la cabeza antes de abrocharlo y hacer un gesto hacia donde yo estoy—. Sácala de aquí. El coche está al otro lado de los árboles.

Estoy demasiado desorientada por la desesperación que me envuelve como para entender sus palabras y el significado real de lo que me está diciendo. Tobias se acerca a la puerta del dormitorio y me mira por última vez antes de desaparecer de mi vista. En algún momento, en un futuro próximo, sé que sus palabras me causarán un dolor atroz, pero lo único que soy capaz de hacer es volver a mirar a Dominic y limpiarle con cuidado la sangre de los labios.

A nuestro alrededor, suenan más disparos en todas direcciones. La voz de Tyler retumba al pie de mi balcón.

—¡Sean! ¡Todo despejado!

Sean me mira desde las puertas acristaladas y dispara dos veces hacia el jardín.

—Cecelia, tenemos que irnos.

Negando con la cabeza, atraigo a Dominic hacia mí.

—Todavía está caliente.

Al cabo de un segundo, Sean se arrodilla ante mí mientras acaricio la mejilla de Dom.

—Tenemos que irnos, Cecelia.

Aparta suavemente a Dominic de mi regazo y yo le sostengo la cabeza, apoyándola con ternura sobre la moqueta antes de darle un beso en los labios. Sollozo cuando Sean me separa de él. De repente estamos en el balcón. El amanecer acecha en el horizonte y me miro las manos cubiertas de sangre.

Sean me coge en brazos y me descuelga todo lo posible para dejarme caer donde me espera Tyler, que me atrapa con facilidad justo cuando los disparos rebotan cerca del lateral de la casa. Tyler entra en acción, me inmoviliza contra la pared de ladrillo que hay detrás de él mientras levanta dos Glocks gemelas y apunta con ellas en todas direcciones. Cuando aparece otro cuervo, Tyler mira hacia atrás, fijándose en mí y en mi ropa, con una pregunta en los ojos.

—Dominic —respondo, sollozando.

Él se pone muy serio y traga saliva con los ojos brillantes, pero se repone al instante.

—¿Cuántos? —pregunta Sean, aterrizando a nuestro lado con mi bolso, del que sobresale uno de mis vestidos de verano.

—He contado diez coches al llegar —dice Tyler, señalando con la cabeza hacia los árboles mientras más hermanos salen corriendo hacia la casa.

—Que no salga nadie con vida —dice Sean, repitiendo las órdenes de Tobias.

Tyler asiente para indicarle que lo ha entendido.

Me giro hacia Sean.

—Sean, ¿dónde está Roman?

—No está aquí. Está a salvo.

—Pero han dicho que su coche está aquí.

—Está a salvo —me asegura, acercándose a mí y entregándome el bolso antes de volverse hacia Tyler—. Llévatela. El coche está al otro lado de los árboles. —Sean me mira, con sus ojos castaños brillando de emoción. Al segundo después, me empuja a los brazos de Tyler—. Vete —susurra con la voz rasposa.

Luego vuelve hacia la casa.

—No, así no, por favor —le ruego—. ¡Sean! —grito, con el corazón destrozado, muerta de miedo porque esa pueda ser la última vez que lo vea, que vea a cualquiera de ellos.

Él ignora mis súplicas y, en cuanto entra por la puerta trasera, suena un disparo que retumba en mis oídos. Tyler ahoga mi chillido mientras me agarra firmemente por la cintura y tira de mí.

—Por favor, Cee, por favor, ¡tenemos que irnos! —me grita mientras levanto la cabeza en dirección a la casa. Se detiene, me agarra por los hombros y me zarandea para obligarme a mirarlo a los ojos—. Necesito que te conviertas en una puta soldado ahora mismo.

Dejo de resistirme inmediatamente, trago saliva y asiento con la cabeza. Él me agarra por la mandíbula para que no lo pierda de vista mientras se oyen más disparos en el interior de la casa, cada vez más cerca.

—Necesito cinco minutos —me suplica Tyler—. Dame cinco minutos. Puedes hacerlo.

Asiento con la cabeza. Sin perder un segundo, Tyler me agarra del brazo y echa a correr a toda velocidad. Yo lo sigo, dejándome llevar por la adrenalina, mientras zigzagueamos por la periferia del enorme jardín hasta llegar a los árboles. Unos cuantos cuervos más pasan a toda velocidad junto a nosotros, sin mirarnos siquiera, mientras corremos en dirección contraria al tiempo que el sol de la mañana empieza a filtrarse entre los troncos de los pinos. Tyler inspecciona el bosque. Con la cabeza ladeada y el cuerpo en tensión, su entrenamiento militar se impone mientras me mantiene pegada a su costado, guardando silencio.

Nos conduce de forma segura hasta un claro que hay entre los árboles, al lado de la carretera, donde recuperamos el aliento. Mi Jeep está aparcado al borde del camino y detrás de él se encuentra el Camaro de Dominic.

Tyler saca mi vestido del bolso y se gira hacia el bosque para vigilar mientras me quito la ropa empapada en sangre. Cuando vuelvo a estar vestida, recoge la ropa, se gira hacia mí y me pone un fajo de billetes en la mano.

—Solo efectivo hasta que estés en casa. Sube y no te detengas hasta llegar a Atlanta. No corras, no hagas nada raro y, en cuanto llegues, busca un sitio donde asearte. No dejes que nadie te vea hasta que estés limpia. Tú no has estado aquí, Cee. Nunca has estado aquí. ¿Entendido? Ya te llamaré.

—¡Tyler, no puedo irme así! ¡No puedo dejarlos!

—Cee, déjame volver con ellos. —Asiento y me atrae hacia él para darme un fuerte abrazo antes de soltarme—. Venga, vete.

En un abrir y cerrar de ojos estoy al volante del Jeep y, en menos de nada, Tyler desaparece entre los árboles. Sin poder parar de temblar, enciendo el motor y meto primera. La imagen del coche que dejo atrás al pisar el acelerador me hace ahogar un gemido.

La carretera empieza a difuminarse rápidamente a medida que el sol se eleva en el cielo matutino, arrojando luz sobre un día al que sé que no sobreviviré. Lo único que soy capaz de hacer es mantener el volante recto.

Dominic se ha ido. Se ha ido.

No hay marcha atrás. Lo he perdido para siempre.

—Dios mío, por favor.

Golpeo el volante con las manos y la agonía me desgarra mientras revivo los últimos minutos de su vida.

No he hecho nada.

Me he quedado petrificada de miedo mientras los veía luchar por mí. He visto cómo Dominic moría para protegerme y no he hecho nada, nada en absoluto, ni para ayudarlos a ellos, ni para salvarme a mí misma. Me he quedado de brazos cruzados, chillando. He reaccionado como una cobarde.

«Los dos sabíamos que no llegaría a los treinta, hermano. Cuida de ella».

—¡Por favor, Dios! ¡Por favor, no te los lleves! Por favor.

Me alejo a toda velocidad, con el sabor de la sangre de Dominic en los labios, en las manos, mientras cruzo la frontera del condado y tomo la autopista en dirección a un futuro que ya no quiero.

AHORA

AHORA

En mis visiones en la noche oscura
soñé con alegrías que se fueron…
Pero un sueño de vida y luz, despierto,
me ha dejado desolado.

EDGAR ALLAN POE,
Un sueño

26

Cecelia, veintiséis años.
Hace nueve horas

¡Por los novios!

Los invitados alzan las copas de champán en el pequeño restaurante y yo brindo con Collin. Una sonrisa serena adorna su apuesto rostro mientras me agarra de la mano y nos sirven ceremoniosamente unos platos cubiertos con unas campanas.

Cuando las levantan, bajo la vista y me topo con unas chuletas de cordero con salsa de menta y patatas al romero. Estoy a punto de protestar cuando un aroma familiar y masculino invade mis fosas nasales. Me quedo helada y respiro hondo mientras observo el antebrazo bañado por el sol que tengo delante. Bajo la manga subida de una camisa blanca impecable, sobre la piel dorada, hay un tatuaje oscuro e inconfundible. Entonces levanto la vista y me encuentro con unos ojos castaños que me resultan familiares, aunque la cara no encaja.

—Felicidades —me dice el camarero con voz cálida.

Vuelvo a mirar el tatuaje mientras se retira. Lo llamo y se detiene en la puerta de la cocina, antes de girarse hacia mí. Sus rasgos imprecisos se vuelven más reconocibles a medida que pasan los segundos. Conozco muy bien a ese hombre.

—Espera —balbuceo, sintiendo una presión insoportable en el pecho.

Las conversaciones de las personas que están a mi alrededor ahogan mis súplicas y él desaparece por la puerta de servicio.

Es entonces cuando siento su presencia.

Lentamente, me pongo de pie y analizo a nuestros invitados, que parecen ignorar la sombra que ha entrado en la sala proyectando un matiz oscuro sobre la luz intensa y cálida de las lámparas de araña. Agradezco que todos la ignoren porque, si notaran el cambio, se asustarían, pero yo no lo hago. Solo deseo encontrar su origen.

Collin sigue enfrascado en una conversación a mi izquierda y sé que no se ha dado cuenta de mi reacción. Estoy a salvo. Mis secretos están a salvo en esta fría burbuja. Recorro la fiesta con la mirada. Todo el mundo está aquí: nuestros compañeros de trabajo y amigos, mamá y Timothy, Christy y su marido, Josh, con sus dos hijos, a uno de los cuales mi madre abraza con fuerza mientras sigue dándole conversación a Christy. Desvío mi atención hacia las puertas dobles que hay al fondo de la habitación. Unas lucecitas parpadean tras las finas cortinas de estampado mareante. Sé que debería tener miedo, pero me siento segura cerca de esa fría sombra que me está llamando, poniéndome la piel de gallina mientras me atrae hacia la puerta, hacia él. Ansiosa, echo otro vistazo a la sala en busca de alguna reacción y me alivia no encontrar ninguna. Esta gente no lo sabe. Nunca podrá saberlo.

Lentamente, para que nadie se dé cuenta, cruzo la habitación llena de mesas redondas y salgo por las puertas del fondo. La brisa barre las hojas que hay a mis pies, creando un túnel de viento que me envuelve. Puedo ver los nervios que recorren el centro de las hojas mientras estas bailan y se mecen a la altura de mis brazos. Yo me río. La mezcla de aromas que hay en el aire se vuelve más intensa, llenándome de felicidad.

Están aquí. Han venido a por mí.

Las puertas se cierran a mis espaldas con una ráfaga de viento y entro en el claro mientras aparece un enjambre de luciérnagas. Estas brillan a mi alrededor, iluminando mi piel con un tono verde amarillento. Extiendo la mano hacia ellas y atrapo una. Sus alas zumban sobre mi palma antes de volver a alzar el vuelo, dejando un rastro de neón sobre mi piel. Lo limpio con el pulgar, pero no se va. Durante unos segundos, siento una paz que no había sentido en años, una sensación muy parecida a la de volver a casa.

Escudriño entre las luces que revolotean con una amplia sonrisa, hasta que siento que la sombra latente empieza a cruzar el claro y desaparece entre los árboles.

—¡No te vayas! ¡Estoy aquí!

Un poco más allá de donde flota la nube, una figura oscura emerge entre las sombras, mirándome inexpresivamente con unos ojos ambarinos sin vida. Intento hablar, pero un zumbido cada vez mayor ahoga mis palabras. Grito en el vacío que nos separa, pero su expresión no cambia. Las emociones me abrasan el pecho mientras se me empiezan a caer las lágrimas y me rompo la voz intentando explicarme con vehemencia. Esta vez tiene que escucharme.

El camarero se presenta a su lado, con una bandeja vacía en la mano que se guarda bajo el brazo. Él lo mira e intento interpretar su expresión, pero no puedo verla porque el enjambre de luciérnagas baila alrededor de ambos. Justo detrás de ellos, aparece una silueta con vaqueros oscuros, botas y camisa negras, que esboza una sonrisa leve pero inconfundible. Con el corazón desbocado, doy un paso al frente y los dos hombres se ponen delante de él, para protegerlo de mí.

—¡Ya no tengo miedo! —les aseguro, buscando alguna reacción en sus caras.

Las luciérnagas empiezan a moverse cada vez más despacio, hasta tal punto que puedo contar sus aleteos, ver la punta de sus cuerpos brillantes, distinguir todos los detalles. El camarero me da la espalda y desaparece entre las sombras mientras yo grito hacia el ancho muro de luz que nos separa.

—¡Os quiero! ¡Os quiero! ¡Siento no haber estado preparada antes, por favor, por favor, no os vayáis! —Se me quiebra la voz, desangrándose mientras suelto una retahíla de palabras desesperadas—. ¡Lo haré mejor! ¡Seré mejor! ¡No me dejéis!

Desesperada por acortar distancias, por verlos más de cerca, espanto a las luciérnagas a manotazos y aguzo la vista todo lo posible mientras extiendo la mano, pero el peso del encaje del vestido me impide moverme, amontonándose rápidamente a mis pies y anclándome al suelo.

—Lo haré mejor. ¡Seré quien queráis que sea! Por favor. No me dejéis. ¡Por favor, no os vayáis!

Las lágrimas y los destellos de luz me ciegan hasta que logro distinguir un par de ojos llameantes en medio del caos. La imagen aprieta su poderosa mandíbula mientras observa mi vestido, antes de mirarme a los ojos. Luego asiente lentamente y sé que lo hace en señal de aceptación. Grito por la pérdida cuando me da la espalda.

—No os vayáis. ¡Por favor, no os vayáis! ¡No me dejéis! ¡Os quiero!

Uno a uno, comienzan a internarse en la espesura mientras yo me precipito hacia delante, luchando contra mis ataduras, pero el vestido me retiene y me impide llegar hasta ellos. Agarro la cola y empiezo a rasgar con furia el encaje, pero el tejido se niega a romperse.

—¡No! ¡No os vayáis! ¡No me dejéis!

Oigo el ruido de la fiesta detrás de mí y el fuerte zumbido vuelve a sonar mientras las luciérnagas empiezan a desaparecer.

—¡Esperad! —grito, mientras unos ojos feroces se encuentran con los míos por última vez antes de empezar a desvanecerse en la oscuridad—. ¡No me dejéis!

Las hojas vuelven a arremolinarse, impidiéndome ver, al tiempo que las puertas se hacen añicos a mis espaldas.

Acurrucada en la cama, sollozo tapándome la cara con las manos, incapaz de aguantar la presión insoportable que siento en el pecho. Emito unos gritos desgarradores mientras las lágrimas inundan mis mejillas y mi corazón grita pidiendo auxilio.

Un auxilio que no va a llegar.

El sentimiento de pérdida y el dolor insoportable no tienen fin. No han desaparecido y sé que nunca lo harán. Lloro desconsolada, sin poder creer que en algún momento llegara a pensar que la capacidad de recordar mis sueños de forma tan real fuera un don, un superpoder.

Es cualquier cosa menos eso.

Me encontraba allí con ellos, estaban muy cerca, al alcance de mi mano.

Jadeando y ahogándome, me aferro a las sábanas y grito, frustrada, mientras intento despejarme. Entonces lo veo, colgado de la puerta, burlándose de mí, condenándome. Echo hacia atrás el edredón, salgo disparada de la cama, abro la cremallera de la bolsa y saco el vestido. Empujada por el sufrimiento, agarro el encaje y no me siento satisfecha hasta que oigo el ruido del tejido rasgándose entre mis manos. Caigo de rodillas y sigo rompiendo el vestido con los dedos. Los desgarrones resultan liberadores y la sensación de impotencia empieza a remitir. Es así como lograré deshacerme del lastre. Es así como podré liberarme y darles alcance.

Es así como me doy cuenta de que nunca lo haré.

Segundos después de destruir mi vestido de novia, la realidad se impone. Nunca seré libre. Mientras siga soñando y esos sueños sigan teniendo la capacidad de hundirme, nunca seré libre. Contemplo el vestido hecho trizas que tengo en las manos y entierro la cara en él para ahogar los gritos de frustración.

Podría intentar racionalizar este acto de mil formas, pero

solo puedo sacar una conclusión. Estoy llorando por un futuro que ya no puedo permitirme tener.

Mientras siga guardando los secretos que compartimos, mientras mis preguntas sigan sin respuesta, mientras mi corazón siga latiendo, continuaré enredándome cada vez más en mi telaraña de mentiras. Desesperada, miro al vacío mientras mi corazón se niega a darme la menor tregua. No sé cuánto tiempo permanezco sentada en medio de la devastación que yo misma he causado, pero me pierdo entre los sueños y la realidad, empeñada en hacerme consciente de todas sus consecuencias.

El sonido de la puerta principal y de una voz familiar que me llama por mi nombre hacen que vuelva a meter apresuradamente el vestido destrozado en el portatrajes de plástico antes de guardarlo en el armario. Llevo años racionalizando estos sueños. Llevo años negando mis emociones, compartimentándolas, escondiéndolas, diciéndome a mí misma que la perspectiva y la liberación llegarían con el tiempo. Durante años, me he prometido a mí misma que la racionalización y el razonamiento me permitirían algún día hacer las paces con mi pasado y me llevarían a una especie de redención.

Pero eso no es verdad y el tiempo lo ha demostrado.

Es por ello que, cuando mi prometido abre la puerta de la habitación y se topa con los escombros de todas esas promesas vacías e incumplidas, hago lo único que puedo hacer: dejar de mentirnos a los dos.

27

El tiempo no vuela, al menos para mí. Fluye y discurre entre las partes que quiero recordar y los minutos que daría cualquier cosa por olvidar. La corriente es traicionera, sobre todo entre el pasado y el presente. Tengo que andarme con ojo porque puedo verme arrastrada entre las partes que idealicé y la brutal realidad de lo que ocurrió. Cuando dejé Triple Falls, eso fue básicamente lo que me sucedió.

Tardé algún tiempo en darme cuenta de lo mal que me habían tratado durante mi estancia allí y de cómo me habían manipulado. Años después de haberme marchado, estaba tan enfadada que me obligué a enfrentarme a la atroz verdad.

Por mucho que proclamaran que se preocupaban por mí, esos hombres me utilizaron de una forma imperdonable. Nunca debí permitir que tuvieran tanto poder sobre mí. Debí haber sido más fuerte. Debí haber luchado mucho más por mí y por lo que merecía. No debí dejar que me ocultaran tantos secretos.

Hoy en día, la mujer que soy sigue ridiculizando a la niña que vislumbro en mi reflejo.

Me molesta seguir soñando con ellos tan a menudo, arrastrándome a través de nuestros recuerdos, algo que no hace más que perpetuar esta prisión autoconstruida. No soporto ser una mujer lo suficientemente inteligente como para gestionar con mano firme todos los aspectos de mi vida durante el día pero, cuando sueño con ellos, ser demasiado débil como para atreverme a reprocharles las atrocidades que me hicieron entre todos, tal y como debería hacer.

La rabia debería ganar, pero no lo hace. Nunca lo ha hecho.

La mayoría de la gente llora las pérdidas con intención de pasar página, pero, en el fondo, yo sé que lo hago mientras duermo para mantener los recuerdos cerca, unos recuerdos que se me presentan de una forma muy real, lo que me ayuda a deconstruir el mundo y los muros que intento reconstruir día tras día. Pero es un mundo diferente y así lo ha sido desde que me fui. A lo largo de los años, he luchado mucho para recuperar el respeto por mí misma, mientras cada noche me veía obligada a ceder a los caprichos de mi corazón.

Una batalla que he librado desde que me marché.

Una guerra que perdí anoche.

Así que hoy me dejaré llevar y navegaré a la deriva, dejaré que la corriente se adueñe de mí. Viviré en el pasado, desempolvando mis recuerdos e intentando por todos los medios no dar mi absolución a quienes no se la merecen.

Pero la sensación de pérdida me impide avanzar. Siempre lo ha hecho. Porque, por muy resentida que esté con ellos a veces, he tenido una suerte que pocas personas tienen.

Me amaron como pocos consiguen ser amados. Y eso, obviamente, me cambió para siempre.

Aparco a las afueras de la ciudad y salgo del coche bajo el viento helado. Las nubes tiñen de gris el día y la grava cruje bajo mis botas mientras me dirijo a la entrada, al pie de una pequeña colina.

Aunque mi estancia aquí será breve, he saboteado deliberadamente mi futuro de tal forma que, cuando me vaya, no tendré ningún sitio a donde ir. En el camino de regreso a Triple Falls, me he dado cuenta de que siempre nadaré a contracorriente. A pesar de todos mis logros, después de todo lo que me ha tocado vivir, en el fondo y por desgracia, tengo la sensación de que ya he vivido la mejor parte de mi vida. Durante la época que pasé en este pueblo, hace años, soñaba constantemente con el futuro. Mi intención aquí, ahora, es detener el tiempo y centrarme en el pasado.

Lo único que me queda de ellos en este momento son los restos de los instantes que pasamos juntos. Con el tiempo, me he dado cuenta de que todo lo que sucedió en esos meses que pasé con ellos fue suficiente para apresar y encarcelar mi corazón. La batalla que se libra entre mis sienes me corroe y mi lealtad inquebrantable se niega a permitirme olvidar, mientras el resto de mi ser suplica que lo liberen.

Pero necesito saber la verdad y ahora me encuentro a un paso de ella. Al entrar en el pequeño cementerio, me sobreviene todo el peso de nuestros errores. El chirrido de la puertecita de hierro, que me llega por la cintura, delata mi presencia. Tras avanzar unos cuantos pasos por el aislado camposanto, lo encuentro y me arrodillo, quitándome el guante para acariciar las gruesas letras talladas en la superficie de la pesada piedra.

PRINCE DÉCHU
PRÍNCIPE CAÍDO

Han pasado más de dos mil días desde que se fue, desde que nos lo arrebataron, desde que me lo quitaron y dejaron un agujero irreparable y perpetuo en mi corazón. Todavía recuerdo sus oscuras pestañas rizadas cuando le cerré los ojos. Todavía recuerdo su peso sobre mi regazo mientras lo acunaba contra mí, el tacto de sus labios al darle un beso de despedida. Independientemente de lo que me hizo, lo único que siento por él es amor, nostalgia y gratitud.

Murió para protegerme. Murió porque me amaba, pero lo maldigo por no saber lo difícil que sería para mí tratar de superarlo. Su sacrificio me ha hecho sentir, muchas veces, indigna de un amor así. Aunque yo también lo amaba. Con todo mi corazón. Por todo lo que era y por el regalo que me hizo con su sacrificio desinteresado.

Si hubiera confiado en Dominic lo suficiente como para creer que su amor era verdadero, él no estaría aquí.

De todos los errores que he cometido en mis veintiséis años, el único que me resulta insoportable es haber tenido miedo de mi protector la noche que lo perdí.

Ojalá…

El hecho de ver su tumba hace que esa noche se vuelva todavía más real, que nuestra conversación y sus palabras de despedida sean aún más valiosas. Avanzó sin vacilar hacia la muerte, pidiéndome solo un día más de lluvia. Un día que daría cualquier cosa por haber compartido con él.

—Ojalá me hubieras llevado contigo —murmuro, con una voz rebosante de dolor—. Aunque supongo que, en cierto modo, todos te acompañamos. —Me viene a la mente la primera vez que nos miramos—. Me dabas muchísimo miedo —resoplo, mientras los ojos se me humedecen y rompo a llorar, acongojada—. Eras un hijo de puta.

Cuando conocí a Dominic, estaba atrincherado tras su razón de ser: la hermandad. Aun así, no sé cómo, me las arreglé para tener la suerte de encontrar el punto débil de su armadura, porque él me lo permitió.

«Ya estás dentro».

Eso fue lo que me dijo en nuestra última cita. Todavía puedo oírlo claramente.

Me llevo la mano a la frente, haciendo lo posible por no derrumbarme mientras hablo.

—Te fuiste antes de que pudiera hablarte del futuro que había soñado para ti. Puede que también estuviera mezclado con alguno de mis sueños. Puede que ambos estuviéramos soñando despiertos, pero era un gran sueño. Más que un plan, era un lugar. Un lugar lleno de música y risas, de libros, de besos largos y días de lluvia infinitos. Era un lugar donde ya no tenías que esconder tu sonrisa.

Ojalá…

Me tapo la boca con los ojos clavados en la sepultura y se me escapa un débil sollozo.

—Ahora rezo, Dom. A menudo y por ti. A veces lo hago egoístamente, pero solo para poder ver tu cara en mis sueños. Nunca me dejas verte del todo. Capto algún que otro rasgo de tu rostro, pero no es suficiente. —Las palabras se me atascan en la garganta—. Aun así, sigo intentándolo. Sigo persiguiéndote. —Estoy convencida de que no puedo verlo bien porque no he verbalizado lo único que deseo pedirle desesperadamente. Y lo más difícil es que sé que la respuesta depende de mí—. Por favor, si puedes, déjame verte.

Se me corta la voz y rompo a llorar. Intento limpiarme las lágrimas de las mejillas y me arrodillo, derramándolas sobre el suelo helado donde él yace bajo esa piedra, para siempre. Una realidad que daría cualquier cosa por cambiar.

Nunca me lo habría imaginado. Como suponía, el hecho de ver su tumba hace que todo se vuelva más real. He estado luchando por recuperar una pizca de cordura sin una sola prueba de lo sucedido aquella noche y, ahora que por fin la tengo, no me alivia en absoluto. Más bien me genera un dolor insoportable. Uno que nunca me abandonará. Nunca había tenido la oportunidad de llorarlo adecuadamente. Como él se merecía, como la mujer que él amaba y que también lo amaba a él, porque todo se torció antes de que lo mataran. Pero me siento agradecida por los minutos que pasamos juntos, aunque fueran insuficientes y escasos.

Desvío la mirada hacia la tumba que está junto a la de Dominic y me dirijo a la mujer que descansa a su lado, tras haberse unido a él apenas unos meses después.

Se me pone un nudo en la garganta al pensar en el temor que había en sus ojos aquella noche que nos conocimos y me pregunto si seguiría teniendo miedo cuando murió.

—Dime, Delphine, ¿encontraste la forma de colarte en el cielo? ¿Te la dijo tu sobrino?

El viento arrecia y tiemblo debajo del abrigo, pensando por primera vez en mucho tiempo en mi propia mortalidad. Me había enfrentado a ella cara a cara justo antes de abandonar Triple Falls. Ahora ya no me asusta casi nada y estoy decidida a cumplir mis mil sueños.

Observo el grupo de lápidas.

Toda la familia de Tobias descansa ahí y, si algo me da miedo, es pensar en su muerte. En que, un día, ocupará su lugar junto a los suyos.

Desvío de nuevo la mirada hacia la tumba de Dominic y me barre otra oleada de dolor que reprimo, negándome a permitir que me consuma tan pronto. No puedo dejarme llevar por este duelo, o no sobreviviré a él.

Todavía no.

—*Repose en paix, mon amour, je reviendrai.* —«Descansa en paz, mi amor. Volveré».

28

De camino a casa, ajusto el retrovisor mientras los recuerdos del día que hui regresan a borbotones, torturándome.

Los disparos, el olor de la sangre de mi amor caído y la sensación de esta en mis manos durante el trayecto de vuelta. La adrenalina desapareció aproximadamente al cabo de una hora, dejándome las extremidades doloridas, para dar paso a la devastación total. Fueron las horas más angustiosas de mi vida.

«Vete y no vuelvas. No vuelvas jamás».

Abandoné el frente sin saber si los hombres a los que amaba seguían vivos, si estaban heridos, si me culpaban o si me odiarían para siempre, en caso de sobrevivir. Pero esa orden tajante me hizo sentir como si yo fuera el veneno, la causa de todo lo que había ido mal.

Sigo sin recordar claramente los detalles concretos de aquel viaje. Al llegar a las afueras de la ciudad de Atlanta, me detuve en una gasolinera llena de gente y, al bajar el parasol, vi que tenía un poco de sangre de Dominic en la comisura de los labios. Cogí una botella vieja que tenía en el coche con un poco de agua y me limpié la cara con los dedos, como pude. Volví a mirarme al espejo. Tenía los ojos enrojecidos, ojeras y la piel pálida y húmeda. Después de vaciar la botella, entré apresuradamente en la gasolinera, con las manos debajo de las axilas y la cabeza gacha. Me encerré en el cuarto de baño. Una vez dentro, alivié mi vejiga antes de ponerme delante del lavabo asqueroso, esperando ver aquello que estaba sintiendo. Lo único fuera de lugar eran las manchas de mis manos, la sangre de un hombre que me había declarado su amor solo unos minutos antes de exhalar su último aliento. Empecé a girar las manos una y otra vez, queriendo conservar las manchas, lo único de él que me quedaba, por muy enfermizo e irracional que fuera.

Las lágrimas, incesantes, me rodaron por la barbilla mientras restregaba la sangre que tenía incrustada bajo las uñas, observando cómo el agua teñida de rosa se iba por el desagüe.

Entonces oí un suave golpeteo a unos centímetros de distancia y dejé de llorar. Me eché agua fría en la cara. Al abrir la puerta, vi a una mujer con un polo y una falda de tenis que llevaba en brazos a una niña vestida de forma similar. Me saludaron con una sonrisa y el hecho de que me chocara ver a unas personas tan inmaculadas, tan sencillas, con los ojos tan llenos de vida y sonriendo con tanta naturalidad, me hizo darme cuenta de hasta qué punto mi vida estaba patas arriba. Instintivamente les devolví la sonrisa, consciente de que acababa de ponerme una máscara nueva. Recuerdo que no me gustó nada cómo me sentaba y que me sentí incómoda con ella pero, desde aquel día, no volví a quitármela. Esa sonrisa fue la primera mentira que conté después de abandonar Triple Falls.

Cecelia Horner murió esa noche. Toda su inocencia e ingenuidad fueron destruidas, junto con sus sueños tontos y absurdos, por una realidad en la que se hizo consciente por las malas de que el mal existe, de que acecha entre las sombras para aprovecharse de los inocentes, como aquella niña del polo. La niña que en su día fui.

Una realidad en la que a menudo gana el bando equivocado, en la que las balas son reales y las personas a las que quieres pueden exhalar su último suspiro contigo como testigo, para que veas cómo su luz se apaga delante de ti.

Y yo lo pedí, pedí formar parte de todo ello, porque era demasiado codiciosa y me empeñé en amar a unos hombres que continuamente me advirtieron que me alejara, algo a lo que me negué.

Dominic murió.

Por más preguntas que hice, por más que supliqué, obtuve pocas respuestas. Solamente conseguí secretos y una historia que nunca podría compartir. Saber lo que sabía era un castigo insoportable. Sabía que tendría que usar la máscara hasta el resto de mis días, porque nunca podría permitir que nadie viera lo que había detrás.

Tenía que olvidar que esa chica existía.

Me pasé horas y horas sentada en el coche, en lo alto de un aparcamiento con vistas al horizonte de Atlanta, a un mundo de distancia del pueblo que había cambiado todo lo que creía saber sobre la vida y el amor. Con el teléfono en la mano, lo único que podía hacer era rezar a un Dios al que había maldecido horas antes por haberse llevado a mi ángel caído. Había rezado para que Tyler cumpliera su palabra, para que las personas que se habían convertido en parte de mí acabaran el día vivos.

Fue una espera insufrible y llena de ansiedad. Me entraron náuseas y tuve que abrir la puerta del coche para vaciar el estómago sobre el cemento, en el sitio en el que había aparcado. Cuando estas remitieron, me limpié la boca y volví a mirar el móvil, deseando que sonara, y en ese momento recibí la notificación de un correo electrónico de mi padre.

Cecelia:

Me alegró mucho recibir ayer tu correo en el que me comunicabas que te habías marchado antes para preparar el próximo curso escolar. Me complace saber que has disfrutado del tiempo que has estado trabajando en la fábrica. Daré por cumplido nuestro acuerdo en vista de las buenas noticias y de tu interés por seguir estudiando. Te adjunto la dirección y los datos de contacto para gestionar tu nuevo piso de Athens. Espero que consideres este gesto como lo que es y te felicito.

Me ocuparé de que todos los gastos estén cubiertos durante tu estancia.

Por favor, mantenme al corriente de tus resultados académicos.

ROMAN HORNER
Director general de Horner Technologies

¿Que considerara ese gesto como lo que era?

Leí el correo electrónico una y otra vez, alucinada. Después, consulté el buzón de correos enviados y descubrí que se trataba de una respuesta a un correo electrónico enviado desde mi cuenta, horas antes de que me enfrentara a Sean y a Dominic por lo del tatuaje. Una respuesta a un correo que yo nunca había enviado.

Un correo que me proporcionaba una coartada, ubicándome en Atlanta antes de que se produjera un tiroteo en su casa.

Roman lo sabía. Tenía que saber lo que estaba pasando. Igual que Tobias y Dominic sabían que Miami iba a presentarse.

Empezaron a aparecer pistas mientras reconstruía la noche y comencé a atar cabos. La primera fue la repentina aparición de Dominic, poco después de que yo llegara a casa, a lo que había que sumar el hecho de que su coche estuviera aparcado al lado del claro y de que hubieran movido el mío para dejarlo al lado del suyo, probablemente poco después de mi llegada y de que me pusiera de nuevo a hacer las maletas.

Siempre era la última en enterarme de todo.

Por eso sigo enfadada. Si Dominic me hubiera dicho lo que estaba pasando, si hubiera confiado en mí... Pero la forma en la que reaccioné al verlo hizo que me tratara con tacto. Y mantenerme al margen fue lo que hizo que Dominic cometiera aquel error fatal: dejar la pistola en las escaleras, quedándose desprotegido mientras Tobias registraba la casa en busca de algún peligro.

Debió de ser Tobias el que envió ese correo electrónico. Di

por hecho que esa era una de las razones por las que no volvió a casa como me había prometido. Estaba planeando mi estrategia de salida, proporcionándome una coartada en relación a mi paradero en caso de que las cosas se torcieran, en caso de que las autoridades se involucraran.

Fueron las estrictas instrucciones de Tyler las que lo confirmaron. Me dio dinero en efectivo para que no quedara ningún rastro de cuándo había hecho el viaje. «Nunca has estado aquí».

Tobias siempre iba un paso por delante de mí, al tiempo que me mantenía al margen.

Pero había otras piezas del puzle que no acababa de entender. No conseguía que encajaran, por mucho que les diera la vuelta e intentara unirlas.

Aunque Tobias tuviera todo el dinero del mundo para reparar los daños causados en la casa de Roman tras el desastre, era imposible que este no se diera cuenta. Estaba claro que él contribuyó a encubrirlo, lo que me enfurecía sobremanera. ¿Tan empeñado estaba en mantener su falsa reputación? Tenía que haberse enterado. Tenía que saberlo. Matteo dijo que el coche de Roman estaba aparcado en el garaje.

Pero ¿cómo? ¿O es que habían usado un coche parecido para atraer a Miami?

En cualquier caso, Roman había tenido que enterarse.

El día que me marché, me di cuenta de que no habían mentido sobre Roman Horner y sus negocios turbios. Era la única prueba que necesitaba para creer que ese hombre era tan corrupto como lo pintaban. Para mí, sus manos estaban igualmente teñidas de sangre, aunque había renunciado a él mucho antes de esa noche. Ya lo había dado por perdido.

Pero aquel día, sentada en lo alto del aparcamiento, agotada y preocupadísima, dejé a un lado el misterio, abrumada por el dolor y la indecisión, mientras luchaba contra el impulso de volver a Carolina del Norte.

Las horas se me hicieron eternas e intenté distraerme observando cómo los coches del atasco de la I-285 avanzaban a paso de tortuga. La gente había salido del trabajo y se iba a casa a cenar y a ver la televisión. Gente normal que hacía cosas normales y corrientes. Pero yo no podía imaginarme volviendo a la normalidad con el sabor de la sangre de mi examante todavía en la boca.

Cuando por fin sonó el teléfono y vi un prefijo familiar junto con un número desconocido, contesté de inmediato.

—Hola. —Agucé el oído durante varios segundos, mientras un pavor inimaginable me inundaba el pecho, a la espera de las noticias que me aguardaban al otro lado de la línea—. Hola. Por favor. ¿Hola?

Al cabo de unos segundos, oí el inconfundible sonido de un Zippo que se abría y se cerraba. Un sonido que hizo que un sollozo brotara de mis labios. Sean.

Pero fue el ruido de unos hielos tintineando tres veces en un vaso lo que me hizo romper a llorar como una loca detrás del volante. Dos sonidos característicos que sabían que yo reconocería fácilmente.

«Están bien. Están bien».

—Por favor. Por favor…, decidme algo. —Cuando el silencio me respondió con rotundidad al otro lado de la línea, de algún modo supe que ese mutismo obstinado era culpa de Tobias. Y que las palabras nunca llegarían—. Lo siento, lo siento mucho. Por favor, alguno de los dos, decidme algo. Lo siento.

El silencio se prolongó mientras yo intentaba buscar las palabras adecuadas, hasta que por fin escuché una voz familiar.

—Hola, Cecelia, lo siento.

—Layla, yo, yo, yo… —Sollozaba con tanta fuerza que me quedé sin respiración y tuve que bajar la ventanilla para respirar hondo e intentar calmarme.

—Uf, nena —dijo ella, suspirando—. Solo es una mudanza más. Te recuperarás. Por aquí estamos todos bien.

Y una mierda.

—¿Todos? —le pregunté, con voz entrecortada.

—Sí, te lo prometo, estamos bien. Y tú también lo superarás —continuó, con un discurso claramente ensayado—. Todos te vamos a echar mucho de menos, pero nos alegramos de que pases página. Es una pena que vayamos a estar tan lejos.

—Layla...

—No te preocupes, cielo. Seguro que harás nuevos amigos, vayas donde vayas. Eres una chica dura. Te recuperarás enseguida.

—¡No puedo hacer esto! —le grité por el teléfono—. No puedo.

—No tienes elección, cariño. Estás madurando, tienes que acabar la universidad y te espera una gran vida por delante. Todos estaremos animándote desde la barrera. Me alegro muchísimo de que te hayas ido de este pueblo de mierda y de que no vayas a volver nunca más.

—¿Puedo ir a veros?

La pregunta se quedó suspendida en el aire y pude oír unos susurros ásperos de fondo que no logré descifrar.

—No tiene sentido, nena. Los chicos se van hoy y no sé cuánto tiempo estarán fuera. —Se iban, y sería imposible contactar con ellos allá donde fueran. Fue como si me pusieran una piedra de una tonelada sobre el estómago—. Espero que sepas que estarás mejor ahí. —Era una advertencia, aunque ella la pronunció con la dulzura del amor de una madre—. No traería nada bueno que volvieras aquí. Además, no creo que quieras acabar trabajando en la fábrica hasta que seas una vieja decrépita. Y nosotros solo queremos lo mejor para ti.

—Layla...

—Tengo que dejarte, pero quería que supieras que te echaré de menos.

Cuando se cortó la conexión, la sensación de pérdida que sentí me hizo gritar. Ni Sean ni Tobias querían hablar conmigo.

Todo había terminado.

Habían decidido mi futuro y quemado todas mis naves, no querían que volviera. No tenía elección, ni voz ni voto. Y ya había vivido esa realidad antes.

Totalmente desquiciada, me hice añicos una y otra vez ante el carácter definitivo de todo aquello. Siempre había estado claro que la cosa no iba a acabar bien, pero esa despedida acabó conmigo.

Me había ido a Triple Falls siendo una adolescente, con el único objetivo de ponerme a prueba, de dejarme llevar por mi lado rebelde y de acumular algunas anécdotas que contar.

Aquella noche, cuando entré en mi nuevo apartamento de Athens, lo hice como una mujer creada a partir del engaño, la mentira, el deseo y el amor, cuya esencia estaba envuelta en secretos que le habían cambiado la vida y llena de historias que nunca podría compartir ni contar. Al tratar de mantenerme a salvo, al proyectar mi futuro, estaban haciendo que me marchitara y me pudriera con esos secretos.

A pesar del empeño de mis chicos y el billete de primera clase que mi padre me había comprado para salir del infierno, lo único que me apetecía era volver y dejar que las llamas me consumieran. Pero a cambio de protegerme, a pesar de todos los problemas que les había causado, lo único que me pedían era que me mantuviera alejada y que guardara sus secretos.

Y eso fue lo que hice.

Tras mi bautismo de fuego, me puse la máscara hasta acostumbrarme a ella, guardé nuestros secretos y seguí sus órdenes al pie de la letra mientras intentaba retomar algo parecido a una vida.

Y, al final, también acabé haciendo eso.

He superado con creces mis expectativas, pero el tiempo no ha sido más que un nudo corredizo que me ha ido dando cuerda centímetro a centímetro. Y ahora que estoy aquí, me niego a continuar con esta farsa. Es demasiado pedir. Así que voy a exigir respuestas y se las pediré íntegramente al hombre que me debe las explicaciones.

No pienso marcharme de aquí sin ellas.

Esa es la última promesa que me hago mientras conduzco por la solitaria carretera que lleva a la casa olvidada.

29

Como era de esperar, se me ponen los pelos como escarpias al contemplar la enorme propiedad desde la entrada mientras la lluvia gélida golpea el capó y el parabrisas de mi Audi. La casa resulta mucho más intimidante bajo el cielo gris. Aunque sé que la mayor parte del rechazo que me provoca se debe a la historia que habita entre sus muros.

Aparco, trago saliva y salgo. Dejo la maleta en el coche y cojo del bolso el sobre que la empresa que se ocupa de ella me envió hace años junto con la nueva llave, las instrucciones del sistema de seguridad y el horario de los empleados de mantenimiento de la finca del difunto Roman Horner. Sostengo la pesada llave en la mano mientras subo las escaleras y giro hacia el camino de acceso. Aunque el viento sopla con fuerza a mi alrededor y la lluvia punzante hace que el frío me cale hasta los huesos, me viene a la mente un recuerdo de mi pasado, la imagen de un hombre áureo que espera junto al capó de su Nova, con las botas y los brazos cruzados y una sonrisa en los labios. El sol ilumina las puntas doradas de su pelo despeinado mientras sus ojos brillan con picardía, prometedores. Pero el relámpago desaparece tan rápidamente como ha aparecido.

Respirando hondo para tranquilizarme, giro la llave, abro la puerta de un empujón y me quedo inmóvil en el umbral, desconcertada por lo que veo.

El interior está igual que el día anterior a mi partida, aunque no puedo ni imaginar los daños infringidos aquella mañana. Seguramente todavía habrá algún casquillo de bala entre el yeso y la pintura nueva. Pero cualquier rastro de aquella noche horrible ha desaparecido; es como si me lo hubiera imaginado todo.

Ojalá fuera cierto.

«Que nadie salga con vida». Me estremezco al recordar la cara de Tobias al dar esa orden. Tyler había dicho que los de Miami habían aparecido con diez coches. Si los cuervos consiguieron cumplir aquella orden, tuvo que haber un número importante de bajas. Y luego estaba el bando de la hermandad. No los conocía a todos personalmente, pero no quiero ni pensar que perdieran a más hermanos ese día.

Lo más probable es que sí.

Cuando nos conocimos, yo acusé a Tobias de ser un ladrón de poca monta que lo único que sabía hacer era dar fiestas para intentar restarle importancia a todo lo que sabía mientras me mantenían arrinconada, protegida y a salvo de la terrible realidad que conllevaba la guerra que libraban.

Dominic me lo confesó la noche que murió. «Estabas rodeada de mentirosos, ladrones y asesinos». Pero, por más que me lo repitieron, yo necesité ver para creer. Y, aquella noche, aprendí a creer de la peor forma posible.

Sin embargo, entendía su forma de ver las cosas. Como no querían que me enterara de nada, me distrajeron, manteniéndome en la ignorancia el mayor tiempo posible para que no viera lo que en realidad eran: unos delincuentes peligrosos cuyos delitos tenían que ver con el robo corporativo, el chantaje, el crimen organizado, el espionaje y, si me apuras, con las represalias sangrientas.

No eran unos asesinos despiadados, pero todos tenían las manos manchadas de sangre y ahora yo soy cómplice de sus secretos.

Aunque busqué en internet durante días y días alguna noticia sobre lo ocurrido en la casa, no encontré absolutamente nada. Nadie dijo ni una sola palabra, no apareció ninguna noticia en ningún medio de comunicación, ni siquiera una esquela o el anuncio del funeral de Dominic, algo que me había enfurecido. No sé lo que sucedió cuando me fui, pero encubrieron el suceso de una forma que no alcanzaba a entender.

Revisé los periódicos e internet durante meses en busca de pistas, detenciones o cualquier otro dato relacionado con esa noche, pero todo fue en vano. También estuve atenta a la prensa de Miami, pero nada. Ni siquiera en los medios de los condados cercanos. Por fin, ocho meses después, me topé con la esquela de Delphine, que había sucumbido al cáncer.

Y después de esa investigación, tiré la toalla. No tenía elección. Mi salud y mi cordura pendían de un hilo y tuve que rendirme y cumplir la última voluntad de mis chicos.

Tenía que intentar salir adelante y empezar a vivir algo similar a una vida.

Me pasé meses y meses debatiéndome a diario entre la pena y la rabia, hasta que me decidí a intentarlo. Nunca respondí a los inquisitivos correos electrónicos de Roman sobre mi bienestar y mis progresos en la universidad, lo evité totalmente hasta el día en que murió de cáncer de colon, dos años después de que me marchara.

Tampoco intenté ni una sola vez ponerme en contacto con nadie de la hermandad. Sabía que sería inútil. La ira y el resentimiento fueron mis aliados en ese aspecto.

Les seguí el juego por mi propio bien, a pesar de que lo que pasó aquí me abrió los ojos de par en par.

El instinto de supervivencia me ayudó a salir adelante y me sacó por fin del agujero. Pero, poco después, los sueños tomaron el mando, amenazando con echar por tierra todos los progresos que había hecho.

Ahora, mi regreso dará inicio a una nueva guerra y debo estar preparada. No solo pretendo volver a dormir tranquila de nuevo, aunque tampoco tengo demasiado claras mis motivaciones. Pero el sueño que tuve anoche puso todo esto en marcha y, por ahora, me estoy dejando llevar sabiendo que, aunque la verdad nunca llegará a hacerme totalmente libre, podría cerrar algunas puertas, algo que espero que sea suficiente.

Me sacudo la lluvia helada y la inquietud que me causa volver a estar en esa casa, entro y cierro la puerta a mis espaldas. Los recuerdos acechan en todas las esquinas. Me estremezco bajo el abrigo y me froto los brazos mientras voy hacia el termostato para aumentar la temperatura. Echo un vistazo por encima del sofá del salón y veo que el tablero de ajedrez permanece intacto al lado de la chimenea. Curiosamente, las piezas siguen colocadas como la última vez que Tobias y yo jugamos.

—Te toca mover —me dice después de hacerse con otro de mis peones.

Bebo un trago de vino y lo observo bajo la luz ambarina de las velas que he encendido al bajar, después de ducharme. Compartimos una sonrisa íntima cuando lo vi allí de pie, descorchando una botella de vino. Después de embadurnarme en crema hidratante de enebro, que era como su hierba gatera, me puse simplemente un jersey fino que me dejaba los hombros al descubierto y nada más. No tengo lencería, salvo el camisón que me compró y que he decidido guardar para nuestra última noche juntos, que será la noche antes de que me vaya a la universidad, en la que me niego a pensar. El brillo de sus ojos revela claramente que aprueba mi elección y Tobias me mira con agrado mientras me pasa el vino, antes de que nos sentemos. El tablero descansa en diagonal sobre la chimenea, donde nos acomodamos uno frente al otro, separados apenas por unos centímetros. El juego en sí me sigue resultando tremendamente aburrido, pero la belleza y el misterio de mi contrincante lo hacen muchísimo más soportable. Y, a decir verdad, son unos preliminares de lo más excitantes.

—¿No te gusta jugar a ningún otro juego?

—*Non*.

—¿Y nunca ves la televisión, aparte de las noticias?

—Cuando estoy enfermo.

—¿Y con qué frecuencia es eso?

—Cada cuatro o cinco años.

Pongo los ojos en blanco.

—Entonces no creo que intimemos pegándonos un atracón de series.

Él me echa un vistazo, con un claro atisbo de vulnerabilidad en la mirada.

—¿Se supone que eso es lo que deberíamos estar haciendo?

Lo está diciendo en serio. Qué pregunta tan ingenua para un hombre de su edad. Durante la última semana que hemos pasado juntos, me he dado cuenta de que, al igual que sus hermanos, este hombre no actúa de ninguna forma ni tiene ninguna regla que recuerde mínimamente a los convencionalismos estadounidenses. Aunque estudió en el extranjero, de pequeño vivió mucho tiempo en Estados Unidos y, sin embargo, no parece que el rollo McDonald's se le haya pegado en absoluto, algo realmente irónico para un hombre que le tiene el pulso tan tomado a la actualidad. ¿Cómo se puede ser tan consciente del mundo y, a la vez, vivir tan alejado de él en el ámbito personal? Para empezar, es bastante ermitaño, aparte de un animal de costumbres. Su ligero TOC hace que le resulte difícil renunciar a sus rutinas. En segundo lugar, me soltó un buen sermón una vez que le dije que tenía antojo precisamente de comida del McDonald's. De hecho, se puso en plan esnob francés. Apenas conseguí que consintiera un sándwich de mantequilla de cacahuete y mermelada, y ahora tengo que esconder la comida basura.

Entre los caprichos de ese hombre está el café en grano caro, solo consume productos de alta cocina y los vinos que elige, aunque deliciosos, son prohibitivos. Todos sus trajes son de diseño y hechos a medida, algo que ya sabía, pero no le he visto repetir ninguno en los dos meses que me ha tenido como rehén. Aunque puede que sus gustos resulten un poco excéntricos, la verdad es que no me extraña que se gaste el dinero en cosas caras porque no se crio en una mansión como en la que estamos ahora. Creció en una casucha de mala muerte, con una tía alcohólica para la que las cucarachas eran parte de la familia, mientras intentaba ejercer de padre de su hermano pequeño.

No se crio entre algodones y no solo me alegro de que pueda disfrutar de esas cosas, sino de que las exija en el día a día. Si en algo es egoísta es en esos pequeños caprichos que le proporcionan placer. Es complicado, pero sencillo. Y tampoco necesita los estímulos de los hombres normales y corrientes. Parece que lo que más valora son las experiencias: no la música, sino una canción en concreto; no la comida, sino un festín; no el vino, sino su degustación. Y el sexo se lo toma aún más en serio. Para él es un arte y lo domina a la perfección.

—¿Qué? —me pregunta, mirándome a los ojos, mientras medita la primera jugada.

—Ya no te odio. —Veo que sus labios se curvan ligeramente—. Ríete, pero te odiaba con todas mis fuerzas, Tobias.

—Lo sé. —Su sonrisa se vuelve más amplia.

—Te encanta que me resista.

—Eres la única mujer en el mundo capaz de hacerme enfadar de verdad.

—Me tomaré eso como tu primer cumplido. Y ha sido bastante honesto, por cierto. ¿Acaso está usted borracho, caballero?

Él sonríe todavía más.

—Puede que un poco.

Entorno los ojos.

—Sabía que te acabarías la media botella que quedaba mientras estaba en la ducha. Ni siquiera la he olido. Tacaño.

—Lo siento —dice sin el menor rastro de arrepentimiento. Suena tan falso que me río.

—Sí, ya veo cuánto lo sientes, chorizo.

Hace su primer movimiento.

—*Nous entraînons-nous ce soir?* —«¿Vamos a practicar esta noche?», le pregunto, moviendo un peón.

—*Peut-être.* —«Puede ser».

—*Où vas-tu m'emmener?* —«¿A dónde me vas a llevar?», digo, limpiándome los labios con la lengua y saboreando hasta la última gota.

—*J'étais en train de penser à te pencher sur ce canapé.* —«Estaba pensando en montármelo contigo en el sofá»—. Pero si sigues mirándome así, no creo que lleguemos tan lejos.

Pongo los ojos en blanco.

—*Je voulais dire en France, pervers. Où m'emmènerais-tu en premier?* —«Me refería a Francia, pervertido. ¿A dónde me llevarás primero?».

—Eso es fácil —responde, mirando el tablero con el ceño fruncido—. A la torre Eiffel.

—*En français, s'il te plaît.* —«En francés, por favor»—. Y eso es lo último que esperaba que dijeras.

—¿Por qué? ¿No es eso lo primero que están deseando ver todos los que viajan a Francia? ¿Quién soy yo para negártelo? —dice, antes de interpretar mi gesto de decepción—. ¿Tenías en mente algo más personal?

—Tus lugares favoritos. No me importaría hacer un viaje al pasado contigo. Ver tu antiguo colegio. Conocer a algunos de tus amigos de la universidad.

—Yo no tengo amigos.

—¿Ni uno?

Tobias se recuesta contra la chimenea.

—No los típicos con los que salir a tomar algo cuando estoy allí. En ese sentido, no.

Hay cierta melancolía en su voz y entiendo por qué. Estaba

demasiado ocupado haciendo de adulto como para tener una vida propia. Lo he vivido.

—Entonces, ¿nunca salías a pasártelo bien? Sin contar lo de tirarte a modelos de lencería.

—*Non*.

—Bueno, pues entonces yo seré tu amiga —declaro con naturalidad—. Seré tu mejor amiga, pero eso requiere mucho más esfuerzo. En algún momento vas a tener que decirme dónde vives, dejarme husmear en tu dormitorio y hablarme de la primera vez que te vino la regla. —Con eso, Tobias me dedica una mirada hastiada antes de quedarse con otra de mis piezas. Arrugo la nariz, frustrada—. Nunca se me dará bien esto.

—Porque no quieres que se te dé bien. Te voy a volver a ganar. La buena noticia es que tu dominio de la lengua francesa ya no es tan cutre. Aunque todavía podría mejorar.

—No me digas. Pues yo creía que te encantaba mi lengua, a juzgar por cómo la tenías en la boca hace un rato.

Él me hace un gesto con la cabeza, impasible.

—Te toca mover.

—Te voy a dejar ganar.

Tobias levanta sus ojos ardientes hacia los míos.

—¿Por qué?

—Porque si ganas, podremos practicar lo de la lengua.

—Otra vez mezclando el placer con los negocios. No vas a aprender nunca.

Me acabo la copa y la dejo en el suelo antes de ponerme a cuatro patas.

—Aún no hemos acabado la partida —dice él, negando con la cabeza.

—Acabo de decirte que te dejo ganar.

—No —dice tajantemente—. Además, voy a ganar de todos modos. Vuelve a tu puñetero sitio. Me interesa esta partida.

—Tú ganas —replico mientras mi fino jersey se descuelga por delante a medida que me acerco hacia él, ofreciéndole una clara visión de mis pechos desnudos y mi ombligo. Sin echarnos un solo vistazo ni a mis chicas ni a mí, Tobias sigue concentrado en el tablero—. ¿En serio vas a hacerte el duro? —le pregunto con voz sexy, recorriendo parte de su torso mientras él sigue sentado con una pierna estirada, la otra doblada, un antebrazo apoyado en la chimenea y el otro en la rodilla.

—Ese juego sí que se te da fatal —se burla, mientras le hago un chupetón en el cuello—. Siempre sé cuándo estás cachonda.

—Vaya, ¿te crees un experto? —bromeo.

—Sé que lo soy.

—No me creo tu farol.

Me enredo en él, a pesar de su rigidez, acariciándole el pelo y arañándole el cuero cabelludo antes de intentar atraerlo hacia mí. Tobias se niega a darme margen de maniobra y sigue encorvado sobre el tablero mientras yo intento seducir al rey. No suelo tomar la iniciativa. No necesito hacerlo porque este hombre es tan adicto como yo.

—Vale —susurro, lamiéndole la oreja—. ¿Me estás diciendo que si te sacara la polla de los pantalones ahora mismo y empezara a chupártela como te gusta y como estás deseando que lo haga, no reaccionarías?

—*Non*.

Le muerdo el lóbulo de la oreja con fuerza, pero nada, ni una mueca. Me aparto frunciendo el ceño.

—No piensas dejarme ganar, ¿verdad?

—*Non*.

Se gira hacia mí, mirándome por un instante como si fuera una desconocida en un banco del parque antes de centrarse de nuevo en el tablero. Abro la boca, sintiéndome insultada, pero no emito ningún sonido. Él esboza una sonrisa y bajo la mano por su pecho para palparle la entrepierna.

Bingo.

La tiene como una piedra. ¿Duro? Efectivamente.

—Buen intento, Tobias, pero desafortunadamente hay una pista enorme que te delata.

—Eso sí que es mala suerte —refunfuña—, además de una ventaja injusta. —En un abrir y cerrar de ojos, estoy atrapada debajo de él y ahogo un grito mientras se acerca para acariciarme la nariz con la suya. Levanto la vista y lo miro a través de las pestañas—. Aunque, si he de ser sincero, cada vez que te miro, Cecelia, quiero tener toda tu atención, tus labios, tu lengua, tu cuerpo. Me has contagiado tu enfermedad y ahora yo también soy un adicto.

—¡Lo sabía!

Me baja el jersey para chuparme un pezón, haciéndome gemir.

—Y aunque admiro tu preciosa cara y tus hermosos pezones de melocotón, lo que más me gusta es esto —declara, posando la mano sobre mi corazón— y el hecho de que lo uses como bandera. Eso es lo que más me atrae. Nunca he conocido a una mujer tan dispuesta a enfrentarse a su propia destrucción por una pizca de verdad. —Lo observo fascinada y él baja la vista hacia mí mientras le acaricio la mandíbula—. Pero no pienso dejarte ganar. Nunca, ni una sola vez. Ni por piedad ni por una tregua. Jamás. Y tampoco quiero que tú me dejes ganar a mí.

—¿Por qué?

—Porque cuando dejes de luchar contra mí, sabré que he perdido. —Me besa y se aparta, con expresión grave—. Y algún día volverás a odiarme. Tal vez pronto o tal vez más adelante, en un futuro, pero lo harás.

Frunzo el ceño.

—¿Tan seguro estás?

—Sí y solo tú podrás decirme por qué.

—Tobias...

—Ven conmigo —murmura.

Mientras observo el tablero de ajedrez desde el vestíbulo, puedo vernos perfectamente a los dos y la forma en la que se desarrolló el resto de la noche. Una noche que he revivido una y otra vez en mi cabeza. Justo después de su confesión, se levantó, me cogió de la mano y yo lo seguí en silencio escaleras arriba, hasta mi dormitorio. Aquella noche me tomó con tanta ferocidad, con tanta intensidad, que prácticamente convulsioné de placer. Me temblaba la mandíbula mientras gritaba su nombre. Fue el mejor polvo de mi vida.

Aunque se trataba a la vez de una disculpa y de un ataque preventivo. Al menos así lo veo ahora. Y el hecho de que considere una de las noches más bonitas de mi vida como un acto de manipulación no hace más que aumentar mi desprecio por él. Pero, sin duda, ese fue uno de sus amagos de disculpa, antes de que cayera la bomba y destruyera tres relaciones.

Cuando me fui, o más bien cuando me invitaron a marcharme, tras el susto inicial empecé a experimentar el dolor desgarrador de perderlo a él y todo lo que creía que teníamos. Aun así, me dije que lo dejaría y así fue. Se lo merecía. Lo que hizo fue imperdonable. Pero, en el fondo, esperaba que volviera a buscarme. Mi corazón de veinteañera probablemente lo habría perdonado. Lo peor es que…, si hubiera vuelto a por mí, habría luchado contra él con más ferocidad que nunca.

Es curioso cómo una se da cuenta de las cosas solo al mirar atrás. Sobre todo si estaba enamorada de un hombre tan falso como él. ¿Y dónde estaría ahora ese corazón de veinte años si él hubiera vuelto y lo hubiera perdonado?

Pero es mi corazón de veintiséis el que nunca recibió una explicación, ni una disculpa y nunca lo perdonará.

Aunque, al igual que el resto de los acontecimientos, esto tampoco se desarrolló como yo quería o esperaba. Él nunca vino a buscarme porque me había desterrado de nuevo.

Desvío la mirada hacia el comedor, donde compartí tantas

cenas incómodas con Roman. Tobias no fue el único hombre que me rompió el corazón en esta casa.

«¿Por qué has vuelto, Cecelia?».

Cuantos más recuerdos afloran, más empiezo a darme cuenta de lo absurdo que ha sido renunciar a una vida que, en general, me iba bien. Lo de romper con Collin era inevitable. Pero ¿revivir todo esto, a propósito? Ya me siento abrumada por el dolor y solo llevo aquí una hora.

Agotada tras una jornada de terapia de choque, voy hacia el mueble bar que hay al lado de la cocina, rezando en silencio para que esté bien surtido. Mis plegarias son escuchadas. Abro una de las botellas y saco un vaso ancho. Me sirvo un poco de whisky y lo saboreo recordando la primera vez que lo probé en el bar de Eddie, con Sean. Ahora me parece como si hubiera sido en otra vida. Pero no es así, fue aquí, en este lugar. Y en el fondo sé que ellos también siguen aquí. Seguramente nunca llegaron a marcharse. Solo fue otra mentira que me contaron para mantenerme a raya.

En algún momento tendré que hacerles saber que he vuelto, si es que no lo saben ya. Pero hoy no.

Echo un vistazo a mi alrededor en la cocina y paso por delante de las ventanas, desde las que se ven perfectamente la piscina y las tumbonas.

Los recuerdos vuelven a abrumarme mientras el alcohol empieza a correr por mis venas. Puede que la casa esté helada, pero mi sangre está empezando a calentarse. Por primera vez en años, necesito dejarme llevar por mis recuerdos en lugar de luchar contra ellos. Tengo que permitir que mi mente siga divagando mientras estoy despierta si quiero acabar con esto. Después de beber otro trago de whisky, subo las escaleras hasta mi antiguo dormitorio y me detengo en el punto en el que yacía el cuerpo de Dominic la última vez que lo vi.

«Sí».

«Sí, ¿qué?».

«Sí, he estado enamorado».

Ver la moqueta nueva me duele tanto como ver la tumba de Dominic. Se merecía muchísimo más que un entierro furtivo. Necesito aire. Cruzo la habitación y abro las puertas acristaladas que dan al balcón, recordando perfectamente que aquella fue mi vía de escape la mañana que hui. Cierro los ojos y evoco la expresión apesadumbrada de Sean al descolgarme hasta donde estaba Tyler, mientras los disparos sonaban a nuestro alrededor. De no haber estado aquí, me habría resultado imposible creer que todo eso hubiera pasado.

«¿Cómo coño se te ha ocurrido volver, Cecelia?».

La única conclusión que puedo sacar es la misma que saqué anoche. No soy capaz de desterrar esos recuerdos. Ya han pasado seis veranos y no he conseguido pasar página.

Esto no tiene solución, ningún psiquiatra puede ayudarme a superarlo sin contar toda la verdad. No hay ninguna pastilla que me haga olvidar. No hay ningún sacerdote en el que confíe lo suficiente como para confesarle nuestros pecados. Solo hay un Dios con el que tengo ciertos conflictos, que no creo que me haya escuchado nunca y puede que no me considere digna de ser escuchada.

Siempre me ha correspondido a mí decidir si quiero hundirme o nadar. Y he estado en la zona profunda durante años sin un centímetro de cemento al que agarrarme, mientras me iba quedando sin fuerzas para darle a los pies.

Le doy otro trago a la botella mientras el cielo gris me saluda y, a lo lejos, la torre de telefonía móvil parpadea como si estuviera diciendo: «Bienvenida a casa».

30

Me despierto al cabo de varias horas con algo de resaca y dolor de cabeza. Me doy cuenta de que ha sido el sonido del móvil que he dejado sobre la mesilla de noche lo que me ha despertado. Lo bueno es que no recuerdo nada de lo que he soñado. Cuando veo el nombre que parpadea en la pantalla, suspendo la celebración.

—Hola.

—¿Estabas durmiendo? Prometiste llamarme cuando llegaras.

—Lo siento mucho.

—No me extraña. Cecelia, por favor, vuelve a casa.

La culpa me atormenta cuando oigo su tono suplicante.

—Collin, no puedo. Lo siento, pero no puedo.

Me levanto de la cama desorientada y decido que estoy demasiado sobria para esta conversación.

—¿No puedes o no quieres?

—No quiero. No quiero seguir engañándonos a los dos.

Cojo la botella y el vaso y bajo las escaleras de dos en dos, optando por sacar un clavo con otro. No me importa tocar fondo. Ya estoy acostumbrada. Puede que pillarme un buen pedo sea lo más seguro para mí en estos momentos, mucho más que ir por ahí mintiendo sin parar a mis seres queridos.

Pero la realidad en la que me he adentrado es un verdadero infierno. Era mucho más fácil mentir.

—Dime a qué viene todo esto —me pide con cariño—. Vuelve a casa para que pueda tratar de entenderlo. Te has ido sin más.

—Te he dado una explicación. —Aprieto el vaso contra la puerta de la nevera para servirme un poco de hielo antes de echarme una buena cantidad de whisky—. Collin, no voy a volver a casa. Nunca.

—No te creo. Esto tiene que ser algún... colapso mental, algún... desvarío.

—Tienes razón, pero no es que me hayan entrado dudas. Ojalá fuera así.

—No estás pensando con claridad. Lo que teníamos era auténtico. Nadie es tan buena actriz.

—No estaba actuando. Estaba... aparentando. Quería que funcionara. Y la mayor parte del tiempo, creía que así era.

Bebo un buen trago de whisky y miro el reloj justo cuando este marca las doce y un minuto, poniendo fin a mi primer día en el purgatorio.

—¿Y qué si eras promiscua de joven? Yo tampoco soy un santo. Me da exactamente igual que te hayas acostado con medio pueblo.

—¿Dudas de que te haya sido fiel? —pregunto, y trago saliva mientras se me escapa una lágrima de culpabilidad.

—Me dijiste que lo habías sido.

—¿Y tú me crees?

—Sí.

—Pero no te durará mucho. Dudarás de que haya sido sincera en eso también y estarás resentido conmigo.

—No es verdad. Si vinieras a casa...

—Déjalo. Esto no va contigo, Collin. Te quiero. Siempre te querré. Tengo suerte de que me hayas querido.

—Entonces, ¿de repente decides que se acabó y se supone que yo debo aceptarlo? ¿Estás intentando hundirme?

—Sé que esto te parece cruel, pero necesito que sepas la verdad sobre aquello con lo que llevo batallando años. La culpa que siento constantemente, sabiendo que lo que hago está mal. Por favor, créeme cuando te digo que tú y Christy sois las personas en las que más confío del mundo. Pero tú no me conoces de verdad y, si te soy sincera, ella tampoco.

—Por favor, Cecelia, no lo entiendo. —Se le quiebra la voz y puedo sentir el dolor agudo que le estoy causando.

Vuelvo a llenar el vaso. La realidad de perderlo me está pasando factura.

—Collin, me he dado cuenta de que lo mío no tiene remedio. He vivido demasiadas cosas. Experimenté demasiadas cosas siendo demasiado joven. Fue todo muy intenso y me hizo... pensar de forma diferente, aspirar a vivir de forma distinta. Es lo máximo que te puedo explicar. Puedo ser monógama. Te he sido fiel físicamente. Pero...

—Crees que no lo entendería. ¿Te niegas a decirme lo que quieres porque crees que no podría dártelo?

—Sé que no te gustaría conocer esa parte de mí. Y no quiero que la veas. No es de ella de quien te enamoraste.

—¡Deja de decirme lo que sé y lo que dejo de saber de ti!

Su rabia está justificada, así que no se la reprocho. Yo he puesto en marcha este tren y me corresponde hacerlo llegar a su destino. Me concede un minuto de silencio antes de hablar.

—Entonces, ¿ahora estás con ellos?

—No. —Me molesta que esa sea su conclusión—. Claro que no. Esto no va de eso. No creo ni que llegue a verlo.

—¿Verlo? ¿Solo hay uno? No entiendo nada.

—Anoche estaba muy alterada y creo que me expliqué fatal. —Hago una mueca de dolor, consciente de que no hay whisky suficiente sobre la faz de la tierra que facilite esta confesión—. Te conté que, cuando era más joven, tuve una relación poliamorosa durante unos meses.

—Sí.

—Pero mis sentimientos eran profundos, Collin, muy profundos, por ambos. Y cuando todo terminó, me enamoré de otro, que es al que no he podido olvidar. Aunque, a decir verdad, todavía albergo sentimientos por todos ellos.

—¿Es con eso…? —Puedo sentir físicamente cómo la distancia que nos separa se vuelve todavía mayor—. ¿Es con eso con lo que sueñas?

—Sí.

—Joder, Cecelia.

—Solo fue un año, un año de mi vida, pero me cambió. Y desde entonces no he podido pasar página, por cómo me alteró el tiempo que pasé con ellos y por la forma en la que acabó todo. Esa es la razón por la que nunca he sido capaz de darte lo que necesitas, lo que te mereces.

—No eres la única que sigue sintiendo algo de vez en cuando por las personas con las que ha estado. Yo mismo he tenido mis momentos. Es normal.

—No es solo eso, Collin. Mi lado irracional sigue viviendo en una época que no puedo olvidar y a la que nunca podré volver. Porque, por más que intento dejarlo atrás, no soy capaz. —Bebo un par de tragos más, con miedo a seguir contándole la verdad—. Te he estado ocultando cosas.

—¿Como qué? —Me cuesta elegir las palabras, porque sé el impacto que tendrán—. Me merezco la verdad —exige él.

—Cierto. —Cierro los ojos y me llevo el vaso a los labios antes de darle un buen trago para coger fuerzas—. A veces, después de acostarme contigo, fantaseo con ellos mientras estás en la ducha.

Oigo un suspiro de dolor al otro lado de la línea y sé que acabo de destrozar su orgullo.

—¿Te masturbas pensando en ellos después de que follemos?

Mi silencio se lo confirma. Es cruel, pero necesario. Aunque tampoco quiero machacarlo, tengo que hacérselo entender. No quiero alargar esto. Y no quiero darle esperanzas cuando no las hay.

—¡Joder, Cecelia, pensabas en ellos mientras estabas conmigo en la cama!

En él. Pero no lo corrijo. Necesito su rabia. Me la merezco. Porque lo que acabo de confesarle no es ningún cuento. Es la pura verdad.

Cuantas más cosas le revelo, poniendo palabras a años de pensamientos, más consciente soy de que estoy haciendo lo correcto. Estaba a punto de casarme con mi propia mentira.

—Collin, dejando a un lado mi depravación sexual, no puedo amarte como te mereces.

—Sea lo que sea lo que crees que te falta, son imaginaciones tuyas. Tú me haces feliz.

—Y a veces tú también me hacías feliz a mí, eso ya lo sabes, pero no puedo casarme contigo. Te he estado mintiendo en todos los sentidos desde que nos conocimos. Lo siento mucho. Lo siento mucho, Collin. Sé que te voy a echar de menos. Sé que me voy a arrepentir, pero esta es la verdad y estoy harta de luchar contra ella.

—No soy ningún mojigato, Cecelia. Haré realidad cualquier fantasía que tengas.

—No se trata solo de sexo, Collin. Mi corazón nunca ha estado en el lugar correcto, es que… —Me cubro la cara con las manos. Me tiemblan los labios y mi voz se llena de angustia mientras me cargo mi relación con ese hombre que lo único que ha hecho es adorarme—. Sigo enamorada del recuerdo de otro hombre desde los veinte años. Ahora lo veo claro: nunca dejaré de quererlo y, aunque he intentado odiarlo, no puedo. Tenía muchísimas ganas de seguir adelante contigo y lo he intentado, lo he intentado con todas mis fuerzas, pero he fracasado. Nos he fallado a los dos.

—¿Y ni siquiera sabes si vas a verlo? ¿Qué futuro puedes tener con un recuerdo?

—Uno que no me va a engañar. Uno que no me va a hacer daño. Mi felicidad ya es lo de menos, pero me niego a acabar con la tuya. Ya he sido suficientemente egoísta. Busca a una mujer que lo dé todo por ti. Encuéntrala y tal vez algún día puedas perdonarme. Tal vez algún día puedas decirme que intentarás hacerlo.

—Me has arruinado la vida.

—No, pero pasar por el altar y serte infiel emocionalmente lo habría hecho.

—¡No me estás dando oportunidad de luchar!

—Porque lo tengo claro, Collin, lo tengo clarísimo. Por favor, escúchame. Se acabó.

Como era de esperar, él cuelga y yo agacho la cabeza, dando rienda suelta a mis lágrimas. Mi destino está sellado. No hay vuelta atrás y tampoco hay futuro. He sido físicamente monógama durante años, pero no emocionalmente fiel a los hombres con los que he salido. De una forma u otra, todos suspendieron la comparación silenciosa. Sigo atada a la euforia del pasado porque nunca cerré la puerta ni me permití vivir mi duelo como era debido, lo que me dejó en un limbo perpetuo.

Llegada a este punto, prefiero estar sola que ser una mentirosa.

He vuelto para declarar la guerra a mis recuerdos, para marcar mis límites, pero me repugna lo aliviada que me siento al recuperar y asumir mi lado oscuro.

Puede que mis colmillos sean más difíciles de ver que los de Roman, pero tenemos muchas más cosas en común de las que creía en un principio. Soy perfectamente capaz de convertirme en la mala de la película.

La mala de la película.

Siempre viene bien una a la que poder amar y detestar. Y yo he bordado el papel. Y para Collin, eso es lo que seré.

Enfurecida por una comparación tan facilona, busco en la agenda del teléfono y hago una llamada. Me contestan al segundo tono.

—Si llamas para echar un polvo, llegas con cuatro años de retraso.

—Hola, Ryan, lo siento, sé que es muy tarde.

—¿Qué pasa? Ni tú ni Collin contestáis al teléfono. Por cierto, gracias a los dos por no molestaros en venir a trabajar hoy, ha sido un desastre. He tenido que encajar las reuniones como he podido.

—Lo siento, ha surgido un imprevisto. Ya te lo explicaré.

Se hace un breve silencio.

—¿Debería preocuparme?

—Ryan, necesito tu ayuda.

—Dime.

—¿Cuánto tardarías en llegar aquí?

—¿Dónde es «aquí»?

—Estoy en Triple Falls.

—¿Por fin vas a vender?

—La empresa y la casa. No quiero tener nada más que ver con él. Ya va siendo hora.

—¿Estás segura?

—Segurísima. ¿Sigue sobre la mesa la oferta de hace unos meses?

—Lo comprobaré. Si es así, reorganizaré algunas reuniones. Podría estar ahí mañana al mediodía.

—Nos vemos, entonces.

—¿No piensas contarme qué está pasando?

—Te lo explicaré cuando llegues.

—Voy volando.

—Gracias, Ryan.

Tiro el teléfono sobre la encimera y me sirvo un par de dedos más de whisky.

—Por usted, señor —digo, levantando el vaso, antes de beberme la cena de un trago.

31

Me vibra el cuerpo con el sonido de los motores cuando estos pasan zumbando a mi lado por la estrecha carretera. Van a toda velocidad, levantando el viento a su paso, y yo los saludo con la mano, con los dientes castañeteando y temblando de frío, antes de mirar hacia el punto al que se dirigen. El miedo se apodera de mí cuando veo que la carretera se corta bruscamente a lo lejos. Más allá de los árboles no hay más que oscuridad.

—¡Parad! —grito mientras siguen circulando a toda velocidad. Me pongo a agitar los brazos como una loca para advertirles, señalando la carretera, pero sé que no me oyen. Me asomo al camino gesticulando justo cuando aparece el Camaro. Intento llamar la atención de Dominic, pero no lo consigo. Su nombre se me enreda en la lengua—. ¡Deteneos!

Salgo a la carretera para perseguirlos, pero ya están demasiado lejos. He llegado demasiado tarde. Es demasiado tarde.

Me despierto sobresaltada cuando una de las puertas acristaladas choca contra la pared. Una ráfaga de viento me envuelve mientras gimo y cierro los ojos con fuerza, tras lo que empiezo a contar lentamente para calmar mi respiración y apaciguar los latidos de mi corazón. Se me escapa una lágrima ardiente mientras el sueño se implanta de nuevo en mi psique. Otra ráfaga de viento helado me hace levantarme de la cama para cerrar las puertas del balcón en ese amanecer mortecino y nublado.

Tras una larga ducha caliente para entrar en calor, el ibuprofeno por fin empieza a hacer efecto. Me bebo una botella de agua para hidratarme mientras rebusco en mi antiguo armario, entre la ropa de mi yo de veinte años. Según parece, se tomaron la molestia de volver a guardar todas mis pertenencias, tras restablecer el orden en la casa. Voy pasando las perchas una a una y me quedo inmóvil al ver un vestido arrugado en el suelo, escondido en una esquina del armario. Sostengo los tirantes entre los dedos y el vestido amarillo pálido cae inerte ante de mí, con unas manchas tenues sobre la pechera.

El vestido que llevaba puesto la noche que le confesé a Sean que estaba enamorada de él, todavía manchado por nuestra guerra de sandía.

«Lo retiro».

Con un nudo en la garganta, aprieto la tela contra la cara con la esperanza de inhalar algún rastro suyo, y el resultado me decepciona. Cuando rompimos, no fui capaz de lavar el vestido. El dolor me desgarra mientras lo doblo con cuidado y lo guardo en la estantería de arriba antes de bajar las escaleras y sacar la maleta del coche. Me tomo mi tiempo para reestructurar el armario con mi guardarropa provisional. No sé cuánto me voy a quedar, pero, después de la decisión de anoche, sé que me llevará algún tiempo solucionarlo todo. Y es evidente que necesito un poco de orden.

Las últimas treinta y seis horas han sido un desastre. Me he venido abajo a las pocas horas de llegar. Le he confesado cosas inimaginables a mi exprometido, que no se lo merecía. He hablado demasiado. No puedo volver a caer en mis viejos hábitos o me desconcentraré. Puede que mis emociones me hayan traído hasta aquí, pero mi sensatez debe entrar en acción y ayudarme a gestionar todo lo demás.

Después de deshacer las maletas, bajo las escaleras con el vaso ancho y la botella de whisky medio vacía. Todavía un poco desorientada por haber empinado tanto el codo, doy un traspié y se me cae el vaso, que se hace añicos sobre el suelo de la cocina. Cojo una escoba y un recogedor y estoy empezando a barrer los fragmentos cuando un olor suave pero inconfundible inunda mis fosas nasales.

Dejo caer el recogedor y observo con incredulidad los cristales rotos. Levanto uno de los trozos más grandes y lo huelo. Ginebra. Reconocería ese olor en cualquier parte. A veces, todavía recuerdo cómo sabía en sus labios.

«El Gran Hermano te está vigilando».

Corro al cuartito donde está el equipo de seguridad y rebobino las últimas veinticuatro horas hasta más o menos la hora en la que llegué. Pero en la pantalla solo se ve mi coche en el camino de acceso y soy la única que entra en la casa. Esta noche he estado sola.

Me cubro la cara con las manos y suspiro.

Entre el sueño, el vestido, los recuerdos que están aflorando y la resaca, mi imaginación se ha desbocado. Vuelvo a ser prisionera de este lugar y de sus tormentos.

Decido conservar algo de dignidad y tiro el vaso a la basura.

Mi mente está empezando a jugarme malas pasadas y no pienso darle cancha.

He optado por reunirme con Ryan en el vestíbulo de su hotel y me lo encuentro tecleando a toda velocidad en el portátil. Lo he llamado porque es uno de los mejores abogados corporativos del país y el mayor activo de mi empresa. También es muy protector conmigo y con mis intereses. Me mira por encima de la pantalla a modo de saludo y me dedica una de sus sonrisas características, de esas que hacen que se te caigan las bragas. Es extremadamente guapo al más puro estilo estadounidense: complexión atlética, pelo trigueño, abundante y ondulado, y ojos azules como el mar.

Además de ser mi mano derecha, también es mi exnovio de la universidad. Salimos durante unos meses durante el primer año, antes de que se cansara de la distancia que yo ponía a propósito entre ambos para impedir que se acercara demasiado. Me doy cuenta de que se fija en mi atuendo. Aunque la mañana ha sido dura, me las he arreglado para recomponerme y me he puesto mis botas favoritas con tachuelas, esas que dicen: «Lo tengo todo controlado». Las he combinado con una elegante falda lápiz negra y una americana entallada con el cuello levantado que me permite presumir de canalillo. Me he dejado el pelo suelto y me lo he ondulado antes de maquillarme minuciosamente, pintándome los ojos de negro y los labios de un rojo intenso. El mismo tono de rojo de la gabardina que llevo colgada del brazo.

Ryan se levanta del sofá de dos plazas en el que está sentado y se acerca a mí para abrazarme. Como siempre, su aspecto es impecable y lleva el pelo perfectamente peinado hacia atrás. Me doy cuenta de las miradas que le lanzan las dos recepcionistas. Tiene un don natural para llamar la atención pero, en este momento, la suya está centrada en mí.

—Estás guapísima.

—Gracias, pero me encuentro fatal.

Él junta sus gruesas cejas de color rubio oscuro.

—¿No has dormido bien?

—La verdad es que no —confieso, mientras echo un vistazo al hotel boutique. La gente entra y sale del vestíbulo mientras observo el elegante mobiliario y las obras de arte. Ryan se aloja en uno de los hostales de la plaza que han comprado y renovado hace poco—. Qué sitio tan bonito.

—No está mal —replica él, mirándome con curiosidad—. ¿Quieres explicarme a qué se debe este repentino cambio de opinión? Siempre te habías negado a recibir ofertas e incluso a hablar de este lugar.

—Tengo mis razones.

Ryan cierra el portátil y lo guarda en la mochila de cuero marrón oscuro, la misma que usaba en la universidad.

—Siempre tan enigmática.

Me encojo de hombros.

—Toda mujer necesita un poco de misterio, ¿no?

—Eso no me molesta en absoluto —declara—. Y tampoco es, para nada, para nada en absoluto, la razón por la que te dejé. Tengo curiosidad por saber cómo consiguió Collin acercarse a ti. Es porque es británico, ¿no? Por el acento. —Su sonrisa se desvanece al ver la cara que pongo cuando menciona a Collin—. ¿En serio, Cecelia? Si me ponía hasta a mí.

—No quiero hablar de ello.

Doy media vuelta y salgo por las puertas dobles. Él me intercepta en la acera, me coge amablemente el abrigo y me ayuda a ponérmelo.

—Lo siento —susurra—. Lo que he dicho ha sido una gilipollez.

—No pasa nada. Tenía que pasar. —Él me mira, expectante—. Estoy bien, Ryan. Venga, vamos. Conduzco yo.

Me sigue hasta donde he aparcado el Audi y se sube al asiento del copiloto antes de echar un vistazo por la ventanilla a la bulliciosa plaza.

—Este pueblo tiene mucho encanto. ¿Creciste aquí?

—Sí y no.

—Joder —refunfuña—. Es como si te hubieran entrenado para ser huidiza.

Si él supiera. Me giro hacia Ryan.

—Pasé aquí un año a los diecinueve. Nunca viví realmente aquí.

—Una respuesta completa. Estoy impresionado.

—Venga, no era tan horrible. —Enciendo el motor y me giro hacia él, que me mira con escepticismo—. No lo era.

—Vetaste San Valentín y me dijiste que empezara a acostarme con otras mujeres la noche que te dije que estaba enamorado de ti.

Salgo de la calle principal y me pongo a callejear para dejar atrás la plaza e ir hacia la fábrica.

—No estaba preparada. Y no quería perderte como amigo.

—Te fugaste al final de la primera cita.

Aunque se lo está tomando a broma, puede que le hiciera más daño del que creía en un principio. Pero se suponía que era el típico juerguista que sabía cómo hacer que una chica se divirtiera y yo necesitaba divertirme desesperadamente.

—Nunca tuve intención de que lo nuestro fuera algo serio —digo con sinceridad.

—Pues haber sido menos inteligente y haberte puesto jerséis que te quedaran más sueltos.

Compartimos una sonrisa en un semáforo.

—Me alegra que sigamos siendo amigos.

—Ya, bueno, ahora que tu flamante caballero inglés asquerosamente perfecto por fin ha dejado de interponerse en mi camino, podríamos negociar el derecho a roce.

—Qué tonto eres.

—Te daré tiempo para pasar el duelo, no soy tan desaprensivo —dice con indiferencia, buscando algo en el teléfono—. ¿Qué tal hasta el próximo martes?

—Déjalo ya. Tenemos que ponernos las pilas. Háblame de la oferta.

—Las cláusulas son sencillas. La oferta es la leche, a pesar de la caída reciente de las acciones. No tiene ninguna complicación. Nos reuniremos con sus abogados a las dos.

—Qué rápido.

—Los accionistas mayoritarios ya han dado el visto bueno.

—¿Tan bien está la oferta?

—Pues sí. Si utilizas el dinero como creo que lo harás, podremos hacer muchas más cosas. Pero ¿estás segura de esto?

—Sí. ¿Por qué no dejas de preguntármelo?

—¿Por qué ahora?

—Porque ya lo he pospuesto bastante.

Me desvío para tomar la carretera que tan bien conozco y sonrío mientras se extiende ante nosotros. Ryan pone cara de extrañeza.

—¿Y esa sonrisa?

Bajo las ventanillas y el viento entra en el coche junto con el rumor de un recuerdo. De una voz.

«Los huevos, poco hechos. El café, solo».

—La música —susurro, subiendo el volumen de la radio—, alta.

—¿Qué haces? —me pregunta Ryan, mirando el móvil.

—Los coches —digo finalmente, antes de pisar a fondo el acelerador—, rápidos.

Ryan abre los ojos de par en par, boquiabierto, antes de que yo vuelva a centrarme en la carretera y siga acelerando. Conduzco a toda velocidad por la recta y disfruto de la euforia mientras se me empieza a erizar el vello de los brazos.

—Cecelia —tartamudea Ryan, nervioso.

—¿Qué? —digo, riéndome.

—¿Qué estás haciendo?

La letra de *The Pretender*, de Foo Fighters, suena a todo volumen en el interior del coche. Niego con la cabeza irónicamente y cambio de marcha. Si voy a desenterrar mis recuerdos, lo haré como es debido. Yo me enfrenté al hombre del saco. Qué leches, me enamoré de él y sobreviví. Y también a cosas mucho peores.

Es hora de deshacer las maletas.

Miro a Ryan y le respondo con sinceridad.

—Vamos a arrancarle las pegatinas.

Salimos disparados hacia delante y Ryan chilla como una señora mayor.

—¡Cecelia, como no bajes la velocidad acabarás convirtiéndome en cristiano practicante!

Me río a carcajadas.

—Agárrate.

—Ay, joder, ay, joder, ay, joder —murmura Ryan a mi lado, muerto de miedo, justo antes de que derrapemos en una curva con las cuatro ruedas. Enderezo el volante, reduzco la marcha y piso a fondo el acelerador, haciéndolo pegarse de nuevo al asiento. Ryan se agarra al salpicadero con una mano mientras se aferra al asa del techo con la otra—. Vale, acabo de saborear la tortilla que me he comido esta mañana.

Puedo sentir su mirada sobre mí mientras me dejo llevar por la adrenalina, volviendo a la vida. Trazo otra curva que nos hace rozar momentáneamente el arcén antes de volver a pegarnos al cemento.

—Cee, ¿quieres decirme qué está pasando? ¿Esto es una especie de grito de ayuda?

Sonrío, sacudiendo la cabeza como una loca, dejando que la música me transmita su energía.

—Estamos despertando a los fantasmas, Rye, y es demasiado tarde para pedir ayuda.

—¿Despertando a los fantasmas? Pues no tengo ningún interés en convertirme en uno de ellos. Además, soy demasiado guapo para morir tan joven, joder. ¡Levanta el puto pie del acelerador!

Le respondo con una risa malvada mientras siento su miedo.

—Relájate.

—Ni de puta coña. —Extiende el cuello para mirar hacia atrás—. ¿Estamos huyendo de alguien?

—Esta vez no.

Tomo el último desvío y derrapamos en la entrada de la fábrica. Encajo el coche con facilidad en una plaza de aparcamiento libre y miro a Ryan, que está blanco como la cera. Luego me quedo mirando el edificio, sonriendo. No siento ningún tipo de aprensión. Puedo hacerlo. Puedo liberarme. Tengo la fuerza necesaria para intentarlo. Y si los astros tienen la amabilidad de ali-

nearse en mi favor, tal vez pueda perdonarme a mí misma, per-
donarlos a ellos y, finalmente, pasar página.

—Creo que estoy preparada.

Ryan resopla a mi lado.

—Vas a tener que darme un minuto.

32

Estoy sentada delante de una de las mesas de conferencias que hay al lado del vestíbulo mientras Ryan me explica la propuesta página por página. Cuando se da por satisfecho, se sienta a mi lado y me pasa un bolígrafo.

—Pon tus iniciales aquí y aquí —dice, dándole vueltas a otro mientras yo echo un vistazo al contrato—. Ya hemos analizado antes las cláusulas en profundidad. Al firmar esto, aceptas las condiciones de venta.

Estoy a punto de ganar una fortuna y me da igual, lo único que me importa es el bien que puede hacer ese dinero. No es que me haya ido mal por mi cuenta, pero este paso me convertirá en una mujer asquerosamente rica. Entre las acciones que heredé al cumplir los veinte y la muerte prematura de Roman, me he convertido en la accionista mayoritaria de Horner Technologies. El diagnóstico de su cáncer de colon fue muy rápido, al igual que su muerte, algo que supongo que le impediría tener un final digno. Ni todo el dinero del mundo pudo ayudarle mientras se marchitaba, olvidándose de su reino. No conozco los detalles y tampoco me molesté en intentar arreglar las cosas con él a última hora.

No derramé ni una sola lágrima el día que recibí la llamada de la enfermera de paliativos ni asistí a su funeral. Sigo esperando que me sobrevenga la culpa, pero por el momento no lo ha hecho.

Ahora solo quiero librarme de mi obligación para con él y de su idea distorsionada de lo que era un legado. Y también del apellido que representa todo lo que acabó con nosotros: el poder, el dinero y la codicia.

A veces desearía haber seguido viviendo en la ignorancia, ajena a sus malas acciones y a las de otros como él. Pero aproveché mis conocimientos para iniciar una campaña contra empresarios con idénticos delirios de grandeza. Con Collin, puse en marcha una organización sin ánimo de lucro para promover el bienestar social y los programas de asociación de trabajadores. Una oposición directa a la trayectoria profesional de Roman. No solo eso, sino que también usé su dinero para financiar la empresa emergente. Además, hay un gran número de abogados que colaboran con la fundación, Ryan incluido, que dedican su vida a denunciar a empresas como Horner Technologies, hacer justicia y ponerlas de rodillas por sus prácticas empresariales de mierda.

Hemos tenido muchísimo éxito.

En plena crisis de conciencia, me ha dado por poner en marcha nuevos planes. Cuando llegamos a la fábrica, tras una breve visita, nos encerramos en una sala de conferencias y le solté la bomba a Ryan. Tras dos horas de discusión, accedió a preparar el papeleo para que yo pudiera ceder mis derechos sobre la fundación a Collin. Después de esta venta, le transferiré buena parte del dinero para que pueda seguir adelante durante los próximos años. Estoy orgullosa del legado que hemos creado en tan poco tiempo y, después de todo el dolor que le he causado a mi exprometido, espero que al menos esto le sirva de consuelo. Collin ha estado a mi lado desde el principio. Pero yo ya no puedo seguir estando al suyo y sé que hará lo correcto con él.

En menos de nada, podré volver a empezar de cero como más me apetezca. Y quizá me convenga hacer las maletas cuanto antes. Puede que esto haya sido una tontería. Venir aquí ha sido una decisión impulsiva, aunque al menos puedo usarlo como excusa para hacer algo bueno. Pero mi corazón toma las riendas cuando, después de quitarle la tapa al bolígrafo y posar la punta sobre el papel, veo el logotipo que hay bajo la línea en la que debe firmar el comprador y me quedo helada. En la oferta no constaba el nombre de la empresa, pero ese emblema no deja lugar a dudas.

Un cuervo.

—¿Qué pasa? —Ryan percibe mi cambio de actitud mientras los miro a él y al otro abogado, cuyo nombre no recuerdo y que se encuentra a unos cuantos metros de distancia, asegurándose de que se pongan todos los puntos sobre las íes—. Los investigué cuando recibimos la oferta. La empresa es de fiar y el director general es un multimillonario cualquiera que ha visto una oportunidad de negocio —susurra.

—¿Dónde está?

Ryan frunce el ceño.

—¿Quién?

—Tobias King —digo, verbalizando por fin el nombre del secreto que mi corazón lleva gritando seis largos años.

El abogado se aclara la garganta y mira a Ryan en busca de un apoyo que no consigue antes de volverse hacia mí.

—Señora Horner, le aseguro que mi cliente ha…

—Disculpe, ¿cuál era su nombre? —digo, interrumpiéndolo.

Claramente ofendido, me responde de forma cortante.

—Matt Straus.

—Lo siento, señor Straus. Pero está claro que él quería que me diera cuenta. —Acaricio las alas con la yema del dedo—. Bien jugado —admito, conteniendo la risa.

—Señora Horner, la junta ya ha firmado, el acuerdo está en marcha… —dice el abogado.

—Soy consciente de ello, señor Straus. Pero será papel mojado sin mi beneplácito, y no pienso firmar hasta que haya hablado con Tobias King. En privado. —Ryan me sigue el rollo y mira muy serio al abogado, expectante. Lo adoro. Es implacable y por eso está aquí. Me alejo de la mesa y me cruzo de brazos—. No es negociable.

El señor Strauss suspira, saca el móvil del bolsillo y se excusa antes de salir un momento.

—No sé si aceptará.

—Lo hará —aseguro, algo que hace que ambos se me queden mirando fijamente antes de que la puerta se cierre tras él.

Ryan se gira hacia mí.

—¿Qué estás haciendo?

—Confía en mí.

—Ya lo hago, pero voy a necesitar algunas aclaraciones. No queremos sorpresas. ¿Conoces al comprador?

—Sí.

—¿De qué?

El señor Strauss vuelve a la sala antes de que me dé tiempo a contestar.

—El señor King estará aquí en veinte minutos.

Tengo que esforzarme mucho para que no me tiemble la voz.

—¿Hoy?

Está aquí.

Tobias está en Triple Falls.

Se me vuelve a pasar por la cabeza la idea de que anoche no estaba sola. Dios, qué manera de volverme loca simplemente con existir. Estaba dispuesta a enfrentarme a él en algún momento, en un futuro próximo, pero ¿hoy? ¿Ahora? Empiezo a ponerme nerviosa y me levanto para acercarme a una hilera de grandes ventanales.

—¿Podría disculparnos, por favor? —dice Ryan, con los ojos todavía clavados en mí.

El señor Strauss asiente.

—Estaré ahí fuera. Lo haré pasar en cuanto llegue.

Ryan responde con un agradecimiento rápido y cierra la puerta tras él. Nuestras miradas se cruzan por un instante antes de que yo desvíe la mía.

—Por fin un secreto que no puedes guardar. Se te nota en la cara. ¿Quién es?

—Alguien a quien creía que no volvería a ver.

—Pues está claro que él sí quiere verte.

—Eso no es cierto. Quería que fuera una venta rápida. Su nombre no aparece en ningún momento en la oferta.

—Sabía que podrías imaginártelo, rascando un poco. Lo ha puesto demasiado fácil.

—Sabía que me daría cuenta, pero ha dejado claro que no quiere verme.

—Así que es el que se te escapó —dice Ryan, acercándose a mí, mientras yo vuelvo a concentrarme en las ventanas—. Cecelia, ¿qué está pasando?

—No lo sé.

Solo sé que todavía quiere hacerse con la empresa de Roman. Se suponía que esto acabaría pasando. Pero Tobias no ha movido ficha desde que yo me marché.

—¿Confías en ese hombre, en lo que se refiere a la empresa? —Asiento con la cabeza—. Entonces, ¿por qué estás tan asustada?

—Digamos que la última vez que lo vi… la cosa no acabó bien.

—Te está ofreciendo mucho más de lo que vale.

—Eso no tiene nada que ver conmigo. Tenía que hacerme una oferta que no pudiera rechazar.

—¿Estamos negociando con el Padrino? —Su chiste ni siquiera me hace sonreír—. ¿Seguro que quieres hacer esto?

—Seguro. Oye, no te preocupes. No era muy fan de mi padre, pero no está tratando de quedarse con la empresa con mala intención. Supongo que piensa convertirla en una cooperativa.

—Ya. —Ryan hace una pausa mientras yo sigo sin poder mirarlo—. ¿Algo de esto, de tu vuelta aquí, de la venta de la empresa y del señor King tiene que ver con tu ruptura con Collin? —No le contesto—. Vaya, ahora sí que estoy intrigado.

—Pues no lo estés. Solo es un hombre que quiere ser dueño de la empresa, de esta fábrica en particular. Tiene sus motivos y lo hará bien.

—Bueno, pues no pienso dejarte a solas con él en una habitación ni de puta coña, si tanto te asusta.

—No me asusta.

—Cee. —Ryan estrecha mis manos entre las suyas, obligándome a mirarlo—. Estás temblando.

—Aquí hace frío —digo. Él entorna los ojos, como si le estuviera tomando el pelo—. Es que ha pasado mucho tiempo.

—¿Estás segura de que puedes con esto?

«No».

—Segurísima. Ryan, por favor, déjame sola un momento. —Al ver que duda, niego con la cabeza—. Te lo prometo: está todo controlado.

—Vale, esperaré ahí fuera.

—Gracias.

Cuando se cierra la puerta, me acerco a la ventana y me quedo mirando fijamente los árboles que hay al otro lado.

Después de más de seis años sin saber nada de él, ¿esto es lo que me ofrece? Tras años de silencio, ¿espera que se lo entregue sin más? Su atrevimiento aviva mi rabia residual. Entiendo su rencor hacia Roman y hacia mí, pero esta jugada es sal sobre la herida.

Durante años, mi padre monopolizó el bienestar de la ciudad y es normal que hayan contraatacado. Siempre estuvo claro que Tobias pensaba devolvérsela. Entonces yo era muy joven y no llegué a tener una visión más amplia, pero sus planes no han cambiado. Hacer justicia en el pueblo no era más que la puerta de entrada a la guerra corporativa.

Y yo ni siquiera puedo reprochárselo. Es perfecto. Desde que formaron aquella alianza siendo apenas unos adolescentes hasta la agridulce victoria de hoy, Tobias parece haber logrado todo lo que se ha propuesto. Todo.

Por fin ha llegado su día triunfal. E, irónicamente, seré yo quien se lo proporcione.

Pero no sin antes buscar un poco de justicia para mí misma.

Al cabo de un rato, la puerta se abre y vuelve a cerrarse. Y, aunque sigo mirando por la ventana, percibo su vacilación a poco más de un metro de distancia.

—Buen trabajo, Tobias, pero debiste suponer que lo descubriría.

Nada. Un largo minuto de silencio tras otro. Siento sus ojos clavados en mí y un escalofrío me recorre la espalda mientras el corazón se me acelera en el pecho.

—No me importaba que lo hicieras.

El timbre de su voz y su marcado acento extranjero me hacen cerrar los ojos y mi corazón se desboca. Durante años he soñado con oír su voz y durante años he reproducido los ecos de sus suaves murmullos durante nuestros momentos más íntimos.

—¿Y por qué no te has presentado?

—No era necesario.

—¿Quieres decir que no soy digna de un apretón de manos? O, como mínimo, de un poco de regodeo por tu parte.

—No es necesario regodearse. Soy muy consciente de tu capacidad de negarme esto. Aunque a ti nunca te ha importado su empresa.

—¿Por qué ahora? ¿Por qué has esperado tanto?

—No tenía claro si seguía queriéndola.

—¿Y qué ha cambiado?

—Nada, simplemente he decidido que sí.

A pesar de mis propios objetivos profesionales, ni siquiera he tocado la empresa de Roman desde que la heredé porque, aunque seguía guardándole rencor, siempre supe que no era para mí.

—Se suponía que esto debería haber sucedido hace años. ¿Qué pasó? ¿Te apiadaste de un moribundo?

—Un cambio de planes.

Ahogo un suspiro, me giro y lo veo por primera vez en seis años. Es como una bala directa al corazón que me corta el aliento y rebota cuando sus ojos se encuentran con los míos. En cuestión de segundos, estoy envuelta en llamas. Separo los labios ligeramente mientras nos miramos en silencio.

Sigue siendo tan cruelmente atractivo como siempre, o incluso más. Su presencia en esta oficina anticuada resulta imponente. Lleva puesto un traje oscuro que se ciñe a su cuerpo y está tan impresionante como hace años, cuando yo acariciaba su piel desnuda y nuestras respiraciones se entrelazaban.

Ninguno de mis recuerdos le hacía justicia. Desde el surrealista color ambarino de sus ojos hasta la forma de su mandíbula, pasando por la majestuosidad de su nariz y sus labios ligeramente sonrosados, todo en él es hipnótico. Y justo cuando reconozco en sus ojos ese fuego que tanto he anhelado con cada latido de mi corazón traicionado, estos se vuelven de hielo y recorren mi cuerpo como si fueran dos diamantes.

—Veo que hemos apostado por una recepción abiertamente hostil. Yo creía que este sería un gran día para ti, Tobias. Un día de celebración. Por fin has ganado.

—No he ganado nada. —Su tono me produce un escalofrío.

—Yo bien, gracias por preguntar. —Me acerco para captar su atención y él se pone tenso—. Piensas devolvérsela, ¿verdad? —Tobias asiente bruscamente con la cabeza—. Se la merecen. No voy a pelearme contigo por eso. —Vuelve a asentir mientras me mira de arriba abajo, como si quisiera asegurarse de que he salido ilesa. Pues no ha sido así, joder—. Pero tampoco la voy a soltar por las buenas.

Tobias me mira a los ojos.

—¿No puedes acabar con esto de una vez?

—Te he dejado en paz durante seis años. Hice lo que me pediste.

—Te dije que no volvieras, Cecelia. Iba en serio.

—Ya, bueno, disculpa las molestias, es que mi padre ha muerto. Es una visita de negocios.

—Tu padre murió dos años después de que te marcharas y ni siquiera apareciste por aquí. Pero si quieres usarlo como excusa, acabemos con esto para que puedas largarte.

Me encaro con él.

—Lo siento, pero ya no acepto órdenes tuyas.

—Nunca lo hiciste. Y esto no tiene por qué ponerse feo.

—Pero lo hará, porque no pienso permitir que vuelvas a manipularme. Y necesito respuestas.

—Olvídalo. Entonces éramos idiotas y hacíamos gilipolleces. Tu papel en todo eso acaba en esta sala.

—Idiota… —digo, alargando la palabra—. Sin duda, así es como me he sentido todos estos años.

Sus fosas nasales se dilatan mientras me acerco y la energía que hay entre nosotros crepita a cada paso que doy, haciendo que me cueste respirar. Me escruta con sus ojos volátiles antes de guardarse las manos en los bolsillos.

—¿Quieres una disculpa?

—Eso sí que sería inútil. Lo que me hiciste fue inusitadamente cruel, ¿no te parece?

—Era necesario.

—«Necesario»… No, no me gusta. Incluso «cruel» podría quedarse corta, teniendo en cuenta lo que pasó. Puede que «despiadado» sea la palabra más adecuada. Aunque intenté con todas mis fuerzas no echártelo en cara porque fue una decisión tomada desde el dolor. Al menos al principio.

Tobias aprieta la mandíbula, irritado, y me muero de ganas de abofetearlo para bajarle los humos. Soy perfectamente consciente de todas las emociones que fluyen entre nosotros, pero necesito acabar con esta tensión tan dolorosa.

—¿Qué quieres? —Su voz es apenas un susurro.

—Quiero que hables conmigo. Que me concedas una conversación.

—No tengo nada que decir.

—Pues yo tengo mucho.

Sus fosas nasales aletean.

—Oigámoslo, entonces.

—No —digo en voz baja—. De eso nada. Así no, con dos pares de oídos al otro lado de la puerta.

—Esto ha sido un error —me suelta mientras se pasa una mano por el pelo, perdiendo los papeles—. El trato era…

—La negociación no ha acabado —declaro bruscamente, acercándome a él, enfadada—. Has hecho planes y has conspirado utilizándome como a una muñeca de trapo, ¿y eres tú el que se siente agraviado? No te voy a negar esto, pero ¿cómo te atreves a quedarte ahí de pie y tener la desfachatez de hacerte el ofendido?

—Te lo repito: la idea no era involucrarte en esto. Desde el primer día, te advertí que te mantuvieras alejada, joder. Pero no me hiciste caso.

—¿Y tú? ¿Te mantuviste alejado?

Su respuesta me destroza.

—Significó mucho más para ti que para mí. —Sus palabras me afectan tanto como él pretendía y me destrozan por dentro. Vuelvo a mirar por la ventana para impedir que vea mi dolor. La tensión aumenta, mientras continúa hablando detrás de mí—. Todo siguió adelante sin ti.

—Me alegra saberlo.

—Firma los papeles y vete a tu casa. Serás una mujer rica.

Ese comentario hace que me gire para volver a mirarlo, indignadísima.

—A mí el dinero me la sopla. Y ya me va bastante bien, independientemente de esta transacción.

—Lo sé.

—¿Ah, sí? —Me cruzo de brazos—. ¿Y a eso le llamas pasar página?

—No vamos a volver sobre lo mismo —dice con dureza, clavándome un puñal en el pecho.

¿Por qué no puedo olvidarme de ese hombre que claramente tanto me desprecia? Aunque ya lo sospechaba, ahora resulta evidente. En cierto modo, perdió a su hermano por mi culpa, igual que en su día perdió a sus padres por culpa de mi padre. Quizá tenga todo el derecho del mundo a odiarme y viceversa, así que ¿por qué no puedo odiarlo yo a él?

Cuanto más tiempo pasamos en la misma sala, más chispas saltan entre nosotros y más aumenta la atracción, por mucho que él trate de hacerse el indiferente. Pero esta sigue existiendo. Aunque ojalá no fuera así. Ojalá el destino, el karma o lo que fuera que decidió unirnos desapareciera y me liberara, ojalá nos liberara a los dos. Pero la atracción sigue ahí y es tan escandalosa como el redoble de un tambor.

Por eso Tobias no quería estar en la misma habitación que yo. Nuestra conexión se debe a nuestra composición química, a un vínculo inexplicable. Fue nuestra perdición hace años y nos devoró vivos. Y sigue siendo igual de intensa. Me resulta facilísimo entender por qué estuvimos juntos, mientras todo mi ser vibra por su presencia.

—¿Quieres que esto sea civilizado? Muy bien, pues complácemе. ¿Cómo está Sean?

—Felizmente casado. Ahora dirige el taller. Tiene dos hijos.

Trago saliva.

—Eso es… maravilloso. —Cruzo los brazos sobre el pecho—. ¿Seguís siendo igual de amigos?

—No.

—¿Por qué?

Su mirada se enciende y esta vez es implacable.

—Se acabó —dice, cogiendo el bolígrafo y tendiéndomelo—. Firma. Y lárgate de una vez.

—No. Creo que me quedaré por aquí un tiempo. Tengo que ver a algunos viejos amigos. ¿Cómo está Tyler?

Tobias avanza agresivamente hacia delante. Casi parece como si le doliera mirarme. Devoro esa sensación con avidez, porque estar a poco más de un metro de ese hombre ha agudizado mis sentidos hasta un punto del que ya no me creía capaz.

Él interpreta con facilidad mis pensamientos.

—Las cosas han cambiado. Esto es lo último que nos une.

Ladeo la cabeza.

—No me digas.

—Firma de una puta vez —me ordena, amenazante—. No quiero saber nada más de ti. —Yo me estremezco y, por primera vez desde que entró en la habitación, su mirada se suaviza, pero ya me ha herido de muerte. «Ódialo. Por favor, ódialo»—. Firma —susurra. Para él, es lo más parecido a una súplica.

El ambiente se vuelve más tenso a medida que nos enfrentamos y sé que él está como yo. Ambos estamos intentando luchar contra la atracción, haciendo equilibrios entre la fina línea que separa el amor del odio. Cuanto más tiempo pasamos en esa sala, más se difumina esa línea y más me enfado yo. Pero no pienso retractarme de la promesa que me he hecho a mí misma.

—Quiero saber la verdad.

—Pues prepárate para la decepción.

—Explícate.

—No me presiones, Cecelia.

—¿Que no te presione? Serás cabrón. Esto va a ser una puta olla a presión, imbécil —masculló, levantando la barbilla—. Merezco respuestas.

La puerta se abre y entra Ryan. Tobias lo fulmina con la mirada, pero él me está mirando a mí.

—¿Todo bien por aquí?

—Sí —respondo rápidamente, mintiendo como una bellaca. Me estoy viniendo abajo a marchas forzadas—. Solo un minuto más. —Tobias ni siquiera se digna a dirigirle la palabra a Ryan, pero ambos comparten una mirada tensa y silenciosa antes de que este salga y cierre la puerta. Luego me mira incrédulo y asqueado, negando con la cabeza—. ¿Qué?

—Cómo no. Tu puto abogado está enamorado de ti.

—Es un buen amigo y confío en él. Además, es el mejor en lo suyo. De hecho, está a punto de agarrarte por las pelotas, así que tal vez prefieras jugar limpio. Esto es una cuestión de negocios y pienso mantener mi corazón estúpido al margen. Tú me lo enseñaste, ¿recuerdas? ¿Y quién mejor para enseñar esa lección que un hombre sin corazón?

Tobias desliza los documentos por la mesa.

—Firma.

—No. De eso nada. No pienso firmar este contrato. Redacta otro en el que yo tenga un veinticinco por ciento de participación en la empresa. A no ser que quieras que acepte cualquier otra oferta cutre y te quedes sin esta puta fábrica.

Sus ojos se encienden de rabia, pero no me molesto en celebrarlo. Él me ha derrotado de una forma que no creía posible. Venir aquí ha sido el mayor error que he cometido jamás, porque verlo de nuevo ha acabado conmigo y con mis posibilidades. Aún puedo sentirlo perfectamente. La verdad nunca me hará libre. No estoy enamorada de un recuerdo, sino del hombre que tengo delante. Y esa verdad desata una ira dentro de mí que se ha ido acumulando durante años.

—Puede que te lo pusieras fácil exiliándome una vez más, pero destruiste a esa niña estúpida e ingenua con tu puto egoísmo y tus juegos de guerra. Estuve años dándole vueltas, preguntándome cómo pude significar tan poco para ti. Casi me vuelvo loca intentando recuperarme después de lo que pasó y todo por la forma en la que me excluiste y me dejaste tirada, completamente sola. —Me echo a temblar de rabia—. Yo también lo perdí. Y luego tú te encargaste de que perdiera a todos los demás.

Cuando Tobias me mira, veo en sus ojos un destello de culpabilidad, pero no es suficiente. Nunca lo será. Mi tono es igual de gélido que el suyo cuando por fin levanto la barbilla hacia mi creador.

—Pero esa niña ha crecido y está enfadada por las cartas que le has dado. Y quiere venganza. Podrás quedarte con la empresa, pero jamás podrás deshacerte de mí. Llevo años cumpliendo la condena que me impusiste, sufriendo en silencio, y ya va siendo hora de que tú empieces a cumplir la tuya. —Mi voz tiembla de rabia, mientras mi dolor y mi odio emergen del río de mentiras al que él me tiró para que me ahogara—. ¿Creías que con esto podrías desentenderte de mí? Pues mala suerte. No podrás deshacerte de mí, ni ahora ni nunca.

Llegados a ese punto, estamos tan cerca que puedo ver sus pestañas negras y rizadas, la hendidura que tiene bajo la nariz y el sutil lunar de la comisura de su labio inferior. Puedo oler el intenso aroma de su piel.

—Te daré lo que quieres cuando respondas a mis preguntas.

Cojo el bolso y la chaqueta y agarro el pomo de la puerta. Cuando vuelvo a mirarlo, me está observando, como era de esperar.

—Esa es mi contraoferta. La tomas o la dejas. Supongo que ahora la pregunta es: ¿hasta qué punto sigues deseándolo?

Abro la puerta de un tirón y le hago un gesto a Ryan, que viene hacia mí echando un vistazo por encima de mi hombro, mientras voy a toda prisa hacia la entrada.

—¿Qué ha pasado ahí dentro, Cee? —Me ayuda a ponerme la chaqueta mirando hacia la entrada antes de volver a girarse hacia mí.

—Hemos estado negociando.

Sigo temblando mientras me acompaña al aparcamiento para coger el coche. Una vez al volante, mi cuerpo se relaja mientras Ryan me mira con los ojos como platos.

—Joder —dice, tan desconcertado como yo—. ¿Quién coño era ese tío?

—Una parte de mi historia que necesito dejar atrás.

—Lo he sentido claramente, Cecelia. He sentido la tensión que había en esa sala.

—Ya, bueno, cree que estás enamorado de mí.

Su largo silencio me hace girarme hacia él. Ryan se pasa los dientes por el labio inferior antes de levantar sus ojos azules hacia los míos.

—Lo estoy. Y nunca había sentido tantos celos de otro hombre en mi vida.

Me quedo con la boca abierta.

—Ryan... No hablas en serio.

—No te sientas mal. Me di por vencido hace mucho tiempo. Y ningún hombre sobre la faz de la tierra puede competir con eso —dice, señalando el edificio con la cabeza.

—Yo nunca... —Busco las palabras adecuadas, abrumada por la culpa.

Ryan siempre ha flirteado conmigo, incluso delante de Collin, pero ha tenido una docena de novias más desde que rompimos. Ve mi mirada de remordimiento y niega con la cabeza.

—¿Quieres sentirte mejor?

Asiento con la cabeza.

—Me he tirado a media Atlanta.

—Eso es más bien preocupante.

—También soy la razón por la que hay tanta rotación de secretarias.

Lo fulmino con la mirada.

—¿Marcie?

—Sí.

—¡No jodas, Ryan! Era mi favorita.

—La mía también, por eso me lo monté con ella sobre tu escritorio, por despecho.

—Eres un cerdo.

—Lo sé. Mi polla no te ha sido fiel. Cuando la hieren, tiene tendencia a autosabotearse. ¿Te sientes mejor?

—Más o menos.

Compartimos una sonrisa.

—Yo también te quiero, ¿sabes?

—No pasa nada —me asegura mientras saca el teléfono—. Quiero conocer mejor a ese gilipollas.

Le tapo el móvil con la mano.

—No. Prométeme que no lo harás. Prométemelo.

—¿Por qué?

—Porque ya sé todo lo que necesito saber sobre él. Y no es el enemigo.

—Vale. Pero lo odio.

—Yo también.

Ryan arquea una ceja.

—Ya, seguro.

Me giro hacia él con los ojos llorosos.

—Ryan, me debe algo y estoy aquí para cobrármelo. Y la única forma de conseguirlo es que esta transacción salga como yo quiero. Esto es muy importante para mí.

Él me agarra de la mano y besa su dorso antes de soltarla.

—Cuenta conmigo.

—Gracias. —Enciendo el motor y me quedo inmóvil al ver a Tobias delante del capó en la acera, contemplando directamente el coche y posando su mirada letal sobre Ryan antes de desviarla hacia mí. En un abrir y cerrar de ojos, desaparece entre la hilera de vehículos y se pierde de vista.

—Eso no ha dado nada de miedo —comenta Ryan, a mi lado—. ¿Debería esperar encontrarme una cabeza de caballo ensangrentada en la cama de hotel por la mañana?

33

Sigo en el coche delante de la casa, esperando a que pase otro chaparrón gélido, mientras el silencio persiste al otro lado de la línea.

—¿Christy? ¿Estás ahí? —Echo un vistazo al teléfono que tengo en el regazo y veo que la llamada no se ha cortado y que los segundos siguen pasando—. Chris...

—A ver si lo he entendido. —Oigo el chapoteo del agua de la bañera—. ¿Hace tres días me llamas para que te ayude con la distribución de los asientos de tu boda pija y elitista en Atlanta y hoy estás en Triple Falls porque tuviste un sueño, te cargaste el vestido de novia, rompiste con tu prometido, has decidido vender la empresa de tu padre a un hombre que te destrozó y poco después tu novio de la universidad te ha confesado que sigue enamorado de ti?

—Sí, sé que parece una locura, pero...

—¿Una locura? No, eso sería quedarse corto. Esto es un episodio de la última temporada de *Anatomía de Grey*. Solo falta lo del fregadero de la cocina.

He dejado a Ryan en el hotel y, aunque me ha dicho que no pasaba nada, me he dado cuenta de que no ha querido cenar conmigo por lo incómodo que ha sido el viaje de vuelta al pueblo. Prácticamente me ha ignorado por completo contestando correos electrónicos, pero he notado su distanciamiento. ¿Tan ajena he sido a sus sentimientos?

—Me siento fatal.

—Todo el mundo sabía que estaba enamorado de ti. Le vi la cara cuando Collin te propuso matrimonio y se quedó hecho polvo.

—Ahora me siento peor.

—Nunca le has dado falsas esperanzas. Joder, cómo echo de menos tener problemas amorosos.

—Tienes al marido perfecto.

—Anoche se dejó la tapa del váter levantada y no tiró de la cadena. Me caí en el retrete, desperté a mis dos hijos y estuvimos todos dando voces hasta el amanecer. Sigo sin hablarle.

Soy incapaz de contener una carcajada. El mundo que he dejado atrás me parece ahora tremendamente lejano mientras miro la puerta de Roman.

—Esta vez se me ha ido la olla, ¿no?

—No, has hecho lo correcto.

—¿Tú crees?

—No, Collin es guapísimo, divertido, encantador y el hombre ideal para ti en todos los sentidos.

—Te odio.

—Me adoras. Pero si no lo quieres lo suficiente como para casarte con él, no debes hacerlo.

—Quiero a Collin, pero no como lo quiero a él.

—Eso no es sano.

—Ya.

—Ese hombre no te ha causado más que dolor.

—Ya.

—Te destrozó.

—Ya. Y cuando lo he visto hoy, te juro por Dios que todo mi cuerpo se despertó. No me lo esperaba ni de coña, Christy.

—¿Y él ha sentido lo mismo?

—Hasta Ryan dijo que lo había sentido.

—¿En serio?

—Sí.

—¿Después de seis años, todavía te guarda rencor por haberte acostado con su hermano?

Una de las muchas mentiras que he contado para ocultar una verdad que nunca podré confesar. Aun así, en cierto modo, creo que esa fue una de las razones por las que a Tobias le resultó tan fácil mantener las distancias y renunciar a mí.

—¿Qué estás haciendo, Cecelia?

—No lo sé —respondo, volviendo al presente. Visualizo a Collin en nuestra casa, mirando las invitaciones de boda que dejé amontonadas sobre la mesa. Se me llenan los ojos de lágrimas y me echo a llorar solo con imaginármelo. Quién sabe lo que estará pensando o cómo se sentirá—. ¿Qué he hecho?

—Has tirado tu vida por la borda por un hombre que no te merece en absoluto. Cielo, una amiga mejor te habría metido en una institución mental.

—Sé que parece una locura, pero necesito hacer esto.

—Vuelve con Collin. Te aceptará.

—Le he contado la verdad.

—¿Que has hecho qué?

—Tenía que hacerlo.

Y lo de hoy ha sido la prueba que necesitaba. Sana o no, la atracción sigue ahí. Todo lo que sentía por él sigue ahí y no puedo negarlo. Sobre todo ahora.

—Madre mía, Cecelia. ¿Y qué te dijo Collin?

—Me colgó. Y no me extraña.

—Qué desastre. Oye, me lo estaba tomando a cachondeo, pero ¿estás bien?

—No. No, no lo estoy. Pero ¿qué se supone que debo hacer? No puedo seguir viviendo una mentira, ya estoy harta de hacerlo. No es justo para ninguno de los dos y hoy… he obtenido la respuesta. No es la que quería, pero estaba ahí. Seguía ahí. Odio seguir enamorada de él. Odio que estar a un par de metros de él me siga causando el mismo efecto.

—¿Quieres recuperarlo?

—No quiero quererlo —susurro con un nudo en la garganta—. Soy tonta, pensaba que…

—¿Qué pensabas?

—Pensaba que, al verlo, mi cerebro adulto se impondría y razonaría con el tonto de mi corazón.

—¿Que lo verías de otra forma y eso daría perspectiva a tus sentimientos?

—Exacto.

—Pero eso no es lo que ha pasado.

—No.

—Bueno, yo te quiero. Y si sientes que eso es lo que necesitas hacer y que ese es el lugar en el que necesitas estar, adelante. Yo te apoyo, puedes contar conmigo. Pero intenta dormir un poco.

—Vale. Te quiero.

—Y yo a ti.

Mientras voy hacia el dormitorio, siento que los acontecimientos del día me pasan factura. Durante años he imaginado este día, cómo sería ver a Tobias de nuevo y ser capaz por fin de canalizar parte de mi ira al ponerme por delante en el marcador. Pero las cosas nunca salen como te las imaginas. Y con él, nunca lo harán. Sin embargo, Christy tiene razón. Si alguna vez había tenido la oportunidad de sentar la cabeza con alguien, era con Collin. Y a pesar de que mis emociones han triunfado y de todo lo que he descubierto, los remordimientos me pueden mientras saco el anillo de compromiso del bolso, me lo pongo en el dedo y lloro hasta quedarme dormida.

34

Ryan bebe un sorbo de café mientras me mira por encima del portátil.

—Va a echar humo por las orejas cuando vea esto. ¿Reuniones todas las mañanas? ¿Trasladar temporalmente la sede principal a Triple Falls? ¿En serio? —comenta, señalando la lista de condiciones que le he entregado.

—Sí.

—¿Crees que aceptará?

—Sí.

Lo hará porque cree que ganará. Tobias es demasiado confiado cuando se trata de mí, siempre lo ha sido. A pesar de la patada en el pecho de ayer, estoy resuelta a mantener esto en el ámbito profesional.

Las manos de Ryan vuelan sobre el teclado mientras yo disfruto de mi café con una sonrisa en los labios.

—Te has propuesto cabrear a ese tío.

—Ya te he dicho que tiene una deuda conmigo. En cualquier caso, venderemos sí o sí. Sigue adelante y valora alguna otra oferta. Y asegúrate de que él se entere.

—Aparte de ti, ¿qué otros intereses tiene ese tipo en la empresa?

—Eso es algo personal.

—Eres desquiciante.

—Justo lo que pretendo.

—Acabo de enviarlo. —Se recuesta en el asiento y me mira—. ¿Qué esperas ganar con esto exactamente?

—Perspectiva.

—¿Y para qué la necesitas?

Miro el anillo que llevo en el dedo.

—Tengo que reparar el daño que he hecho.

—¿A qué te refieres?

—Mucha gente ha sufrido por nuestra culpa. Y sigue haciéndolo.

—¿Por una ruptura?

—No exactamente.

—A la mierda —dice Ryan, que cierra el ordenador de golpe, lo guarda en la mochila y se levanta.

—Ryan, lo siento, pero no puedo...

Él coge la chaqueta y se la pone.

—Me voy a dar un paseo.

—Ryan...

Me levanto para seguirlo, pero me suena el teléfono en el bolsillo. Un prefijo local y un número desconocido.

—¿Sí?

—¿Esto te parece jodidamente divertido?

No puedo evitar sonreír.

—Buenos días, Tobias. Estoy deseando trabajar contigo.

—Pues ya puedes ir olvidándote. He aceptado el resto de tus exigencias.

—Todas menos una. La única importante.

—Te das cuenta de que estás jodiendo al hombre equivocado. —No es una pregunta.

—¿Crees que no sé quién eres o de lo que eres capaz? —susurro mientras voy hacia un rincón del vestíbulo en el que no puedan oírme y miro hacia la cámara de vigilancia, segura de que me está viendo—. Ezekiel Tobias King, previamente Ezekiel Tobias Baran, nacido el treinta de julio de mil novecientos ochenta y cuatro, treinta y siete años, hijo biológico de Celine Moreau e hijo adoptivo de Guillaume Beau King. Llegaste a Estados Unidos con seis años, te quedaste huérfano a los once y tenías un hermano, Jean Dominic King, que murió a los veintisiete años sin autopsia.

Me trago el dolor con cada palabra antes de continuar:

—A los dieciséis años volviste a Francia para ir al instituto IPESUP y asegurarte una plaza en la prestigiosa HEC de París, donde obtuviste el título de empresariales. Lejos de perder el tiempo, empezaste a reclutar y seleccionar cuidadosamente a viejas amistades para formar una alianza en favor de tu causa. Después de graduarte, fundaste tu empresa, Exodus Inc., que salió a bolsa hace cuatro años. Al cierre de ayer, su patrimonio neto rondaba los dos mil millones de dólares. Después de crear tu empresa, empezaste a buscar a tu último pariente directo vivo, tu padre biológico, Abijah Baran, francés de origen judío y miembro del Parti Radical hasta que le diagnosticaron esquizofrenia a los veintiocho años. Hace seis, lo encontraste. Poco después, lo internaste en un psiquiátrico, el Centre Hospitalier Sainte-Anne, en el distrito catorce de París, donde lo visitas todos los años. Un hecho que has ocultado a todos los que forman parte de tu vida. Su relación con ciertos extremistas y su enfermedad mental son sin duda algunas de las razones por las que sigues soltero y no tienes herederos vivos pero, en gran medida, es por tu secretismo. Por eso y por el hecho de que lo único que te ha importado alguna vez de verdad en esta puta vida es tu familia directa, tu venganza personal contra Roman Horner, tus ambiciosos planes y salirte con la tuya. —Levanto la barbilla hacia la cámara—. Conoce a tu oponente, Tobias. Le toca, señor King.

Cuelgo y, al salir, veo a Ryan en medio de la plaza, pero decido darle espacio porque no puedo proporcionarle respuestas. Sé cómo se siente; yo misma estoy luchando con uñas y dientes para conseguir las mías.

—Cecelia, ¿eres tú?

Me giro mientras cruzo la calle principal y veo a Melinda corriendo hacia mí, con los ojos abiertos de par en par.

—¡Hola, Melinda! ¿Qué tal?

—Chica, cada día estás más guapa, en serio —me dice, dándome un fuerte abrazo. Yo se lo devuelvo con la misma intensidad, hasta que finalmente se aparta—. Estás increíble. Ya eres toda una mujer.

—Gracias, tú también estás estupenda.

—Eso es porque acabo de gastarme cien dólares en arreglarme el pelo. —Se pasa la mano por el cabello—. Pero déjate de historias. Te marchaste sin avisar. Estaba preocupadísima por ti. Y cuando fue lo de tu padre y no viniste al… —Vacila al verme la cara.

—Lo siento, me surgieron unos problemas personales y tuve que marcharme.

—¿Te vas a quedar mucho tiempo?

—Un poco. No demasiado.

Se le ilumina la cara.

—Bueno, en breve vamos a tener una boda en la familia. ¿Recuerdas a mi sobrinita, Cassie? Se va a casar. ¿Puedes creer que haya crecido tanto? Parece que fue ayer cuando te hablaba de su bautizo.

Como siempre, saca rápidamente el teléfono y me enseña una foto.

—Qué preciosidad.

—Sí y él es guapísimo. ¿Tienes que hacer algo ahora? Venga, vamos a comer.

Busco por la calle algún rastro de Ryan, pero no lo veo por ninguna parte.

—Vale.

Se le iluminan los ojos.

—Genial, conozco el sitio perfecto.

Caminamos por la calle principal, con los restos de la nieve que ha caído esa mañana bajo las botas. Casi todos los escaparates están adornados con motivos de San Valentín.

Aturullada por su verborrea, la sigo hasta el restaurante mientras me habla de una obra de teatro en la que va a participar. En cuanto nos sentamos, nos ponen delante una cesta de pan, dos vasos de agua y una carta. Cuando veo el logotipo, me da un vuelco el corazón: The Pitt Stop.

«¿Estás empezando a sentir algo por mí, pequeña?».

Acaricio las letras con el dedo y levanto la vista para mirar por encima del hombro de Melinda, mientras ella me habla de la fábrica. Las paredes están repletas de fotos de la familia Roberts y me pongo a analizarlas todas. Finalmente consigo encontrar una de Sean con poco más de veinte años, apoyado en el Nova con los brazos cruzados y sonriendo a la cámara con sus brillantes ojos castaños.

Se me sale el corazón del pecho y se me llenan los ojos de lágrimas. Al verme la cara, Melinda echa un vistazo alrededor antes de volver a mirarme.

—Cariño, ni se me había pasado por la cabeza, en serio. ¿Te sientes incómoda? Debería haberte preguntado aunque, a juzgar por el tamaño del pedrusco que tienes en el dedo, parece que has pasado página a base de bien.

Bajo la vista hacia el diamante que llevo puesto. Su tamaño es un poco ostentoso, pero lo único que veo cuando lo miro es el amor que había en los ojos de Collin cuando me lo regaló en la fiesta de Navidad de nuestra empresa. Antes de que pueda responder, una joven camarera nos toma nota de las bebidas. Me decido sin pensar por un té helado e, incapaz de soportarlo más, me levanto y le digo a Melinda que tengo que ir al baño.

Me tiro casi diez minutos observando las paredes. Cada vez que lo veo es una tortura. Se parece sobre todo a su madre, pero su complexión y su sonrisa son de su padre.

En las paredes se amontonan años de fotografías de mi primer amor, desde la liga infantil hasta el baile de graduación, además de otras instantáneas familiares de famosos que han comido aquí a lo largo de los años. Busco sin cesar alguna foto reciente, pero no encuentro ninguna. Sé que tienen que estar en algún lugar del restaurante y me fastidia que se note si las busco. Ni siquiera me inmuté cuando Tobias me dijo que estaba casado, pero me dolió. Y ahora que lo sé, me siento como si me estuvieran arañando el pecho.

Sean tiene mujer y dos hijos. Se ha casado. Ha seguido adelante, como le correspondía. Me alegro por él, aunque estoy un poco celosa. Suena hipócrita, pero es lo que hay. Solo quiero recordar la época en la que era mío. Estoy en mi derecho de ignorar su felicidad.

Aunque fuera poco convencional, teníamos algo maravilloso hasta que todo se fue a la mierda. Estaba enamorada de él, pero entonces me lo arrebataron.

Los sueños que él protagoniza suelen ser los más duros. Lo que sentía por Sean era puro y sincero. No sé cómo medir el amor en su totalidad. Solo sé amarlos individualmente. Pero el amor que siento por Tobias es demasiado difícil de separar de cualquier otro hombre. Mi desprecio por él también supera al que pueda sentir por cualquier otro.

Busco en una pared más, solo para acabar de asumirlo, pero no encuentro nada. Tal vez sea mejor que no los vea. Las viejas heridas me acechan mientras me lavo las manos, me vuelvo a reunir con Melinda en la mesa y como con un nudo en la garganta.

Soy una arrastrada. No debería estar aquí.

Pero tampoco puedo largarme. Así que como un par de bocados, escucho la perorata de Melinda y, cuando pasamos por caja, el nudo se convierte en una roca. Sobre el hombro de la cajera hay una foto de un niño con los ojos de color castaño, como los de su padre. Es tan guapo que me obliga a quedarme mirándolo mucho más tiempo del que debería. Después de pagar, me zafo del abrazo de Melinda en la calle, mientras nos prometemos seguir en contacto, justo a tiempo para secarme la primera lágrima con la bufanda.

Cuando llego al coche, veo a Ryan de pie junto a él, con los brazos cruzados. Su mirada marina se vuelve más dulce a medida que me acerco. Sé que tengo manchas de rímel en la cara y no me molesto en ocultar las nuevas lágrimas que brillan en mis ojos. Él se acerca a mí y levanta lentamente mi bufanda para ayudarme a limpiarme la suciedad de la cara.

—¿Sabes? Una de las cosas que más me gusta de ti es que no tienes ni idea de lo guapa que eres.

Observo su apuesto rostro con pesar. Sé que si no me hubiera mudado a Triple Falls cuando tenía diecinueve años, probablemente Ryan habría sido mi primer amor de verdad. Puede que Collin hubiera sido el segundo y ahora no estaría tan rematadamente jodida.

—Me enamoré demasiadas veces antes de llegar a ti.

Me atrae hacia él y me da un abrazo.

—Ha aceptado las condiciones, mañana firmamos —susurra él, con voz ronca—. Me quedaré mientras me necesites, pero cuando concluyamos nuestros asuntos aquí… Por favor, considera esto mi carta de renuncia.

35

A la mañana siguiente, después de firmar los papeles con Ryan y montar mi despacho temporal, vuelvo al cementerio. No pude asistir a su funeral y eso es algo que me reconcome a diario. El cielo aguanta gris y nublado mientras extiendo el abrigo sobre el césped, me arrodillo ante la lápida y dejo el móvil en el suelo después de poner *Wish You Were Here*, de Pink Floyd.

—Dominic, ¿tienes idea de lo difícil que es para una mujer blanca de veintiséis años vestida de traje conseguir hierba en este pueblo? La discriminación es la leche. —Saco del bolsillo uno de los porros que me he liado y me acomodo sobre el abrigo—. Y tú me acusabas de juzgar a la gente por su apariencia... Casi salen corriendo cuando me he acercado. —Suelto una carcajada—. Y entonces he recordado que una vez me hablaste de Wayne, el de la charcutería. Un tío simpático. Todavía trabaja allí. —Lo enciendo y le doy una larga calada mientras la música me arrulla y me tranquiliza.

Durante un buen rato, recuerdo los días de lluvia que pasábamos en su cama leyendo y las sonrisas que me regalaba cuando sabía que nadie miraba. El alma que me había ido dejando ver a pedacitos, capaz de hacer grandes cosas. Cuanto más tiempo paso en su lugar de reposo, más convencida estoy de que sabía que pasaría poco tiempo en este mundo.

«Los dos sabíamos que no llegaría a los treinta, hermano. Cuida de ella».

Él lo sabía.

«¿Qué esperas del futuro?»

«Nada».

Se negaba a permitirse esperar nada. Era un verdadero soldado, quería que le llorara el menor número de personas posible. Y me había permitido amarlo. Yo fui la chica que tuvo el honor de acercarse a él de una forma que pocos lograban.

Extiendo la mano y toco la lápida helada.

—Dios, cuánto te echo de menos. Te echo de menos constantemente. Cuando escucho una de las canciones que me ponías o leo algo bueno, eres la primera persona a la que quiero contárselo. —Incapaz de seguir conteniendo las lágrimas, dejo que fluyan a voluntad—. Fueras un hijo de puta o no, yo te entendía. Te entendía. Te conocía. Y lloro por ti todos los puñeteros días. Has perdido, Dominic, porque no pasa un solo día en el que no lamente tu muerte. —Me entra el hipo y me arde el pecho mientras por fin pongo palabras a todos esos años de dolor—. ¿Por qué? ¿Por qué no pudiste esperar a que vinieran a ayudarnos?

Me desmorono y el viento cortante añade su aguijón a las lágrimas que no dejan de rodar por mis mejillas. De repente, me pongo alerta. He tenido esa sensación demasiadas veces como para no reconocerla. Es inequívoca y tangible. Está claro que es él.

—Sé que estás ahí —digo, dándole una última calada al porro antes de tirarlo al suelo y ponerme de pie.

Me doy la vuelta y siento el sobresalto habitual al ver a Tobias justo al otro lado de la cancilla, observándome. Es evidente que lleva allí un rato porque tiene la cara colorada a causa del viento. El mero hecho de verlo es una agonía. Se parece mucho al hombre elegante que conocí en su día. Sus irascibles ojos ambarinos coronan los suaves rasgos de su rostro y su mandíbula cuadrada. Lleva el denso cabello de color carbón peinado hacia atrás, sin un solo mechón fuera de sitio. Se ha puesto una larga gabardina gris por encima del traje y unos guantes de cuero. ¿Todavía sigue siendo el mismo? La mirada que intercambiamos me dice que sí, aunque él nunca lo admitirá.

Nos miramos fijamente durante un buen rato hasta que, finalmente, me decido a hablar.

—¿Quieres saber por qué estoy aquí? —Me giro hacia la tumba—. Nunca me he ido.

La puerta chirría mientras él la cruza y se pone a mi lado para bajar la vista hacia donde yace Dominic. Y, durante varios minutos, sé que nuestros pensamientos giran en torno a él y a los momentos previos a que nos dejara.

Un dolor insoportable me atraviesa el pecho mientras trato de imaginar lo duro que habrá sido para él enterrar a su hermano. Al intentar imaginar a todas esas personas a las que quería hace tantos años reunidas aquí para llorar su pérdida, algo que a mí me negaron.

—No me queda más remedio que pensar que existe el perdón, porque si no…, si no, Tobias…, no podré seguir viviendo así. Ya no puedo seguir viviendo así. Necesito hacer las paces con la niña ingenua que fui. Dejar de culparme por lo que pasó y… —Él niega con la cabeza, como si no estuviera de acuerdo—. Deseo con todas mis fuerzas pasar página, como parece que todos habéis hecho —admito—. De verdad. Pero me ha resultado imposible. Nunca había tenido la oportunidad de despedirme —digo, ahogándome con mis palabras. Por un instante, sus ojos brillan de emoción, antes de volverse fríos e implacables. Justo lo que me esperaba y en absoluto lo que me gustaría—. Estoy aquí por la misma razón que tú. Para llorar su pérdida. Para echarlo de menos. Tengo derecho a estar aquí.

Su mirada vacía me destroza. En parte, deseo retirarme y volver a la seguridad de la vida que tenía días atrás, rogarle a Collin que me perdone y recuperar el futuro que destruí, pero sé que eso no es posible. Y la razón está de pie delante mí, como la carcasa del hombre que una vez conocí.

—Tienes que volver a casa, Cecelia.

Resoplo, recojo el abrigo del suelo y me lo pongo.

—Deberías saber que eso es lo último que pienso hacer.

—Nunca has sido de las que ponen las cosas fáciles.

—¿Ahora tengo yo la culpa? —Avanzo hacia él y sus fosas nasales se agitan como si mi simple olor le repugnara. Encajo ese golpe en el pecho, consciente de que es posible que nunca consiga más que eso—. Debería haber sido yo quien muriera esa noche —digo, presionándolo—. ¿Me odias por no haberlo hecho?

—Dominic es el único responsable de su decisión.

—No creo que lo digas en serio.

—Sí. No fue culpa tuya. Pero digo muchas cosas que no quiero decir cuando estás cerca de mí. Aunque eso se acabará en cuanto te largues.

Estar tan cerca de él sin tocarlo es devastador. En cuestión de minutos, el anhelo que he sentido durante años se multiplica por diez mientras permanezco en mi pulcro caparazón, disfrutando del subidón durante el instante que Tobias nos permite estar cerca. Él también lo siente. Sé que lo siente. Perdí mi corazón en el instante en el que conectamos a nivel molecular. Y en algún momento, entre los juegos a los que jugamos y el amor que le di, perdí mucho más.

Un solo error, una sola noche que tuvieron consecuencias para todos.

Está claro que no confía en mí. Tal vez piense que tengo un plan. Y hasta cierto punto, así es. Aunque ahora me resulta obvio que ese plan no era más que otro intento patético de liberarme de su yugo. Una esperanza que desaparece cuanto más me mira, cuanto más me dejo arrastrar a sus volátiles profundidades. Él me enseñó todo lo que sé. Y juntos, él y sus hermanos me enseñaron a amar a todos los niveles.

Pero el fuego que hay dentro de este hombre es el más abrasador.

Lo amaré toda mi vida, pero también lo despreciaré por lo que me arrebató, por la forma en la que se deshizo de mí, rehuyéndome y desterrándome. Se lo permití por el precio que pagó, pero yo también lo he estado pagando y ya va siendo hora de que lo sepa. Me giro para mirarlo a la cara.

—Yo lo quería.

Él baja la vista.

—Lo sé.

—Pero no como te quería a ti. —Sus ojos se clavan en los míos. Sé que no es el momento, pero no sé si tendré otra oportunidad. No se lo había dicho ni una sola vez, pero ahora llevo la verdad por bandera. No tengo absolutamente nada que perder—. No sé si eso importa o no, pero merezco llorarle. Y merezco tus respuestas.

—No quiero que estés aquí.

—¿Alguna vez lo has querido? —Él intenta desviar la mirada, pero yo se lo impido—. ¿Qué tal si culpamos a los putos secretos? Al parecer son los que más daño han causado. —Tobias da media vuelta, cruza la puerta y yo lo sigo, pisándole los talones—. ¡Me lo negaste todo! ¡Todo! ¡Me merezco esta maldita conversación, Tobias! Y no pienso permitir…

Él cierra la puerta de su Jaguar último modelo y, en unos segundos, sale disparado del aparcamiento. Me dispongo a seguirlo, arrancando rápidamente el Audi. Mientras salgo cagando leches del aparcamiento, me parece sentir la presencia de una nube oscura y fría que me envuelve. Tobias vuela por la carretera, intentando dejar atrás el pasado, nuestros errores y a mí, y yo lo sigo de cerca antes de adelantarle en una doble línea continua. Sonrío victoriosa.

—Tendrías que haberte comprado un Audi —murmuro con sarcasmo, acelerando para perderlo de vista y ganar terreno.

Contando con que me alcance en la recta, acelero para sacarle más ventaja antes de desviarme hacia el arcén, tirar del freno de mano y girar el volante para que podamos encontrarnos frente a frente. En cuestión de segundos, Tobias aparece a toda velocidad y pisa el freno unos cuantos metros antes de matarnos a los dos. Me mira a través del parabrisas, con los ojos abiertos de par en par por la sorpresa.

—¿Lo he hecho bien? Tu hermano pequeño me enseñó este truco. Te toca mover.

Él me mira fijamente durante un segundo, antes de aparcar en el arcén y bajarse del coche corriendo. En cuanto salgo por la puerta, me agarra por los brazos, fuera de sí.

—¿Te has vuelto loca, joder? Podrías habernos matado a los dos.

—Bueno, así al menos pondríamos fin a nuestro sufrimiento —replico.

—No sé qué tienes en la cabeza, pero olvídalo.

Está tan cerca que puedo sentir el tejido de su chaqueta. Su olor me envuelve y la nostalgia me alcanza como un rayo, pero sigo desafiándolo.

—No puedo olvidarlo.

—Tienes que volver a tu vida.

—Habla conmigo, es lo único que te pido.

—Solo te lo diré una vez. Lo nuestro fue entonces. Y no tenemos un ahora.

Me suelta como si se estuviera quemando al tocarme.

—Sigues siendo el mismo cabrón engreído, asqueroso y prepotente de siempre.

—No —responde con acidez—. Soy mucho peor y siempre me salgo con la mía. Puede que recuerdes muchas cosas, pero parece que eso lo has olvidado.

Gira en redondo sobre sus zapatos italianos de piel y vuelve al coche.

—Esa oferta fue un cebo para hacerme venir aquí. Sabías que en algún momento querría librarme de esa carga, después de que no consiguieras arrebatársela. ¿Por qué no fuiste a por él?

Tobias se detiene y se gira hacia mí.

—¿Qué más da? Ahora es mía.

—Venga ya, lo tuyo es increíble. Cómo debe de joderte que haya crecido y que no vaya a permitir que me manipules nunca más.

—He conseguido lo que quería. Por lo tanto, tu argumento es discutible.

—No tanto —digo, burlándome—. Pienso retenerte hasta que me proporciones las respuestas que me merezco. Ya he vivido suficiente tiempo en la ignorancia.

Nos encaramos a escasos centímetros de distancia y sé que puede ver la resignación en mi cara.

—Vuelve a casa, Cecelia.

Tobias se sube al coche, da un portazo y arranca a toda velocidad.

36

Bañada en sudor y con las extremidades doloridas, echo el edredón hacia atrás mientras un grito agónico sale de mis labios. Llevo toda la noche persiguiendo a Sean entre los árboles, pidiéndole que se detenga, pero él sigue corriendo y se niega a mirar atrás.

—¡Joder!

Lanzo la botella de agua hacia el otro lado de la habitación. Esta golpea la pared y cae sobre la alfombra, justo delante de las puertas acristaladas iluminadas por la luna. El agua que quedaba dentro se derrama poco a poco.

Estoy constantemente luchando contra mi subconsciente. Durante el día es mucho más fácil, pero todas las noches, o una sí y una no, me las arreglo para llorar por alguno de ellos, o por todos a la vez.

Y es patético porque casi siempre sueño que me rechazan. Yo les ruego, les suplico que no me dejen, que me quieran, que me perdonen. Aunque solo sea por una vez, me gustaría enfadarme en esos sueños, decirles que son unos mentirosos, que nunca me han merecido, como tampoco han merecido mi lealtad, mi devoción ni mi corazón incondicionalmente fiel. Sin embargo, siempre soy yo la que los persigo a ellos, implorando su perdón, suplicando la absolución, rogando que correspondan a mis sentimientos.

Aun con la fuerza que demuestro de puertas para fuera durante las horas de vigilia, doblegando a hombres hechos y derechos en mis transacciones comerciales, en mis sueños siempre soy débil. Y mi mente no piensa dejar de recordármelo, no piensa razonar para volver a la realidad de hoy, ni a la de ayer. Incapaz de evitar que ese sueño me afecte, marco el número de Christy y rezo para que conteste.

—Dime —responde, con voz soñolienta.

—Cada vez estoy peor. Este sitio no hace más que empeorarlo todo.

—Tranquila.

—Lo siento —digo con un suspiro, mirando el reloj—. Sé que es tarde.

—Tengo un bebé colgado de la teta y estoy viendo vídeos en Instagram. Créeme, no estoy enfadada.

—Dale un beso de mi parte.

—Lo haré.

Nos quedamos calladas durante unos segundos. Está esperando.

—Soy gilipollas. Todo el mundo ha pasado página.

—Y yo soy tu mejor amiga y puedo asegurarte que te convertiste en una autómata en cuanto volviste de ese lugar dejado de la mano de Dios. No has sido la misma desde entonces. No estoy diciendo que no te quiera tal como eres, con todas tus disfunciones, pero te veo la cara cuando crees que nadie te mira. Tuviste tres novios que te jodieron la cabeza y el corazón, uno de los cuales murió en un accidente de coche, y nunca lloraste su pérdida como era debido. —La culpa me atenaza, pero hay secretos que debo seguir guardando—. ¿Puedo preguntarte una cosa, Cee?

—Qué tontería. Pues claro.

—¿Estás embarazada?

—¿Qué? No. Para nada. No es eso. —Me siento débil. No puedo hablar con ella cuando estoy tan débil. Llevo demasiado tiempo guardando mis secretos a buen recaudo—. Solo ha sido otra pesadilla. Ya se me pasará.

—Oye. Algún día me quedaré sin niños que me roben el sueño y me chupen las tetas hasta convertirlas en ciruelas pasas, lo que significa que te mataré cuando me despiertes en plena noche. Quiero que seas feliz. Si eso no incluye un futuro con Collin, pues vale, si tienes que volver a ese lugar de mierda para reconciliarte con él, también vale, pero asegúrate de hacerlo por ti, Cecelia. Ya has sufrido bastante a manos de esos cabrones.

—Vale.

—Bien. Recuerda por qué te fuiste.

—Créeme: no puedo olvidarlo.

—Y no olvides quién coño eres. Una superempresaria y una tía dura que te cagas. Haces llorar a hombres adultos todos los días.

—Gracias. Te quiero.

—Y yo a ti.

Me las arreglo para terminar tres cuartas partes de la presentación mientras siento su intensa mirada clavada en mí. Es nuestra primera reunión matutina. Tobias ya ha despedido a todos los directivos. Juntos, tenemos que llevar a cabo la tarea de hacer que la fábrica deje de ser una estructura corporativa y pase a ser propiedad de los empleados. No me molesto en preguntarle qué está haciendo con las otras fábricas, porque estoy segura de que cuando vea los planes que tengo para esta, es muy posible que haga cambios similares en las demás. Ryan está sentado en la mesa al lado de Shelly, una de las ayudantes de Tobias, mientras yo expongo mi presentación, en la que he trabajado media noche: un plan por etapas específico para Horner Tech destinado a corregir los errores del pasado. Este ofrecerá incentivos a los trabajadores leales, además de mejores alternativas para la atención sanitaria y la jubilación.

—Sus vidas no cambiarán de la noche a la mañana, pero en un año pueden hacerse muchas cosas.

Hago una pausa después de expresar ese pensamiento en voz alta, sintiendo todo el peso de la atención de un hombre que estaba segura de que solo existía en mis sueños.

—Cee —dice Ryan, mientras yo me quedo allí plantada, completamente absorta en el recuerdo de una cálida noche de verano llena de besos excitantes, vino y luciérnagas, de un lugar mágico que creamos, donde no existía nadie más y donde nos encontramos el uno al otro—. Cee —repite este mientras trato de recomponerme.

—Perdón. —Me aclaro la garganta y el fuego me lame un lado de la cara, bajándome por el cuello. No he mirado ni una sola vez a Tobias, aunque la anticuada sala de juntas vibra de energía desde que él ha entrado—. Dentro de un año —continúo—, no solo habremos incentivado a los empleados para que se queden, sino que habremos creado y presupuestado doce nuevos puestos de supervisión.

—Ya tengo mis propios planes. —Es la primera vez que Tobias habla y levanto los ojos hacia los suyos.

—Solo quería darte algunas opciones. Es mi trabajo.

—Pues yo llevo haciéndolo más tiempo. ¿Algo más? —replica de inmediato.

—Vale, déjame expresarlo mejor —respondo—. Esto es el plan B.

Ryan interviene para darle en las narices a Tobias.

—Es una de las condiciones del contrato.

Tobias ignora a Ryan y me fulmina con la mirada.

—Estoy creando empleo, no echando por tierra tus planes.

—Eso es discutible —replica él, poniéndose en pie.

—Me quedan quince minutos —protesto.

Él se queda mirando mi ajustado traje de pantalón. Puede que esta mañana haya dedicado más tiempo del habitual a arreglarme.

—Ya estás haciendo lo que querías, ¿por qué tengo que estar yo aquí?

—El contrato también exige tu presencia en estas reuniones —le espeta Ryan.

Tobias por fin le presta atención. Y el resultado no es agradable.

—¿Le vas a chupar los tacones de aguja cuando salga de aquí?

—No le ponen los pies —replica Ryan, sonriendo con seguridad.

Los ojos de Tobias se desvían hacia los míos. Su mirada basta para condenarme. Ahora sabe que me he acostado con mi abogado. Miro fijamente a Ryan, que se encoge de hombros y me mira de arriba abajo de una forma que Tobias no pasa por alto.

—Caballeros, guárdense sus penes y respiren hondo. Lo importante no es demostrar quién tiene más autoridad. Lo importante son los miles de trabajadores, su futuro y lo que es bueno para ellos. Yo no tengo por qué tener razón. Lleguemos a un acuerdo sobre lo que es mejor para ellos.

Shelly toma la palabra.

—Muy bien. Lo que habíamos planeado es muy parecido, compararé nuestro programa con el suyo y ultimaremos los detalles juntas.

—Nadie te ha pedido que intervengas —la regaña Tobias.

—Yo no chupo zapatos ni culos, señor King, por eso me contrató. —La tía no se corta un pelo—. Cecelia, creo que es un plan brillante y, dado que soy yo la que reunirá la información y la hará llegar a la gente, me encantaría escuchar los catorce minutos restantes.

Me muerdo los labios para disimular una sonrisa mientras Tobias mira a Shelly con los ojos entornados antes de volver a sentarse.

—Tienes la palabra.

Prácticamente puedo oír sus pensamientos: «Te toca mover».

Ryan se ríe entre dientes y él y Tobias se miran por un instante antes de posar sus ojos expectantes sobre mí.

Y solo es el primer día.

Joder.

37

No puedo evitar sonreír cuando, poco después de la reunión, Tobias entra en el despacho situado frente al mío. Los ventanales del suelo al techo no suponen ninguna barrera y nos proporcionan poca intimidad, así que no podrá evitar en modo alguno verme durante las horas de trabajo. Percibo su vacilación mientras Shelly le ayuda a instalarse. Siento el calor de su mirada antes de que por fin tome asiento. La transición de empresa a cooperativa no es algo que se solvente con un par de firmas, ni de una sola vez. Llevará semanas planificar cuidadosamente todos los detalles y pienso aprovechar bien el tiempo.

Tobias no puede evitarme. Aunque estoy convencida de que lo intentará. Horas después, nos batimos en duelo con nuestros teclados y, de vez en cuando, noto que levanta la cabeza y me mira fijamente. Lleva todo el día escuchando mis conversaciones telefónicas, con la puerta abierta. Tengo que atar algunos cabos sueltos antes de poder traspasar por completo la empresa a Collin, que tampoco me habla. Ha hecho que su ayudante me envíe por correo electrónico algunas preguntas sobre asuntos urgentes. Y lo entiendo. Lo comprendo. Pero aun así me duele.

Ryan lleva casi todo el día atrincherado en el despacho que hay al lado del mío y el chisporroteo de lo que se está gestando no hace más que intensificarse a medida que pasan las horas.

Pero sigo adelante, con intención de utilizar todas mis herramientas para que la transición sea fluida y beneficiosa para los empleados. Porque yo he estado en su lugar, literalmente. Cuando Ryan va a la sala de descanso a por otra taza de café, levanto la vista y veo a Tobias trabajando diligentemente en el portátil. Sus hombros se tensan en cuanto se da cuenta de que lo estoy mirando, pero sigue trabajando sin parar. Hoy lleva un traje de raya diplomática que le da un aspecto regio, como de gánster de antaño. Le sienta de maravilla. Su aspecto es tan pulcro que parece totalmente fuera de lugar en este agujero en el que nos han metido. La planta baja apesta a moho, el techo está lleno de humedad y tiene manchas de color marrón. Decido enviarle un correo electrónico a Shelly para ver si podemos rascar algo del presupuesto para hacer una remodelación barata. Acabo de mandárselo cuando Ryan entra en la oficina, olvidándose de nuestro café.

—Cee, tenemos a Jerry Siegal. —Doy un respingo que hace que Tobias levante la cabeza del ordenador mientras Ryan me pasa el móvil. Voy a contestar cuando Ryan me hace un gesto con la cabeza para que ponga el manos libres—. No pienso perdérmelo ni en sueños.

No puedo decirle que no. Llevamos todo un año trabajando en esto. Siento la mirada furibunda del hombre que está al otro lado del pasillo e ignoro el malestar que me produce. Negándome a que me afecte, pongo el manos libres.

—Jerry, ¿cómo estás?

—¡Serás zorra! —grita el hombre al otro lado de la línea mientras Tobias se levanta y se acerca a la puerta de mi despacho.

Yo le doy la espalda y empiezo a pasear tranquilamente por detrás de la mesa justo en el momento en el que Shelly entra con un montón de carpetas bajo el brazo.

—No seas cenizo, Jerry. No vas a ir a la cárcel. Regálale a tu mujer unas buenas vacaciones, que la tienes abandonada. No le vendrían mal después de… ¿cuántos intentos de suicidio lleva este año? ¿Dos? Deberías pasar más tiempo en casa.

—Voy a acabar contigo de una vez por todas, Horner.

Le echo un vistazo a Tobias, que me mira enfadado, y sonrío.

—Me temo que tendrás que ponerte a la cola, es bastante larga. Cada vez más.

Ryan se sienta a mi lado, sonriendo como un bobo, mientras Jerry continúa con su diatriba.

—No bastaba con que el cabrón de tu padre…

Hago un gesto con la mano, aunque él no puede verme.

—Roman se dio cuenta de que eras un pardillo y te hizo la cama porque te consideraba una presa fácil. Así que, en lugar de lamerte las heridas, reinventarte y regresar como un adversario más digno, decidiste pasar página y convertirte en un mierda aún peor que él. Imagino que tu teléfono no dejará de sonar con todos los inversores que querrán echarse atrás. A lo mejor deberías estar aprovechando el tiempo en lugar de estar haciendo amenazas inútiles.

—Te voy a…

—Como te he dicho, tendrás que ponerte a la cola. —Pongo las manos sobre el escritorio y miro fijamente a Tobias—. Y vamos a dejar una cosa bien clarita. Ni soy mi padre ni soy su hija. Una amenaza más por tu parte y acabaré el trabajo que él no fue capaz de hacer.

Cuelgo mientras Ryan sacude la cabeza y se levanta. Intercambiamos una mirada divertida antes de echarnos a reír.

—Lo hemos conseguido —dice él, sonriendo de oreja a oreja.

—No lo habría logrado sin ti —respondo—. Muy bien, ya conoces el procedimiento. Asegúrate de que estamos cubiertos.

—Manos a la obra —exclama Ryan, poniéndose la chaqueta—. Y compraré alguna botella cara. De ese vino francés que tanto te gusta. ¿Cómo se llamaba?

Trago saliva, evitando mirar a Tobias.

—Louis Latour, pero aquí no creo que lo encuentres.

—Algo habrá —dice él.

No me pierdo el saludo de gallitos que intercambian Tobias y Ryan cuando este pasa junto a él. Por fin levanto la vista hacia Tobias, que sigue en el umbral y parece a punto de entrar en combustión. Casi me había olvidado de Shelly, que nos mira a los dos desde detrás de él.

—No tengo ni idea de a qué había venido, así que esta es la excusa perfecta para irme.

Cuando ella ya no puede oírnos, Tobias entra dando un portazo tan fuerte que hace temblar los cristales.

—¿Qué coño estás haciendo?

—Mi trabajo.

—Cecelia, deja de joder a Jerry…

—Ya, como tú, ¿no? Estabas allanando el terreno, pero yo he sido más rápida. Quédate a celebrarlo con nosotros.

—Él no es de los que…

—Es precisamente de esos —replico—. Apunta a la cabeza, no al pie. Tú mismo lo dijiste. Sé lo que estoy haciendo. Ahora mismo estamos enviando a su despacho todos los documentos que demuestran que podríamos montar un buen escándalo para asegurarme un día más de vida y seguir luchando. Si nos pasa algo a mí, a alguien de mi empresa o a cualquier otra persona cercana a nosotros, irá a la cárcel de por vida.

—Es muy peligroso, joder —me espeta Tobias, dando un par de zancadas para adentrarse en mi despacho y apoyar las yemas de sus grandes dedos sobre el escritorio.

—Soy consciente de que se me acumulan los enemigos. Hago lo necesario para garantizar mi seguridad y la de mis empleados. Pero eso forma parte de mis actividades paralelas y no es asunto tuyo. Además, no eres la persona más adecuada para sermonearme por lo que hago de puertas para adentro.

—Te di esa información de forma confidencial —me suelta.

—Había que cargarse al antiguo socio de papaíto, Tobias.

He usado la información para una buena causa. No me dirás en serio que no eras consciente de lo que llevo haciendo todo este tiempo.

—Los demás no eran peces gordos.

—Solo los pececillos de los que tú estabas al tanto, con los que te he estado alimentando a propósito —digo—. Ahora ya no lo sabes todo de mí.

—Jerry no es solo la puta cabeza, Cecelia. También es el cuello. No puedes romper el cuello y no esperar...

Frunzo el ceño, sacudiendo la cabeza.

—Espero oposición. Espero que alguien me pase por encima. Y, en algún momento, alguien lo hará —digo, repitiendo las palabras que me dijo hace años—. También soy consciente de que aquello que desconozco puede hacerme daño. Pero estoy jugando la partida, estoy en el tablero, Tobias, y lo he estado durante años. No necesito ni quiero tu permiso para hacerlo. Y muchísimo menos tu consejo. Yo decido qué cabezas cortar.

—Estás pidiendo guerra.

—La declaré hace tiempo y estoy en plena batalla. He decidido ir a por todas porque es la única forma de hacerlo. Estoy desempeñando mi papel.

Nos miramos fijamente durante unos segundos y creo ver un atisbo de orgullo en su mirada que se esfuma rápidamente.

—Esa fue la revelación que tuviste en la sala de juntas de tu padre, hace tantos años.

Asiento con la cabeza.

—He soñado mil sueños, pero ese fue el primero.

—Nunca me lo contaste.

Tiene la desfachatez de hacerse el ofendido.

Rodeo el escritorio y me cruzo de brazos antes de apoyarme en el borde de la mesa, a su lado.

—Perdona si no es el papel que habías elegido para mí cuando me desterraste a una realidad ficticia —replico, resoplando con desprecio—. Exactamente, ¿qué esperabas para mi vida cuando me fui de aquí? ¿Un garaje de dos plazas? ¿Una valla? ¿Un columpio? Tendré todo eso cuando lo quiera, pero, por ahora, he tomado posiciones. Y esa cabeza era para mí. Sé de buena tinta que fue Jerry el que envió a Miami.

—Joder —dice Tobias, llevándose los puños a la frente.

—Tómala con quien quieras, pero deja de sermonearme sobre los peligros de la vida. —Me alejo del escritorio—. Me he hecho amiga de esos peligros. Ahora somos íntimos. Dormimos en la misma cama. La Beretta que llevo en el bolso tiene balas de verdad. La pagué con dinero de verdad. En mi club, sabemos valorar el cerebro de una mujer. Y por mis ovarios que verán quién está acabando con ellos.

Tobias me agarra por el cuello y recorre mi cara con la mirada.

—¿Quieres una palmadita en la espalda? ¿Quieres mi aprobación por hacer una jugada estúpida?

—No ha sido una jugada estúpida. Solo que no la has hecho tú. —Estamos tan cerca que cualquiera que entrara podría palpar la tensión. Echo la mano hacia atrás y aparto sus dedos uno a uno, sin que él me lo impida, antes de alejarme—. Puede estar tranquilo, señor King, este será mi último movimiento durante un tiempo. He estado dándoles muchas vueltas a mis otros sueños.

Él se queda mirando el anillo que llevo en el dedo y da media vuelta antes de abrir la puerta de un tirón y meterse en su despacho. Desconcertada, lo veo abrir una caja, y después sale y apaga la luz. Al cabo de un instante, vuelve a entrar en mi oficina y deja una botella de Louis Latour sobre la mesa.

—Imagino que debería felicitarte.

No me molesto en corregirlo.

—¿No tendrás un sacacorchos?

Él se acerca a mí y me habla con voz letal.

—Sigue tocándome los cojones, Cecelia, y haré que esto duela.

Me encojo de hombros.

—Pues vale.

Tobias da media vuelta, sale apresuradamente de mi despacho y desaparece. Sentada junto a la mesa y haciendo girar el anillo en el dedo, miro fijamente su oficina, que se ha quedado vacía y a oscuras. Y así sigue al día siguiente.

38

Horner —dice el carcelero cuando llevo ya cuatro horas entre rejas.

Ryan me mira a través de una ventanilla mientras firmo la entrega de mis pertenencias, que me devuelven en una bolsa de plástico antes de hacerme pasar por otra puerta. Espera a que salgamos para echarme la bronca.

—¿Qué coño estás haciendo?

—¿Qué quieres decir? —le pregunto, ajustándome el abrigo.

—No te hagas la tonta. Te han detenido por ir a ciento sesenta y cinco en una zona limitada a ochenta y te han pillado casi con un gramo de maría. ¿Cómo le llamas a eso?

—¿Una maravillosa tarde de jueves?

—¡No tiene gracia!

—Depende de a quién se lo preguntes. —Frunzo el ceño—. Y era una hierba de la leche. Ahora voy a tener que volver a la charcutería. —Ryan me mira como si acabara de dispararle—. Tenía nostalgia.

—Pero ¿tú quién coño eres? —me pregunta, mirándome.

—Relájate, vas a conseguir que me retiren los cargos sin problemas. Ni siquiera me han tomado las huellas. Ha sido un juego de poder. Él quería enviarme un mensaje.

—¿Te refieres a...?

—Shhh —digo riéndome, mirando a derecha e izquierda—. No te atrevas a decir su nombre.

—Cecelia, esto no tiene gracia. Lo he investigado. Ha comprado media ciudad, incluido el hotel en el que me hospedo.

—Y también a la policía. Estoy al tanto. Y te pedí explícitamente que no hicieras eso.

—Así que eres consciente de que Exodus Inc. es...

—Muy consciente.

—Es un jugador más importante que lo que lo era Jerry.

—Tú lo has dicho: «Era» —replico.

—No me fío de él. —Ryan me agarra del codo y me acompaña al aparcamiento.

Me pongo seria.

—Yo tampoco.

—Entonces, ¿por qué provocas al dragón?

—Ya te lo he dicho, tiene una deuda conmigo.

—Ha hecho que te metan en la cárcel. No creo que vayas a cobrarla.

—Lo haré. ¿No ves que está funcionando?

—Sí, obviamente —me suelta con sarcasmo.

—Tobias es otro tipo de monstruo. Pero necesito que confíes en mí.

—Este pueblo está empezando a ponerme los pelos de punta.

—Te sientes observado, ¿eh?

—No tiene gracia.

—Claro que sí. Está justo en el punto en el que lo quiero tener.

—¿Cabreado?

—Exacto.

—Espero de verdad que sepas lo que estás haciendo.

—Lo sé. Más o menos.

Ryan suspira.

—Puedo conseguir que retiren los cargos por posesión y que reduzcan la gravedad de la multa, pero no te van a devolver el coche.

Me detengo en seco.

—¿Qué?

—Había una furgoneta en la carretera y te han acusado de hacer carreras ilegales. Te van a incautar el Audi como mínimo durante treinta días. Quizá consiga que retiren los cargos, pero los pueblos pequeños como este te dejan tieso con las multas para cumplir con la cuota.

—Da igual.

—No, no da igual. Ha sido una puta imprudencia. Pero ¿tú de qué vas? —me pregunta mientras me lleva hasta su coche. Hago ademán de pedirle las llaves, pero él niega con la cabeza—. Ni de coña. Tienes suerte de conservar el carné.

—Vale. —Suspiro mientras Ryan abre la puerta del copiloto y me subo al coche.

—Esto no es propio de ti. ¿Qué está pasando?

—Lo siento, papá. Vamos a pagar las multas y a conseguir otro coche.

—Ya he reservado uno de alquiler. Pero, Cee…

—Se me ha ido la olla —admito, avergonzada—. Ha sido una gilipollez. No volverá a ocurrir.

Una vez al volante, Ryan me mira fijamente.

—Se te ha estado yendo desde que llegamos.

—Ya lo sé, ¿vale? Ya lo sé. Es que últimamente estoy un poco nerviosa.

—¿Qué fue lo que pasó aquí, exactamente?

—Demasiadas cosas como para contarlas, y demasiado fuertes como para que seas capaz de imaginártelas.

Me giro hacia él, resignada. Le confiaría mi vida a Ryan. Es el único que me ha ayudado con mis chanchullos para acabar con los peces gordos. Me demuestra su valía constantemente.

—¿De verdad vas a dejarme?

—Sí. Responde a la pregunta.

—Ya te respondí, justo antes de que dimitieras.

—Precisamente por este tipo de mierdas no pienso cambiar de opinión.

Enciende el coche y arranca para llevarme a casa de mi padre.

—No quiero volver allí.

—Y una mierda. Necesitas reflexionar sobre lo que estás haciendo. Prácticamente le has declarado la guerra a un hombre que te mira como si quisiera matarte.

—No me había dado cuenta. —Me giro hacia la ventanilla, viendo pasar a toda velocidad los grupitos de árboles de hoja perenne—. Y siento haberte molestado.

—No es eso, Cee, es que estoy preocupado —dice Ryan, mirándome—. Pero dime cómo puedo ayudarte a solucionar el verdadero problema.

—No puedes. Nadie puede. Él sabe lo que quiero y hasta que no me lo dé, estoy atrapada aquí, en el limbo. —Le pongo una mano sobre el brazo que tiene en el salpicadero—. Tú puedes irte a casa, pero yo tengo que quedarme aquí. Debo zanjar esto de una vez por todas.

—Mira lo que acaba de ocurrir. ¿Crees que te voy a dejar aquí tirada?

—Es la única forma de afrontarlo —digo, resignada—. Ha llegado el momento, Ryan. Tengo que hacer esto sola. —Me giro hacia los árboles en movimiento y me doy cuenta de que ya estamos en la larga carretera que va hacia la casa—. Los temas de negocios ya están solucionados. A partir de ahora, es todo personal.

Puedo sentir sus ojos azules clavados en mí, pero decido no darme por aludida mientras se acerca a la verja y le doy el código. Ryan silba con admiración mientras nos acercamos a la mansión.

—No está mal.

—Es una puta farsa como una catedral.

Ryan frunce el ceño.

—¿Qué quieres decir?

—Quiero decir que no hay vida dentro de esa casa. Está embrujada. ¿Quieres que te la enseñe?

—Me encantaría, pero mejor paso.

—¿Por qué?

—Porque intentaré besarte. Y tú no me dejarás.

—Ryan...

Se aferra al volante, irritado.

—Esto es una puta mierda. Es una mierda tener que buscar otro trabajo al volver a casa. —Se vuelve hacia mí—. Pero lo haré. Y encontraré otra mujer a la que querer. Una mujer más guapa, más inteligente y que no esté enamorada de otro. Seguro que es fácil —dice con sarcasmo.

Me acerco a él y le doy un beso en la mandíbula.

—La encontrarás, Ryan. Sé que la encontrarás. No te conformes. Y cuando estés un poco menos resentido conmigo y la quieras a ella muchísimo más que a mí, por favor, llámame. Te voy a echar de menos.

—¿Estás segura?

—Sí. Puedo seguir sola. Tú ya has hecho tu trabajo.

Él niega con la cabeza.

—Esto no me parece bien. Puedo esperar.

—Aquí estoy bajo su protección. Le costará admitirlo, pero no tienes que preocuparte por mi seguridad. Créeme. Yo no estoy preocupada. Vuelve a casa. Busca otro trabajo, pero deja que te siga pagando hasta que lo hagas. Aunque conozco a alguien a quien le vendrías muy bien.

—No será lo mismo.

—Ahora mismo, Collin te necesita más que yo.

Él asiente.

—Menudo chantaje emocional, Cee —dice, mientras se acaricia la mandíbula con la mano—. Joder, siento como si el grupo se estuviera disolviendo.

—Así es la vida. La gente viene y va. Pero no quiero perderte definitivamente. No puedo, Ryan. Prométeme que estaremos en contacto.

—Te lo prometo. Iba a quedarme plantado viendo cómo te casabas con otro hombre. Te prometo que no estoy enfadado.

—Pasa las manos por el volante antes de volver a mirarme, abatido—. Tenía que intentarlo, ¿no? ¿No es por eso por lo que tú estás aquí?

Asiento con la cabeza. Se me parte el corazón. Este es el estropicio que he causado al volver a Triple Falls. Al liberar a Collin. Otro daño colateral de mi corazón imprudente.

—Te quiero —dice con seguridad—. Pase lo que pase.

—Yo también te quiero.

Derrotado, golpea la coronilla contra el reposacabezas antes de girarse hacia mí.

—Y ahora bájate de mi coche; apestas a hierba y a angustia adolescente. —Sonrío con los ojos llenos de lágrimas, me bajo y me quedo mirando la casa—. Sabes perfectamente que él te quiere —dice Ryan detrás de mí, al darse cuenta de que estoy dudando. Me vuelvo hacia él—. No es que sea fan, porque odio a ese tío, que quede claro. Ese franchute es un gilipollas arrogante. Pero ningún hombre puede odiar tanto a una mujer que no signifique nada para él. Se está resistiendo.

—Gracias por decírmelo.

—Te desearía suerte, pero ese imbécil está jodido.

Ojalá fuera cierto. Eso podría hacer que todos mis sacrificios valieran la pena.

—¿Me llamas cuando aterrices?

—Te mandaré un mensaje —responde, bajando la mirada mientras me alejo del coche.

Ryan lleva años en mi vida y no puedo imaginarme dejar de verlo con regularidad. He renunciado a mi vida y a mi empresa. A gente a la que quiero y por la que trabajo por una puta pesadilla, por un pasado que no soy capaz de superar. Y mi resentimiento no hace más que aumentar.

Me doy cuenta de la gravedad del asunto mientras cierro la puerta del copiloto y Ryan se marcha, concediéndome la libertad, a petición mía, de enfrentarme a esto yo sola.

«Le toca, señor King».

39

Los cuatro primeros días de la semana siguiente, Tobias me evita a toda costa encerrándose en su despacho —cuando decide aparecer— y se salta todas las reuniones matinales. No me molesto en llamarle la atención porque es inútil. A pesar de la intención de su jefe de hacerme el vacío, Shelly y yo pasamos muchísimas horas repasando los datos financieros y los programas que hay que poner en marcha. Y, en general, hemos hecho muchos avances. Si me fuera ahora, estoy segura de que ella se encargaría de todo. Aunque Tobias lleva haciendo cosas parecidas la mayor parte de su vida laboral, yo siento que aún no he terminado y mi lealtad hacia los trabajadores hará que me quede aquí para acabar lo que he empezado. Sin embargo, el hecho de que consiga evitarme de una forma tan hábil hace que mi misión sea mucho más difícil. Incluso en los días en los que cierra su despacho a cal y canto puedo sentir la presión de su mirada curiosa. No tengo ni idea de lo que me va a costar conseguir las respuestas que anhelo, pero, cuanto más tiempo pasa, más empiezo a creer que nunca las obtendré. Y es por eso que mi rabia no deja de crecer.

Desesperada por ver una cara amiga, aparco el coche de alquiler, me bajo y lo cierro con llave antes de cruzar la puerta. Una campanita anuncia mi llegada.

—¡Ahora mismo voy! —grita alguien desde el probador.

La tienda parece distinta. Está recién renovada, acaban de pintar las paredes y han cambiado el logotipo por uno nuevo y mejor. Mientras busco en los colgadores unos cuantos vestidos nuevos con intención de ayudarla a cumplir el objetivo del mes, sonrío. Me alegra saber que hay cosas que no han cambiado.

Tessa aparece, pero todavía tiene la cabeza vuelta hacia la clienta que hay dentro del probador.

—Vamos a probar con una talla más —dice, antes de volverse hacia mí—. Puede ir echando un... —Cuando me ve en medio de la tienda, se detiene de golpe y se queda callada.

—Hola, Tessa. Cuánto tiempo.

Sonrío, saludándola con la mano un segundo antes de que ella baje la mirada. Se muerde el labio y pasa por delante de mí para ir hacia uno de los percheros. Cuando encuentra la talla de vestido que busca, sus ojos vuelven a posarse sobre los míos.

—¿Qué tal, Cecelia?

Vuelvo a sonreír, desconcertada por su recibimiento. ¿Estará enfadada porque me marché sin despedirme? Tampoco es que fuéramos amigas. Nunca llegamos a salir juntas.

—Bien. Voy a pasar unas semanas en el pueblo y quería ver cómo estabas.

Ella baja la barbilla.

—Vale. Dame un segundo.

Puede que tuviera demasiadas expectativas, pero su reacción no es en absoluto la que me esperaba. Inquieta, busco en un perchero algunos vestidos de mi talla antes de que ella vuelva a aparecer. Lleva el pelo un poco más largo, pero está casi igual. Tiene las caderas más anchas y sigue siendo una rubia de ojos azules despampanante. Está ligeramente bronceada, a pesar de las temperaturas invernales. Y, antes de verme, parecía... feliz. Se acerca a mí. Solo es un poco más baja que yo.

—Bueno, ¿para quién te vestimos hoy? —me pregunta con frialdad.

Frunzo el ceño.

—Para mí. Hacía siglos que no venía y tenía muchas ganas de verte y de pasarme a comprar unos vestidos. Me encanta lo que tienes aquí. ¿Cómo va el negocio?

—El negocio va bien desde hace mucho tiempo —dice, con cierto desprecio. Y siento la puñalada cuando me mira—. Estás... increíble.

—Gracias. —Casi tengo ganas de convertir mi respuesta en una pregunta por la forma en la que lo ha dicho.

—Siempre has sido guapísima —dice, y no es un cumplido.

Más que dolida, ahora me siento insultada. Y ya no me ando tanto por las ramas como antes.

—Tessa, ¿he hecho algo para...?

—Ya estoy, Tessa —dice la clienta, saliendo del pequeño probador—. Ven a ver qué te parece.

Tessa me mira de arriba abajo antes de apartar la vista.

—Algunas personas no saben cuándo rendirse —murmura—. Ahora vuelvo.

Me planteo ponerme a cubierto antes de que regrese. Ya solo me faltaba otro enfrentamiento con alguien a quien una vez consideré mi amiga. Aunque tal y como me mira, cualquiera diría que le he amargado el día.

Selecciono unos cuantos vestidos más mientras Tessa se ocupa de la otra clienta. Me acerco al mostrador con los brazos llenos y viene a cobrarme. Me fijo en el diamante que tiene en el dedo mientras guarda los vestidos en bolsas y es entonces cuando caigo en la cuenta.

Puto karma.

Cuando intenté hacer de casamentera con ella y Tyler hace unos años, me había equivocado de hombre.

—Tessa...

—No fue Tyler el que entró por la puerta de la tienda después de que te marcharas. Ahora me apellido Roberts —dice, levantando sus mordaces ojos azules hacia los míos—. Uno de nuestros hijos se llama Dominic. Cumple cuatro años la semana que viene. Baily tiene dos. Le pusimos el nombre de su abuela. Aunque tú nunca llegaste a conocerla, ¿no?

Niego con la cabeza, luchando contra el nudo que tengo en la garganta, mientras la mujer de Sean extiende una mano.

—Son ciento setenta y tres.

Rebusco en la cartera y le doy la tarjeta para que me cobre.

—Tessa, no sabía...

—Antes me preguntaba qué te diría si alguna vez volvías por aquí. —Su tono ya no es acusador, sino curioso, mientras rodea el mostrador con la bolsa en la mano—. Imagino que lo importante no es que él fuera tuyo primero, sino que al final me lo quedé yo. —No hay ningún rastro de miedo ni de malicia en su voz. Confía en su matrimonio.

—Y yo me alegro por los dos.

Me muerdo el labio mientras me entrega la bolsa.

—Deberías coger otro vestido antes de irte. Invito yo. Es lo mínimo que puedo hacer. Después de todo, gracias a ti tengo una familia.

Aparto la mirada, con sentimientos encontrados. ¿Qué puedo decir? No hay nada que comentar. Nunca me había sentido tan fuera de lugar.

La mujer de Sean.

Probablemente conozca más secretos de los que soy capaz de imaginar. Sin saber qué decir, doy media vuelta con la bolsa en la mano para marcharme, pero ella me lo impide, volviendo a hablar.

—Lo siento, Cecelia. No te merecías esto. Pero no puedo mirarte sin recordar cómo empezó todo. —Tessa exhala un suspiro entrecortado—. Me llevó mucho tiempo acercarme a él. Casi estuve a punto de darme por vencida. Y cuando descubrí que eras tú quien... —Nuestras miradas se cruzan—. Supongo que empecé a sentir un poco de resentimiento hacia ti y hacia lo que significabas para él. Tantos días vistiéndote... —Niega con la cabeza como si tratara de alejar esos recuerdos y se encoge de hombros, pero siento el peso de su gesto—. A veces los pueblos pequeños son una mierda, ¿verdad? Fue todo hace mucho tiempo. No puedo enfadarme contigo por haber estado con él, ¿no?

Se me llenan los ojos de lágrimas mientras la miro y me la imagino luchando para construir algo con un hombre que estaba cerrado en banda tras haber perdido a su mejor amigo y a la mujer por la que se sentía traicionado.

—No sé qué decir. —La culpa me abruma y Tessa asiente solemnemente con la cabeza. Poso la mano sobre la manilla de la puerta—. Quiero que sepas que no soy ninguna amenaza para ti. Yo nunca…

—Él nunca lo haría —me corrige ella, con seguridad—. Pero no has vuelto por Sean. —Tessa lo sabe. Conoce mi historia. Y podría darle un sinfín de razones para justificar mi aparición repentina que no tienen nada que ver con su marido, pero no es tonta y tampoco tiene sed de sangre—. Ten cuidado, Cecelia. Sabes perfectamente que no todo es lo que parece.

No es una advertencia. Es un consejo de una vieja amiga. Me está echando un cable y se lo agradezco. No me está amenazando, pero está claro que le molesta que esté aquí. Y no es la única.

Digo lo único que se me ocurre mientras el viento invernal me golpea a través de la rendija de la puerta entreabierta.

—Cuídate, Tessa.

40

Con los nervios a flor de piel, me adentro en el bar oscuro y húmedo mientras me invade un torrente de recuerdos. No ha cambiado mucho. El suelo está cubierto por las mismas mesas redondas y sillas de madera barata. Las paredes están iluminadas con un montón de letreros de neón. La única novedad es un escenario con una alfombra cutre y una máquina de karaoke junto a la máquina de discos.

—¿Cecelia?

Detrás de la barra, Eddie me mira fijamente. Lo saludo con una sonrisa mientras las imágenes del pasado se arremolinan en mi cabeza. *Boys of Summer*, de Don Henley, suena en la gramola como si me diera la bienvenida de nuevo a esa época, en el mismo lugar. La letra, de lo más apropiada, me acosa y me envuelve mientras me sumerjo de nuevo en la historia que viví aquí.

—Hola, Eddie.

—No deberías estar aquí —me dice cuando me acerco a la barra—. A él no le gustará.

No cabe duda de a quién se refiere.

—Ya, bueno, tengo un problema con el dueño y creo que ya va siendo hora de solucionarlo. Tomaré un Jack con Coca-Cola. —Él niega lentamente con la cabeza mientras seca una jarra de cerveza—. ¿De verdad no piensas servirme? —Suspiro frustrada—. ¿En serio, Eddie? Creía que éramos amigos.

Debería haberlo imaginado. Estoy empezando a quedarme ciega por el resplandor de la letra escarlata que llevo en el pecho. He salido de la tienda de ropa de Tessa sintiéndome como la puta de Babilonia. A juzgar por las reacciones de las personas con las que antes me sentía más segura, he quedado reducida simplemente a una antigua *groupie* de la hermandad.

—No deberías estar aquí, Cecelia —repite Eddie.

—No te preocupes. He traído el mío. —Saco una botella marrón medio vacía del bolso y la levanto para que la vea.

—No puedes meter eso aquí.

Saco la cartera y pongo un billete de cien sobre la barra.

—Pues ponme una copa. —De mala gana, él saca una botella de Jack Daniels y un vaso de detrás de la barra y yo le paso el dinero. Él niega con la cabeza—. Gracias, Eddie.

—Me va a arrancar las pelotas por esto.

—Pero se te da bien guardar secretos, ¿no? —digo. Eddie gruñe y vuelvo a empujar el dinero hacia él—. ¿Me puedes dar algo de cambio? —Él cambia los billetes en la caja registradora. Me quedo unos cuantos de los pequeños y meto el resto en el tarro de las propinas—. Yo también me alegro de verte.

Levanto la botella y el vaso y él se aleja para atender a un hombre que está sentado en la barra mientras me dedica una mirada de advertencia.

Una advertencia que ignoro.

Dejo mis cosas en la mesa que está más cerca de la gramola, vaso en mano, y busco entre la lista interminable de discos, antes de detenerme al verla.

Keep on Smilin', de Wet Willie. La canción que Sean y yo bailamos en la calle. La busqué al día siguiente del festival y estuve escuchándola durante días, reviviendo aquellos breves minutos que pasamos juntos antes de que me dejara sin mediar palabra.

Y ahora acabo de tener un encontronazo con su esposa. Con su maravillosa mujer, con la que tiene dos hijos.

Bebo un buen trago, intentando apagar un incendio con otro. ¿Por qué demonios tengo que ser yo la que pague el peaje más alto por el pasado que compartimos?

Porque así son las cosas. Porque yo soy la mala. Porque soy yo la que está irrumpiendo en la realidad actual con mis traumas del pasado.

Marco el número mientras echo un vistazo al bar, prácticamente vacío, antes de quitarme la americana y sentarme.

Cuando la música empieza a sonar, se me llenan inmediatamente los ojos de lágrimas.

Ahora ya no puedo ir en su busca y me da pánico encontrármelo. Me aterroriza su reacción. Si es la mitad de hiriente que la de su flamante mujer, no sé si lograré sobrevivir. El agua de la riada que nos separó hace años está ahora estancada, turbia e irreconocible. No hay forma de vadearla ni de rodearla.

No puedo volver allí. No puedo pasar página sin haber obtenido respuestas. Acaricio con el pulgar el anillo de compromiso y decido guardarlo en una caja por la mañana. Ese va a ser el paso más doloroso, despedirme por completo de mi futuro —de Collin— antes de hacer las paces con el pasado. Pero así son las cosas y ya va siendo hora de que lo haga. No he vuelto aquí para ahogarme. He vuelto para poder volver a patalear. Estoy perdida en mis pensamientos cuando un aroma masculino me asalta antes de que una voz familiar me susurre al oído.

—¿Me concedes este baile?

Giro la cabeza y me quedo boquiabierta al verlo.

—¿Tyler?

—Hola, Cee —susurra él, con una mirada cálida, inclinándose sobre mí con las manos apoyadas sobre la mesa.

A trompicones, me levanto rápidamente de la silla y me abalanzo sobre él, que me agarra con facilidad y me da un abrazo enorme. Lo aprieto tan fuerte que él se ríe, sorprendido.

—Casi no te reconozco vestido de traje.

—Hola, guapa —canturrea suavemente, apretándome más todavía.

Yo me aparto mientras él posa su mirada brillante sobre mí y se me llenan los ojos de lágrimas.

—No te imaginas cuánto me alegro de verte.

Tyler sonríe.

—Tienes diez veces más peligro que cuando te conocí. Estás guapísima, chica.

—Gracias —digo, observándolo atentamente. Ahora tiene una cicatriz en la barbilla. Es blanca, antigua. Paso el dedo por encima de ella—. ¿Y esto?

—Una herida de guerra —responde en voz baja.

Pienso en si tendrá algo que ver con la última vez que lo vi, pero no me atrevo a preguntar. Tyler se quita el abrigo y se sienta.

—No puedo quedarme mucho rato.

—¿Un trago? —Echo un poco de whisky en el vaso y se lo tiendo. Si tengo que sobornar a ese viejo amigo para que pase unos minutos conmigo, lo haré.

Él acepta el vaso que le ofrezco y se lo bebe de un trago, sin dejar de mirarme.

—Sabes que va a venir, ¿verdad?

—Yo no lo tengo tan claro. Seguramente ni se moleste. Me evita constantemente. Yo solo quiero hablar, pero no me concede ni siquiera eso.

—Es peligroso que estés aquí, Cee.

—Mi padre ha muerto —susurro—. Todo ha terminado. He firmado el traspaso de la empresa y estoy aquí para atar cabos sueltos. Tómate otro. —Se lo sirvo y empujo el vaso hacia él.

Tyler sonríe y acepta el whisky.

—A pesar del aumento de la población, este sigue siendo un pueblo pequeño. La noticia de tu regreso ha corrido como la pólvora. Has puesto nerviosos a unos cuantos.

—He mantenido la boca cerrada y lo sabes perfectamente.

No he venido a largar secretos de la hermandad. He venido en busca de respuestas.

—Yo lo sé y tú también, pero los fisgones no. —Levanta la barbilla y veo que algunos de los hombres que están repartidos por el bar nos están observando.

Me enfrento a sus miradas curiosas una a una, sin inmutarme, antes de centrarme de nuevo en Tyler.

—Soy consciente de ello. Acabo de tener un encontronazo con la señora Roberts. —Tyler hace una mueca de dolor—. Sí, algo así —digo, bebiendo un trago a morro.

—A ver, ¿qué haces aquí?

—¿Tomar una copa?

Él arquea una ceja.

—Vale —digo antes de pimplarme otro lingotazo de whisky—. Puede que haya venido a buscar pelea.

—Cecelia, él ha cambiado.

—Todos lo hemos hecho.

Tyler hace girar lentamente el vaso sobre la mesa.

—Mentiría si dijera que no me alegro de verte. Pero esto no va a acabar bien.

—A la mierda —digo, dando un golpe en la mesa con la botella—. Que se joda, ¿vale? No es el único que ha salido perdiendo. ¿No crees que merezco respuestas?

—Sabes perfectamente que no deberías buscarlas.

—¿Por qué? ¿Por qué tiene que ser él quien decida?

—Ya sabes por qué.

—No pienso achantarme.

Tyler me mira preocupado.

—¿Puedo ayudarte yo?

Niego con la cabeza obstinadamente.

—Merezco que sea él quien me dé las respuestas que busco. Fue él quien me hizo pasar por un infierno. —Puedo percibir la rabia de mi voz—. Me las debe y no pienso irme sin ellas. —Trago saliva mientras niego con la cabeza—. Los echo de menos

—digo y me llevo de nuevo el vaso a los labios—. Venir aquí me ha puesto sentimental y soy muy consciente de que mi presencia no es bienvenida, pero el día que me subiste al Jeep... —La mirada que intercambiamos refleja lo doloroso que es ese recuerdo—. Tú estás al tanto de todo, pero no te imaginas lo que se siente al seguir sin tener ni idea de nada después de tanto tiempo.

Los ojos de Tyler brillan de culpabilidad.

—Las cosas se torcieron demasiado. No queríamos que te salpicaran.

—No quiero que pienses que no estoy agradecida. Me salvasteis la vida. Dominic... —Su nombre se me atraganta—. Pero eso no quiere decir que no merezca respuestas.

—Supongo que tienes razón —dice suspirando—. Pero hay cosas que es mejor dejar en el pasado.

Tyler baja unos instantes la mirada mientras sigue dándole vueltas al vaso.

—Me dio mucha pena lo de Delphine.

Él se pone muy serio y me quita la botella de la mano para rellenarse el vaso.

—Fue un regalo para mí que me llevaras a su casa aquel día.

«Solo quería darte las gracias».

Esas fueron las palabras que me dijo el día que me lo encontré con Tobias en la cocina, hace años. Me estaba dando las gracias por lo de Delphine.

—¿Volvisteis?

Asiente con la cabeza.

—Estuvimos juntos casi dos años hasta que murió en mis brazos. No tengo palabras para expresar lo mucho que significaron esos meses para mí. Dejó la bebida y peleó duro. Fue la época más feliz de mi vida. —Traga saliva antes de seguir hablando, emocionado—. Pero nunca me arrepentiré. Y gracias a ti pude pasar ese tiempo con ella. Justo antes de morir, me dijo que yo la había curado. —La nuez de Tyler se mueve dolorosamente—. Que ya no tenía miedo.

Una lágrima resbala por mi mejilla mientras él me mira fijamente, recordando algún momento del pasado con ella.

—Me alegro mucho de que lo consiguieras. —Le quito el vaso y me lo llevo a los labios, dejándolo allí—. Eso es precisamente lo que necesito, ¿sabes? Un poco de paz después de todo lo perdido.

—Cuenta conmigo —dice—. Pero ándate con ojo.

—Ya estoy harta de hacerlo —replico, desafiante.

Tyler se levanta y me da un beso en la mejilla.

—Tengo que irme.

—No, por favor, quédate —le suplico—. Te invito a una botella. Ahora soy una mujer rica. ¿Lo sabías? —Él asiente con la cabeza y su mirada se tiñe de compasión—. No me mires así. Estoy bien.

—Si tú lo dices. Pero, por favor, ten cuidado.

—No le tengo miedo.

Tyler esboza una sonrisa infantil.

—Sigues siendo tan guapa, descarada y terca como hace años.

—Lo dices como si fuera algo malo.

—Tengo que irme ya.

Me levanto y lo atraigo hacia mí. Mientras me abraza, me pongo de puntillas para susurrarle al oído.

—Yo también te he echado de menos. Cuando me fui te perdí a ti también.

—Igualmente —murmura él, antes de soltarme.

—Por favor, no te vayas. Solo una copa más.

—No puedo. Vuelo a Asheville en una hora.

—¿No vives aquí?

Niega con la cabeza.

—Hace ya años que no.

Años.

—¿No piensas contarme qué haces ahora?

—Nada en concreto, de todo un poco.

Pongo los ojos en blanco.

—No sé para qué pregunto.

—Mejor no lo hagas.

—Te pediría que me llamaras de vez en cuando, pero sé que no lo harás. —Tyler me abraza por última vez y me suelta—. Te deseo lo mejor, Tyler. Sé feliz, ¿vale?

—Puedes contar conmigo, Cee. Siempre.

—Lo sé.

Me guiña un ojo y, como la mayoría de los hombres de mi vida, desaparece.

Disimulo mi tristeza, consciente de que me están observando. Me sirvo otro chupito y rodeo el vaso con la mano, levantando el dedo corazón. Queda claro que el gesto va dirigido a los mirones y me parece oír reírse a alguno de ellos. Después de otro trago, me resulta mucho más fácil ignorar las miradas de los hombres que se alinean en la barra.

Pasan los minutos y me relajo, meciéndome al ritmo de mi música, de la música de Sean. Al cabo de un rato, meto la mano en el bolso y saco su Zippo. Lo abro y lo cierro, mirando al tipo que está más cerca de mí, en la mesa de al lado.

—Hola —le digo con una sonrisa.

Él me la devuelve.

—Hola.

—Oye, sé que esto puede sonar un poco raro, pero ¿sabrías por casualidad dónde puedo conseguir un poco de hierba?

Él sonríe y se levanta de la silla con una cerveza en la mano para recorrer los escasos metros que lo separan de mí.

—Tal vez pueda ayudarte —dice y sus ojos se iluminan mientras echo un vistazo a su brazo. No tiene ningún tatuaje e ignora por completo que acaba de meterse en la boca del lobo.

—¿Ah, sí? ¿Cuánto?

—Gratis si fumas conmigo.

Niego con la cabeza, arrepintiéndome de mi decisión de entablar conversación. Ryan tiene razón. Estoy siendo estúpida e imprudente. Pero, después de lo de hoy, cada vez me da más igual todo. Aunque la mirada de ese desconocido me inquieta.

—No busco eso.

—Tranquila, no muerdo.

—Pues yo sí. He dicho que no, gracias. Olvida la pregunta. Ha sido una mala idea.

—A mí me parecía buena.

—Créeme. No lo es —digo, pero él se acerca unos centímetros, mirándome de arriba abajo, y me doy cuenta de que no ha escuchado ni una sola palabra de lo que acabo de decirle—. En serio, da igual. —A medida que se acerca, mi sexto sentido se activa y las sirenas de alarma empiezan a sonar—. Lo digo en serio. Apártate.

—No seas así —insiste él, dejando la cerveza sobre mi mesa y acercándose a mí con una mirada de lo más elocuente—. Solo nos estamos conociendo.

—Jack —dice Eddie, desde detrás de la barra—. Créeme, será mejor que no te metas con ella.

—Eso, Jack —digo, mientras un leve picor, tal vez imaginario, me recorre la espalda—. Deberías largarte.

Jack mira a Eddie y luego me mira a mí antes de retroceder, haciendo caso a la advertencia mientras coge la cerveza, pero ya es demasiado tarde. De pie, en la entrada del sórdido bar, se encuentra el más letal y bello de los demonios. Ha traído consigo el infierno, y las llamas que he invocado bailan en sus ojos.

41

Me levanto lentamente, arrastrando la silla, mientras me preparo para la batalla.

—Jack, hay una salida detrás del baño —murmuro con voz grave—. Será mejor que te largues.

Jack permanece inmóvil mientras la amenaza se convierte en realidad. Con la barbilla inclinada hacia abajo, ese leviatán con traje de Armani avanza hacia nosotros como si estuviera envuelto en una nube que crea su propio viento, con los potentes brazos extendidos y haciendo unos movimientos violentos casi imposibles de seguir mientras las mesas de cóctel salen volando y se hacen añicos a su alrededor.

Una. Otra. Otra. Otra. Otra. Otra.

Las mesas dan vueltas de campana y se rompen en pedazos como propulsadas por una fuerza invisible mientras él viene hacia mí con la promesa de un castigo en la mirada, dejando una estela de destrucción a su paso.

«¡Joder!».

Nunca lo había visto tan enfadado. Aterrorizada, me vuelvo hacia Jack.

—¡Ay, madre! ¡Lárgate!

Blanco como la cera, este da media vuelta y sale pitando por el oscuro pasillo que va hacia la salida. Trago saliva mientras Tobias se acerca, agradeciendo los efectos del whisky que corre por mis venas y me impide echarme a temblar. Llega hasta mí justo cuando me estoy llevando el vaso a los labios y me lo quita de la mano. El vaso cae con fuerza, choca contra el borde de la mesa y el líquido ambarino me salpica los pantalones antes de que el vidrio se haga añicos a mis pies. Entonces caigo en la cuenta de que el bar se ha vaciado y de que han quitado la música.

—Supongo que no estás de humor para bailar.

—Te dije que te largaras.

—Vamos. Deberíamos estar celebrándolo. Ahora somos socios.

—¿Qué coño te pasa, tío? —dice Eddie, echando un vistazo al bar destrozado mientras levanta una mesa.

Tobias me fulmina con la mirada sin un ápice de consideración por Eddie y su bar horriblemente renovado.

—Quiero que te marches. No pienso volver a repetírtelo.

—O si no, ¿qué?

—Deja de una vez tus putos juegos, Cecelia.

—Eres tú el que está actuando como un crío. Yo he venido a tomar unas copas.

—¿Qué quieres?

—¡La verdad! ¡Quiero la verdad! ¡Quiero saber qué pasó!

Le tiembla la mandíbula mientras su mirada mordaz me hace trizas.

Levanto la botella y se la ofrezco.

—¿Seguro que no quieres un trago?

Él me la arrebata de un manotazo y la hace unirse al montón de cascotes que hay en el suelo.

—A ver, ya sé que eres más de ginebra, pero eso no ha venido a cuento. —Su expresión sigue siendo impenetrable—. Joder, Tobias. Solo quiero hablar.

Él recorre mi cuerpo con su mirada asesina y me siento responder en cada centímetro que sus ojos calcinan. Es tan jodidamente guapo, y su rabia me hace recordar las largas noches que pasamos exorcizando nuestro odio mutuo de formas mucho más agradables. Ha envejecido de lujo y me muero por atraerlo hacia mí, incluso en ese estado de furia.

Levanto las palmas de las manos hacia su pecho agitado y las poso sobre él. Sus fosas nasales se dilatan, pero no me lo impide.

—¿Alguna vez piensas en mí?

—No.

—Mentiroso —enuncio despacio con una sonrisa casi imperceptible.

Él me aparta las manos con fuerza y se aleja de mí.

—Esto no es un juego.

—Lo sé —digo en voz baja—. Ya ha habido varias víctimas. ¿Cuántas van, por ahora? ¿Me has incluido en ellas? ¿Nos has incluido a ambos? —Parece que mis palabras dan en el blanco y Tobias desvía la mirada—. Porque he ido muriéndome lentamente cada día desde que me fui.

Él aprieta la mandíbula y me entran ganas de acariciársela, de aplacar su ira. Me lee el pensamiento y me mira con desprecio.

—Estás borracha.

—Solo quiero hablar. Por favor. Por favor, habla conmigo.

Él coge mi bolso de la mesa y busca las llaves; después, me agarra del brazo como a una niña y me lleva hacia la puerta de atrás.

—Espera, por favor. Tobias, espera. —Le quito el bolso, cojo el sobre con el dinero que he sacado esa mañana y lo dejo sobre la mesa antes de dirigirme a Eddie, que está mirando el bar con expresión de impotencia—. Lo siento, Eddie. Esto debería bastar. —Su mirada me dice que no seré bienvenida de nuevo.

Sin perder un segundo, Tobias me arrastra más allá del baño para sacarme por la puerta de atrás. Cuando por fin me suelta, salgo dando tumbos con los tacones. En cuanto siento el aire de la noche, me giro hacia el edificio y vomito.

—*Putain*. —«Joder». Tobias aparta el bolso de la línea de fuego y se acerca para sujetarme el pelo.

—Son los nervios —digo en plena arcada.

Él vuelve a maldecir mientras vomito de nuevo y me suelta antes de desaparecer por la puerta y cerrarla de golpe a mi lado. Tras haberme vaciado por completo, jadeo asqueada de mí misma por no ser capaz de mantener la compostura. Estar aquí, verlo, su reacción ante mí, las emociones que me despierta... Es demasiado. Es como si me estuvieran golpeando una y otra vez con una bola de demolición.

Tobias vuelve al cabo de unos instantes con una botella de agua, desenrosca el tapón y me la tiende.

Humanidad.

Él todavía está ahí. En alguna parte.

Acepto el agua y bebo un sorbo, mirándolo.

—No me mires así —me espeta, sacando el móvil del bolsillo.

—¿Así, cómo? —Señalo su móvil con la cabeza—. ¿Qué estás haciendo?

—Pedirte un coche.

—¿Por qué te molestas? Seguro que te encantaría que me cayera por un precipicio.

—Siempre tan dramática.

Echo la cabeza hacia atrás, la apoyo sobre el ladrillo y me río.

—Acabas de cargarte un bar entero, ¿y la dramática soy yo? —Tobias se aleja de mí, saca un paquete de cigarrillos del bolsillo y enciende uno—. No pensaba conducir.

Ni siquiera me mira mientras responden a su llamada.

—Hola, necesito un coche de policía para el bar. —Silencio—. Para llevar a alguien. —Silencio—. A Cecelia.

Oigo vagamente una voz al otro lado.

—No son un servicio de taxis. Llévala tú.

Sean.

—Mándame a alguien ahora mismo.

—En estos momentos están todos ocupados, jefe. Soluciónalo tú.

Se me pasa la borrachera de golpe y me acerco a él.

—¿Es Sean?

Se hace el silencio al otro lado de la línea.

—Ya me buscaré la vida —replica Tobias, antes de colgar y darle otra calada al cigarro.

—¿Desde cuándo fumas?

—¿Esto? —pregunta él, antes de expulsar una bocanada de humo—. Es solo para mantener las manos ocupadas y no estrangularte.

—Muy gracioso —contesto—. Nunca te vi fumar mientras estuvimos juntos.

—¿Te refieres a nuestra relación de cinco minutos?

—No actúes como si no te conociera. Es insultante. —Tobias le da una calada al cigarro y me mira fijamente—. Así que ahora tienes a la policía en el bolsillo, ¿eh? Pues gracias por hacer que me confiscaran el coche, gilipollas. Y si esto no es un juego y no estás jugando, ¿a qué viene ese golpe bajo?

—No me hace puta gracia que vayas por ahí como una loca, fumando hierba.

—La última vez que lo comprobé, mi padre seguía en una urna en su mansión.

—¿Cuándo vas a madurar? Baja de la nube de una puta vez.

—Créeme, este viaje al pasado está siendo muy instructivo. Pero si no me queda más remedio que aguantarlo, pienso hacerlo lo más anestesiada que pueda, porque parece que aquí nadie quiere ayudarme. Tú te has asegurado de ello.

—Es una indirecta para que te largues. Aunque parece que no la pillas.

—Pero ¿tú quién coño te crees que eres para decirme dónde puedo estar y dónde no? Puede que seas el dueño de la mitad de los negocios de esta ciudad, pero yo no te pertenezco. ¿Te parezco infantil? ¿E impedirme pasear por tu patio de recreo no lo es? ¡Sobre todo cuando llevo el precio de la entrada tatuado en la espalda!

Nos miramos echando chispas durante unos segundos interminables, hasta que él se termina el cigarrillo, lo tira y lo aplasta con el talón de su lustroso zapato.

El sonido de la puerta de un coche que se abre y se vuelve a cerrar interrumpe nuestra discusión y capta la atención de ambos. Me quedo sin palabras mientras una mujer guapísima, de cabello moreno, se acerca a Tobias mirándolo fijamente. Va de punta en blanco de la cabeza a los pies y la sedosa melena oscura le cae sobre los hombros.

Impresionante.

Impresionante. Y familiar.

—¿Alicia?

Ella me mira.

—Hola, Cecelia.

—Casi no te reconozco.

Aunque su cálida sonrisa parece sincera, sus ojos marrones revelan cierto resentimiento mientras valora la situación.

—Ha pasado mucho tiempo —dice—. Te veo muy bien.

Tengo el pelo pegado hacia atrás por el sudor y sé que estoy blanca como la cera. Mis tacones están llenos de vómito. Está siendo amable y cordial. Sigue siendo tan agradable como la niña que conocí hace tantos años, solo que… ya no es en absoluto una niña. Todavía estoy sorprendida por cuánto ha cambiado. Avanza hacia nosotros con una actitud majestuosa que nada tiene que ver con la de la adolescente díscola que conocí en su día y se acerca a Tobias.

—Hola —dice con familiaridad.

La mirada de este se vuelve más dulce cuando se dirige a ella.

—Ya casi he terminado.

Mi pecho se retuerce de dolor cuando Alicia se acerca a él y le pone la mano en la mandíbula antes de inclinarse... y besarlo. Es un beso breve, pero basta para dejarme sin aliento. Es como un mazazo. Cuando se aleja, Tobias la mira con los ojos brillantes de afecto.

—Llévate el coche —le dice en voz baja y ella asiente con la cabeza.

—¿Nos vemos en casa?

Tobias asiente a modo de respuesta.

—Siento lo de la cena.

—Ya me lo compensarás —susurra ella—. Siempre lo haces.

Se me revuelven las tripas mientras soy testigo de esa conversación tan íntima. Por separado, son impresionantes. Juntos, son devastadores. Ella se crio en ese mundo y parece tenerlo todo controlado, algo que yo nunca conseguiré. Es perfecta para él. De las que mantienen la calma en cualquier circunstancia y controlan sus emociones, un apoyo sólido y silencioso. Una verdadera reina.

Y apostaría la cabeza a que nunca se ha acostado con su mejor amigo, ni con su hermano.

Muero mil veces antes de que ella se vuelva hacia mí, en absoluto intimidada por mi presencia, algo que me destroza. Encajo la puñalada en lo más profundo de mi alma. Es como perderlo otra vez.

—Me alegro de verte, Cecelia.

Lo único que puedo hacer es asentir mientras unos celos incandescentes me devoran antes de que se aleje. Arranca el Jaguar y sale del aparcamiento. La sigo con la mirada durante varios latidos desacompasados de mi corazón y entonces me vuelvo de nuevo hacia Tobias. Durante varios segundos, soy incapaz de articular palabra.

—Es guapísima —comento. Él asiente, observándome atentamente—. Me alegro por ti —digo—. Yo iba a casarme dentro de dos meses, pero rompí el compromiso antes de venir. —Tobias se mete las manos en los bolsillos, con expresión hermética—. Puedo volver a casa sola. Deberías irte con ella. Ya me las arreglaré.

—Vamos —me dice, acercándose a mí. Yo niego con la cabeza. Se saca mis llaves del bolsillo y me agarra del codo. Yo aparto el brazo de un tirón y él gime, frustrado—. Entra en el puto coche, Cecelia.

Mi pecho está desesperado por desahogarse, pero sé que las lágrimas nunca serán suficientes para aliviar este dolor insoportable que siento.

—¿No pensabas hablarme de ella?

—No tenía sentido.

—¿Por qué? ¿Porque sabías que me haría daño? Si es tu especialidad.

—Las cosas no tienen por qué ponerse más feas.

—Pero te encanta verme hecha pedazos. Y te encanta que sea por ti. Entonces, ¿por qué me lo has ocultado? Sabías cuánto me dolería.

Él baja la mirada.

—¡Mírame, cabrón!

Sus ojos ardientes se clavan en los míos.

—Han pasado seis años, Cecelia. ¿Qué esperabas?

A ella no. A cualquiera menos a ella. A cualquiera menos a una mujer capaz de hacerlo feliz, de ser perfecta para estar a su lado. A cualquiera menos a una mujer que lo mereciera, a cualquiera menos a una que fuera digna. Tobias echa un vistazo al aparcamiento y pulsa el mando para localizar mi coche de alquiler. Se niega a participar en la conversación.

—Ella no se enamoró de tus hermanos ni se los tiró —digo. Él levanta la cabeza—. Es verdad que, por aquel entonces, estaba enamorada de Sean —continúo—, pero supongo que eso no es nada comparado con lo que hice yo.

Esto es una agonía. Una puta agonía. No se parece a nada de lo que he sentido hasta ahora. Y me sorprende porque, a estas alturas, creía que ya lo había sentido todo. Aunque imagino que esto no es nada comparado con lo que él debió de sentir cuando presenció y escuchó lo que les confesé a los dos hombres más cercanos a él, después de lo sucedido. Fui una idiota al pensar que mis hazañas sexuales no tendrían consecuencias. Aunque ellos también lo fueron, parece que soy la única que lo está pagando. En cualquier caso, es un castigo que no. Puedo. Soportar.

Ni en este estado, ni con tanto alcohol corriendo por mis venas.

—No sé lo que esperaba —reconozco. Tobias viene hacia mí mientras las lágrimas que estaban al acecho por fin ruedan por mis mejillas—. No. —Niego con la cabeza una y otra vez—. He dejado a mi prometido. He renunciado a mi vida. Soy una puñetera idiota —digo mientras cae la primera lágrima.

—Cecelia, no…

—A saber qué pensarás ahora de mí… —Se me entrecorta la respiración mientras mi corazón se rompe a mis pies—. ¿Me has echado de menos alguna vez? ¿Te has preguntado alguna vez qué habría pasado entre nosotros si todo hubiera sido de otra forma?

—No vamos a hablar de esto.

Tobias viene hacia mí, me agarra otra vez del codo y abre el coche de alquiler con el mando antes de meterme dentro, ponerme el bolso sobre el regazo y agacharse para abrocharme el cinturón.

—Ya puedo yo —le espeto y lo abrocho.

Él rodea el coche y se pone al volante. Gira la llave en el contacto. Me recuesto en el asiento de cuero y me quedo mirándolo, completamente perdida. Mis sentimientos por él son demasiado y siempre lo han sido. Ya me da igual que se dé cuenta. Que los vea. Mi corazón insensato me ha traído hasta aquí y ahora le han arrebatado toda esperanza. Pues que así sea.

Porque si de verdad me ha olvidado, si la quiere, si es feliz… Me ahogo dentro de mi propia piel mientras lo miro. Él no quería que la viera, o quizá se alegra de que lo haya hecho. Quizá nunca me tomó en serio por mi pasado con sus hermanos. Aunque para mí, lo que teníamos Tobias y yo era sagrado.

Expuesta y en carne viva, lo observo bajo la tenue luz azul del habitáculo mientras sale del aparcamiento y entra en la calle principal.

—Tobias…

—Duérmete.

—Ya he dormido bastante —replico, mientras las lágrimas que no soy capaz de disimular empiezan a caer una tras otra—. Estuve dormida toda la vida, hasta llegar aquí.

—Cecelia. —Tobias suspira—. Fue hace mucho tiempo. Todo el mundo ha pasado página.

Alargo la mano y le acaricio la mandíbula con dedos temblorosos, sin creerme que esté sentado a mi lado. Mientras lo toco, él cierra los ojos unos instantes.

—No ha pasado tanto tiempo. ¿La quieres?

—Tú y el amor. —Ladea la cabeza para alejarse de mi mano—. Siempre igual.

—Fue el inicio de todo esto, ¿no? El amor de tu madre, de tus padres, el amor de tus hermanos, la promesa de protegeros los unos a los otros y de proteger a aquellos que no podían defenderse. —Trago saliva—. Pero me mandas a la hoguera, una y otra vez, a pesar de que soy la que más te quiere —digo con dureza.

Tobias clava sus ojos en mí y me mira fijamente durante un buen rato antes de volver a centrarse en la carretera.

—Ojalá pudiera pasar página —suspiro, girándome hacia la oscura calle que se extiende ante nosotros, mientras dejamos atrás las últimas luces de la ciudad—. Collin, mi prometido, no se merecía lo que le hice. Nunca me perdonaré haberle hecho daño.

Me paso los dedos por las mejillas, pero es inútil. No pienso desperdiciar ni un segundo con él. Es hora de confesar.

—El primer año fue el más duro. —Me giro en el asiento para mirar a Tobias, apoyando la mejilla sobre la tela—. Entré en la autopista por lo menos cien veces para venir aquí, para volver a tu lado. Rezaba todo el tiempo para que tú también volvieras a mí. Para que mi destierro no fuera definitivo, para que formara parte del luto, para que no me hubieras pedido en serio que no volviera. —Silencio—. La universidad me salvó, en cierto modo. Me iba a Francia en verano. Exploré todos los rincones del país. Era como un sueño. Me enamoré. Era tal y como me esperaba que fuera. —Trago saliva—. Vi algunos tatuajes familiares mientras estaba allí. Pero imagino que sabes de lo que te estoy hablando, ¿verdad? —Silencio. Ni una sola palabra—. Incluso hice un viaje a San Juan de Luz. Tu línea de meta es preciosa, Tobias. Como un sueño. —Su expresión sigue siendo estoica—. Deseaba con todas mis fuerzas que me estuvieras observando. Deseaba que estuvieras orgulloso de mí.

Resoplo mientras me invaden años de tristeza y añoranza. Solo han pasado unas cuantas semanas y ya me estoy desmoronando. No estaba preparada para esto en absoluto.

—Verás, incluso en mi nueva vida, no era capaz de dar un solo paso sin pensar en ti, con la esperanza, cada día, de que vieras que lo que había sucedido me importaba, que me había cambiado. —Estudio detenidamente su rostro, pero él sigue sin soltar prenda—. Me volqué en los estudios y en mis planes. Cuando acabé el máster, ya había creado mi propia empresa. Lo hice sobre todo por mí, pero todo el tiempo te tenía en mente. Esperaba que vieras que lo que estaba haciendo era honrar a Dominic.

Ahogo un sollozo y me recompongo lo suficiente para seguir hablando.

—Aunque todos os habíais negado a dejarme entrar, yo quería ayudar. —Con la garganta ardiendo, me pierdo en los años pasados en el exilio—. Entonces llegó Collin y era tan… amable, tan comprensivo, tan sexy, tan... fácil de querer... que dejé que se enamorara de mí, sabiendo que...

Tobias sigue conduciendo con expresión impenetrable, como si ni siquiera me estuviera escuchando, pero sé que está oyendo todas y cada una de mis palabras.

—Ya no era una chica solitaria. Tenía una vida, una empresa, amigos y un prometido que me adoraba. Hice todo lo que debía. Di todos los pasos necesarios para asegurarme una vida plena, una vida que me obligué a vivir porque no me quedaba más remedio.

Tobias se desvía en el camino que va hacia la casa y yo intento acabar.

—Así que, día tras día, viví esa vida esperando que fuera suficiente, rezando para poder olvidar este lugar, para olvidarte, para odiarte, pero por la noche..., cuando sueño... —Un sollozo lleno de rabia se me escapa mientras cae sobre mí el doloroso peso de mi destino—. Los sueños no me dejan pasar página. Lo he intentado todo y no soy capaz de hacerlo. No soy capaz. Por eso he vuelto a esta casa y tú... Dios, creía que si conseguía enfrentarme a esto me volvería más fuerte, más valiente, pero solo me he vuelto más estúpida. —Niego con la cabeza—. Se supone que no debería admitir esto ante ti porque me hace parecer patética, pero la pena y la culpa no me han dejado en paz desde que me fui y estoy harta de mentirme a mí misma.

Me limpio la nariz con la manga y, cuando me giro hacia él, veo que me está mirando fijamente.

—Porque la vida que realmente quiero no tiene nada de perfecta. No es en absoluto segura y el hombre al que quiero es cualquier cosa menos amable.

Y es entonces cuando pierdo el sentido.

Me despierto con el tacto de sus manos. Siento una leve caricia sobre mis pechos, mientras me desabrocha lentamente la camisa.

—*Tu penses que tu peux juste revenir après tout ce temps et dire de telles choses...* —«Te crees con derecho a presentarte aquí después de tanto tiempo y ponerte a decir esas cosas»...

Ahogo un gemido mientras Tobias retira la seda y deja al descubierto mi sujetador de encaje. Mis pezones se endurecen bajo su aliento mientras sus manos me recorren sutilmente y el ligerísimo roce de sus dedos provoca un maremoto de sensaciones dentro de mí. Lucho contra la bruma causada por el alcohol, entrando y saliendo de ella para volver a él.

—*Je baise mon poing tous les jours en pensant à toi.* —«Me toco cada día pensando en ti». Me desabrocha los pantalones y me los baja lentamente—. *Et je te déteste pendant tout.* —«Y te odio por ello».

Apoya brevemente la cabeza en mi cuello y su aliento cálido, impregnado de nicotina, despierta todos los recuerdos de la intimidad que compartimos. Me tiemblan las extremidades mientras me despierto del coma inducido por el whisky y lucho para no atraerlo hacia mí. Opto por hacerme la comatosa mientras cada palabra que pronuncia me devuelve la esperanza.

—*Tu dis mon nom quand tu jouis?* —«¿Gritas mi nombre cuando te corres?».

«Sí».

—*Tu ne peux pas être ici. Je ne te laisserai pas voler mon âme une nouvelle fois.* —«No puedes estar aquí. No permitiré que vuelvas a robarme el alma».

«Te quiero. Te quiero».

Me acaricia el labio inferior con la uña del pulgar.

—*Tellement belle.* —«Eres tan hermosa».

«Soy tuya».

—*Belle et destructrice.* —«Hermosa y destructiva».

«Tal para cual».

Me aferro a cada una de sus palabras como a un salvavidas mientras el poder del whisky me atrapa, amenazando con volver a hundirme.

—*J'allais bien.* —«Estaba bien».

«Mentiroso».

Me levanta, me desabrocha el sujetador y me lo quita.

—*Putain. Putain.* —«Joder. Joder»—. *Tu es en train de partir. Ça n'arrivera plus.* —«Tienes que marcharte. Esto no puede volver a pasar».

Me acaricia los pechos con sus gruesos dedos y se me escapa un gemido. Se queda inmóvil cuando abro los ojos. Los suyos están llenos de rabia, de deseo y de resentimiento. Contemplo mi reflejo en sus llamas.

—*T'aimer m'a rendu malade et je ne veux plus jamais guérir.* —«Amarte es una enfermedad de la que no quiero curarme nunca».

Y dejo que el sueño me lleve.

42

Me despierto con el aullido del viento al otro lado de la ventana. Me levanto sin haber descansado y veo dos ibuprofenos en la mesilla de noche, al lado de una botella de agua. Me lo tomo todo, con un dolor de cabeza tan intenso que me planteo quedarme en la cama todo el día. Me pongo el albornoz y opto por respirar un poco de aire fresco. Salgo al balcón por las puertas acristaladas. Contemplo el amanecer mientras los nubarrones se acumulan en el horizonte y se van acercando poco a poco. El aire helado hace que me estremezca. Entonces, al mirar más allá de la barandilla, veo a Tobias en una de las tumbonas que hay al lado de la piscina cubierta. Todavía lleva puesto el traje de la noche anterior y la gabardina de lana negra. Está tumbado, con un cigarrillo encendido entre los dedos y los ojos cerrados.

No ha llegado a irse.

A pesar del coro de tambores que tengo en la cabeza, me pongo rápidamente algo de abrigo y salgo a la terraza. Me acerco en silencio, me siento en la tumbona de al lado y lo observo. Ahora tiene treinta y siete años, aunque cuando estábamos juntos me daba la sensación de que no teníamos edad. Entonces el tiempo no existía, pero este no ha hecho más que honrar su estructura ósea, su complexión y su increíble belleza. De repente recuerdo lo que dijo la noche anterior, su tacto, las caricias sutiles pero posesivas de sus dedos y su cariño disimulado mientras me quitaba la ropa sucia.

Me limito a mirarlo, sabiendo que es consciente de que estoy allí. Le da una calada al cigarro y se incorpora para sentarse, con los ojos abiertos pero clavados en el cemento texturizado que hay bajo sus pies.

—El primer recuerdo de mi vida es un abrigo rojo —susurra—. Tenía los botones negros y alargados. Estaba colgado junto a la puerta y mi madre lo descolgó y me lo puso antes de abrocharme los botones uno a uno. Me di cuenta de que estaba aterrorizada. «*N'aie pas peur, petit. Nous partons. Dis au revoir et ne regarde pas en arrière. Nous partons à l'aventure*». —«No tengas miedo, cielo. Nos vamos. Di adiós y no mires atrás. Vamos a correr una aventura»—. Pero estaba asustada. Y cuando sonó el timbre y ella abrió, un hombre que nunca había visto me sonrió.

—¿Era Beau? ¿El padre de Dominic?

Tobias asiente con la cabeza, sacudiendo la ceniza del cigarrillo.

—Dijo que nos iba a llevar a Estados Unidos y que allí seríamos felices. Nos metió a los dos en el coche, junto con las pocas pertenencias que mi madre había guardado en las maletas, y nos fuimos. Son los únicos recuerdos que tengo de cuando abandonamos Francia. Llevar puesto ese abrigo, el miedo de mi madre, aquel desconocido pelirrojo y subirme por primera vez a un avión. —Se pasa una mano por la mandíbula sombreada—. Y sí fuimos felices aquí, en general. Aunque mi madre echaba muchísimo de menos Francia cuando llegamos a Estados Unidos. No pudo seguir en contacto con nadie. Era el precio por huir de mi padre. Por aquel entonces, él tenía muchas conexiones y era demasiado arriesgado. Durante años la vi llorar por su familia mientras miraba fotos viejas. Sobre todo por su madre. Pero ella amaba a Beau King, eso era obvio. Y él era bueno conmigo; estricto, pero bueno. Nos salvó la vida. Ella me decía constantemente que él nos había salvado la vida. Y yo la creía. El único recuerdo que tenía de mi verdadero padre era el de ese día que te conté.

—En San Juan de Luz.

Tobias asiente de nuevo con la cabeza mientras le da otra calada al cigarro.

La nieve comienza a caer perezosamente desde las nubes y yo permanezco inmóvil, demasiado temerosa de romper el hechizo.

—Poco después le creció la barriga y, un día, trajeron a Dominic a casa. —Su sonrisa es débil, pero está ahí—. Al principio, yo lo odiaba. No quería compartir la atención de mi madre. —Tobias me sonríe con timidez—. Así que lo metí en una caja de naranjas Tangelo y lo dejé al lado del contenedor, con un bote de leche en polvo y el biberón para que no se muriera de hambre.

—Madre mía. —No puedo evitar reírme y él me imita.

—Cuando mi madre se dio cuenta de lo que había hecho… Nunca la había visto tan enfadada. Me dio unos buenos azotes, pero no se lo contó a mi padre. —Niega con la cabeza mientras sigue sonriendo—. Al día siguiente, mi madre insistió en que lo cogiera. Me sentó en la mecedora y me lo puso en los brazos. —Tobias me mira, pero está a miles de kilómetros de distancia—. Y entonces pasó a ser mío. Desde ese instante, fue mío. —Asiento con la cabeza y una lágrima caliente resbala por mi mejilla—. Nuestro inglés era bastante malo los primeros años. Nos costó mucho y no estábamos preparados para el choque cultural. Creo que, para mi madre, Estados Unidos era como el Salvaje Oeste. Estaba paranoica y casi nunca me dejaba jugar fuera. Ella y mi padre discutían por eso, pero ella siempre ganaba. Era muy testaruda.

—Eso me suena.

Tobias pone los ojos en blanco y no puedo evitar reírme.

—Odiaba el colegio, los niños eran crueles y se burlaban de mi acento y de mi ropa. Cuando volvía a casa, me llevaba a Dominic a mi habitación. Y le ponía música, las viejas cintas de mi madre.

Ese dato me llega al alma. La música. La música de su madre. Tira el cigarrillo y se mete las manos en los bolsillos de la gabardina mientras el denso cabello le cae sobre la frente y se mece con el viento.

—Era el bebé más feliz del mundo. Sonreía y se reía todo el rato, casi nunca lloraba. Durante un tiempo, él hizo que todo fuera bien. Nos ayudó muchísimo a sobrellevar esos primeros años. Era tan alegre... Y, al final, las cosas mejoraron. Mi madre empezó a dejarme jugar fuera. Nos adaptamos. —Tobias suspira y observa el paquete de cigarrillos franceses que tiene al lado—. Siempre volvía de la fábrica agotada, aunque rara vez se quejaba, pero cuando mi padre se ponía a hablar del jefe que robaba a sus empleados, discutían. Ella le decía que lo dejara en paz. *«Je ne lui fais pas confiance. Il y a quelque chose dans ses yeux. Il est mort à l'intérieur».* —«No confío en él. No me gusta su mirada. Es como si estuviera muerto por dentro»—. Mi madre le pedía que se callara, le decía que estaban allí con un visado de trabajo que Roman les había ayudado a conseguir y que debían estar agradecidos. Pero mi padre insistía. Empezó a dejarnos solos por las noches, muy a menudo. Yo no estaba demasiado atento a los detalles, pero a veces tenían peleas tremendas. Recuerdo perfectamente una noche en concreto, porque era una de esas ocasiones raras en las que no había manera de consolar a Dominic.

Le tiendo una mano, pero él se acaricia el muslo, ignorándome. Paso por alto el dolor que me causa su rechazo.

—Mis padres no eran de los que se peleaban a puerta cerrada, así que yo me metía con Dominic en el armario del pasillo, al lado de su dormitorio, para poder vigilar a mi madre. Mi padre nunca se ponía violento, pero era lo suficientemente agresivo como para asustarme. —Toso con sarcasmo y él me mira fijamente—. Cállate.

—De tal palo...

—Beau no era mi padre biológico.

—Pues eres digno hijo suyo.

—Es verdad. —Enciende otro cigarrillo e inhala profundamente—. Mi padre empezó a hablar conmigo después de aquello. Creo que empezaba a estar resentido con mi madre porque no entendía que intentaba hacer algo bueno, no solo por nosotros, sino por el resto de la gente que trabajaba en la fábrica. Me llevaba a pasear y me daba largos discursos sobre lo que significaba ser un hombre, sobre cuidar de los demás. Yo no le daba importancia. Simplemente pensaba que intentaba criar a un buen hijo.

—¿Crees que sabía que estaba en peligro?

—Echando la vista atrás, creo que estaba perdiendo la esperanza de construir una vida aquí. Nada iba como él había planeado. Estaban agotados y no evolucionaban. —Tobias aspira un poco de humo—. Y entonces empezaron las reuniones. Eran en nuestra casa, todas las segundas semanas de mes.

—¿La hermandad se formó así?

Tobias asiente.

—Frères du Corbeau. —«Los Hermanos del Cuervo»—. Yo no les prestaba mucha atención porque solo tenía once años. Pero una noche estaba aburrido y me escondí en la escalera para espiarlos. Algunos exigían medidas drásticas. Delphine entre ellos. Ya sabes que fue ella quien les consiguió a mis padres el trabajo allí. —Asiento con la cabeza—. Ella estaba de acuerdo con mi padre. Aquella noche hubo unas cuantas discusiones y mi madre los sorprendió a todos al ponerse en pie y dar su opinión. Supongo que era la primera vez. *«C'est la peur qui va nous garder en colère, nous garder confus, nous garder pauvres. Nous devons cesser d'avoir peur des hommes comme eux, des gens qui profitent de nous. Si la peur vous arrête, la porte est grande ouverte. Nous ne pouvons pas compter sur vous».* —«Es el miedo lo que hace que estemos enfadados, lo que nos confunde, lo que nos empobrece. Debemos dejar de temer a ese tipo de hombres, a la gente que se aprovecha de nosotros. Si vais a permitir que el miedo os detenga, ya sabéis dónde está la puerta. Aquí no hay sitio para vosotros»—. Ahora sé que en su día mi madre había sido activista, como mi padre biológico, y que cuando me tuvo a mí dejó de serlo. Creo que lo que decepcionaba a mi padre y el motivo de sus peleas era que ella se negaba a luchar con él. Esa noche, después de su intervención, solo se fue una persona. A la semana siguiente, mis padres murieron y nadie de la fábrica dijo nada. Nadie tenía ni idea de lo que había ocurrido. Pero Delphine descubrió que el supervisor de turno, que ni siquiera estaba en la fábrica cuando murieron, había conseguido un aumento y un ascenso poco después.

—Confirmando la culpabilidad de Roman. —Me da un vuelco el corazón.

—Eso fue lo que supusieron. Después de eso, Delphine nos acogió. Y Dominic empezó a llorar cada vez más. —La nieve empieza a cuajar silenciosamente, cubriendo el suelo que nos rodea—. Nos criamos en la miseria. En unas condiciones de mierda.

—Lo vi.

Tobias se queda callado y me mira.

—El cabrón de su marido la había dejado unos meses antes de que murieran mis padres. Bebía mucho y a veces se le iba la mano, sobre todo con Dom, cuando empezó a portarse mal. No todo era malo, pero… —Tobias suspira—. Bueno, ya lo viste. —Asiento con la cabeza, enjugándome una lágrima—. Unas semanas después de mudarnos a casa de Delphine, recibimos la visita de un niño curioso.

—¿Sean?

—Sí —susurra—. Era más joven, pero venía a vernos todo el rato. Dominic y él se llevaban muy bien y yo me encargaba de vigilarlos y de acompañarlos al colegio. —Tobias niega con la cabeza, con una leve sonrisa en los labios—. Era un puto desastre. Siempre llevaba el pelo alborotado. Siempre. Era un golfo mugriento, se pasaba el día colgado de los árboles y nunca volvía a casa hasta mucho después de anochecer. Por las noches se colaba en mi habitación y nos íbamos los tres al bosque. No le tenía miedo a nada, ni con cinco años. Casi todas las mañanas se quitaba la ropa que le ponía su madre y se ponía la misma camiseta andrajosa. Ya entonces se negaba a cumplir las normas. —Compartimos una sonrisa—. Tyler llegó poco después. En casa de Delphine no andábamos sobrados, pero nos las arreglábamos. Además, los hombres de la hermandad nunca olvidaron a mis padres y fueron nuestra salvación. Venían y nos daban regalos. A veces nos enviaban ropa y dinero por correo, pequeños detalles para ayudarnos en el camino. Mi tía lo permitía y, poco después de la muerte de mis padres, empezó a organizar reuniones en su casa. Con el tiempo, yo asistía cada vez más a menudo. Delphine era mucho más extremista. Muchos no estaban de acuerdo con sus ideas para contraatacar, pero, básicamente, era la líder. Para entonces ya solo quedaban unos cuantos miembros originales. La mayoría habían muerto o abandonado la causa por lo que les había pasado a mis padres. Pero cuanto más escuchaba, más me implicaba, y cuando cumplí quince años me levanté y tomé la palabra por primera vez.

—Y te escucharon.

Él asiente con la cabeza.

—Ya antes de irme a estudiar al instituto, dirigía las reuniones y hacía contactos para conseguir más miembros. Y Sean y Dom estaban empezando a involucrarse. Mis planes para la hermandad habían crecido exponencialmente. Volvía a casa en verano para estar con Dom y Sean, que poco a poco se iban implicando cada vez más. Cuando regresé después del segundo año de universidad, Dom ya se encargaba de las reuniones y dirigía la sección local. Esa fue la primera vez que te vi.

Tobias levanta la vista hacia mí y me mira, me mira de verdad por primera vez y yo lo siento hasta en la última fibra de mi ser.

Saca de la chaqueta mi ejemplar de la biblioteca de *El pájaro espino*. Le cabe fácilmente en la palma de la mano. Abro los ojos de par en par.

—¿Estabas allí cuando lo robé?

—Dominic vivía en la biblioteca. Era su lugar favorito del mundo. Casi todos los días pasaba de Delphine porque decía que era una borracha asquerosa y se escapaba allí cuando no se iba a callejear con Sean. Esa vez fui a recogerlo y me puse a curiosear mientras lo esperaba. Tú estabas un pasillo más allá cuando te vi y no te presté mucha atención hasta que Roman se te acercó por detrás y te dijo que él te compraría libros, que no era necesario que los tomaras prestados. Tú pusiste los ojos en blanco y lo llamaste «gilipollas» en voz baja antes de guardarte el libro en los pantalones. —Atónita ante lo que me está confesando, desvío la mirada hacia la novela que tiene en la mano—. Cuando te vi, tuve claro que solo eras una niña. Que no tenías nada que ver con esto y que tampoco sabías realmente quién era tu padre ni cuáles eran sus putos negocios. Me di cuenta de que no teníais una relación estrecha. Te arrastró hacia la puerta y os seguí hasta el aparcamiento. Aunque parecías muy triste, tenías una pequeña sonrisa en los labios. Como si estuvieras feliz por tu rebelión silenciosa al robar el libro. —Y así era, sin duda. Fue el último verano que pasé con Roman antes de distanciarnos. Tobias pasa los dedos por la cubierta ajada de la novela—. Solo eras una cría y aquel día juré mantenerte al margen. Después de eso, te seguí la pista y, al ver que no volvías después de aquel verano, imaginé que sería algo definitivo.

—Y yo —digo, frotándome las manos.

—Dominic todavía estaba en la universidad y yo quería ganar tiempo para conseguir más miembros antes de dar cualquier paso importante. Sean ya estaba llevando el taller que habíamos comprado con la parte de Dom del acuerdo, y lideraba las reuniones allí. Dom dejó claro cuál era el lugar que le correspondía antes de irse a la universidad y se aseguró de que todos lo supieran. Y Sean se hizo cargo de todo mientras nosotros dos estábamos fuera. —La nieve sigue cayendo entre los dos y yo me estremezco debajo del abrigo, mientras Tobias se levanta y apaga el cigarrillo—. Tenía veinticuatro años cuando gané mi primer millón y empecé a hacer contactos en el plano empresarial cuando Dominic terminó el instituto. Tyler entró en el Ejército. Sean se ocupaba de todo aquí. Así que yo pasaba parte del tiempo aquí y parte en Francia, reforzando la red de contactos, buscando antiguos parientes que nos ayudaran. Cuando cumplí veinticinco, ya éramos más un movimiento internacional que una organización de pueblo. Y, durante un tiempo, perdí de vista el objetivo original. Al igual que todos los demás, supongo, mientras nos íbamos haciendo cada vez más fuertes.

—Y entonces aparecí yo.

Tobias asiente con la barbilla.

—Cuando volviste, teníamos cientos de miembros entre todas las secciones y continuábamos creciendo día a día. Dom se había graduado en el MIT y se había propuesto atajar futuros problemas económicos robando pequeñas sumas de dinero a ladrones de guante blanco que yo le proporcionaba, todo ello mientras surtíamos nuestro arsenal y reclutábamos a más hermanos. Lo de Roman solo era cuestión de tiempo, pero cuando tú llegaste y Sean y Dominic te descubrieron, creyeron que te tenían controlada. —Asiento con la cabeza. Conozco esa historia demasiado bien—. Ya sabes que estaba buscando a mi padre biológico, por eso me distraje en Francia. —Vuelvo a asentir—. Cuando lo encontré, ya estaba demasiado ido. Nunca sabré realmente quién era.

—Lo siento mucho.

—No pasa nada. —Tobias baja la mirada y me doy cuenta de que eso no es verdad—. No podía dejarlo como lo encontré.

—Hiciste lo correcto.

—¿Tú crees? —me pregunta, antes de tragar saliva—. No sé. La forma en la que mi madre hablaba de él… —Sacude la cabeza—. No sé.

—Está bien cuidado y eso es bueno.

Cuando se muerde el labio y me mira, sé que esa parte de la conversación ha terminado.

—Cuando me enteré de lo que estaba pasando, de que te estaban escondiendo, volví a casa de inmediato para ocuparme de ello. Y, joder... —Tobias se pasa las manos por el pelo y tengo que contenerme para no tocarlo. Luego me dirige una mirada culpable, antes de apartar la vista—. No solo los castigué por lo tuyo. Tenía que recordarles por qué habíamos empezado todo esto. Los envié a vivir con uno de los socios de confianza, a Francia. Él los mantuvo ocupados y los hizo partícipes de todo lo que yo había estado construyendo mientras yo volvía a centrarme en el plan original. Estaba solo a una jugada y un apretón de manos de hacerme con todo cuando tú y yo hicimos aquel trato.

Nunca seré capaz de discernir cómo debería sentirme por la traición de todos ellos, ni cómo encajar la culpa de ser la heredera de Roman. Tobias suspira, deja el libro en la tumbona y mete las manos entre los muslos.

—Entendía que necesitaras cuidarla, Cecelia. Y ya habías sufrido bastante. Pero, cuando volví, la tomé contigo por rabia. Nunca debiste formar parte de esto, por una buena razón.

—Siempre dices lo mismo, pero no fue eso lo que sucedió.

—No, porque me permití perder la cabeza por ti, al igual que ellos —declara. Me muerdo el labio, con los ojos llenos de lágrimas—. Quería protegerte de todo porque eras inocente. La primera vez que te vi, no eras más que una niña que no tenía ni idea de que su padre era un corrupto, y así fue como seguí imaginándote hasta el día que vine a verte a la piscina.

Todo cambió cuando nuestras vidas se cruzaron. Tobias sigue mirando hacia el suelo mientras sus oscuras pestañas alejan la nieve.

—Casi me cago de miedo al verte —continúa—. Habías dejado de ser una mocosa malcriada y torpe y te habías convertido en la belleza más seductora e impetuosa que había visto jamás. Me cabreó muchísimo que te descubrieran y te escondieran de mí. Y luego salí escaldado al acercarme y enfrentarme a la puñetera mujer más exasperante del mundo —dice, negando con la cabeza—. Pero me sentó como una patada en los huevos enterarme de que...

—De que estaba con ellos.

Tobias asiente solemnemente y su tono de voz se vuelve cada vez más amargo.

—Guardé las distancias y empecé a vigilarte. No tenía intención de que pasara nada. Pero cuando apareciste en el claro gritando sus nombres, con aquel collar, volví a cabrearme. Sobre todo porque yo te había mantenido a salvo y alejada de nosotros durante todos esos años y tú habías caído de lleno en una trampa que nunca nadie debió tenderte. Sean pensó que estaba haciendo lo correcto dejándote entrar. Dominic era tan duro que, al principio, le importaba una mierda que salieras perjudicada.

—Me lo advirtieron. Lo intentaron, pero no les hice caso —reconozco sin tapujos.

—Yo sabía que, por aquel entonces, esto te venía grande —susurra con vehemencia—. Aunque me decías que sabías en lo que te estabas metiendo, no era así. Te vi recibir un baño de realidad la noche que Dominic murió en tus brazos. No sé. —Tobias suspira—. Puede que te subestimara, pero esa fue una lección que nunca quise que aprendieras, y ahora... —Su resentimiento aumenta y hace que se le quiebre la voz—. Nunca debiste ser una soldado en una guerra declarada por mí.

—Ellos me convirtieron en una. ¿Y cómo no iba a pelear, contigo como oponente? Eres igual de culpable. —Compartimos una sonrisa triste—. Por favor, cuéntame qué pasó esa noche.

Su rostro se ensombrece mientras vuelve a bajar la vista.

—Esa tarde me dijeron que Andre y Matteo habían aceptado un encargo y venían a por Roman —dice, levantando los ojos hacia los míos—. Fue tu padre el que me avisó.

43

Lo miro boquiabierta.

—¿Sabía que existías?

Tobias asiente lentamente.

—Poco después de su llamada, nos reunimos en su oficina en Charlotte. Yo conocía perfectamente a Matteo y a Andre. Andre había sido uno de mis primeros fichajes. Y cuando daban un golpe, lo convertían en algo personal. Sabía que irían a por Roman en su casa, en la de aquí o en la de Charlotte. En cuanto me enteré, tuve que tomar una decisión rápida para jugar mis cartas y planear un ataque. En Florida ya se había producido una escisión, una lucha de poder que había alcanzado un punto crítico y se había presentado en el momento perfecto. Entonces, Roman y yo hicimos un trato. A cambio de que tu padre hiciera valer sus contactos con la policía local y los medios de comunicación, le prometí acabar con la amenaza que pesaba sobre él y su hija y limpiar los restos si lo mantenía en secreto.

—¿Siempre supo que existías?

—No sé muy bien cuándo se enteró, pero lo subestimé. Está claro que no llegó a ser lo que era siendo un inconsciente. Tardé en darme cuenta de que hacía tiempo que nos seguía la pista. Cuando llevaba aquí unas semanas, me percaté de que prácticamente había eliminado toda la seguridad. ¿Por qué un hombre con tanto dinero iba a dejar a su única heredera en una situación tan vulnerable? Después de años vigilándote tan de cerca como lo hacía, ¿de repente te dejaba sola en su mansión? No tenía sentido.

—¿Sabía de mi relación con vosotros?

Tobias asiente.

—No solo eso, sino que estaba al tanto de los planes que teníamos para él. Pero tú eres nuestro punto intermedio, y él ya había decidido entregarte las llaves de su reino.

—¿Por qué iba a acceder a todo eso, a confiar en ti, sabiendo quién eras y cuáles eran tus intenciones?

Sus ojos se clavan en los míos.

—Porque ese día le dije que estaba enamorado de su hija. —Apenas tengo un segundo para asimilarlo cuando vuelve a hablar—. Cuando descubrió que nuestra debilidad era su única hija, nos permitió entrar, y sabía que eso haría que mis planes se estancaran, si no acababa renunciando a ellos por completo.

—¿Me utilizó como cebo para salvar su empresa?

—No le hizo falta. —Las implicaciones de su afirmación me impactan con fuerza—. Sucedió de forma natural. Sean fue a por ti en cuanto te conoció. Lo único que Roman tuvo que hacer fue sentarse a mirar. Implicaba cierto riesgo por su parte, pero sabía lo valiosa que eras y que nosotros te protegíamos. Fue un golpe magistral, la verdad.

Me sacudo la nieve que tengo encima, ignorando el frío que me cala hasta los huesos. Tobias se levanta y se quita la gabardina.

—No es necesario —digo irritada, pero él me envuelve en ella de todos modos.

—Pero te equivocas si crees que su empresa era lo único que se proponía salvar.

—No te molestes —le digo, acurrucándome bajo su abrigo.

—Ese día estaba acojonado, Cecelia. Si no, no me habría llamado. No tenía suficiente personal de seguridad para proteger ambas casas. Fue un grito de ayuda.

Miro hacia donde él está encorvado y veo compasión.

—Me importa una mierda Roman —declaro, ignorando su mirada de preocupación—. Simplemente dime qué ocurrió.

Él se pasa una mano por el pelo húmedo y asiente.

—Aunque sabíamos que Florida iba a venir, no me imaginaba que estuvieran tan cabreados. No tenía suficiente información, y Roman tampoco. Así que avisé a la hermandad y volví de Charlotte muerto de miedo porque habías estallado al descubrir que te habían tatuado.

El taller. La noche que los había desafiado. Había saboteado mi propia seguridad con aquella jugarreta, pinchándoles las ruedas y cortando toda comunicación con ellos. Hacía tiempo que eso me rondaba por la cabeza, pero no me había dado cuenta de hasta qué punto la había cagado al declararle la guerra a la gente que quería protegerme.

—Todos te estaban buscando. Todos. Dominic y yo nos reunimos en tu casa. Solo contábamos con un pequeño equipo debido a la búsqueda y los enviamos a rodear la propiedad. Mientras Dom te entretenía en tu cuarto, vi llegar diez coches de Miami. Llamé a Sean para que los hiciera volver a todos, pero era demasiado tarde.

—Andre y Matteo ya estaban en la casa —digo.

Tobias traga saliva, con mirada triste.

—Le he dado vueltas y más vueltas, y lo único que se me ocurre es que estuvieran en el garaje. Es el único sitio que no comprobé después de traer a casa el coche de Roman.

—Por eso estaba aquí.

—Intentaba atraerlos. —Tobias me mira con amargura—. Le aseguré a Roman que su hija estaba a salvo. Teníamos millones en el banco, un montón de personal y, aun así, no estábamos preparados para hacer frente a un puñado de putos matones de Florida.

Había sido culpa mía. Les había pinchado todos los neumáticos para vengarme y luego los había enrolado en una búsqueda inútil para encontrarme. Era culpa mía que estuvieran dispersos por las montañas esa noche buscándome, intentando salvarme. Yo les hice perder esos segundos tan preciados que necesitaban para salvar a Dominic.

—Lo siento mucho —sollozo mientras Tobias niega con la cabeza y me agarra la mano, acariciándome el dorso con el pulgar para tranquilizarme.

—¿Que lo sientes? ¿Por qué, exactamente? —me pregunta, antes de soltarme—. ¿Por haber sido utilizada por ambos bandos como moneda de cambio, entre los hombres a los que amabas y en los que confiabas? ¿Por no haber tenido ni idea de en quién estabas depositando tu confianza y no haber podido prever los movimientos de ajedrez que se estaban haciendo a tu alrededor? ¿Por que Dominic perdiera la vida por ser demasiado testarudo como para pensar racionalmente antes de hacerse el héroe? —El dolor que siento en el pecho se vuelve insoportable mientras él niega con la cabeza, enfadado—. Escúchame. Escúchame bien. No te culpo por la muerte de Dominic. Lo culpo a él. Y me culpo a mí mismo por haber puesto en marcha todo esto. Tienes razón: quería salirme con la mía. Quería que tu padre sufriera, y lo pagué con la vida de mi hermano, la única familia que me quedaba. Al único que nunca seré capaz de perdonar es a mí mismo.

—Tobias, no puedes vivir así.

—Esos cabrones nos dieron la espalda por dinero. Por el puto dinero, Cecelia. Y fui yo el que los dejó entrar en nuestras filas porque eran un mal necesario.

—Tú no eres el responsable.

Él niega con la cabeza.

—Nos confiamos demasiado. Dominic fue demasiado estricto. Yo me centré demasiado en los negocios, en la búsqueda de mi padre y… —Me lanza una mirada reveladora.

—En mí.

Tobias se arrodilla a mi lado.

—¿Sabes? En cierto modo, tenías razón. Éramos un puñado de chavales que habían construido un fuerte juntos, pero que no sabían cómo usarlo. No estábamos preparados.

Y he ahí toda la verdad. La verdad por la que había estado suplicando, la verdad que había vivido a ciegas a su lado. La verdad que lo hace libre y lo libera de mí.

Y es devastadora. Toda ella. Tobias me mira fijamente durante unos instantes mientras intento asimilarlo todo.

—Gracias.

Le tiendo la mano, pero él se aleja, se levanta y baja la vista hacia mí, expectante. Ha cumplido su parte del trato. Aunque no lo dice, sé que espera que yo cumpla la mía.

—¿De verdad es esto lo que quieres? ¿Quieres que me vaya? ¿Quieres que desaparezca de tu vida?

—¿Es que no has escuchado lo que he dicho?

—Perfectamente.

—Pues no deberías seguir empeñada en quedarte. Deberías salir corriendo.

—Lo haría, pero te has dejado la mejor parte de la historia.

Él frunce el ceño y niega con la cabeza.

—No me hagas esto.

—La nuestra. Esa es la mejor parte. —Me acerco, pero él se aleja de mí—. Dime qué puedo decir, qué puedo hacer.

—Devuélveme a mi hermano —dice él con aspereza.

Me sorbo la nariz, las ganas de pelear acumulándose en mi interior incluso mientras me da donde más duele.

—Eso es lo único que no está en mi mano.

—Entonces cumple tu palabra y vete.

—Sí que me culpas a mí.

—No, Cecelia, no lo hago. Pero no pienso volver a cometer los mismos errores.

—No fue un error.

—Sabes que sí lo fue.

—Tobias, he estado contigo durante todo este tiempo. Desde que me fui hasta ahora, mi vida no ha sido real. Este momento ha sido lo más parecido a vivir desde aquella noche. Este momento, en el que yo te digo que todavía te quiero y tú me dices que soy un error. Pero no creo que lo digas en serio. —Levanto la barbilla—. Y no pienso salir corriendo porque sé que tú tampoco lo crees. Prefiero cualquier tipo de vida contigo a la que tengo ahora. No me rechaces. No me des la espalda. No lo vuelvas a hacer. —Tobias empieza a pasear por delante de mí y decido subir la apuesta—. Escuché todo lo que dijiste anoche. Todavía me quieres.

—*Tu me rends tellement fou!* —«¡Eres desesperante!». Se pasa las manos por el pelo y las posa sobre el cuello antes de mirarme—. ¿Y cómo crees que va a acabar esto? ¿Crees que me casaré contigo? —Sacude la cabeza como si fuera una idea ridícula. Su crueldad no tiene límites—. ¿Crees que seremos felices y comeremos perdices? ¿Que podremos olvidarlo todo? Han pasado demasiadas cosas. No deberías perdonarme. Nunca olvidarás las cosas que te he hecho. Y yo nunca olvidaré las cosas que os hice a ti y a mis hermanos. Todo se fue a la mierda y ahora nada es lo mismo. —Tobias da un paso amenazador hacia delante y me mira con resignación—. No tenemos un final feliz, Cecelia. Solo un final.

—¿Y por qué tiene que ser este? Podemos…

—Sigues siendo tan ingenua como para creer que el amor y el sexo son la respuesta a todo. Ese es tu problema. Tú misma dijiste que nunca habías sido lo suficientemente objetiva como para distinguir la verdad de la ficción en tu cabeza. El amor y el sexo no sirven de nada. Mi hermano te quería. Estaba enamorado de ti cuando murió para protegerte, y Sean también. ¿De qué sirvió eso exactamente? De nada. No soluciona nada. No arregla nada. Solo causa problemas y complicaciones. Estás ciega si piensas lo contrario.

—No, lo estás tú. Porque ellos sabían que yo les correspondía. Puedo quererlos por lo que fueron para mí y por lo que compartimos, como quiere cualquier mujer a alguien que fue su amante y su amigo en el pasado. Pero el tiempo no me ha concedido el regalo del distanciamiento. Viví todas mis experiencias y lo aprendí todo de golpe, y eso me destrozó, pero no me arrepiento. No me arrepiento de nada. No pienso disculparme por ello. Porque eran mucho más que *nada* para mí, y vas a tener que aceptarlo de una puñetera vez. Aunque todo se esfumó la primera vez que tocaste lo que no te pertenecía y sabías perfectamente lo que significaba entonces y lo que significa ahora. ¡Y no es verdad que no signifique *nada*!

La nieve comienza a caer copiosamente del cielo mientras lucho por atraer su mirada y gano.

—Lo es todo, Tobias. Es lo único importante. Si tengo que aferrarme a algo, será a eso. Tú me enseñaste la diferencia entre verdad y ficción, y te aseguraste de que me quedara claro el sitio que te correspondía a ti. —Me golpeo el pecho con el puño—. Da igual cómo empezara lo nuestro, el caso es que sucedió y que sigue estando ahí. Me robaste el corazón, dejaste que te amara, dejaste claro que el único hogar que iba a conocer sería contigo. Aunque ahora te hagas el inocente, y me pintes como una simple zorra que se interpuso en tu camino, sé que es porque eres un puto cobarde y es la única excusa fácil de mierda que se te ha ocurrido. Sabías perfectamente lo que estabas haciendo, cabrón mentiroso.

—¡No, no lo sabía! ¡No lo sabía! No sabía que verte a un metro de ellos cuando volvieron me destrozaría como lo hizo, joder. No soportaba… —Tobias golpea la mesa con las manos y ruge antes de volcarla, con los ojos desorbitados por los celos y el miedo. Miedo por reconocer por fin lo que ha tardado años en aceptar—. No me di cuenta de lo jodidamente obsesionado que estaba hasta que vi cuánto te querían.

Me quedo inmóvil mientras él me mira, rabioso.

Y me invade una calma inesperada.

—Sigo siendo tuya, Tobias. —Él niega con la cabeza, librando una batalla en su interior—. Siempre debí ser tuya. Tú mismo lo dijiste antes de que todo se fuera a la mierda. Y ellos se dieron cuenta cuando nos vieron juntos, igual que yo, igual que tú. Por eso mi mente no me deja olvidar, por eso mi corazón sigue torturándome. Da igual cómo ocurriera, pero no te equivoques: tú hiciste que pasara.

Sus fosas nasales se dilatan, pero su mirada se vuelve mucho más dulce.

—Tienes que deshacerte de la imagen romántica que tienes de lo nuestro. No fue más que un error. Un error que ambos pagamos muy caro. Olvídalo. Olvídate de mí.

—¿La quieres?

—¡Confío en ella! ¡La respeto!

Encajo ambos golpes, que me causan un dolor inimaginable. Solo me queda consolarme con la parte que ha omitido, que deja clara cuál es su verdad.

—Pero no la quieres.

—Estoy con ella. Punto.

—De punto, nada. Puedes ser todo lo tajante que quieras, pero no me has dejado ir. Lo noto. Lo noto todos los putos días. No te has olvidado más de mí que yo de ti. No quiero tu perdón, porque tú nunca tendrás el mío. Pero soy tuya. Las partes de mi corazón que ellos decidieron quedarse están ahí, pero el resto te pertenece. Todo. Mi cuerpo, mi mente, los trozos rotos que queden de mi alma. Eres el vencedor y este es tu puto botín, pero eres demasiado cobarde como para reconocerlo, como para aceptarme, como para aceptar lo nuestro. Te escondes detrás de tu querida causa y de la muerte de tu hermano. No me ganaste por eliminación, Tobias, ya era tuya, me hiciste tuya antes de que tu hermano muriera.

Él retrocede como si lo hubiera abofeteado y, en cierto modo, acabo de hacerlo. Ambos estamos luchando contra la culpa y contra la línea imaginaria que él ha trazado y que dice que no podemos tenernos el uno al otro después de todo lo que hemos perdido.

—Alguno de los dos tiene que decirlo. Lo sabíamos. Nos dimos cuenta de lo que habíamos encontrado, pero no supimos gestionarlo porque había nacido como jamás debió hacerlo: traicionando a dos hombres a los que ambos queríamos. Crees que no puedes o no mereces estar conmigo porque te sientes culpable, pero ahora esta es nuestra realidad y no eres el único que ha perdido algo. Él se ha ido, Tobias, y no va a volver. Y no podemos cambiarlo, como no podemos cambiar el hecho de que todavía nos queremos.

—¡Joder, Cecelia, para ya!

—Dominic lo sabía, Tobias. Justo antes de morir me dijo que nunca te había visto tan feliz. —Tobias niega con la cabeza, con los ojos vidriosos mientras yo me acerco a él—. Volví para hacer las paces, para llorar su pérdida, para obtener respuestas…, pero ahora sé que también he vuelto para recuperar mi vida. Contigo. Porque a pesar de la culpa, sé que merecemos vivir nuestro castigo juntos. Somos las únicas personas capaces de sanarnos mutuamente. No digo que vaya a ser fácil, ni siquiera que vaya a funcionar, pero merecemos darnos la oportunidad de intentarlo. Porque a pesar de lo cruel que fuera la verdad, era real, más real que cualquier otra cosa que haya sentido nunca. Más real que tu sed de venganza o que las promesas que puedas haberle hecho a cualquier otra persona. Para bien o para mal, mi sitio está a tu lado y el tuyo al mío. Admítelo.

Tobias me agarra con fuerza, curvando los dedos sobre mi abrigo, con los ojos rebosantes de emoción y los hombros tensos. Siento que en él se abre una brecha que empieza a sangrar.

—Te quiero —susurro—. Aún no es demasiado tarde.

—¿Cecelia?

Me quedo helada, mientras Tobias mira más allá de mi hombro y me suelta para alejarse y girarse hacia la voz.

Collin.

44

ollin, ¿qué estás haciendo aquí?

—Soy tu puto prometido —replica, abriendo la puerta del jardín de golpe con cara de cabreo mientras fulmina con la mirada al hombre que está a mi lado.

—Eras. Eras mi prometido.

Tobias lo mira de arriba abajo mientras yo intento detener a Collin, que viene hacia nosotros con los ojos entornados y mirada acusadora.

—¿Así que eres tú? —dice con actitud posesiva y un gesto amenazante que nunca había visto en él.

Puedo ver un brillo de diversión en los ojos de Tobias mientras evalúa a Collin.

—Collin, para. —Lo intercepto mientras se acerca y le pongo una mano en el pecho—. ¿Qué estás haciendo aquí?

Él señala con la barbilla a Tobias.

—No, ¿qué está haciendo él aquí?

—Estábamos hablando.

Collin me ignora y se encara con Tobias mientras me invade una sensación de aprensión. Hago todo lo posible para interponerme entre ellos mientras Tobias esboza una sonrisa cruel.

—He oído hablar mucho de ti.

—Curiosamente, yo no había oído hablar de ti hasta hace muy poco —replica Collin, con condescendencia.

Tobias sonríe todavía más y le guiña lentamente un ojo.

—Soy su secreto mejor guardado.

—Collin —digo, interrumpiéndolos—. Por favor, entra en casa. Ahora voy.

Él se vuelve hacia mí.

—¿Crees que me asusta este, este... matón trajeado? —dice, resoplando.

Tobias se ríe con maldad.

—Ya veo por qué te gusta. Es muy gracioso.

—¡Dejadlo de una vez! —Me interpongo entre ellos, consciente de que mi esfuerzo es inútil.

—Yo ya me iba —dice Tobias, alejándose, antes de mirarme y fijarse en el anillo que llevo en el dedo—. Te toca, Cecelia.

Me toca. Me toca cumplir mi parte del trato. ¿Quiere dejarlo así?

Ni de coña.

—No hemos acabado de hablar —digo bruscamente antes de girarme hacia Collin—. Por favor, espérame dentro.

—No hace falta, es toda tuya —dice Tobias, clavándome el puñal.

Collin deja de mirarme para gritarle a Tobias, que está apenas a un paso de él.

—¡Repítetelo de camino a casa! O mejor aún, escríbelo —le suelta—. Si es que sabes escribir, claro.

—Tobias, ¡no! —gimo angustiada cuando lo veo inmovilizar a Collin, quien deja escapar un gañido, sobre la tumbona cubierta de nieve. Luego le pone un puño cerrado delante de los ojos antes de darle un golpecito burlón en la nariz con los nudillos. Un reguero de sangre roja y brillante le brota de la nariz mientras le araño los hombros a Tobias. Con un único movimiento cruel, este ha emasculado completamente a Collin.

Tobias se encoge de hombros tranquilamente y se agacha para ponerse a unos centímetros de la nariz de Collin, que sangra a borbotones.

—¿Qué se siente al saber que, cuando te follabas a tu futura esposa, en realidad era en mí en quien pensaba?

Mi ex me mira por encima del hombro de Tobias con los ojos vidriosos y muy abiertos, completamente devastado.

Enfurecida, golpeo a Tobias en la espalda.

—¡Déjalo en paz, joder!

—Le encanta mi polla de matón —se burla, inclinándose para pasar la entrepierna por el torso de Collin, mientras yo le rasgo los hombros—. ¿Puedes conseguir que se corra solo con un dedo y susurrándole al oído? Era mi especialidad. —Tobias me mira con los ojos encendidos antes de girarse hacia Collin, levantarlo de la tumbona, ponerlo de pie y colocarle la chaqueta—. Si necesitabas algún consejo, solo tenías que pedírmelo. —La mirada de Tobias se vuelve sombría y todo rastro de humor desaparece. Le limpia los hombros a Collin mientras este lo mira, con la nariz sangrando a chorros—. No vuelvas a insultarme, niñato, o se te acabará el recreo. —Tobias lo suelta y se gira hacia mí—. Llévatelo a casa y, ya que estás, quédate allí.

—Eres un cabrón asqueroso.

—Nunca he fingido ser un buen tío —dice, yendo hacia la puerta del jardín—. Jamás. Eso forma parte de la historia que tú te has inventado.

Sale por la puerta como una exhalación y yo lo persigo.

—¡No voy a marcharme!

—Sí. Lo harás.

Un coche aparece como por arte de magia y Tobias se sube al asiento del copiloto. Salen a toda velocidad por el camino de entrada a través de la densa cortina de nieve que está cayendo y se pierden de vista.

Me giro hacia Collin, que me mira sujetándose la nariz ensangrentada con la mano.

«Joder».

Me muerdo el labio para no reírme mientras le meto otro tampón en la nariz a Collin. Es el polo opuesto a Tobias: pelo rubio claro y suave como la seda, ojos azulísimos y cuerpo de corredor, esbelto y fibroso, pero en absoluto rival para la fuerza bruta con la que acaba de toparse.

Eso hace que lo quiera todavía más. Se había hecho un hueco en mi vida con sus peculiaridades británicas y su devota amistad antes de colarse en mi corazón. Lo adoro por su paciencia, por su cariño, por su comprensión, por el hombre que es y por el amigo que ha sido.

Y yo se lo he pagado con mi egoísmo.

Me mira totalmente desconcertado.

—No tiene gracia —dice, con su acento inglés amortiguado por los tampones que tiene metidos en la nariz.

—Ya lo sé. Siento que te haya hecho daño, pero te advertí que no te metieras con él.

—¿Quién coño es ese tío?

—Más que un matón con traje. Aunque no sabes cuánto me alegro de que le soltaras eso —comento, incapaz de disimular una sonrisa.

—¿Y dices que sigues enamorada de él? —pregunta. Asiento lentamente, consciente de que la verdad le dolerá—. ¿Por qué?

—Ojalá lo supiera. Lo olvidaría ahora mismo y subiría contigo al altar si pudiera. Pero no te merezco. Nunca lo he hecho.

—Pero si él ni siquiera ha peleado por ti. Te ha dicho que te vayas.

Ese hombre mató por mí, hizo un pacto con su enemigo por mí. Me protegió a costa de perder a su hermano mientras se negaba a sí mismo su propia felicidad.

—Se ha sacrificado más por mí de lo que cualquiera debería hacerlo.

—¿Qué quieres decir?

—Es una larga historia que no puedo contar.

Recojo las toallitas de papel manchadas de sangre y siento que Collin me mira fijamente mientras limpio la mesa.

—¿Por qué no?

—Porque empezó mucho antes de que yo llegara.

—Éramos amigos íntimos antes de empezar a salir y nunca me hablaste de esto —me recuerda, incrédulo—. Solo sé que tu padre murió y que no estabais muy unidos. ¿Cómo es posible que hayas vivido otra vida aquí sin que yo lo supiera? ¿Cómo puedes tener todo ese pasado y no haber hecho nunca referencia a él? Creía que te conocía, Cecelia.

Un culpa devastadora me hace pedazos mientras lo miro. Otra víctima de mi sórdida historia.

—Fue un año. Solo un año, pero me cambió la vida. A veces desearía no haberlo vivido. Muchísimas veces. Pero, en cualquier caso, me hizo ser como soy. —Me arrodillo ante él—. Lo siento. Lo siento muchísimo. La mujer que tú has conocido también soy yo. Solo que hay más partes de mí que las que dejo ver, y estoy harta de ocultarlas.

—¿Porque eras una promiscua?

—No es solo eso, no es… Nunca debí contarte eso —digo, con un suspiro.

—Pues ahora me costará olvidarlo.

—Y lo siento mucho. Muchísimo. Te lo conté para que nunca tuvieras que enfrentarte a él, para evitar esta situación, porque yo soy la mala. Píntame como quieras ante nuestros amigos. Me lo merezco. Créeme. Ya ha sido suficiente castigo intentar asumirlo. Pero, al hacerlo, me negué la libertad de desear lo que deseo.

—¿A él?

—Sí. Pero, Collin, lo que tú y yo teníamos era especial. Se construyó sobre los valores correctos: amistad, confianza, respeto mutuo. Era una relación sana y todos los días doy gracias por haberla tenido y por haberte tenido a ti. No me tomé tu declaración a la ligera y debería haber florecido en nuestra relación, pero no fue así. Me escondía tras ella.

—¿Y para qué has venido? ¿Para recuperarlo?

—No quiero hacerte más daño del que ya te he hecho —le digo, agarrándolo de la mano—. No quiero seguir diciéndote cosas por las que me odiarás.

—¿Y si te rechaza?

—Ya lo ha hecho y seguirá haciéndolo. Y tendré que aceptarlo. Pero no volveré a poner a nadie en tu situación. Herirte me ha hecho tocar fondo, y ha puesto fin a la fase de negación.

—¿Es un buen hombre?

—Es un hombre muy complicado, eso está claro. Pero además es un hombre al que no puedo dejar de querer, por muy complicado que sea.

—¿En serio vas a romper conmigo por un tío que podrías no llegar a tener nunca?

Me levanto y le paso la mano por el pelo antes de acariciarle la mandíbula.

—Me gustaría que me creyeras cuando te digo que no lo estoy haciendo solo por mí. He roto nuestro compromiso porque mereces a una mujer que pueda olvidar su pasado y sea solo tuya. Deseo de todo corazón que seas feliz.

—¿Y qué hay de tu felicidad?

—No lo sé, Collin. Supongo que… no hay un final feliz para mí. Solo un final —digo, repitiendo las palabras de Tobias.

Collin se pone la chaqueta, destrozado después de habernos pasado horas organizando nuestras vidas, tras más lágrimas y discusiones y un último intento de llevarme con él de vuelta a casa. Y, mientras lo acompaño al coche, me hago consciente de que esa vida ha llegado a su fin. Tras una dolorosa negociación, Collin ha accedido a embalar mis pertenencias y guardarlas en un trastero. Cuando deje Triple Falls, mi intención será seguir adelante, no volver atrás. No habrá nada a lo que volver. La vida, la mentira que he vivido durante años, se ha acabado. Collin se aleja con mi anillo en el bolsillo y yo lo observo durante un buen rato, lamentando su pérdida, atrapada en la verdad.

45

Una semana más. Otra semana solitaria conduciendo por colinas y valles, hablando con Dominic en su lugar de reposo, repasando recuerdos. Paso delante del taller a diario, pero nunca me detengo. Ahora que la transición prácticamente ha finalizado, sobre todo gracias a la sorprendente cooperación de Tobias, sé que mis días aquí están llegando a su fin. Quizá sea el cierre que buscaba, pero, después de todo lo que ha sucedido, ahora que sé de verdad lo lejos que llegó, cuáles eran sus verdaderos sentimientos por mí entonces y cuáles son ahora, me cuesta marcharme sin más y pasar página. Pero Tobias ya ha tomado una decisión, y la ratifica cada día manteniéndome alejada.

Sin embargo, mi pobre corazón se niega a olvidar lo roto que estaba la noche que me llevó a casa. Las palabras que me dijo, cómo me acarició, cuánto deseaba tocarme. Me dijo cosas que jamás habría imaginado oír.

Todavía me quiere, pero se niega a darse permiso para hacerlo.

La culpa. La culpa nos separa, aunque fueron precisamente nuestros errores los que nos unieron.

Pero aún me quiere, a pesar de nuestros errores, a pesar de nuestra historia. Aun con la mujer impresionante que lo espera en la cama. No obstante, está con ella.

Y también está con ella en este momento, mientras cruza la

puerta del restaurante. Desconcertada por su repentina aparición, me hundo en el asiento, levantando un poco más el libro y mirando justo por encima del borde mientras la camarera me trae otra copa de vino.

Rezo para que los siente lo más lejos posible de mí. No soy capaz de apartar la mirada mientras Alicia se vuelve para sonreírle a Tobias mientras este la ayuda a quitarse el abrigo.

Es un infierno verlos interactuar como pareja. Levanto la copa y me bebo de un trago la mitad del contenido para combatir los celos atroces que me invaden.

Aunque nosotros estuvimos jugando a las casitas durante casi un mes, nunca nos permitimos el lujo de dejarnos ver en público. Las semanas en las que dejamos de lado nuestra hostilidad y nos entregamos el uno al otro fueron las más gratificantes de mi vida. Pero esta noche, mientras él la agasaja con cena y vino, me queda claro a quién ha elegido y se me quita el apetito.

Le doy las gracias a la camarera cuando me pone la pasta delante y maldigo mi mala suerte cuando los sienta en la mesa de al lado.

Tobias está de espaldas, pero Alicia puede verme perfectamente en la mesa para dos en la que estoy sentada, sola, junto a la ventana que da a la calle. Paso una página del libro que ya no estoy leyendo y levanto el tenedor, incapaz de saborear la comida, mientras me obligo a masticar y tragar. Cuando Alicia le sonríe a Tobias desde su asiento, siento un nudo gigante en la garganta.

A la mierda.

Al levantar la mano para pedirle a la camarera que me ponga la comida para llevar, tiro el vino. Este se derrama sobre la moqueta y, aunque agradezco que haya amortiguado el ruido, ya es demasiado tarde. Alicia me mira mientras me levanto con torpeza y agarro la servilleta que tenía en el regazo para limpiar el suelo. Solo que me he equivocado y no es la servilleta, sino el mantel, y ahora la cena se ha unido al vino. Desde el suelo, veo el resplandor de unas llamas cuando la vela se cae de la mesa y prende fuego al mantel.

Una mujer grita aterrorizada a mi izquierda mientras vuelco el vaso de agua para apagar el incendio. Por suerte este se apaga, pero no sin antes alcanzar al libro. Antes de que me dé tiempo a coger el mantel para sofocarlo, alguien me aparta y lo hace por mí. El aire se llena de cítricos especiados mientras maldigo al destino. Y a mi incapacidad de hacer una retirada silenciosa y discreta.

No puedo mirarlo. Me niego a hacerlo.

—Gracias.

Él se ríe con malicia y el dulce sonido agita el aire que hay entre nosotros.

—Eres mucho menos discreta que a los once años.

—Eso está claro.

Tobias levanta el libro medio carbonizado, medio empapado.

Yo lo miro, angustiada y completamente devastada al verlo convertido en otro pedazo arruinado de mi historia, de nuestra historia. Se me llenan los ojos de lágrimas y me las trago mientras cojo el bolso.

—Solo es un libro, Cecelia.

Eso no es verdad. Es la última parte de mí que se aferraba a la esperanza. Es más que un simple objeto y él lo sabe. Finalmente, levanto los ojos hacia los suyos, haciendo colisionar el fuego y el agua, y en ellos veo los días que pasamos en la casa de su enemigo. Esos días y horas en los que hablamos, reímos, peleamos, follamos e hicimos el amor mientras él me susurraba cosas que me hacían respirar de forma diferente.

—Ya, no es *nada*, ¿verdad?

—Madre mía, ¿se encuentra bien? —me pregunta la camarera, interrumpiéndonos, mientras se agacha a recoger los platos del suelo.

—Lo siento muchísimo —murmuro, mirando fijamente a

Tobias. En realidad se lo estoy diciendo a él. Se da por aludido—. *J'espère que je pourrais...* —«Ojalá pudiera»...

—¿Pudieras qué? —me susurra Tobias, envolviendo mi corazón con sus palabras, con una dulzura en la mirada que me deja sin aliento.

Sé que Alicia está pendiente de nuestra conversación, pero me niego a desviar la mirada.

La camarera se levanta después de haber recogido parte del estropicio del suelo.

—Le traeré otro mantel, otro vino y otra cena. Siento no poder hacer nada por el libro —añade, dejando escapar una risa nerviosa.

—No pasa nada. La verdad es que la miniserie era mucho mejor —bromeo, en un intento cutre de enmascarar mi dolor, pero el temblor de mi voz no deja lugar a dudas—. Además, ya me iba —declaro.

Ella mira a Tobias con los ojos muy abiertos, apreciándolo. «Guapo, ¿verdad? —pienso—. Es mi espina y con él canté la canción más dulce».

—Y ya lo pierdo —añado, verbalizando mis pensamientos, completamente entregada a los segundos que pasan.

Tobias me permite entrar en su corazón, entrar en él de verdad, al tiempo que me mira con idéntica añoranza y veo la historia que compartimos en sus ojos. Se acuerda. Se acuerda de lo nuestro. Se acuerda de todo.

—*Pourquoi la vie est-elle si cruelle?* —«¿Por qué la vida es tan cruel?», le pregunto, con los ojos llenos de lágrimas.

—¿Eso es francés? —me pregunta la camarera, ajena a todo, empeñada en tratar de enderezar en vano mi universo tambaleante—. Qué bonito.

—¿Cuánto es? Porque no creo que pueda permitirme seguir pagando —digo con tristeza, dirigiéndome al hombre que tengo delante.

—Tranquila, querida. Invito yo. Si no ha comido nada.

Tobias traga saliva, mirándome claramente con sentimientos encontrados, mientras yo abro el bolso sin apartar los ojos de los suyos y dejo algo de dinero sobre el mantel nuevo que acaban de poner.

—Ahora le traigo el cambio —dice la camarera, aceptando el dinero que le ofrezco, antes de mirarnos a los dos y ponerse seria mientras nosotros echamos un vistazo al pasado.

Niego con la cabeza.

—Quédeselo.

Ella me da las gracias y nos deja allí de pie, contemplándonos el uno al otro. Y allí seguimos, a medida que pasan los segundos, mirándonos de verdad por primera vez, mientras la bruma de dolor que nos envolvía por fin se disipa y nos permite vernos a través de ella.

—A lo mejor nunca debí haber vuelto, pero necesitaba… —digo.

Una lágrima solitaria resbala por mi mejilla mientras sacudo la cabeza, incapaz de tranquilizarme. Bajo la vista hacia el libro y le pongo en la mano las páginas carbonizadas. Me río, burlándome de mí misma, mientras las lágrimas vuelven a nublarme la vista y admito la mayor de mis verdades.

—*Je suppose que je serai toujours la fille qui pleure à la lune.*
—«Supongo que siempre seré la chica que se empeña en conseguir la luna».

Tobias sigue de pie junto a mi mesa vacía, con el libro en la mano, cuando salgo por la puerta y me adentro en el viento helado.

46

Me despierto sobresaltada en la cama. Mi última pesadilla me ha dejado exhausta y me duelen las extremidades, todavía entumecidas por el sueño. Mientras intento despejarme, veo un doble relámpago delator al otro lado de las puertas acristaladas. El trueno debe de haberme despertado.

Con la respiración entrecortada, intento recordar el sueño y me alivia no conseguirlo. Pero el aire que me rodea, el calor de mis mejillas y mi respiración agitada dejan claro que no era inofensivo. Mis sueños rara vez lo son. He fracasado estrepitosamente en mi empeño de librarme de ellos.

Pum. Pum. Pum.

«Eso no es un trueno».

Salto de la cama e inspecciono la habitación, pero no veo nada.

«Ahora no es entonces, Cecelia. Abre la puerta».

Aturdida, me pongo la bata y saco la pistola del bolso, intentando ahuyentar el miedo.

«Ahora no es entonces, Cecelia».

Cuanto más tiempo paso aquí, más puedo distinguir el pasado del presente y me siento relativamente a salvo. Nunca volveré a ser aquella chica incapaz de luchar o de intentar salvarse. Desde que dejé Triple Falls, siempre he ido armada. Collin y yo discutíamos mucho por mi colección de pistolas pequeñas. Pero yo ganaba siempre.

Pum. Pum. Pum.

La lluvia azota la casa, llevándose la nieve recién caída, mientras bajo la escalera con el arma apuntando hacia el suelo.

Din don. Din don.

«¡Dominic, no!».

Respiro hondo para tranquilizarme mientras me acerco a la puerta principal. Al asomarme, veo unos faros encendidos en medio del aguacero. No soy capaz de distinguir el coche.

Oigo otro golpe, grito y él me oye.

—Abre la puta puerta, Cecelia.

Enciendo la luz del porche y se me eriza el vello de la nuca. Tobias vuelve a golpear la puerta y, cuando la abro, me lo encuentro empapado por la lluvia, con los ojos brillantes y expresión pétrea. Va vestido con el traje que llevaba en la cena, se ha aflojado la corbata y su cabello, oscuro y brillante, está empapado.

Me recorre con la mirada, fijándose en el camisón que me regaló hace años, antes de avanzar agresivamente y acorralarme contra la mesa del vestíbulo. Extiendo una mano hacia atrás para apoyarme. Baja la vista hacia la pistola que estoy empuñando y me la quita de un manotazo rápido. Esta sale rodando por el suelo y cae con el cañón apuntando a la pared.

—¡Idiota! ¡No tenía el seguro puesto!

—¿Te he desarmado y te preocupas por eso? —Tobias se tambalea hacia delante, con gesto intimidatorio. Ha estado bebiendo y está furioso.

—No vas a hacerme daño.

—¿Ah, no?

—¿Qué ocurre? ¿Qué ha pasado?

—Tú has pasado. ¿Por qué no te has marchado?

—¿Y eso qué más da? No te estoy haciendo nada. No te estoy molestando.

—¡Tu mera presencia me molesta!

Está empapado y el agua gotea de su perfil. Levanto la barbilla.

—Mala suerte.

Él me mira mientras el cielo se ilumina a sus espaldas y un trueno retumba en la lejanía.

—No me vas a hacer daño.

—¿Tú crees? —Tobias me agarra la cara con tal fuerza que estoy segura de que al día siguiente tendré moratones—. Te dije que lo dejaras estar. Pero no has sido capaz. ¿Cuándo vas a entender que lo nuestro fue solo un momento de debilidad?

—Ya, por eso llevas en el bar ensayando este discurso... ¿cuánto tiempo?

Me abre la bata de un tirón y le doy una palmada en las manos.

—Ve a desahogarte con tu novia. No voy a lidiar contigo.

—¿Que no vas a lidiar conmigo? —susurra él, deslizando un grueso dedo por el tirante de mi camisón antes de soltarlo de golpe y dejar al descubierto uno de mis pechos.

—Piensa en Alicia, Tobias. Esto no está bien. —Le empujo en vano—. Tú no eres así.

—No, no lo soy. Te has asegurado de ello.

—¿De qué coño estás hablando?

—Era una mujer buena que merecía toda la atención que pudiera darle.

—¿Habéis roto?

—Al parecer, cree que tú y yo tenemos asuntos pendientes. Y estoy de acuerdo con ella. Es mejor acabar con esto.

Tobias me rasga el camisón y deja mi otro pecho al descubierto. Lo aprieta con fuerza.

—Basta, Tobias, ya hemos jugado antes a esto. —Él tira el jarrón vacío de la mesa que tengo detrás y este se hace añicos en el suelo. Aparto la barbilla bruscamente, intentando zafarme—. ¡Para ya, cabrón! Déjalo. Somos más que esto.

—No, no lo somos. Somos justo esto. —Me aprieta contra la mesa, inmovilizándome con su peso y su fuerza—. Esto es lo único que somos. Y esto —dice, pellizcándome dolorosamente el pezón, encendiendo mis entrañas— es por lo que estás aquí, ¿verdad? Aquí, esperándome. —Frota su erección contra mi vientre mientras yo contengo un gemido—. Bueno —dice con acritud—, pues aquí me tienes.

—¿Quieres fingir que solo es por esto? Muy bien.

Le doy un empujón en el pecho y él retrocede, tambaleándose. Me quito el camisón, lo tiro al suelo y me quedo en bragas. Él recorre mi cuerpo con la mirada y el deseo disipa parte de su ira. Coge aire con fuerza. Su densa cabellera sigue chorreando y las gotas caen sobre mis pechos antes de deslizarse por mi vientre.

—No te tengo miedo, Tobias. Nunca te lo he tenido. Eso es lo que más te cabrea.

—No. —Se acerca a mí y yo inhalo su olor a cuero, a cítricos y a lluvia—. Lo que más me cabrea es que te dejé ir porque ya no estaba interesado, y tú estás demasiado ciega para verlo.

—No, lo que más te cabrea es que por más mujeres que te busques, ninguna seré yo.

Tobias me suelta la mandíbula, baja la cabeza para morderme un pecho y yo grito, tirándole del pelo, mientras me atraviesa la piel, antes de atraerme hacia su boca.

Ni siquiera me ha dado tiempo a parpadear cuando me empuja sobre la mesa y empieza a bajarme las bragas por las piernas. Jadeo cuando frota su erección contra mi muslo mientras me aprieta el cuello con los dedos.

—¿Cuántas noches te has tocado pensando en mí, has cerrado los ojos y has pensado en mí mientras tu prometido te follaba?

—Absolutamente todas —susurro, arañándole todo el cuerpo para que se acerque—. Todas las noches.

Tobias interrumpe el ataque y me fulmina con la mirada.

—Tienes razón. Estás enferma. Esto, lo nuestro, es una puta enfermedad. Y no va a terminar como tú quieres —dice, furioso.

—Lo sé.

Doy un respingo cuando me mete un dedo y me agarra el cuello con más fuerza mientras grito su nombre con voz ronca. Estoy empapada, tanto que noto cómo su polla se sacude a través del pantalón al darse cuenta de lo mucho que me pone.

Los relámpagos resplandecen al otro lado de la puerta principal, que sigue abierta, mientras él me penetra con los dedos sin piedad, con el estallido de los truenos de fondo. Le quito la chaqueta y Tobias hunde la cara en mi cuello, devorándome. Levanta la cabeza poco a poco y veo el deseo que se agolpa en las profundidades ardientes de sus ojos. Se acerca más a mí, mirándome fijamente, se desabrocha el cinturón, se saca el miembro de los pantalones y yo le quito la corbata. Posa las manos sobre mí y recorre todo mi cuerpo, condenándome con sus caricias, marcándome mientras le arranco la camisa.

Tobias me inmoviliza, tumbándome sobre la mesa con una mano, antes de acariciar mi hendidura con la punta de la polla y penetrarme, introduciéndose por completo en mi interior de un solo empellón. Una vez dentro, baja la cabeza y maldice mientras yo grito, extendiendo los brazos hacia él.

Entonces empieza a moverse. Su boca me provoca con un beso que se niega a darme mientras me embiste como una bestia, sin miramientos, con una ira inquebrantable. Sus acometidas son implacables mientras su rostro se debate entre la angustia y la rabia. El deseo me sobrepasa mientras grito una y otra vez, suplicándole en algún lugar entre el cielo y el infierno. El choque de nuestros cuerpos y nuestra conexión me consumen por completo, avivando mi hambre mientras empiezo a temblar de excitación. Él se echa hacia atrás con los ojos encendidos y me la mete hasta el fondo, cubriéndome los pechos con las manos, abandonándose por completo a su necesidad. Cambia el ángulo de sus caderas, frotándose contra mis paredes, inmovilizándome solo con la presión de la palma de la mano.

—Tobias —digo, y él arremete contra mí, lleno de rabia, sucumbiendo a lo que somos.

Gime y me libera para poder separarme más los muslos, introduciéndose en mi interior. Luego se inclina sobre mí, me agarra por el cuello y me incorpora lo bastante como para que su respiración y sus gruñidos choquen contra mis labios. Nuestras bocas se funden y Tobias introduce la lengua en la mía, ahondando el beso. Me estremezco en torno a él, mis entrañas se tensan y gimo al correrme mientras lo beso. Mi orgasmo parece desatarlo y me penetra hasta el fondo, inmovilizándome las manos junto a la cabeza. La mesa se mueve un poco hacia delante con cada una de sus embestidas. Acepto la brutalidad de su lengua porque es lo que él necesita y lo que yo deseo. Su rabia, su pasión, la prueba de vida que aún le late en el pecho. Su arrepentimiento y su resentimiento por el amor que todavía albergo por el hombre que es y por el monstruo que habita en su interior.

Es un acto de posesión y reivindicación. Es una avalancha de todo lo que él no es capaz de asumir y no puede perdonarnos a ninguno de los dos. Me mira, atormentado, dejando escapar un gemido torturado.

—No somos nada. —Se le quiebra la voz con la mentira.

—Me quieres —respondo—. Todavía me quieres.

Ruge al correrse, con la frente pegada a la mía, antes de derramar el resto sobre la mesa que nos separa. Retrocede con el pecho agitado, subiéndose los pantalones. La luz del porche nos ilumina mientras él se retira, empalideciendo mientras coge la chaqueta y toma conciencia del estado en el que me ha dejado: con la ropa hecha jirones, la piel mordida y ruborizada por el orgasmo. Hace una mueca de dolor y agacha la cabeza en el umbral de la puerta.

Yo me levanto de la mesa. Aún me tiemblan las extremidades, pero consigo mantener la voz firme.

—Solo una reina puede amar y comprender a un rey. ¿Creías

435

que esto acabaría conmigo? ¡Tú me has convertido en lo que soy! —Acepto su silencio como respuesta—. ¿De verdad pensabas que iba a bastar con esto? ¿Que con esto cambiará lo que siento por ti y dejarás de pensar en mí? ¡Deberías saber que no funciona así, puto gilipollas! —digo, envolviéndome en la seda hecha trizas.

Tobias se cubre la boca con la mano, paralizado en el umbral, mirándome aterrorizado y con los ojos llenos de lágrimas, antes de responderme con voz suplicante.

—Por favor, Cecelia, vete. No puedo darte lo que quieres.

Las sombras de nuestra perdición avanzan, oscureciendo sus facciones, y un gemido agónico sale de su garganta mientras me mira atormentado, con los ojos fuera de las órbitas. Entonces veo la irónica realidad: puede que yo sea lo suficientemente fuerte, pero él no.

Tobias da media vuelta y se marcha, dejando la puerta abierta.

47

A la mañana siguiente, paseo por la casa con la entrepierna dolorida mientras reflexiono sobre mi próximo movimiento. Sé que debería irme. Sé lo que tengo que hacer. Estoy intentando cruzar una puerta que lleva mucho tiempo cerrada a cal y canto.

Me iré por los dos. Solo nos estoy haciendo daño al quedarme. Reconozco que esperaba que pudiéramos olvidarlo todo; no a Dominic, eso nunca, sino el sufrimiento y la decepción. Tobias y yo habíamos terminado incluso antes de empezar. Lo que no soy capaz de entender es su rabia irracional hacia mí. Aquella noche, las terribles circunstancias acabaron con nosotros, y ahora me doy cuenta de que lo más fácil para él es echarle la culpa a nuestra relación y renunciar a mí como penitencia. Y a mí me toca compartir ese castigo, aunque lo único que deseo es una dosis de absolución.

Vagando sin rumbo, acabo en el dormitorio de mi padre. Cuando viví aquí, nunca, ni una sola vez, sentí curiosidad por su habitación. Era una parte de la casa en la que no me atreví a entrar hasta la noche en la que Tobias llegó herido. Ahora, al pasar a su cuarto, lo que veo es el dormitorio de un extraño. Está rodeado de cristaleras que ofrecen una vista espectacular de las montañas. Los muebles son sencillos, elegantes, de caoba oscura y están poco usados. Salvo por el leve olor a abrillantador de limón, todo sigue igual. Tal y como lo dejó el día de su

437

muerte. Abro la cómoda y saco algunos calcetines antes de coger una de sus camisetas. Nunca he sido capaz de reconocer el olor de mi padre. Nunca me abrazó, ni me tocó. Jamás. Él no era así. Ese pensamiento me entristece mientras huelo la camiseta limpia. Entonces me viene una idea a la cabeza.

Cuando Roman falleció, nadie lloró su muerte, ni siquiera su única hija.

El hecho de que encubriera la muerte de Dominic selló mi destino con él. Nunca más volvimos a hablar después de eso y pocas veces se puso en contacto conmigo.

Y, si no tengo cuidado, puede que a mí tampoco me llore nadie cuando llegue mi hora.

Aunque, por lo que a mí respecta, éramos dos personas diferentes que viven y vivían vidas completamente distintas. Todavía no puedo creer que Tobias se tragara su orgullo y se reuniera con él, que le dijera que me quería y que jurara mantenerme a salvo a la vez que lo protegía a él, a un hombre que había encubierto la muerte de sus padres, accidental o no, y que le había dado dinero a cambio.

Tobias había recibido el mismo premio de consolación que yo. Dinero. El más necesario de los males y capaz de transformar completamente a una persona, para bien o para mal. Ahora mi madre vive bien, pero ya se ha acostumbrado y no le aporta ningún tipo de felicidad. Como tampoco se la aportaba a mi padre. Y para mí, es un insulto. Lo odio. Odio el poder que otorga a quienes no lo merecen y las vidas que roba a quienes se convierten en esclavos por conseguir unas cuantas migajas. Odio la codicia, los actos desesperados que se hacen para conseguirlo y el miedo y la amargura que infunde a quienes no lo tienen.

Odio todo lo que representa. El dinero no es un dios, sino el responsable indirecto de muchas de las atrocidades de la vida.

Me tumbo en la cama de Roman, sobre el austero edredón blanco, mirando hacia el techo. Aunque necesitaba conseguir algo, algún tipo de consuelo, o simplemente pasar debidamente el duelo que me habían negado, al final he acabado haciéndome aún más daño a mí misma. Pero yo me lo he buscado.

Y ahora estoy tumbada en la cama que yo misma me he hecho.

La verdad es que en parte he conseguido lo que había venido a buscar: respuestas. Y me esfuerzo por contentarme con eso.

Haber vuelto a hacerlo con Tobias ayer solo ha servido para abrir una vieja herida y que nos desangremos un poco más rápido, pero igualmente nos estábamos desangrando. Él ha puesto fin a su relación, pero eso no sirve de nada si no es capaz de aceptar lo nuestro. Y lo que dijo e hizo anoche no hace más que confirmarme que nunca podrá.

Entre nosotros hay amor, pero es un amor perdido, sea de quién sea la culpa, y es hora de que yo lo acepte.

Enfrentarme a él me ha devuelto a la vida, en cierto modo, y tenerlo dentro de mí, por muy cabreado que estuviera, ha sido la prueba de que nada ni nadie podrá ocupar jamás su lugar. Sus caricias serán siempre las únicas que desearé.

Me giro en la cama y miro por la ventana, preguntándome por qué los hombres de mi vida nunca han podido aceptar ni confiar plenamente en el amor que yo he sentido por ellos. ¿Tan difícil se lo he puesto?

Por un instante, solo por un instante, imagino cómo habría sido mi vida si hubiera tenido un padre. Uno que me quisiera como un padre debe hacerlo. Que hiciera algo más que apoyarme económicamente.

No es que me haya ido mal, pero no he contado con el amor de un padre. No quiero autocompadecerme, pero, solo por unos segundos, lo hago. Lloro por esa niña que creció sabiendo que no era más que una obligación.

Una rabia latente se cuela en mi subconsciente. Me levanto para sentarme en el borde de la cama mientras empieza a invadirme por completo.

Que se jodan todos. Todos.

He desperdiciado totalmente mi corazón. Lo he desperdiciado y ya nunca volverá a ser mío. Siempre estaré incompleta.

Me gustaría recuperar los años que he perdido esperando y rezando por que mi cariño fuera correspondido. Por los días y las noches, los años, los meses, las horas y los minutos que he pasado cuestionándome, cuestionando mi existencia, perdiéndome en todo ello.

Me arrepiento de mi padre y de mi amor hacia él.

Me arrepiento de todos los hombres que me han creado.

Ojalá nunca hubiera conocido a ninguno de ellos.

—¡QUE OS JODAN!

En un arrebato de ira, barro con el brazo todo lo que hay sobre la cómoda de Roman, tirando al suelo la correspondencia y sus frascos de colonia.

Se va tal y como ha venido, pero está ahí, siempre ha estado ahí, mi orgullo, mi amor propio, todo lo que dejé de lado simplemente para darle una oportunidad a mi puñetero corazón.

¿Y para qué?

Soy una amante que no ha obtenido nada a cambio, salvo un corazón roto y una imagen de sí misma hecha jirones. Me he traicionado a mí misma por la oportunidad de ser amada.

—¡Se acabó! ¡Se acabó!

Nunca ha valido la pena.

Pero yo sí valgo la pena. Valgo la pena.

Yo nunca le pedí nada, ¿por qué tuvo que hacerme daño dejándome tan claro que no me quería, joder?

No soy hija de nadie.

¿Cómo pudo mi madre amar a un hombre tan cruel?

¿Cómo he podido seguir sus pasos y enamorarme de un hombre parecido a él, cuyos planes y papel en la vida importaban más que mi afecto?

Dinero. Poder. Renunciaría a todo simplemente para volver a ser una persona completa.

El olor a colonia impregna la habitación y abro una de las ventanas antes de arrodillarme para recoger el cristal de la botella rota. Abro el cajón de la mesilla de noche para guardar los pedazos y veo que hay una carta debajo de la caja de un reloj. Me quedo mirando el grueso sobre y lo saco de debajo de la caja. La nota que hay encima va dirigida a mí.

Cecelia:

Soy tal y como tu mirada me acusaba de ser. Has estado mejor sin mí.

Perdóname,
Roman

La saco y la abro. Reconozco la letra de inmediato. Es de mi madre.

Roman:

Siento haberte acosado de esta manera. Me he humillado de una forma que nunca podré olvidar. Por favor, perdóname.

He vuelto después de tantos años para disculparme. Para agradecerte todo lo que sacrificaste por mí mientras depositabas tus esperanzas en la chica que desterraste de tu vida.

Seguías sin casarte y eso me dio esperanza. Siempre me había preguntado si los sentimientos que todavía albergaba serían correspondidos. Espero que me perdones por ponerme en contacto contigo e intentar averiguarlo.

Pero ahora lo veo claro. Debo rendirme.

Aún recuerdo perfectamente el tiempo que pasamos juntos. Parece que fue ayer cuando empecé a trabajar en la fábrica, entraste tú y nos quedamos mirándonos fijamente.

Tú me salvaste la vida, en todos los sentidos, con la forma en la que me acogiste, la forma en la que me cuidaste.

Nunca había conocido ese tipo de amor antes de ti y no he vuelto a experimentarlo desde entonces. Y cada día me pregunto si significó lo mismo para ti. Nunca acepté el final de lo nuestro. Todavía no me he recuperado de esa pérdida y nunca lo haré.

Pero tengo la sensación de que te robé la vida con ese terrible secreto. Uno que haría cualquier cosa por deshacer. Tengo remordimientos a diario por haber cerrado esa puerta. Fue culpa mía que se produjera el incendio, y fue mi estupidez lo que causó una pérdida tan grande. Si al menos me hubieras permitido asumir la responsabilidad, si al menos lo hicieras ahora, la asumiría mil veces aunque solo fuera por liberarte de esa carga.

Y, sin embargo, nunca me has dejado reconocerlo y nunca lo harás. Y nunca lo entenderé. La única conclusión que puedo sacar es que hubo un momento en el que me quisiste lo suficiente como para salvarme, como para asegurarte de que nuestro bebé estuviera a salvo, y así te recordaré.

Nuestra hija es preciosa. Está madurando y sé que puede ser difícil para ti mirarla y ver el error que cometiste al amarme, pero, por favor, trata de abrirte, Roman, y muéstrale al hombre del que me enamoré.

Cuando la mires, espero que sientas que tu sacrificio ha merecido la pena, porque he volcado el amor que siempre sentiré por ti en ese pedacito tuyo que me regalaste.

D.

Leo la carta una y otra vez, calculando y recalculando las fechas, rezando para que no sea cierto.

Mi madre mató a los padres de Tobias.

Mi madre.

No mi padre.

Horner Technologies era una fábrica de productos químicos hace veintiséis años. Ella cometió un error por descuido y mató a dos personas. Fuera accidental o no, mi padre lo encubrió.

De lo único que Roman Horner era culpable era de ser un empresario del tres al cuarto, maquiavélico y sin escrúpulos.

Voy corriendo al baño y vomito todo lo que tengo en el estómago antes de dejarme caer sobre las frías baldosas.

48

Aparco delante de la casa de mi madre, una vivienda grande de tres dormitorios situada al lado de un lago. No es para nada ostentosa, pero el jardín me recuerda mucho al de mi padre mientras rodeo la casa siguiendo la música que sale de un altavoz exterior. La encuentro allí, entre las ramas desnudas, junto a una copa de vino. Timothy se acerca a ella, le dice algo y la besa en la sien, antes de verme aparecer por encima de su hombro. Su saludo es cálido, al igual que su sonrisa.

—Hola, Cecelia. No esperaba verte aquí hoy.

Mi madre se levanta de la silla con una sonrisa en los labios y se vuelve hacia mí.

—Hola, cielo. Justo iba a llamarte.

—Me alegro de que te apetezca charlar. —Su sonrisa se desvanece al verme la cara mientras saco la carta del bolso.

—¿Qué pasa?

Timothy nos observa a ambas mientras voy hacia ella. Mi madre mira de nuevo la carta, se pone pálida y se gira hacia Timothy.

—¿Nos das un minuto para ponernos al día, cariño?

Timothy asiente y me mira, consciente de que algo no va bien.

—¿Te vas a quedar a cenar? Pensaba hacer unos filetes dentro de un rato.

—No, tengo que volver, pero gracias.

El ambiente se vuelve todavía más tenso, si cabe, cuando Timothy se despide. Mi madre coge un cigarrillo y lo enciende, mirándome atentamente.

—¿Es mi carta?

—¿Por qué era más seguro para mí?

Ella exhala una bocanada de humo y se coloca el jersey. Luego levanta la botella de vino para ofrecerme un poco y yo niego con la cabeza.

—No he venido para que nos pongamos al día.

—Ya veo. Dame un momento —dice mi madre, armándose de valor.

—¿Para inventarte más mentiras? —Ella baja la vista, se lleva la copa a los labios y le da un buen trago—. ¿Por qué era más seguro para mí?

—Tu padre era el hombre más guapo del mundo. En serio. Todas las mujeres de la fábrica tenían fantasías con él, estoy segura. Yo entre ellas.

—Responde a mi pregunta.

Mi madre me mira de soslayo.

—¿Quieres toda la verdad o una respuesta rápida? —dice en tono mordaz.

—¿Cómo pudiste hacerme eso? ¿Cómo pudiste dejar que creyera que no me quería? ¿Cómo pudo hacerme eso él?

—Porque era más seguro así.

—¿Y crees que a ti te quería?

—Sí, me quería. Igual que a ti.

—¡Nos las hizo pasar canutas durante años! Te despreciaba, te trataba fatal. ¿A eso le llamas amor?

—Lo llamo penitencia. Siéntate, Cecelia.

Me acerco a ella y las cicatrices brillan en sus ojos mientras me suplica que la escuche. Me siento en una de las dos sillas que hay a ambos lados de una mesita de jardín y le robo el vino.

—Vale. Habla. Y te juro por Dios, mamá, que si te guardas algo, esta será nuestra última conversación.

Ella sonríe con tristeza.

—Te pareces mucho a él, en cierto modo. Tus ojos transmiten tanto y son tan penetrantes… Aunque se te da fatal ocultar tus sentimientos. Tienes demasiado corazón para no ser una mujer tierna y maravillosa, mal que te pese. Me gusta pensar que en eso has salido a mí.

—Pues menuda suerte. Y no me parezco en nada a ti.

—Ay, cielo, eres igualita a mí. Te entregas apasionadamente, como una boba, y no había forma de evitar que lo experimentaras por ti misma. Desde que eras pequeña supe que habías heredado mi corazón, y que sería imposible evitar que amaras de la forma en la que fuiste creada para amar. No había forma de evitar que te lo rompieran. ¿Crees que no he visto cuánto has cambiado? ¿Crees que cuando miro a mi propia hija no me doy cuenta de que el amor la ha cambiado de forma irreversible? Yo te hice saber el tipo de corazón que tenías mucho antes de que lo regalaras.

—No te atribuyas el mérito de haber sido una madre para mí los últimos siete años.

—Merezco que me digas eso. Y me merecía cosas mucho peores. Pero fue tu padre el que me salvó de ese destino.

—Cuéntamelo.

Mi madre apaga el cigarrillo y me mira.

—Era un cabrón terco y cuadriculado, con ansias de dinero y de poder, y prácticamente inaccesible. Al principio, yo creía que no era más que una distracción para él. Me hizo sentir así durante un tiempo. Estaba demasiado centrado en crear un imperio como para preocuparse por una chica de diecinueve años que no tenía más futuro que esa maldita fábrica. Yo sabía que era una estupidez. Sabía que era una imprudencia quererlo como lo quería, y él me hizo cuestionarme mi cordura en más de una ocasión. Vaya si lo hizo. Pero entonces, un día, todo cambió. Fue como si se permitiera corresponderme. Ocultamos con cuidado nuestra relación. Tu abuela no tenía ni idea. Fue muy difícil. De hecho, en todo el tiempo que estuvimos juntos, solo se lo conté a una persona. A una francesa guapísima que se llamaba Delphine. —Estoy a punto de dejar caer la copa, pero consigo llevármela a los labios y beber un buen trago de vino—. Hicimos buenas migas porque ella se sentía fuera de lugar, se había mudado de Francia a Estados Unidos hacía unos años por un hombre y se había casado con él. Pero la primera vez que se presentó en el trabajo con moratones... Sabía que necesitaba a alguien en quien confiar. Y honestamente yo también necesitaba alguien con quien hablar de tu padre. Era tan reservado, tan difícil de querer. Era como si ambas necesitáramos permiso para quererlos y nos lo concediéramos mutuamente. Por muy equivocadas que estuviéramos, ambas éramos víctimas de nuestros corazones ingenuos. Nos hicimos muy amigas.

Mi madre traga saliva y saca otro cigarrillo del paquete.

—¿Era la única que lo sabía?

Ella asiente y me quita la copa.

—Esa noche, la noche del incendio, Roman y yo tuvimos una pelea muy fuerte... por ti. Él no quería que te tuviera y me negaba a que me presionara para abortar.

—Así que nunca me quiso. Qué sorpresa.

—No es lo que tú crees. No tenía nada que ver con que no quisiera ser padre.

—Eso no tiene sentido.

—Cecelia, has venido para que te dé una explicación. Y te la mereces. Déjame hablar.

—Vale.

—Nuestra relación fue muy intensa. Estábamos muy enamorados cuando te concebimos. Tanto que hasta pensé... Hasta pensé que era posible que me pidiera matrimonio. Pero todo sucedió muy rápido Muy rápido. Al principio parecía que yo era solo una distracción y, de repente, me convertí en su obsesión. Fue la mejor sensación de toda mi vida, sin contar el día que el médico te puso en mis brazos. —Mi madre sacude la ceniza mientras yo miro fijamente las aguas tranquilas del lago—. Por aquel entonces, en la fábrica había unos cuantos laboratorios. Tenían unas normas de seguridad muy específicas y estrictas que nos acababan de enseñar, pero yo no tenía la cabeza donde debía. La pelea que habíamos tenido había sido horrible. Aquella noche me convencí de que tu padre era un monstruo y empecé a cuestionar todas las razones para quererlo. No podía creer que tuviera tantas caras. —Traga saliva y se le humedecen los ojos—. Total, que estaba distraída. Me sentía tan angustiada que no era consciente de nada ni de nadie a mi alrededor. Me atormentaba la idea de que me dejara si decidía tenerte. Estaba tan enamorada de él que hasta me lo planteé. Fue solo un instante, Cecelia, pero lo hice. Y lo odié por ello.

Sus palabras me duelen, pero sigo guardando silencio.

—El amor te convierte en una idiota y soy tan culpable como cualquiera de haber sido su esclava —dice antes de beber otro trago de vino—. Esa noche estaba trabajando con otros técnicos, pero se habían ido a hacer un descanso. Yo no estaba… No estaba del todo presente. Así que, cuando metí la pata, traté de solucionarlo. En caso de incendio, se suponía que debías abandonar el lugar y cerrar la puerta. Eso ponía en marcha una serie de acciones que aislaban la amenaza. Seguí el protocolo, sin darme cuenta de que no estaba sola en el laboratorio. Así que cuando… —Se gira hacia mí—. No los vi. Pensé que estaba sola. En cuanto entraron por la puerta, hubo una explosión. No sabía… Cuando me di cuenta de que estaban allí, ya era demasiado tarde. Aún puedo verlos gritando, golpeando la puerta una fracción de segundo antes de la explosión. Aún oigo sus gritos de pánico. Vi cómo ocurría.

Cierro los ojos y evoco la imagen de los padres de Tobias y Dominic suplicando por sus vidas, mientras mi madre permanecía aterrorizada al otro lado de la puerta.

—Llamé primero a tu padre. Roman estaba arriba, fue el

primero en llegar y me echó inmediatamente, se negó a que yo asumiera la culpa. Estaba casi de tres meses.

—Pero fue un accidente, ¿por qué no confesaste?

—Al principio creí que la suya era una reacción instintiva para protegerme, pero lo estaba haciendo por una razón totalmente distinta. Él se ocupó absolutamente de todo. Y se negó a darme explicaciones sobre cómo lo hizo. Fue muy inflexible al respecto. Y no es un hombre al que se pueda contradecir. Durante meses me pregunté qué leches se le estaba pasando por la cabeza… hasta que naciste tú. —Le da una larga calada al cigarrillo—. Después del funeral, Roman insistió en que dejara la fábrica. Pero juraría que el día que vi a Delphine al otro lado de aquellos ataúdes, ella lo sabía. Me di cuenta por cómo me miró. Estaba indignada, no tenía ningún dato de la investigación y dejó de hablarme cuando me preguntó y yo no le conté nada. Fingí que no tenía ni idea. Roman y yo intentamos seguir juntos, pero fue el principio del fin. Me puso un piso para que pudiera dejar la casa de mi madre. Creí que era para que pudiéramos estar juntos cuando quisiéramos, pero poco después empezó a ignorarme. Después de aquella noche, nunca volvimos a ser los mismos, pero tú nos mantenías unidos. En ocasiones me miraba la barriga y yo veía claramente que quería implicarse más, ser más importante para las dos. A veces captaba algún atisbo de lo nuestro otra vez pero, quitando alguna que otra visita ocasional, prácticamente puso fin a nuestra relación.

—¿Se sentía culpable?

—Yo sé que sí. Se llevó la peor parte. Este secreto podía hacer que todo el fruto de su trabajo se derrumbara a su alrededor.

—Pero si hubieras confesado…

—Él no quiso correr el riesgo.

—No entiendo por qué.

—Porque no quería que nadie se enterara de lo nuestro.

—¿Así que eras su secreto inconfesable?

—No, cielo, tú y yo éramos su mayor debilidad. Yo sabía

que era un hombre frío. Sabía que era ambicioso en los negocios, pero no sabía que había gente que lo vigilaba de cerca. Se había enemistado con antiguos socios y no quería que nadie se enterara.

—Entonces, ¿os peleasteis porque te quedaste embarazada?

—Yo quería tenerte. Él no. Y no entendí del todo el porqué hasta tres meses después de que nacieras. —Exhala un suspiro—. Tu padre vino a verte por primera vez aquella noche. No sabes lo duro que fue dar a luz sola, pensando que no quería saber nada de nosotras, que no le importábamos lo suficiente como para verte llegar a este mundo. Ignoró mis llamadas, mis súplicas para que viniera, y lo odié con todas mis fuerzas por ello, pero te tenía a ti como consuelo. Tú representabas la belleza de lo nuestro antes de que las cosas se pusieran feas. El día que cumpliste tres meses, me quedé dormida en la mecedora después de meterte en la cuna. —Sus ojos vagan hacia algún punto del pasado y habla como si lo estuviera viendo con claridad—. Me desperté en mitad de la noche y vi a Roman de pie, asomado a la cuna, y me resultó evidente. Su mirada estaba llena de amor. Estaba experimentando lo que yo había vivido el día que tú y yo nos miramos a los ojos por primera vez. Ambos caímos rendidos a tus pies la primera vez que te vimos. Me levanté para acercarme a él y fue la primera vez desde el incendio que me permitió entrar en su corazón y ver lo que sentía. Fue un momento precioso y nunca lo olvidaré. Te miraba con adoración, Cecelia, con el amor de un padre. Pero cuando te cogió en brazos se puso pálido. —Mi madre me mira y traga saliva—. Cuando apartó la manta para abrazarte por primera vez, había una pistola cargada en la cuna junto a ti, situada de una forma que no dejaba lugar a dudas.

—¿Una amenaza?

—Una advertencia. —Mi madre mira hacia el lago antes de girarse de nuevo hacia mí—. Me puse como una fiera cuando vi la pistola y te revisé de pies a cabeza. Nunca en mi vida había

449

estado tan aterrorizada. Entonces supe que se estaba distanciando de nosotras para protegernos. Te había rechazado porque sabía que aceptarte te convertiría en un objetivo. Me di cuenta de cuántas cosas me había estado ocultando. Aunque él fue muy discreto, supe de inmediato de quién provenía la amenaza.

—De Delphine.

Mi madre asiente.

—Mi estúpido error acabó con su familia. Pero jamás se me habría ocurrido que fuera capaz de hacer algo así. Di por hecho que me guardaba rencor por mi relación con Roman. Y se lo dije. Él se puso furioso. —Vuelve a respirar hondo para tranquilizarse—. Aquella noche, te tuvo por primera vez en sus brazos durante horas antes de mirarme y soltarme a bocajarro que habíamos terminado y que no quería que nos acercáramos a él. Yo me opuse, pero después de ver la pistola en tu cuna, no le costó mucho convencerme.

»Esa noche, acordamos que yo solicitaría ante los tribunales una prueba de paternidad y emprendería acciones legales para conseguir tu pensión alimenticia. Él me dijo que parecería más auténtico si lo disfrazábamos de obligación legal, como si fueras una hija no deseada. Como ya nos habían descubierto, estaba convencido de que lo mejor que podíamos hacer era esforzarnos para que pareciera convincente. Además, contrató al mejor abogado posible para conseguir pasarnos solo la pensión mínima.

—¿Y tú accediste?

—Había una pistola cargada apuntando a la cabeza de mi bebé. Por supuesto que accedí. Dejé que me rompiera el corazón. Dejé que nos tratara como si fuéramos un secreto inconfesable. Me alejé y me desligué de él porque era peligroso amarlo. Y nosotras éramos peligrosas para él. Ese fue el trato.

—Entonces, ¿nos mudamos aquí y no volviste a hablar con él?

—No supe nada de él durante tres años. Ni una sola palabra.

Y después, solo hablábamos de ti y del régimen de visitas. Roman se empeñaba en ser lo más cruel posible cuando hablaba conmigo. Estaba paranoico. El primer verano que te dejé con él, hasta se negó a mirarme.

—¿Por eso los primeros veranos me enviaba a los campamentos?

Ella asiente.

—Había contratado a hombres que nos vigilaban las veinticuatro horas del día. Estábamos bajo vigilancia constante. ¿Te acuerdas de Jason?

Asiento con la cabeza. Fue una de las relaciones más largas de mi madre, que terminó cuando yo estaba en secundaria.

—¿Era uno de ellos?

Ella asiente.

—Sucedió sin más.

—Qué oportuno.

—Pues sí. Me sentía más segura con él allí. Aunque las razones por las que empecé la relación eran totalmente egoístas.

—Buscabas una reacción.

Mi madre asiente.

—Pero nunca llegó —dice, frunciendo el ceño—. Algo debió de suceder el último verano que pasaste con él. Otra amenaza, supongo. Se enteró de algo y se negó a que volvieras con él hasta esta última vez. Y aun así hizo que pareciera una cuestión de negocios.

—¿Por eso se puso en contacto conmigo por correo electrónico?

Ella asiente.

—Una prueba en papel para cualquiera que estuviera observando.

—Pero ¿por qué no me lo contaste?

—Porque eso te mantenía a salvo.

—¿Por qué volviste a ponerte en contacto con él después de tanto tiempo?

—Porque lo había querido durante diecinueve años. Durante diecinueve años había estado suspirando por él. Durante diecinueve años había estado pagando mi error y necesitaba saberlo. Necesitaba saber si se arrepentía. Si sentía lo mismo por mí. Me rechazó cruelmente cuando me acerqué a él, pero en tu graduación, unos meses después, lo sorprendí mirándome. Timothy estaba a mi lado, cogiéndome de la mano, pero cuando Roman me miró supe que no era la única que seguía sintiendo algo. Seguía habiendo algo entre nosotros; el hombre del que me había enamorado seguía ahí. Pude sentirlo. Me di cuenta al instante. Las mujeres sabemos esas cosas. Y cuando me miró de aquella forma... fue peor que seguir viviendo en la ignorancia. Me destrozó. Pero era lo único que podía darme ya. Unos segundos en aquel polideportivo abarrotado.

—Ay, mamá.

—Pensaba en aquella mirada todos los días. Sigo pensando en él todos los días. ¿Era un buen hombre? No. Pero es el hombre al que moriré amando.

—¿Y crees que eso es justo para Timothy?

—No ha sido justo para ningún hombre y a veces la culpa me reconcome, pero ¿qué quieres que haga? Timothy perdió a su primera esposa y sé que a veces se siente igual de culpable que yo. No todos acabamos con la persona que esperábamos. A él no le molesta más lo mío que a mí lo suyo. Lo hemos aceptado. Y somos felices —dice, volviéndose hacia mí—. Somos felices. Estamos satisfechos con lo que tenemos.

—Estar satisfecho no es estar enamorado.

—Es nuestra propia versión de ello. No creo que Roman me hubiera hecho feliz. De hecho, estoy convencida de que no habría sido así. Aunque eso no hace que mis sentimientos por él sean menos intensos.

—Eso es...

—Roman te quería, Cecelia. Te quería. Pero era tan difícil amarlo como ser amada por él. Prácticamente imposible. Y no fue solo mi error lo que acabó con lo nuestro, sino también el suyo. Tenía la necesidad de ser dueño de un trocito de mundo. Había un impulso insaciable en su interior y fue su ambición lo que le creó enemigos, lo que le hizo perder a su familia. Ni toda su riqueza le sirvió para protegerlo ni para pagar el daño que ya había hecho.

«No cometas el mismo error que ella».

Dejo la copa de vino y me levanto.

—Es verdad, mamá. He heredado tu corazón. Pero no te lo tomes como un halago, porque es una putada y una maldición.

—Eso también lo sé. Por favor, no te vayas, Cecelia —me suplica desde la silla al ver mis intenciones—. No te vayas así.

La miro fijamente y niego con la cabeza.

—Has estado mintiéndome toda la vida.

—Si te lo hubiera contado cuando eras más joven, solo habrías sufrido su rechazo. Te quiso de la única forma que pudo, desde la distancia.

—¡Eso no hace que esté bien! Lo traté fatal. ¿Ni siquiera pudiste decirme la verdad cuando se estaba muriendo?

—Él no te quería allí.

La miro fijamente, atónita.

—¿Estuviste con él?

—Me senté a su lado y le di un beso en los labios antes de que se fuera.

—¡Joder, mamá!

—No quería que estuvieras allí porque no quería que te sintieras culpable. No te lo merecías. No quería que lo perdonaras. Había sido un padre ausente. Había renunciado a nosotras para construir su imperio. Era incapaz de expresar sus sentimientos o sus verdaderas emociones. No habrías conseguido el reencuentro que deseabas.

—¡Debería haber tenido la opción!

—Tuviste la opción. Lo conociste tal y como era. Así era

Roman. Te seré franca. No hizo ninguna confesión en el lecho de muerte. Él no era así.

Recuerdo el día que me paró al pie de la escalera, rogándome con la mirada que dejara a un lado sus errores. Pero después yo le supliqué en aquella sala de juntas y lo único que obtuve fue un atisbo de esa misma mirada.

—La casa que construyó fue un sueño que compartimos en la época en la que éramos más felices. Hasta el último detalle, hasta ese jardín que debía ser mío —dice mi madre con frialdad—. Se castigó a sí mismo construyéndola, como un sórdido monumento a lo que podría haber sido.

Me seco con rabia las lágrimas de los ojos.

—He tardado veintiséis años en perdonarme, Cecelia. Y el resto de mi vida solo amaré de verdad a un hombre. No me malinterpretes, quiero mucho a Timothy, es bueno conmigo y le he dado todo lo que me quedaba por dar, pero tu padre fue el amor de mi vida. Lo mereciera o no. En realidad, eso es algo que no depende de nosotros.

—¿Tienes idea de lo que he perdido por no haber sabido esto? ¿Acaso te importa? Por supuesto que no. Estabas demasiado ocupada regodeándote en tu mierda cuando más te necesitaba. Has sido una egoísta. Y él también.

Mi madre me agarra de la mano mientras la miro con desprecio.

—Claro que me importa. Cecelia, te quiero con toda mi alma. Hice lo que creía que era mejor para ti. Ambos lo hicimos. Tú también eres el amor de mi vida y siento haber sido egoísta. Siento haber enfermado, pero espero que algún día me perdones, que nos perdones a los dos.

—Tengo que irme. —Aparto la mano y ella asiente con los ojos llenos de lágrimas.

—Por favor, no hagas lo que él hizo. Por favor, Cecelia, no me abandones. No puedo perderte a ti también.

—No eres la única que ha pagado las consecuencias. ¿Es que

no lo entiendes? —Ella frunce el ceño mientras yo niego con la cabeza ante su total ignorancia—. He pagado muy caros tus engaños y sus errores. Todavía sigo haciéndolo.

—¿Qué quieres decir?

La decisión es fácil.

—Supongo que todos tenemos nuestros secretos, mamá —declaro, antes de ir directamente hacia el coche.

Cierro la puerta de golpe y la veo mirándome desde el lateral de la casa mientras salgo disparada por el camino de la entrada.

49

Con la urna en las manos, me detengo en la entrada del jardín e intento evocar cómo habría sido crecer en esa casa. Me imagino correteando por ahí mientras mis padres están sentados, viéndome jugar. Posando con mi pareja del baile de graduación bajo el dosel de glicinas, con mi madre haciendo fotos y Roman mirando al chico de forma amenazante, exigiéndole que me traiga de vuelta antes del toque de queda. Bajando las escaleras la mañana de Navidad para abrir los regalos junto a una chimenea crepitante. Durante el año que pasé aquí, recuerdo haberme imaginado más de una vez a una familia, a una familia feliz, y haber pensado que esta casa era un desperdicio. Pero eso era precisamente lo que representaba: la vida que podríamos haber tenido.

—Fuiste el primer hombre que me rompió el corazón y supongo que tiene sentido. Pero no debiste hacerlo. No debiste castigarnos a ambos. Vine aquí para heredar tu fortuna, pero daría hasta el último centavo por pasar unos minutos contigo. Solo para decirte que puede que nunca llegue a entenderte del todo, pero que, al descubrir lo que hiciste, me he sentido hija tuya por primera vez en la vida.

Se me entrecorta la respiración al recordar mi sueño de la noche anterior: una niña pequeña extendiendo inútilmente la mano hacia su padre una y otra vez.

—Pero me niego a ser tan cobarde como tú. Esa es la lección que me has dado. No pienso cometer tus mismos errores. Prefiero ser imprudente y vivir enamorada que morir segura y sin un verdadero legado. Y eso no tiene nada que ver ni con el dinero ni con el estatus social. Creo que de eso acabaste dándote cuenta. Aunque me gustaría saber cuándo. —Me vengo un poco abajo, allí de pie—. Al menos ahora sé que fuiste capaz de hacerlo y eso ya es algo. Pero no construiste esta casa en vano. En este lugar he sido más feliz que nunca, y quiero compartirlo contigo.

Abro la urna y esparzo las cenizas bajo el viento feroz. Una ráfaga las atrapa y las arrastra unos cuantos metros antes de dispersarlas entre las ramas marchitas de las vides. Y, por un breve instante, imagino a Roman en el jardín en flor, llorando por la mujer a la que amó y la hija a la que abandonó y, con esa imagen, hago las paces con esta casa embrujada por una familia fantasma que nunca existió.

El suelo retumba ante la llegada inminente de otra tormenta mientras voy hacia la sepultura. Observo las lápidas que están al lado de la de Dominic y lamento la muerte de esas dos personas que ahora me parece conocer, dos vidas que mis padres se llevaron, dejando huérfanos a dos niños que crecerían enfadados, perdidos y dispuestos a vengarse. Mis futuros amantes y maestros, dos hombres que me quisieron con todo su corazón y se sacrificaron para mantenerme a salvo.

Todo fue un error. Todo.

Me permito derramar unas cuantas lágrimas arrodillada ante la tumba de Dominic, con las manos sobre el suelo helado. La tristeza me invade mientras me disculpo entre sollozos. Me viene a la mente su hermoso rostro.

Y, cuando el viento se levanta, me parece sentirlo como una manta fría que me envuelve mientras por fin le hago la pregunta que nunca me he atrevido a hacerle.

—¿Me perdonas? Por favor, perdónanos.

«Hazlo feliz», dijo.

«Cuida de ella», dijo.

¿Se enfadaría si supiera que ninguno de nosotros hizo lo que nos pidió, lo que él quería? Ninguno de nosotros honró su sacrificio. En lugar de ello, permitimos que su ausencia fuera la causa de nuestro fin.

—*Il ne me laisse pas l'aimer. Il ne me laisse pas essayer. Je ne sais pas quoi faire.* —«No me deja amarlo. Ni siquiera me deja intentarlo. No sé qué hacer»—. Daría cualquier cosa por volver atrás, por ser más valiente. Tenía muchísimo miedo. Fui una cobarde y tú te fuiste. Te fuiste sin que pudiera llegar a decirte cuánto te quería. Cuánto significabas para mí, hasta qué punto me cambiaste. Cuánto te respetaba. Eras muy valiente, Dominic, y muy fuerte. Fue un privilegio conocerte. Y amarte. Por más que lo intentaste, nunca fuiste un hombre de los que se olvidan. Te echaré de menos todos los días de mi vida —aseguro, llevándome una mano al pecho—. *Attends-moi, mon amour. Jusqu'à ce que nous nous revoyions. Jusqu'à ce que nous puissions sentir la pluie sur nos deux visages. Il doit y avoir une place pour nous dans la prochaine vie. Je ne veux pas d'un paradis où je ne te vois pas.* —«Espérame, amor mío. Hasta que nos volvamos a encontrar. Hasta que podamos sentir juntos la lluvia sobre nuestras caras. Tendremos nuestro momento en la otra vida. No quiero estar en ningún paraíso en el que tú no estés». Desde la puerta, miro su tumba por última vez—. *A bientôt. Merci.*

«Hasta entonces. Gracias».

50

Cierro la puerta de su despacho justo cuando él termina de hablar por teléfono. Tobias recorre mi cuerpo con sus ojos ardientes, inspeccionándolo minuciosamente antes de mirar hacia otro lado. Se siente culpable.

Luego se levanta en silencio y me la espalda para mirar por la ventana. Desde allí puede verse el tejado de la fábrica y casi todo Triple Falls. Me doy cuenta de que me importa un bledo que ocupe el lugar de mi padre. En cierto modo, me parece justo.

—Ayer fui a verte y no estabas.

¿Creía que me había ido? Al parecer, sí. Pero no permito que eso me desaliente.

—Tenemos que hablar —digo.

Tobias se gira hacia mí, introduciendo las manos en los bolsillos de sus pantalones hechos a medida.

—¿Te hice daño?

—Sabes que no.

Vuelve a mirar por la ventana.

—No sé nada.

—Creo que ambos sabemos que eso es mentira.

Él resopla mientras el silencio y la tensión inundan el ambiente.

—Cecelia, lo siento. No tenía ningún derecho a… —susurra.

—Ya que vas a disculparte, al menos mírame.

No ha dormido, su chaqueta y su corbata no están a la vista y tiene la camisa arrugada y desabrochada. Parece tan hecho polvo como yo. Abre la boca para decir algo, pero se lo impido.

—Te lo permití porque es lo que siempre he hecho. Fue una decisión. Lo deseaba. Puede que hasta lo estuviera esperando. Joder, yo qué sé. Pero da igual. Me voy.

Él traga saliva y asiente imperceptiblemente con la barbilla.

Érase una vez una chica solitaria que conoció a un rey solitario. Pero ambos eran demasiado orgullosos y acabaron fatal, los pobres incautos. Se engañaron a sí mismos con sus ideas románticas y sus aspiraciones, y ahora lo único que ella siente es pena.

Pena por los tres huérfanos que tuvieron que salir adelante solos a causa de los errores de sus padres.

Y por eso estoy aquí, para hablar con el niño que hay en el interior de ese hombre y darle la explicación que se merece. Pero ¿cómo coño voy a contárselo? ¿Cómo decirle que ha construido un imperio basado en una mentira? ¿Que nuestras vidas se cruzaron porque dos personas se enamoraron y una de ellas cometió un error que dio lugar a una guerra? Una guerra que está relacionada directamente conmigo.

—Tengo que contarte algo. —Tobias me mira con atención y me doy cuenta de que me estoy poniendo pálida. Por mucho rencor que le guarde, la culpa me está matando—. Bueno... —Sacudo la cabeza con fuerza y saco el sobre del bolso.

—Cecelia. —Es una orden.

—Mi madre causó el incendio que mató a tus padres. Fue un accidente. Un accidente trágico —revelo.

Lo observo atentamente en busca de alguna reacción, pero ni siquiera se inmuta. En cambio, su mirada se vuelve curiosa.

—¿Cómo lo sabes?

—Encontré una carta que mi madre le envió a Roman. —Se la tiendo—. Ayer fui a Georgia a hablar con ella. Su confesión está aquí. La escribió unos meses antes de que yo viniera a Triple Falls. Esta carta fue lo que me hizo acabar aquí. En ella está toda la verdad, y mereces conocerla.

Tobias coge la carta y la mira durante unos instantes, antes de dejarla sobre la mesa.

—¿No piensas leerla?

—No.

—Pues que sepas que Roman hizo lo que hizo porque estaba...

—Ya lo sé.

Estoy temblando tanto que tardo un poco en asimilar su respuesta.

—Espera, ¿qué?

—Que ya lo sé. Roman me lo contó el día que me reuní con él.

—¿Qué te lo contó... el día que te reuniste con él? —La ira me invade y resoplo con incredulidad, negándome a derramar una lágrima más—. ¿Y no se te ocurrió decírmelo?

—Era una de las condiciones de nuestro acuerdo.

—¿De vuestro acuerdo? —El bolso se me resbala del hombro mientras me encorvo por el subidón de adrenalina—. Hijo de puta. —Aparto la vista y voy hacia la ventana de su despacho para mirar hacia el exterior durante unos segundos, tratando de guarecerme en ella—. Vete a la mierda. Casi me vuelvo loca buscando la forma de confesarte esto. —Cuando me giro, me doy cuenta de que está más cerca.

—¿Te sientes mejor? —me pregunta, esbozando una débil sonrisa.

—Joder, Tobias. No creía que fuera capaz de odiarte, pero... —Lucho contra todas las emociones que afloran.

—Pues deberías. Deberías haberlo hecho todo el tiempo.

—Pero no lo hice.

Me siento como anestesiada. Es casi como si lo estuviera. Pero él nunca conseguirá profanar totalmente mi corazón: es lo único que he conservado, a pesar de todas las pérdidas, el dolor y la traición. Es lo único que mi padre nunca se permitió entregar por completo, y lo que Tobias se esfuerza por mantener fuera del alcance de todos los que lo han querido, especialmente de mí. No porque no me quiera, sino porque no quiere perderme. No puedo ser otra baja en su guerra contra la vida.

Eso fue lo que acabó con lo nuestro.

La historia se repite dolorosamente.

Presencié el momento en el que sucedió, el instante en el que se distanció. Vi su mirada mientras sostenía a su hermano muerto entre mis brazos. Igual que la de Roman cuando vio una pistola cargada apuntando a su hija pequeña.

La mirada que me dirigió antes de darme la espalda fue de resolución absoluta.

El amor nunca triunfará con hombres como Roman y Tobias.

Él prefiere perderme en vida que arriesgarse a que muera y le tiña las manos de sangre.

Es la retirada del cobarde. Su renuncia para mantener al margen a su corazón. Para mantenerme al margen a mí.

Pero yo nunca permitiré que el mío se encallezca, por más daño que le inflijan o por muchos destrozos que le causen. Y por esa única victoria agradezco que mi sangre siga fluyendo con su color carmesí, que siga latiendo fielmente en mi pecho. Observo a Tobias atentamente, pero no veo ni rastro de resentimiento.

—No entiendo cómo estás tan tranquilo.

—He tenido años para asimilarlo. Para verlo todo en perspectiva. No hay muchas cosas de las que me arrepienta. Sigo haciendo lo que se supone que debo hacer, independientemente de las razones por las que empezara y... —Exhala un largo suspiro.

—¿Y?

—Y la noche que me reuní con tu padre, mi guerra contra él terminó.

—Pero aun así has comprado su empresa.

—Porque la junta directiva estaba llena de gilipollas corruptos que robaban constantemente a sus empleados, porque él era uno de ellos y porque era un buen negocio.

—Entonces, ¿no pensabas contármelo nunca?

—Sabía que podría afectar a tu relación con tu madre.

—Joder, no me entero de una —digo, con un nudo en la garganta, antes de soltar una carcajada incrédula—. Y contigo, nunca lo haré.

—Por eso tienes que irte, Cecelia. Este lugar nunca ha sido bueno para ti.

—Deja de echarle la culpa al lugar. Solo es un puto sitio. Las personas que hay en mi vida son las que me han engañado y me han vuelto loca. No puedo creer que lo supieras.

Tobias se apoya en el escritorio, con las manos entrelazadas.

—Aunque tu padre fue un puto cabrón al encubrirlo, no los mató a sangre fría. En lugar de cabrearme, decidí alegrarme. Porque no tener que seguir odiándolo significaba poder cumplir mi promesa sin guardarte ningún rencor. Hasta que…

—Dominic murió.

Apenas soy capaz de escuchar mi propia voz. No sé cómo podré volver a ver a mi madre de la misma forma. Puede que nunca lo haga. Puede que decida ignorarla, como ella me ignoró a mí. He sufrido muchísimo por culpa de sus secretos. Puede que la castigue por los años que pasé en el purgatorio para asegurarme de que no le faltara de nada. Yo llevo años intentando recuperarme, mientras ella ha vivido como una reina, callada como una perra. Puede que se lo eche en cara, por la vida que mi padre se perdió al encubrir su error y por la explicación que yo merecía sobre su ausencia.

—La verdad es que mis padres murieron en un trágico incendio accidental causado por una adolescente aterrorizada y embarazada —dice Tobias.

—¿Y la has perdonado?

—No me ha quedado más remedio. Puede que algún día tú también lo hagas.

—No sé cuánto perdón me queda.

Él asiente en silencio. Aunque parece derrotado, irradia una serenidad que no había visto en años.

—Pareces… diferente.

—El hecho de verte… Que hayas vuelto aquí ha removido mucha mierda que llevaba demasiado tiempo evitando.

—Bueno, espero que hagas las paces con ello. La vida es corta, Dominic nos lo enseñó. Pero mi adversario nunca fue invisible —digo, y Tobias me mira fijamente—. Siempre estuvo claro que tú serías el ganador. Tú lo sabías y yo también, y aun así luché contra ello. Voy a concederme un poco de ventaja entregándote a mi reina, así que ahí tienes tu jaque. —Se hace el silencio. La verdad es que no sé por qué esperaba algo más—. Una cosa está clara: por más que me haya resistido a lo largo de los años, soy digna hija de mi madre. —Tobias me mira, confuso, y yo señalo la carta con la cabeza—. Léela. La puñetera historia se repite. Acabé aquí hace todos esos años porque a mi madre se le ocurrió volver para intentar ganarse el corazón de un hombre que no la quería lo suficiente como para compartir con ella sus secretos. Que no pudo perdonarla por ser joven e imprudente. Que la castigó por unos errores terribles de los que él mismo contribuyó a liberarla. Que la amó desde la distancia porque se negaba a confiar en ella lo suficiente como para permitirle tomar sus propias decisiones. Mi padre le cerró la puerta en las narices. Y eso la destrozó. En serio, es justicia divina.

—Cecelia, yo nunca te he odiado.

—Sí lo has hecho, y no puedo permitirme el lujo de que me importe. Amarte es demasiado caro y no pienso seguir pagándolo ni un minuto más. Me robaste mucho, yo te di una parte y el resto puedes metértelo por donde te quepa.

Por una vez en mi vida, estoy dispuesta a dejar que el amor salga derrotado. Siempre seré una romanticona en busca de un momento de subidón, pero ningún subidón podrá competir jamás con el que sentí con él. Se acaba aquí.

No sé ser fuerte cuando estoy enamorada, y esa es mi perdición.

Tobias y yo ya hemos cantado nuestra canción y ahora toca seguir adelante y dejar que el resto de nuestra historia se desarrolle como siempre ha sido de esperar.

Meggie se enamoró de un sacerdote. Yo me enamoré de un profeta. Ambas declaramos la guerra a una vocación y a una causa, y ninguna de las dos ganó.

Pero nunca olvidaré esta historia de amor. No porque haya incluido un mártir y un sacrificio, ni porque haya sido la historia que yo deseaba, sino porque no reescribiría ni una sola línea de ella. Y volvería a vivirla simplemente para tener la oportunidad de cantar con él.

—Por fin he encontrado una razón para odiarte, Tobias. —Sus ojos se clavan en los míos—. No es por nuestro pasado, ni por que me hayas dado la espalda, sino por cómo nos estás castigando a los dos… Justo como hizo Roman. El amor no es un inconveniente, no es un error, y merece la pena arriesgarse por él. He caminado sobre las putas brasas por ti. He sobrevivido al infierno por ti. No me mereces. Nunca me has merecido en absoluto. Pero yo a ti sí. Yo sí te merezco. Merezco al rey que hay en ti. Es a ese rey a quien quiero —digo, apretando los puños—. He amado al cabrón que conocí, al ladrón que me robó y al rey que me hizo suya, pero me niego a estar enamorada de un cobarde. Odio al cobarde. —Desvío la mirada, saco otro sobre del bolso y se lo lanzo. Este choca contra su pecho y cae sobre sus zapatos de cordones—. Un anexo al contrato original renunciando a mis acciones de la empresa. Se acabó. Vínculos rotos. Te dejo ganar yo a ti. Adiós, Tobias.

Mi corazón se rebela a cada paso que doy para alejarme de él, suplicándome que lo mantenga de una pieza mientras cierro la puerta en silencio tras de mí.

51

Debería venderse rápido. Sobre todo a ese precio. ¿Seguro que no quieres empezar por uno más alto?

Niego con la cabeza mientras la agente inmobiliaria clava el cartel de SE VENDE en el suelo y lo golpea con un mazo de goma para asegurarlo bien.

—Te llamaré al número que me has dado.

—Gracias.

La agente echa un vistazo a su alrededor.

—Es una propiedad preciosa.

—Sí.

No puedo negarlo. Fue una casa construida para una familia. Un proyecto fruto de los sueños poco realistas de dos personas que estuvieron enamoradas unos instantes, pensado para una familia que nunca tuvo la oportunidad de existir.

En esta casa murieron dos sueños diferentes, pero los cimientos de esas historias de amor son tremendamente parecidos. Y ahora esta propiedad es un recordatorio de todo lo perdido.

Una puta tragedia griega con un toque shakesperiano.

Aunque, por más que lo he intentado, no soy capaz de renunciar a mi apellido. Siempre seré una Capuleto sin su Romeo. No existe ninguna gitana que pueda anular nuestra maldición, ningún boticario con una solución rápida. Lo único que habita aquí es una dolorosa historia que se repite. Y así acaba el cuento. Todos reciben su castigo.

Asiento con la cabeza mientras ella cierra el buzón que hay al lado de la puerta y veo que hay un sobre dentro.

—Ya me voy, pero seguiremos en contacto. Voy a invitar a Melinda a comer por recomendarme para la venta.

—Por favor, despídete de ella de mi parte. Y gracias por tu ayuda —digo distraída, cogiendo el sobre y palpando el contenido.

El corazón me da un vuelco al notar su peso.

Minutos después, cojo el bolso mientras llega el coche que he pedido. Doy un último paseo por la casa, la cierro y dejo la llave en el buzón.

Un último asunto y mi vida volverá a ser mía.

Salgo del taxi con el bolso en la mano y oigo los característicos punteos de guitarra típicos del rock sureño. Me emociona escuchar esa música tan familiar. Mientras me acerco al aparcamiento, el sol sale de entre las nubes y me lo tomo como una señal de ánimo. Con el corazón en un puño, asomo la cabeza dentro del taller y veo a Sean encorvado bajo el capó de un BMW.

El ruido metálico de las herramientas y una palabrota ahogada me hacen sonreír. Lo observo por un instante, al menos las partes que puedo ver: vaqueros oscuros y botas de trabajo engrasadas de color marrón claro.

—Disculpe, caballero.

—Ahora voy —responde él bruscamente, con un tono que no tiene nada que ver conmigo, sino con su frustración. Mi sonrisa se vuelve más amplia.

—Acabo de llegar a la ciudad y me preguntaba si sabría dónde puedo encontrar problemas en los que meterme por aquí.

Su cuerpo se tensa claramente al reconocerme y Sean se levanta muy despacio, dejando a la vista el torso antes de rodear el capó con la cabeza. Finalmente, sus ojos castaños se encuentran con los míos y me atrapan de una forma dolorosamente familiar.

Sigue pareciendo de oro, con la piel bañada por ese sol perpetuo que parece envolverlo. Aunque lleva el pelo más corto, aún puedo ver algún rastro platino perdido entre sus gruesos mechones. Ha cambiado tan poco que me deja sin palabras.

—¿Problemas? —pregunta lentamente—. Debería preguntarte yo a ti, porque los acabas de meter contigo en mi taller. —Me observa durante unos instantes y finalmente toma una decisión.

Camina hacia mí con arrogancia antes de estrecharme entre sus brazos y hacerme girar en el aire como si no hubiera pasado ni un solo día. Cedro, sol y Sean. Su olor es inconfundible y me hace sentir un torbellino de emociones. Inhalo todo el que puedo antes de que vuelva a dejarme en el suelo. Unas profundas patas de gallo enmarcan sus ojos cuando sonríe, llenándome de tal forma que una lagrimita rápida rueda por mi mejilla.

Nos miramos durante unos segundos y me aferro a ese instante con todas mis fuerzas, sintiendo cómo se me escabulle en cuanto su memoria entra en acción y la luz de sus ojos se apaga. El dolor inunda mi pecho mientras él se aparta y saca un trapo del bolsillo para limpiarse las manos.

—Me habían dicho que estabas en el pueblo, pequeña.

—Y aun así no has venido a verme.

—No sabía muy bien si quería hacerlo, o si debía.

Y ahí está el rencor: en parte por mí, en parte por lo que pasó. Pero durante unos segundos, hace unos instantes, me ha recordado, ha recordado aquellos tiempos, ha recordado lo nuestro antes de que todo se fuera a la mierda. Debería sentirme agradecida por ello, pero lo único que siento es… pérdida.

—Ya, bueno, el lobo me encontró primero, así que esta vez no pudiste protegerme.

—De todas formas, nunca se me ha dado muy bien —susurra.

—Estabas demasiado ocupado convirtiéndome en una tía dura.

No se me escapa el brillo de orgullo de sus ojos.

—Ahí sí que lo bordé.

Retrocedo, incapaz de soportar el hecho de que esté a mi alcance y, sin embargo, tan lejos. A años de distancia, a toda una vida. Una vida que nunca recuperaré.

—Me han dicho que has estado repartiendo leña.

—Una persona maravillosa me abrió los ojos con una palanca, así que no puedo atribuirme todo el mérito.

—Y una mierda, claro que puedes.

—No pienso hacerlo, dejémoslo así. —Miro a mi alrededor—. ¿Así que esta es tu vida?

—Sí, la cabra siempre tira al monte. Por mucho que Tobias se empeñara, el rollo del traje no es para mí.

—Sí, ya lo veo. ¿Sigues saliendo a caminar?

—Ya no tanto. Pero lo hago siempre que puedo.

—Casado y con dos hijos. —Él sonríe de oreja a oreja antes de apartar la mirada y yo me crispo, totalmente incapaz de saber cómo dejarlo marchar. Ha tomado la decisión de no leer mis sentimientos y debo respetarla—. Ya me voy, pero… supongo que esto lo has dejado tú.

Saco el sobre del bolsillo y lo abro, consciente de lo que hay dentro. Sean me mira atentamente mientras la llave cae sobre mi palma.

—Está impecable. Lo he revisado. Los frenos están bien —dice, girando la cabeza hacia el coche—. A él le habría gustado que te lo quedaras.

—Me encantaría. ¿Te parece mal?

—Para nada. Es tuyo.

Miro hacia donde está el Camaro de Dominic antes de girarme de nuevo hacia Sean.

—¿Lo dices en serio?

Él saca un cigarrillo del paquete.

—Eras la única a la que le gustaba tanto como a él. Los papeles están en la guantera.

Señalo el cigarro con la cabeza.

—Deberías dejarlo.

—Me lo han dicho mil veces —dice mientras exhala, con un tono de voz cada vez menos gélido.

—Ella es estupenda, Sean, en serio.

—Sí —responde él, con orgullo—. Lo es.

—Me alegro de que hayas encontrado... —Niego con la cabeza, ruborizándome, mientras él expulsa una nube de humo por encima de mi hombro. Me muero por acariciar con los dedos la pequeña cicatriz que tiene en el labio, donde antes llevaba el piercing—. Bueno, creo que debería... —digo, señalando hacia atrás con el pulgar—. Tengo que ir a un sitio. —Ambos sabemos que es mentira y sus ojos de color castaño así me lo hacen saber—. Y gracias otra vez por esto, significa mucho para mí, pero, sobre todo..., tenía muchas ganas de verte. Ha pasado mucho tiempo.

Él asiente y baja la vista hacia el suelo mientras apaga el cigarrillo.

—Pues sí.

—He querido ponerme en contacto contigo tantas veces... —Me empieza a temblar la voz al percibir su vacilación—. Es que... no podía... volver a casa sin... Me alegra mucho que estés bien. Es maravilloso. —«No llores. No llores». Me permito echarle un último vistazo largo y exhalo de forma entrecortada—. Me alegro mucho de verte. Cuídate, Sean. Y gracias —digo, levantando la llave.

—Tú también —se limita a responder. Yo me retiro y cojo el bolso, alejándolo de él, mientras grabo a fuego su recuerdo en mi memoria por última vez.

Con las piernas temblando, llego al Camaro justo cuando el sol se oculta tras las nubes, como burlándose de mí. Echo un vistazo al interior del coche, respiro hondo, poso la mano sobre la manilla y abro la puerta. Ya solo el olor hace que se me llenen los ojos de lágrimas.

—Puede que siempre hayas sido un problema. Pero sigues siendo algo más que eso. Mucho más.

Su voz atronadora me hace girar la cabeza hacia la carretera, para que no pueda ver cómo me derrumbo con sus palabras. Plantada al lado del coche, evito levantar la vista mientras se acerca a mí. Con los pulmones ardiendo por los sollozos que estoy conteniendo, sigo con la cabeza girada hacia otro lado, consciente de que no podré volver a mirar a Sean sin dejar que vea realmente lo que siento.

Él me aparta el pelo del hombro mientras lucho contra la avalancha de emociones que me provoca su dulce tacto. ¿Cuántas veces me habrá tocado así? Temblando de forma evidente, me aferro al marco de la puerta para no desplomarme.

—En realidad, yo solo… quería verte.

—No puedes hacerlo si no me miras. —Sean me agarra suavemente la barbilla con la mano y me la gira hacia él, mientras mis lágrimas fluyen en rápida sucesión. En sus ojos veo los vestigios del hombre que, no hace tanto tiempo, me miraba con adoración, amor y deseo. En esos segundos lo veo todo: el amor que tuvimos, el amor que distorsionamos, nuestra amistad, el verano que pasamos juntos… Mi sol dorado. Tengo tantas cosas que decirle… Y temo no poder hacerlo nunca, temo que él no quiera escucharlas—. Sigo pensando en ti, Cecelia. Es imposible no hacerlo.

Me vengo abajo mientras me muerdo el labio para controlar mi mandíbula temblorosa. Sigo queriendo muchísimo a ese hombre. Esta es la parte que me juré permitirme tener, permitirme sentir, permitirme confesar. Nos lo debo a los dos.

—No te imaginas… —Me dejo llevar por su mirada y por la vulnerabilidad que me está consintiendo ver. Sus ojos están llenos de recuerdos de ambos, incluso de amor. Me está regalando más segundos preciosos y no soy capaz de apartar la mirada, ni de rechazar su regalo—. Yo… Yo… —Trago saliva—. Yo también. —Las compuertas se abren y las emociones me arrollan.

Sean fue mi primer amor verdadero y es uno de los hombres más maravillosos que he conocido—. ¿Eres feliz?

Él asiente con la cabeza, aunque sus ojos rebosan emoción.

—Superfeliz, pequeña. De verdad.

—M-me alegro. Estoy tan… No pude despedirme —digo, con un nudo en la garganta—. No pude despedirme y… —Sollozo unos instantes tapándome la cara con las manos y siento sus brazos alrededor de mí—. Eras mi mejor amigo, más que eso, mucho más. Y luego todo se fue a la mierda y te eché de menos durante muchísimo tiempo. Tú fuiste mi primer amor y te quería, Sean. Te quería de verdad. Y lo siento. Lo siento muchísimo.

—No digas gilipolleces —murmura él, apoyando mi cabeza en su hombro—. Soy yo quien lo siente. Siento mucho no haber vuelto a hablar contigo después de lo que pasó, siento haber dejado que él se interpusiera entre nosotros, no haber sido lo bastante hombre para… Te eché la culpa a ti porque era más fácil. Pero yo también la cagué. Estaba muy perdido…, perdidísimo.

—Lo sé —susurro—. Yo también.

—Nunca quise hacerte daño, espero que me creas —me susurra sobre la sien.

Asiento con la cabeza, recogiendo mis pedazos y cenizas y haciendo todo lo posible por recomponerme.

—Te creo. Y si tú eres feliz…, me basta.

—Tengo una mujer que no me merezco y dos hijos preciosos a los que jamás creí que sería capaz de querer como lo hago. Le puse al niño el nombre de Dominic y el muy cabroncete tiene su mismo carácter. Es un suplicio, pero así siempre estará conmigo —dice, con tristeza y nostalgia—. Igual que tú. —Sean me acaricia la espalda de esa forma tan tranquilizadora que he echado de menos durante tanto tiempo—. Y yo siempre estaré contigo —declara, echándose hacia atrás para sostener mi cara entre sus manos—. Pero veo que tú aún no has pasado página. Debes hacerlo para poder ser feliz también. No fue culpa tuya.

No lo fue. Y sé que, si Dominic pudiera, te diría lo mismo. Fue su decisión. Y él te quería. —Asiento con la cabeza mientras Sean seca mis lágrimas inagotables—. Me arrepiento de muchas de las cosas que hice entonces, de muchas, pero no de haber estado contigo. Te quería entonces y te quiero ahora, y siempre lo haré. —Nos miramos a los ojos mientras una parte de mí se desgarra y otra más grande se cura. Siento el primer punto de sutura y el dulce alivio que lo acompaña. Sean se acerca a mí y apoya la frente sobre la mía, haciendo que nuestras respiraciones doloridas se mezclen—. En el fondo, aunque tengo todo lo que podría desear, más de lo que jamás habría esperado tener, una parte de mí siempre seguirá queriendo que me hubieras elegido a mí.

—Lo siento —susurro mientras las lágrimas ruedan por mis labios al mirarlo—. A veces desearía no haberlo conocido, no haberme cruzado con él jamás.

—No lo sientas. Las cosas salieron como tenían que salir. Siempre debiste ser su secreto, no el nuestro.

Es la primera vez que odio su honestidad, que odio la verdad.

—Sabes que yo también te querré siempre.

Sean levanta la barbilla, con los ojos brillantes por nuestros errores.

—Sí, lo sé. Vete.

Sean me deja ir, escrutándome con su dulce mirada, rogándome que yo haga lo mismo. Asiento con la cabeza y me alejo. Me abre la puerta del coche y yo me subo.

Al cabo de unos instantes enciendo el motor mientras él sigue de pie al lado de la ventanilla. Aunque no giro la cabeza, sé que está mirando hacia el interior del coche, atrapado en el pasado conmigo, a donde yo lo he llevado, recordándome, recordándonos, con un dolor tan palpable como la mano que tiene apoyada en la ventanilla. Cuando arranco y miro por el retrovisor, un objeto familiar llama mi atención, algo que una vez me perteneció. Levanto la mano y sujeto el emblema entre las yemas de los dedos, sintiéndome tentada a hacer la pregunta, pero decido que es mejor dejarla sin responder. Suelto el collar que cuelga del retrovisor mientras Sean da media vuelta. Me niego a mirarlo, por miedo a que su resentimiento resurja. Me llevo su cariño, todo el que ha podido darme, mientras me alejo con la esperanza de que sepa que una parte de mí será suya para siempre.

Fue una decisión difícil venir aquí a enfrentarme a los fantasmas del pasado y a airear mis verdades, pero lo he hecho, lo he zanjado todo y eso me ha supuesto un gran alivio. Aferrándome al volante, conduzco a la deriva por la autopista, sin saber qué dirección tomar.

Cuando levanto la vista hacia la niebla gris que serpentea humeante a lo lejos, entre las montañas, se me ocurre una idea. Pongo el intermitente y piso a fondo el acelerador. Cada kilómetro que recorro se me hace un poco más fácil y cada ráfaga de viento que me alborota el pelo me otorga cierta liberación agridulce. Cojo el teléfono y le doy al play. La primera estrofa de *Keep on Smilin'*, de Wet Willie, me arrulla y me sume en un estado de paz que hacía años que no sentía. Puede que me haya marchado, pero me los llevo a todos conmigo.

Poniendo el coche al límite, circulo a toda velocidad por la autopista sintiéndome afortunada, afortunada por haber sentido y experimentado el amor a todos los niveles, por el regalo de haberlo conocido, por cada recuerdo que me llevo conmigo. Por el amor que tuve y perdí y por los ardientes recuerdos que me sitian, carbonizados en mi interior, mientras me digo a mí misma que, aunque nunca seré de las que pueden dejar atrás el pasado, este siempre podrá acompañarme.

Con la música de Sean flotando en el aire y el murmullo de Dominic bajo las yemas de los dedos y bajo los pies, acelero mientras cruzo la frontera del condado, justo cuando el sol vuelve a asomar entre las nubes.

Y entonces levanto el vuelo. Decido que las alas de mi espalda son solo mías. Y con ellas, me libero.

52

Ocho meses después

De qué está hablando ahora? —pregunta Marissa, cerrando la caja registradora con la cadera.

Cuando giro la cabeza, veo que está mirando hacia la televisión. Luego me vuelvo para rellenarle el café al hombre que está sentado en la barra.

—¿Desea algo más?

—No, gracias —responde este, intentando captar sin éxito mi atención mientras le entrego la cuenta.

Es la tercera vez que viene esta semana. Es guapo, pero ni siquiera me lo planteo. No estoy preparada ni de coña. Tal vez algún día.

Algún día. Tal vez.

La segunda vez que abandoné Triple Falls, lo hice con algo que nunca pensé que volvería a tener: fe.

Es todo lo contrario al amor, en el sentido de que esta no te destruye. Tengas poca o mucha, no te vuelve loca. La fe es sanadora y engendra esperanza. Y la esperanza es la siguiente fase, aunque por ahora me siento cómoda en la fe.

—Cee, dos huevos fritos —dice Travis, el cocinero.

Cojo el plato y se lo llevo a un hombre mayor que está sentado en la barra. Este señala con la cabeza el televisor mientras desenvuelve los cubiertos.

—¿Puedes subir el volumen?

Echo un vistazo a la televisión y veo que se trata de otro discurso presidencial. El segundo de la semana del nuevo presidente, elegido en otoño. Ha sido el más joven de la historia en tomar posesión del cargo.

—Por Dios, ya estamos otra vez como en 2008, nuestro dinero no está seguro en ninguna parte —comenta el hombre, negando con la cabeza.

Cojo el mando a distancia y subo el volumen de la televisión antes de cobrarle a don Perfecto y dejarle el cambio y el tique encima del mostrador. Pienso por un instante en Selma y esbozo una sonrisa. Aunque yo no me molesto en robar a este propietario, porque es mi nombre el que figura en los cheques de pago. Menuda ironía.

—Siempre la misma mierda. Más promesas que nunca cumplirán.

Billy, un cliente habitual bastante cascarrabias, se echa un poco de kétchup en los huevos revueltos y gruñe para darle la razón.

—No me gusta nada. Tiene pinta de sinvergüenza.

Suelto una carcajada.

—¿Lo dices por el traje o por el corte de pelo? —Billy me mira como si me hubiera salido otra cabeza y yo aguanto la risa y le relleno el café mientras él golpea tres veces con el dedo el sobrecito de azúcar. Me trago la punzada de dolor que eso me causa y sigo hablando mientras lo sirvo—. Aún somos un país joven, no tenemos ni doscientos cincuenta años, cuando otros tienen más de mil. Puede que algún día espabilemos.

Don Perfecto asiente, mirándome pensativo.

—Nunca lo había visto así.

—Ya, bueno, yo solo soy la mensajera —susurro, más que nada para mí misma.

—Es un charlatán —dice Marissa. Esta vez sí me echo a reír a carcajadas. Ella me mira, molesta—. ¿De qué te ríes?

—De nada.

Levanto la vista hacia el televisor y veo al nuevo presidente hablando del último escándalo de turno en territorio estadounidense. En los últimos seis meses, han quebrado varios bancos indestructibles, han despedido a varios jueces federales y el presidente Monroe ha destituido a todo su gabinete y sustituido al noventa por ciento del personal de la Casa Blanca. Básicamente, ha hecho limpieza, y a nadie le gustan los cambios. Yo prefiero tener una mente abierta. Leo fugazmente en los subtítulos lo que está diciendo. Es más de lo mismo: nuestro país sobrevivirá, se unirá, superará las adversidades y saldrá fortalecido.

Aunque son las palabras que todo el mundo necesita oír, no por ello dejan de ser falsas. Pero, cuando miro con más detenimiento a su alrededor, me quedo estupefacta al ver al hombre que está a su derecha. Una estupefacción que da paso a una descarga eléctrica.

Cojo el mando a distancia y rebobino.

—Eh, que estaba viendo eso —protesta Billy.

—Lo siento —susurro con un hilillo de voz—. Perdona, solo es un momento. Ahora lo repiten. —Retrocedo unos segundos para conseguir una imagen más nítida, pulso el botón de pausa y me tapo la boca con la mano—. Ay, mi madre.

Reconocería esa cara en cualquier parte, ese pelo, esos ojos y, si estuviera sonriendo, ese hoyuelo.

Tyler.

Marissa se acerca, mirándome.

—¿Cecelia? ¿Qué? ¿Qué pasa?

Me quedo mirando a Tyler, que forma parte de la hilera de vigilantes que están detrás del presidente, y lo analizo de pies a cabeza: cuerpo en tensión, ojos entornados y atentos, expresión estoica. Ese hombre que está montando guardia no se parece en nada al bromista que conozco y quiero. Pero es él. Es Tyler.

Tyler está protegiendo al presidente.

Ni siquiera soy capaz de articular palabra mientras todos los de la barra me miran extrañados. Me concedo un par de segundos.

Luego me aclaro la garganta y me encojo de hombros.

—Nada, me había parecido ver una cosa. Lo siento. —Le doy al play, sin prestar apenas atención al comentario de Marissa.

—La verdad es que no está mal, pero le vendría bien tomar un poco el sol.

Con la mano temblando como un flan, consigo dejar la cafetera y me estremezco al darme cuenta de la realidad.

Están por todas partes. En los bancos, en la bolsa. En todos lados. Eran ellos.

Se han infiltrado en la puñetera Casa Blanca.

No sé por qué me sorprende, pero ver a Tyler allí de pie, ocupando un puesto tan importante, me ha dejado anonadada. Con las palmas de las manos sudorosas, intento recuperar la calma y fracaso en el intento.

Lo han conseguido.

Siguen en ello.

Y eso me reconforta muchísimo. Me siento más segura ahora que sé cuáles son sus planes. Lo están haciendo bien. Con los ojos llenos de lágrimas de orgullo, cruzo como una exhalación las puertas de servicio que dan a la cocina y me escondo en un rincón, al lado del estante de los productos de panadería.

—Qué hijos de puta —susurro antes de taparme la boca con la mano, sonriendo de oreja a oreja y negando con la cabeza. Las lágrimas ruedan libremente por mis mejillas, aunque por dentro estoy eufórica.

Al cabo de un rato, después de unas cuantas respiraciones profundas, logro controlar mi expresión y vuelvo a la cafetería para hablar con Marissa.

—El dinero para ingresar está en mi escritorio, ¿podrías ocuparte tú hoy?

—Claro, cielo, ¿estás bien? —me pregunta, preocupada.

—Sí. Es que… quiero volver pronto a casa para sacar al perro. Va a haber tormenta y le da miedo.

—No hay problema. Nos vemos por la mañana, cariño.

«Cariño».

Es curioso que esa palabra pueda usarse como arma o como término afectuoso. Dominic la había usado conmigo un par de veces. Pero ya no echo la vista atrás con resentimiento. Ahora lo que siento es orgullo al recordar el tiempo que pasé en el purgatorio que mis padres eligieron como vida. No pienso en los momentos difíciles, sino en las excursiones con Sean, en ver leer a Dominic o en beber vino mirando las luciérnagas bajo las estrellas con Tobias.

En el amor que me dieron y que me he traído conmigo.

Esa es mi mayor fortaleza. Mi verdadero superpoder.

Un trueno retumba cuando salgo del café y, mientras voy de camino al coche, noto que el aire se estanca. Echo un vistazo al aparcamiento, pero no veo nada raro. Dedico un instante a racionalizarlo, pensando que no es más que la calma que precede a la tormenta. Ignoro la parte de mí que quiere llorar de decepción. Eso se ha acabado. Hace tiempo que me quedé sin lágrimas.

Estoy viviendo la vida que he elegido, día a día. Sin expectativas y con pocas responsabilidades. Sin aspiraciones ambiciosas y sin pelearme con mi conciencia. Una vida sencilla. Sin complicaciones. Una vida que me niego a desperdiciar mirando por el retrovisor. He asumido un rol monótono no para hacer penitencia, sino para estar tranquila y poder pensar en lo que quiero de cara al futuro. Quiero sentirme a gusto con la simplicidad, con esa que implica trabajo duro y dolor de pies. Es una lección de humildad y, por primera vez, tiene sentido para mí. Quiero sonreír mientras lo hago.

Y algunos días, la mayoría, lo consigo.

Gracias al futuro que tengo por delante, ya no me lamento por el pasado. Está lleno de posibilidades, pero, de momento, he decidido no complicarme hasta que se me ocurra otro plan. Con el bolso colgado del hombro, voy rápidamente hacia el coche y me subo a él. Mientras me abrocho el cinturón, frunzo el ceño al ver la ventanilla del copiloto bajada. No recuerdo haberla dejado así. Aliviada porque no la haya pillado así la tormenta, enciendo el motor. Doy un salto en el asiento cuando *K.*, de Cigarettes After Sex, empieza a sonar por los altavoces.

Hace años que no la oigo, desde aquel día que la puse a todo volumen en el bosque...

Me bajo del Camaro y giro en redondo, inspeccionando el aparcamiento.

«Solo otra persona tiene la llave de este coche y no la usará nunca».

No. No. No.

La inquietante melodía se escapa por la ventanilla del vehículo al ralentí y me devuelve a un día en el que mi vida cambió para siempre.

Desesperada, vuelvo a escudriñar el aparcamiento en vano. Yo no estaba escuchando esa canción, jamás lo haría. Miro dentro del coche y, al ver que está activado el Bluetooth, saco el teléfono, enfadada, y cierro todas las aplicaciones, pero la canción sigue sonando. No es a mi teléfono al que está conectado. Poso las manos sobre el capó. Está caliente.

¿Se trata de otro jueguecito?

No lo soporto más.

He enterrado el pasado. Me he marchado. He hecho lo que él me pedía. ¿A qué viene todo esto? Entonces vuelvo a mirar hacia el pequeño centro comercial y veo a Tobias saliendo del supermercado con una bolsa de la compra en la mano. Me resulta raro verlo en vaqueros oscuros y camiseta, pero también excitante. Parece relajado, aunque tiene el ceño fruncido, como si estuviera concentrado. Percibo el momento exacto en el que se da cuenta de que estoy allí. Se pone tenso y frena en seco un instante antes de clavar sus ojos ambarinos en los míos.

Me mira de arriba abajo al tiempo que yo me cruzo de brazos, silbando.

—Alucino. ¿No solo me has robado el coche para darte una vuelta, sino que encima después se te ha ocurrido ponerte a hacer la compra? Hace falta tener cojones. Tu arrogancia no tiene límites.

Veo que, mientras se acerca, esboza una leve sonrisa que desaparece de inmediato. Yo aparto la vista, movida por el orgullo. Está tan bueno que me desquicia. Y no puedo permitirme perder ni un gramo más de cordura.

—Me enteré de que te lo habías llevado.

—Fue un regalo de despedida de Sean. Es todo tuyo, si lo quieres. Pero, por favor…, no te lo lleves —digo, con un nudo en la garganta.

—Yo siempre consigo lo que quiero, caiga quien caiga. Lo sabes perfectamente, y se suponía que no salías hasta las cuatro.

—Pues he salido antes, y supongo que no debería extrañarme que intentaras robarme la única de mis posesiones que me importa. —Me meto dentro del Camaro, lo apago y salgo dando un portazo después de recuperar la llave y el bolso—. Todo tuyo. Ahora sí que te odio. ¿Contento?

—No. Para nada. Eres camarera, has renunciado a varios millones de dólares y vives en un puto pueblucho de Virginia perdido de la mano de Dios. ¿Crees que eso es para estar contento?

—Me importa una mierda tu opinión. Soy feliz. Me encanta este lugar. Y tampoco es que esté en la ruina. Soy la dueña de esa cafetería y de la casa en la que vivo. ¿Crees que sería tan tonta como para regalar hasta el último centavo? De pequeña era pobre. Nunca seré tan generosa.

Tobias me mira, confuso.

—¿Es tuya?

—De mi madre, técnicamente.

—¿Y por qué se llama Meggie's?

Casi me echo a reír al ver que no ha atado cabos. Hombres.

—Es una larga historia.

Él frunce el ceño.

—¿La conozco?

—Tanto desde dentro como desde fuera.

—¿No piensas darme una respuesta clara?

—Prefiero guardarme el secreto —digo, levantando la vista hacia él—. El discurso del presidente me ha afectado un poco. Por eso he salido antes.

No se me escapa su mirada de orgullo.

—Así que te has dado cuenta.

—Tanto tiempo pensando que seguía jugando en tu tablero y resulta que ya habías cambiado a otro. Al ver a Tyler allí de pie… Uf, ni te imaginas lo que he sentido. Es una pasada lo que habéis hecho, todo lo que estáis haciendo. Ni en un millón de años se me habría pasado por la cabeza que… Soy una privilegiada por haber podido ver la evolución —declaro, desinflándome—. Ojalá me hubierais dejado participar —digo, negando con la cabeza—. En fin.

—Recuperarás hasta el último centavo, Cecelia.

—Me da igual.

—Mírame, joder.

—No. ¿Sabes qué? No tengo por qué hacerlo. Métetelo en la cabeza.

—Cecelia…

—No quería que te enteraras de lo del dinero. Eso es lo de menos. Está donde debe estar, de nuevo en manos de las personas que se lo ganaron con su trabajo. Tú te encargarás de que el resto se use de la forma adecuada. Sé que lo harás.

—¿Cómo iba a pasar por alto tal cantidad de dinero? Mírame, Cecelia.

Nuestros ojos se encuentran y maldigo la descarga eléctrica que me recorre. Sigue siendo el hombre que conocí y, a la vez, parece muy distinto. Aunque hay algo que nunca cambiará: nuestra atracción. Nuestra atracción sigue manteniéndome prisionera, por más que finja ser una mujer libre.

Cuando por fin le presto toda la atención que me exige, veo algo en sus ojos realmente inusual. Rebosan emoción mientras me miran de arriba abajo.

—He venido a recuperar lo que es mío. Y sabes que no me refiero al puto coche.

Deja la bolsa en el suelo y avanza hacia mí. Yo retrocedo.

—Pues tendrás que conformarte con él.

Tobias esboza una pequeña sonrisa.

—¿Piensas ponérmelo difícil?

Abro los ojos de par en par.

—No, pienso ponértelo imposible.

Él sigue avanzando hacia mí.

—Vale. Espero oposición. Espero represalias. Espero que la naturaleza humana me sorprenda. Tu intromisión es un buen ejemplo de ello. Pero no te equivoques, conozco a mi oponente.

—Paso de ti.

—Eso no es cierto.

—Engreído, arrogante, ignorante y, encima, tonto de remate. ¿Crees que voy a aceptarte, a estas alturas?

—No, lo que creo es que tendré que vivir un infierno a diario durante meses, pero estoy dispuesto a intentar ganarme la admisión.

—Estás perdiendo el tiempo.

—Eso es cuestionable.

—Esto no me parece un gesto bonito. Ni divertido. No sabes dónde te estás metiendo. Ahórrate las gilipolleces.

Tobias traga saliva y sus ojos se llenan de un miedo inusitado. Se pone serio.

—¿Y qué tal un poco de sinceridad?

—Será broma, ¿no?

—No.

—No te voy a creer.

—Fue real —reconoce—. Todo. Fue real.

—Basta —digo, bajando la mirada—. No puedes hacerme esto.

—Por favor. Por favor, mírame —me suplica, con voz quebrada. Aprieto la mandíbula y levanto la vista—. Beau me enseñó que «un hombre de verdad» se hace valer y no deja que nada ni nadie se interponga entre él y aquello sin lo que no puede vivir. Estaba preparado para eso. Estaba dispuesto a hacerlo. Estaba dispuesto a luchar contra mis hermanos con uñas y dientes, a enfrentarme a ti a diario hasta que me perdonaras. Tenía mil sueños guardados y tú formabas parte de todos ellos.

Tobias me atrae hacia él, me abraza y me levanta lentamente la camisa que llevo metida por dentro de los vaqueros, antes de deslizar sus cálidas manos por mi espalda y pasar las yemas de los dedos por mis alas.

—Esto es lo puto peor que le he hecho nunca a nadie —dice, acariciándome la espalda—. Tú eres lo único que he robado para mí mismo. Permití que los celos lo jodieran todo al principio, y perder a Dominic se cargó el resto —admite, con una mirada implorante—. Cuando lo vi en tus brazos, cuando vi lo aterrorizada que estabas, no pude soportar la idea de perderte a ti después. Eso me superó. No había estado tan acojonado en toda mi vida. Eras lo único que me quedaba. Te quería en mi vida entonces y te sigo queriendo en mi vida ahora. Pero, más que eso, quería merecerte. No podía deshacer nada de lo que hice. Me sentía lo peor del mundo. Hice cosas que nunca deberías perdonarme. Y, cuando volviste, no podía creer que aún me quisieras, después de todo el infierno que te hice pasar. No podía creer que siguieras mirándome como lo hacías, de la misma forma.

Sacude la cabeza con incredulidad, deslizando los pulgares por mi espalda.

—Puede que esto no sea un final feliz, pero eso da igual, si ambos lo aceptamos…, ¿no? Siento haber tardado una puñetera eternidad, pero nunca, ni por una vez, se me había pasado por la cabeza que pudieras perdonarme..., ni quererme.

Se le llenan los ojos de lágrimas.

—No podremos hacer que él vuelva —continúa—, no podrás perdonármelo todo, pero podremos intentar ser... lo que sea que estemos condenados a ser. No me importa acabar jodido, siempre que sea contigo.

—¿P-por qué? —Me aclaro la garganta—. ¿Por qué ahora?

—Porque amarte me convirtió en un puto enfermo, y perderte dos veces me ha dejado al borde de la muerte. No quiero vivir ningún final en el que no estés tú.

Le pongo una mano en el pecho y lo alejo.

—Tobias...

—No he hecho más que empezar de demostrártelo. Déjame intentarlo. Por favor, déjame. Si jamás vuelves a decirme que me quieres, me lo habré ganado a pulso. Ni siquiera te pediré que lo hagas. Nunca. Pero es tu corazón lo que más deseo, Cecelia. No tu preciosa cara ni tu cuerpo: es tu corazón lo que me atrae, lo más hermoso que hay en ti; tu corazón es lo que te convierte en mi más digna oponente —asegura, hundiendo la cara en mi cuello—. Por favor. Dios, Cecelia, por favor, déjame quererte por fin como te mereces.

Se echa hacia atrás y sus palabras se cuelan por mi armadura, atravesándome la ropa y la piel antes de clavarse directamente en mi corazón.

Sacudo la cabeza ante mi imbecilidad.

—Me obligaste a dejarte atrás. Me estás pidiendo demasiado.

—¿Crees que no lo sé? ¿Crees que no he intentado autoconvencerme para no hacer esto y evitarte mi codicia? —Sus ojos se clavan en los míos—. Envié la propuesta para comprar Horner Tech el día después de que te comprometieras. Ese fue mi único movimiento. Y, al no recibir respuesta, pensé que lo habías ignorado porque realmente habías pasado página. Fue uno de los peores putos días de mi vida: cuando supe que otro pretendía hacerte suya y tú habías aceptado. Aunque entonces ya estaba con Alicia, tomo muy malas decisiones cuando me pongo celoso por ti y después de hacer aquello me di cuenta de que había sido una decisión egoísta. Un momento de debilidad. Una jugada cobarde, pero nunca pude comprometerme del todo con Alicia —dice, posando mi mano sobre su pecho—. El día que te fuiste, me diste a elegir entre hacer el papel de cobarde o el de rey. —Tobias se aleja, saca una pieza de ajedrez del bolsillo y la deposita en la palma de mi mano—. Y tenías razón. Siempre has tenido el corazón de una reina, pero debes saber que ganarme tu amor será lo único que me convierta en rey.

Me quedo mirando la pieza que tengo en la mano, perteneciente al tablero de mi padre. Una pieza que yo no había echado en falta. Aquella noche en la que llegué… Cuando vi la ginebra… Él había estado allí.

Suspiro, frustrada.

—Eres un pedazo de cabrón.

—Soy tu cabrón —dice él mientras una sonrisa vaga se dibuja en sus gruesos labios, aun cuando sus ojos siguen transmitiendo preocupación.

Me doy cuenta de que está desesperado. Y, durante un segundo de imprudencia, me permito celebrarlo. Me acaricia la piel con los dedos mientras me acuna entre sus brazos, y sus ojos me suplican con una dulzura que me parte en dos.

Su corazón late contra el mío deseando que lo obedezca y, por más mentiras que le cuente, no me creerá. Este es el único hombre capaz de darme lo que necesito. Siempre seré su esclava. Tobias analiza mi expresión, con los ojos brillantes.

Pero no pienso ponérselo tan fácil. Tendrá que ganárselo.

—Discutiremos todo el rato.

Él sonríe.

—Lo sé.

—Y eres un puto enfermo por haberme tatuado.

—También lo sé.

—Entonces, ¿lo has dejado? —le pregunto, con miedo. Porque si es así, será la mayor mentira que habrá dicho nunca. La hermandad es su razón de ser. Cualquier otra vida sería vivir una mentira—. Porque no quiero que renuncies a ello por mí. Tú no eres así.

—Por ahora tengo una excedencia prolongada más que merecida.

—No pienso permitir que lo dejes.

—Y yo no pienso permitir que tú me dejes a mí —dice, subiendo y bajando las manos por mis costados—. Si te vas, te seguiré. Si cambias de opinión, haré que recapacites. Lucharé como un cabrón por ti cada día para que nunca te cuestiones si has tomado la decisión correcta —declara con determinación.

—Se acabaron los secretos entre nosotros, Tobias. Se acabaron las omisiones intencionadas, los jueguecitos y el protegerme porque crees que es lo mejor. Tomaremos juntos las decisiones importantes.

Él asiente con la cabeza.

—Te lo prometo.

—Eres un mentiroso.

Tobias esboza una vaga sonrisa.

—Y tú la única mujer que no se ha tragado mis faroles.

—Entonces, después de que te haya hecho pasar unos cuantos meses infernales, ¿estaremos juntos en esto?

—*Oui* —responde Tobias, asintiendo lentamente con la cabeza—. Siempre lo hemos estado, ¿no? Hayamos querido o no.

Le doy la razón mientras él suspira, agobiado, y me estrecha contra su pecho. Su beso dura una dulce eternidad. Tobias se adentra en mi boca al tiempo que me acaricia la espalda. Cuando se aparta, noto que parte de su tensión ha desaparecido.

—Joder —dice, agachando la cabeza—. Gracias. Vámonos a casa.

Yo frunzo el ceño.

—¿Y eso dónde es?

Él coge la bolsa y se encoge de hombros.

—Tú dirás.

—¿Es que has estado durmiendo en el bosque todo este tiempo?

Tobias sonríe.

—Puede.

—Pues yo no vivo sola, por si no lo sabías. Tendrás que pelearte con el otro para conseguir un sitio en mi cama.

—¿Ah, sí?

—Sí. Y es tan malvado como tú. Además, también es francés. Te espera una buena batalla.

—Seguro que puedo con él.

—Yo no lo tengo tan claro. —Voy hacia el lado del copiloto y él niega con la cabeza, desde la esquina del maletero. Yo frunzo el ceño—. ¿Me vas a dejar conducir?

Nos miramos por encima del techo del coche.

—Confío en ti.

Tres palabras. Tres palabras que jamás pensé oír en boca de Tobias King. Son más potentes que cualquier otra cosa que me haya dicho nunca. Asimilo su importancia mientras me acomodo en el asiento del conductor y Tobias sube al coche, mordiéndose el labio para disimular una sonrisa cuando, al arrancar, suena *Father Figure*. Me quedo mirándolo. Parece encantado y se gira hacia mí, mirándome con cariño.

—Confío en ti, te respeto más que a nadie y te he escuchado con atención, Cecelia. Siempre lo he hecho. Y se suponía que ese tatuaje era una promesa de que siempre lo haría.

En mi futuro ya no hay cabida para las lágrimas. He derramado suficientes por el resto de nuestras dos vidas. Pero no puedo evitar que se me escape una más, con un tinte extraño que apesta a euforia. Y eso me aterroriza. Tobias extiende la mano y me agarra la cara.

—Hay algo más que deberías saber. —Me acaricia la mejilla con el pulgar—. Sí que te estaba viendo. Aquella noche me dijiste que tenías la esperanza de que te estuviera viendo. Y así era. Lo he estado haciendo todo el tiempo —susurra suavemente—. No podía apartar la vista de ti. —Dejo escapar un sollozo mientras Tobias me acerca a él y nuestras frentes se tocan—. Te lo compensaré. Cada día que te rechacé, me rechacé a mí mismo. Te compensaré por ello durante el resto de nuestro castigo. *Je t'aime*, Cecelia. Te quiero muchísimo. *Mon trésor*.

Su beso no es suave. Es posesivo y nos condena a ambos a estar juntos por toda la eternidad. Un castigo al que me someteré gustosamente durante toda esta vida y las siguientes. Cuando se aparta, miro hacia el asiento de atrás.

—¿Qué hay en la bolsa de la compra?

—El desayuno. Los ingredientes para hacer tostadas francesas.

Levanto una ceja.

—No sé yo. ¿Canela también?

Él asiente con la barbilla.

—Dos botes.

No puedo evitar sonreír. Me abrocho el cinturón, pongo el coche en marcha y lo miro.

—Te advierto que mi casa no es precisamente un palacio.

Más que eso, es un sueño hecho realidad.

Una visión que tuve la noche que Dominic me dijo que no esperaba nada del futuro. Un sueño muy real con un largo camino bordeado por perales de Bradford que se cubren de flores blancas en primavera. Un camino que conduce a una casa en lo alto de una colina, que flota en medio de las montañas. Una casita con un montón de estanterías empotradas y rincones de lectura acogedores llenos de suaves mantas mullidas y cojines. Y detrás, un jardín repleto de todos los aromas y colores imaginables. Me pasé casi un mes buscando hasta encontrar algo parecido a aquello con lo que había soñado. El día que la compré, pinté la puerta principal de color rojo sangre y luego llené la nevera con un vino muy especial. La guinda del pastel fue mi bulldog francés, Beau.

Cuando vuelvo a casa con los pies doloridos, después de haber estado todo el día en la cafetería, me siento en el jardín con Beau a admirar las flores nuevas, escuchando la música que llega desde el interior de la casa. Puede que no sea el palacio de Roman, pero es un verdadero hogar. Cómodo. Sin secretos ni mentiras. Viejo, pero ajeno al mundo implacable que lo rodea. Un santuario.

Tobias se acerca y me acaricia con un dedo los labios y el cuello, con los ojos encendidos de pasión.

—¿Hay una cocina donde pueda prepararte el desayuno?

—Sí.

Sigue bajando el dedo por mi esternón y el pulso se me acelera.

Luego clava sus ojos ribeteados de pestañas en los míos.

—¿Y una cama donde pueda hacer que te corras a menudo? —susurra sobre mis labios.

—Sí.

Me besa antes de volver a alejarse.

—Entonces, ¿qué más necesitamos?

—Nada.

Tobias sonríe justo cuando el cielo se resquebraja y empieza a llover a cántaros. La cortina de agua golpea el parabrisas mientras me acerco a la carretera principal y pongo el intermitente.

Me giro hacia Tobias, que está viendo caer la lluvia sobre el capó. Él me devuelve la mirada y compartimos una sonrisa irónica.

Definitivamente, este no es el típico final de cuento de hadas.

Él se encoge de hombros.

—La primera en la frente. *Merde, c'est nous.* —«Qué coño, se trata de nosotros».

—No es una tormenta, Tobias —digo, mirando al cielo—. Es una bendición.

Agradecimientos

Ante todo, me gustaría dar las gracias a todos los lectores, tanto si me están leyendo por primera vez como si han leído mis obras anteriores, por darle una oportunidad a esta saga. Estos dos libros son, estrictamente, producto de mi caprichosa imaginación y he disfrutado mucho escribiéndolos, así que gracias de todo corazón por leerlos.

Quiero agradecer a mi maravilloso grupo, «The Asskickers», que me haya aguantado durante este año. Ha sido una locura y sin vosotros no lo habría soportado. Aunque os lo digo siempre que puedo, no pienso perder la oportunidad de ponerlo por escrito. Os adoro. Gracias.

Gracias también a los increíbles amigos y colegas de profesión que me han apoyado a lo largo del camino: vosotros sabéis quiénes sois y os quiero muchísimo.

Para mis editores:

Grey, la cantidad justa de palabras estructuradas de la mejor forma posible jamás podrían transmitirte lo agradecida que me siento por estos cinco meses de apoyo constante. Me has inspirado, has tirado de mí y me has ayudado enormemente a permitirme a mí misma pensar de forma creativa. Además, nuestras conversaciones y nuestra amistad han evolucionado hasta llegar a este punto en el que nos encontramos y que tanto me gusta.

Eres, con diferencia, una de las chicas más desinteresadas y trabajadoras que conozco y quiero dejar una cosa muy clara: NO PODRÍA HABER HECHO ESTO SIN TI. Gracias por ser esa amiga motivadora que tanto necesitaba y por especializarte en pulir mis ideas cuando yo no era capaz de hacerlo. Te quiero.

Donna, llegaste a mi vida como la persona más positiva que jamás había conocido. Y sigues sorprendiéndome por la constancia con la que me escuchas, porque eres la caja de resonancia perfecta y porque sabes exactamente qué palabras necesito oír y cuáles me faltan. Eres, con diferencia, el ser humano más entusiasta y maravilloso del mundo y sin ti estaría completamente perdida. Aunque nos separan seis mil quinientos kilómetros de distancia, siempre estamos cerca. Me encantan nuestras conversaciones. Tu amistad lo es todo para mí. Gracias por estar ahí todos los días, sin excepción. Eres una bellísima persona y me siento realmente afortunada por haberte conocido. Esta saga NO SERÍA lo que es sin tu impulso constante, porque tú sabes cómo sacar lo mejor de mí. Muchísimas gracias, te adoro y me esfuerzo constantemente por ser la amiga que te mereces, aunque estoy segura de que nunca estaré a tu altura.

A mi equipo:

Gracias a mi maravillosa amiga del alma francesa, Maïwenn, por encargarse de todas las traducciones. Por trabajar tanto durante las vacaciones y hacer posible este libro. Tu amistad no tiene precio y eres, con diferencia, una de las estrellas más brillantes de mi universo. Muchísimas gracias. ¡Te quiero, *mon bébé*!

Autumn, aprecio tu dedicación, tu entrega, tu FE en mí y tu amistad más de lo que soy capaz de expresar con palabras. Más que un apoyo, has sido un pilar para mí. Eres mi protectora, mi confidente y mi heroína. Te quiero con todo mi corazón. Muchas gracias por todo lo que has hecho y sigues haciendo para mantenerme centrada. Eres preciosa en todos los sentidos, querida mía. Gracias.

Christy, cuántos libros, cuántos recuerdos. Nunca habría imaginado que acabáramos haciendo tantas cosas juntas. Me considero muy afortunada por contar con tu apoyo, algo que nunca podré agradecerte lo suficiente, pero sobre todo por contar con tu amistad incondicional. Estoy deseando que emprendamos otra aventura juntas. Siempre nos quedará Boston (EL MEJOR VIAJE DE MI VIDA), pero espero que lleguen muchos, muchos más.

Bex, uno más. Y el hecho de que sigas estando a mi lado es un milagro que nunca dejaré de agradecer. Gracias por volver a enviarlo siempre una vez más. LOL. Gracias por ponerme las pilas, por contestar a mis mensajes absurdos, por hacernos estar atentas y ser organizadas, pero sobre todo por seguir conmigo. Te quiero, nena. Los amigos son lo primero. Siempre.

También me gustaría dar las gracias a mi increíble equipo de lectoras beta: Kathy, Rhonda, Maria, Marissa, Maïwenn, Malene, Christy y Stacey. Sin vosotras, chicas, no sabría qué hacer. Vuestro apoyo me hace seguir adelante. Os quiero.

A mis increíbles correctoras, Bethany, Joy y Marissa: gracias por vuestras revisiones y por ver lo que yo no veo cuando me ciego. No sé qué sería de mí sin vuestros ojos de lince y sin las risas que nos echamos. Os quiero.

Gracias a mi equipo SUPERMOLÓN y siempre fiel de lectores de copias anticipadas. No os imagináis hasta qué punto agradezco vuestra confianza y vuestro apoyo constantes. Os quiero.

Mi agradecimiento a Stacey Ryan Blake por estar ahí, por jugar con mi imaginación, por saber siempre qué hacer y por su infinita paciencia, pero, sobre todo, por ser mi amiga. ¡Veintitrés libros juntas, cari! Y jamás me has decepcionado. Tu talento es innegable y para mí es una suerte y un privilegio tenerte como amiga.

Gracias a Sarah, de Okay Creations, por hacer realidad la idea que tenía de estas cubiertas.

Gracias también a mi maravillosa familia por su apoyo incondicional. Me alegro muchísimo de que nos tengamos los unos a los otros, a pesar de los kilómetros que nos separan. Es un orgullo para mí formar parte de la familia Scott y siento una gran admiración por todos y cada uno de vosotros.

Mi agradecimiento a mi hermana Angie, por perderse las películas y por los FaceTime que hacían que TODO fuera mejor. Tú me levantaste cuando estaba exhausta y me hiciste seguir adelante. Te quiero.

También quiero dar las gracias a mi hermana pequeña, Krista, que me hace reír constantemente, me ayuda a organizarme y está siempre a mi lado. Te quiero, bichito.

Gracias a mis padres, Bob y Alta, que además de ser increíbles, se han convertido en mis mejores amigos. Los dos sois mi inspiración y nunca dejáis de motivarme, guiarme y consolarme. Os estoy muy agradecida y os quiero más de lo que nunca podré expresar. No sé qué haría sin vosotros.

Finalmente, gracias a mi marido, Nick, que además es mi cuervo y mi héroe en la vida real y tiene el tatuaje que lo demuestra. No habría durado ni un asalto en este trabajo sin tu apoyo. Tú me haces sentir viva, centrada, con los pies en la tierra y, sobre todo, feliz. Quince años me parecen pocos y también otros quince más. Te quiero. Gracias por elegirme, *mon trésor*.